T0285373

Los SECRETOS de JAIPUR

Si tienes un club de lectura o quieres organizar uno, en nuestra web encontrarás guías de lectura de algunos de nuestros libros. **www.maeva.es/guias-lectura**

MAEVA apuesta para frenar la crisis climática y desea contribuir al esfuerzo colectivo y permanente de proteger y preservar el medio ambiente y nuestros bosques con el compromiso de producir nuestros libros con materiales sostenibles.

ALKA JOSHI

Los SECRETOS de JAIPUR

Traducción:
Ana Belén Fletes Valera

MAEVA

Título original:
THE SECRET KEEPER OF JAIPUR

© ALKA JOSHI, 2021
Esta edición ha sido publicada por acuerdo con
HARLENQUIN ENTERPRISES ULC
© de la traducción: ANA BELÉN FLETES VALERA, 2023
© MAEVA EDICIONES, 2023
Benito Castro, 6
28028 MADRID
www.maeva.es

ISBN: 978-84-19110-77-0
Depósito legal: M-57-2023

Diseño e imagen de cubierta: © HARLEQUIN ENTERPRISES ULC, 2021
Fotografía de la autora: © GARRY BAILEY
Preimpresión: Gráficas 4, S.A.
Impresión y encuadernación: Huertas, S.A.
Impreso en España / Printed in Spain

Alka Joshi nació en la India y se crio en Estados Unidos. Estudió Literatura en la Universidad de Stanford y obtuvo un posgrado en el California College of Arts.

La artista de henna, su primera novela y best seller de *The New York Times*, fue elegido por la actriz Reese Whiterspoon para su club de lectura, estuvo nominado para el Center For Fiction First Novel Prize y pronto se convertirá en serie de televisión.

Recientemente, ha recibido el premio a la mejor novela histórica en Francia.

En *Los secretos de Jaipur*, la autora retoma a los protagonistas de su celebrado debut y regresa a la Ciudad Rosa.

www.alkajoshi.com

Sobre *La artista de henna*

¡Me cautivó desde la primera hasta la última página!
Reese Witherspoon

Un excelente debut. Las descripciones evocadoras capturan
la atmósfera sensorial de la India y atraen a los lectores
a lo más profundo de esta conmovedora historia. Joshi logra
el equilibrio entre el anhelo por descubrir lo desconocido
y la necesidad de amor familiar.
Publishers Weekly

La artista de henna no solo ofrece a los lectores un viaje sensorial
a la India, sino que también trata un tema importante:
el equilibrio entre la familia y la ambición personal.
San Francisco Chronicle

La novela muestra una sociedad marcada por un rígido
sistema de castas, misoginia, superstición y tradiciones
ancestrales. El olor a sándalo, a comida cocinándose sobre
el fuego y a flores tropicales lo impregna todo, pero
la injusticia y la pobreza son ineludibles.
Booktrib

Personajes vibrantes, imágenes evocadoras y una prosa
suntuosa crean una historia inolvidable.
Christian Science Monitor

La primera novela de Alka Joshi es tan evocadora,
tan elocuente y tan exótica que no tengo más remedio
que pedirle a su autora que deje de hacer lo que esté haciendo
en este momento y que escriba una segunda novela.
Calgary Herald

Sobre *Los secretos de Jaipur*

Alka Joshi sobresale en la creación de personajes fuertes,
y la incorporación de Nimmi no es una excepción.
Mientras Lakshmi y Malik descubren la causa del desastre,
sus lealtades se ponen a prueba en esta
continuación digna de aplauso.
Booklist

La autora es una narradora excelente. ¡Estaba
completamente hipnotizada por *Los secretos de Jaipur*
y no podía dejarlo! Es una historia de amor, familia y poder
contada con tal aplomo, belleza y suspense... Me tocó
el corazón y se quedará conmigo por mucho tiempo.
Christy Lefteri, autora de *El apicultor de Alepo*

Las sensuales descripciones de la comida,
los colores, los aromas y el arte de Lakshmi hacen
que merezca la pena saborear esta magnífica
continuación de *La artista de henna*.
Publishers Weekly

La autora ofrece un fresco colorista de la India en los años
sesenta y alterna la vida de Lakshmi en Shimla
con las aventuras del joven Malik en Jaipur. Si te gustó
La artista de henna, te fascinará *Los secretos de Jaipur*.
Babelio

Para Bradley, que me animó a escribir.
Para mis lectores, que se enamoraron de Malik.

Algo que tardas años en construir,
puede derrumbarse de la noche a la mañana.
No dejes de construirlo por eso.

Madre Teresa

No hay rosa sin espinas.

Proverbio hindú

Al final de este libro encontrarás un glosario que te ayudará a entender todos los términos en hindi que aparecen a lo largo de la novela. También tienes a tu disposición información adicional sobre el significado del oro en la India, los diferentes estilos de joyería y la importancia de la cocina india en esta historia.

Escenarios de la novela

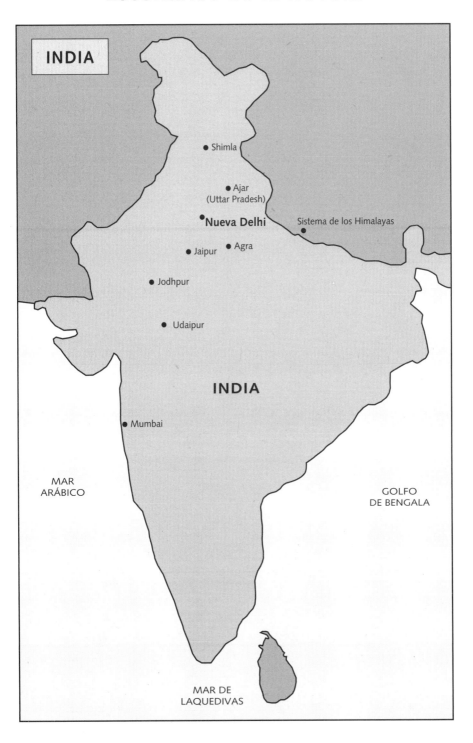

Dramatis personae

Malik: antiguo pupilo de Lakshmi, ha estudiado en el colegio Bishop Cotton para chicos. Veinte años.

Nimmi: joven perteneciente a una tribu nómada de los Himalayas, madre de Rekha y Chullu. Veintitrés años.

Lakshmi Kumar: antes se ganaba la vida como artista de la henna, pero ahora dirige el jardín medicinal perteneciente al hospital Lady Reading, en Shimla. Está casada con el doctor Jay Kumar. Cuarenta y dos años.

Jay Kumar: médico en el hospital Lady Reading de Shimla, director de la clínica comunitaria. Fue al colegio Bishop Cotton con Samir Singh. Está casado con Lakshmi.

Radha: hermana pequeña de Lakshmi. Vive en París con su marido, Pierre, arquitecto francés, y sus dos hijas. Tuvo un hijo de adolescente con Ravi Singh hace doce años, que dio en adopción a Kanta y Manu Agarwal. Veinticinco años.

Samir Singh: arquitecto y director general de Singh-Sharma Construction, perteneciente a una familia rajput de clase alta relacionada con la familia real jaipurí. Está casado con Parvati Singh y es padre de Ravi y Govind. Cincuenta y dos años.

Parvati Singh: dama de la alta sociedad, casada con Samir Singh y madre de Ravi y Govind. Es pariente lejana de la familia real jaipurí. Cuarenta y siete años.

Ravi Singh: hijo de Parvati y Samir, arquitecto en la empresa familiar Singh-Sharma Construction, casado con Sheela y padre de dos niñas, Rita y una bebé. Veintinueve años.

Sheela Singh: apellidada Sharma de soltera, casada con Ravi Singh y madre de dos niñas, Rita y una bebé. Veintisiete años.

Manu Agarwal: director del Departamento de Operaciones del palacio de Jaipur, casado con Kanta y padre de Nikhil. Treinta y ocho años.

Kanta Agarwal: nacida en el seno de una familia de literatos de Calcuta, casada con Manu Agarwal y madre de Nikhil. Treinta y ocho años.

Nikhil Agarwal: hijo adoptivo de Kanta y Manu. Doce años. Todos lo llaman Niki. La hermana de Lakshmi, Radha, es su madre biológica.

Baju: anciano sirviente de Kanta y Manu Agarwal.

Los Sharma: padres de Sheela Singh, copropietarios de Singh-Sharma Construction. El señor Sharma está enfermo. Su mujer no va a ninguna parte sin él. Debido a su mal estado de salud, Samir Singh dirige todas las operaciones de la empresa.

Moti-Lal: joyero de renombre, propietario de la joyería Moti-Lal.

Mohan: yerno de Moti-Lal. Trabaja con su suegro en la joyería.

Hakeem: contable en el Departamento de Operaciones del palacio.

Señor Reddy: gerente del cine Royal Jewel.

Maharaní Indira: mujer del anterior maharajá de Jaipur, no tiene hijos, se hace referencia a ella también como reina viuda. Es la suegra de la maharaní Latika y vive con ella en el palacio de las maharaníes. Setenta y cuatro años.

Maharaní Latika: glamurosa viuda del último maharajá de Jaipur fallecido recientemente y nuera de la maharaní Indira. Vive con esta en el palacio de las maharaníes. Fundó la escuela para chicas de Jaipur. Cuarenta y tres años.

Madho Singh: periquito alejandrino que la maharaní Indira regaló a Malik.

Prólogo

12 de mayo, 1969

Malik

Jaipur

Es LA NOCHE de inauguración del cine Royal Jewel, resplandeciente como una piedra preciosa. Un millar de luces centellean en el techo del inmenso vestíbulo. En los escalones de mármol que conducen al palco de la planta superior se refleja el brillo de un centenar de apliques de luz colocados a lo largo de la pared. Una gruesa alfombra roja amortigua el sonido de miles de pasos. En el interior, los mil cien asientos tapizados en lana de *mohair* ya están ocupados. Y todavía hay más gente de pie, junto a las paredes, para el estreno.

Es el gran día para Ravi Singh, arquitecto al mando del prestigioso proyecto, encargo de la maharaní Latika de Jaipur, que da testimonio de lo que se puede lograr con la mezcla de ingenuidad moderna y educación occidental. Ravi Singh lo ha construido emulando el teatro Pantages, en Hollywood, a casi trece mil kilómetros de distancia. Para una ocasión tan importante como esta, Ravi ha pedido a la dirección del cine que proyecten *El ladrón de joyas,* aunque ya se estrenó hace dos años. Unas semanas antes, Ravi me contó que había elegido esa película tan conocida porque refleja el nombre del cine y en ella aparecen dos de los actores indios más conocidos en la actualidad. Sabe que el público indio, un apasionado del cine, está acostumbrado a ver las mismas películas multitud de veces; la

15

mayoría de las salas tardan meses en cambiar la cartelera, de manera que aunque los residentes de Jaipur hayan visto la película hace dos años, volverán a verla. Ravi también se ha ocupado de que las estrellas Dev Anand y Vyjayantimala, acompañados por una de las otras actrices más jóvenes, Dipti Kapoor, asistan a la gran inauguración. La prensa también ha acudido para escribir la crónica de la inauguración del cine, informar de la presencia de la alta sociedad en pleno, todos vestidos con sus mejores galas, y mirar boquiabiertos a las celebridades de Bollywood.

Contemplo la moderna arquitectura, las opulentas cortinas de terciopelo rojo que cubren la pantalla, la expectación que se siente en el ambiente, impresionado con lo que ha conseguido Ravi, aunque hay muchas otras cosas en él que me inquietan.

Los Singh y los Sharma han invitado a mis anfitriones, Manu y Kanta Agarwal, a su palco, los asientos más caros de la sala. Yo los acompaño como invitado suyo; si no, ocuparía alguno de los asientos más baratos del patio de butacas de abajo, los que están más cerca de la pantalla; al fin y al cabo, no soy más que un humilde aprendiz en el palacio de Jaipur. A los niños se les permite la entrada al palco, pero Kanta ha dejado a su hijo Niki en casa con su *saas*. Cuando llegué a casa de los Agarwal esta tarde para acompañarlos a la inauguración, me fijé en que Niki se había quedado destrozado.

—¡Es el acontecimiento del siglo! ¿Por qué no puedo ir? Todos mis amigos van.

Niki estaba rojo de rabia. A sus doce años, sabía cómo envolver sus palabras en un halo intenso de injusticia.

Manu, siempre calmado frente a su hijo y su mujer, que tenían una personalidad explosiva, le contestó:

—La independencia de nuestro país fue el acontecimiento del siglo, Nikhil.

—Pero yo no había nacido por entonces, *papaji*. ¡Ahora sí! Y no entiendo por qué no puedo ir —respondió el chico mirando a su madre en busca de ayuda.

Kanta miró a su marido a los ojos como diciendo: «¿Cuánto tiempo más vamos a poder mantener a nuestro hijo al margen de los eventos sociales en los que estén presentes los Singh?». Niki va teniendo una edad en la que se pregunta por qué a algunos eventos de carácter social le permiten asistir y a otros no. Kanta me miró como si quisiera saber qué pensaba yo.

Me halaga que se sientan cómodos mientras mantienen estas conversaciones delante de mí. No tengo lazos de sangre con ellos, tan solo nos une que mi antigua tutora, Lakshmi —o jefa, como yo la llamo— es una vieja amiga suya. Conozco a los Argawal desde que era pequeño, así que estoy al corriente de la adopción de Niki, aunque él no lo sabe. Y sé que en cuanto los Singh vean esos ojos azul verdoso, tan inusuales en la India, les recordarán las indiscreciones de su propio hijo. La hermana de la jefa, Radha, no había sido la primera chica a la que Ravi había dejado embarazada antes de casarse con Sheela. Ser conscientes de los defectos de su hijo es una cosa, pero tener delante la prueba en carne y hueso alteraría a Samir y Parvati Singh.

Al final, los Agarwal no necesitaron que los ayudara a decidir qué hacer, menos mal. La madre de Manu, ocupada con su rosario de madera de sándalo, fue quien resolvió la cuestión:

—¡Tanto cantar y bailar en las películas corrompe a la gente! Vamos, Niki, ayúdame. Vamos a mi templo.

Niki gimoteó. Era un niño educado y las órdenes de su abuela no estaban abiertas a debate.

Dentro del cine, entre aplausos ensordecedores, la maharaní Latika, la tercera y la más joven esposa del maharajá de Jaipur, y ahora viuda, se sitúa en el centro del escenario para dar la bienvenida a los asistentes. Es el primer proyecto grande que dirige desde la muerte de su marido. Es la jefa de Manu; ninguna de las otras esposas del maharajá quiso encargarse de las finanzas. Manu es el director de operaciones del palacio real de Jaipur y se ocupa de presentar proyectos de construcción como este, y la jefa me ha enviado a formarme con él.

—Esta noche celebramos la inauguración de la mayor sala de cine que se ha visto en Rajastán, el cine Royal Jewel. —Espera a que se apaguen los aplausos antes de continuar. Sus pendientes de rubíes y diamantes y el *pallu* bordado con hilos de oro que decora el sari de seda banarasi de color rojo lanza miles de destellos al público mientras observa la sala llena con una modesta sonrisa—. Es una ocasión histórica para Jaipur, hogar de ejemplos arquitectónicos de renombre mundial, tejidos y joyas deslumbrantes, y, cómo no, ¡el *dal batti* rajastaní!

El público se ríe al oír el nombre de un plato local muy famoso.

Su alteza agradece a Manu la supervisión del proyecto, elogia el buen trabajo de los arquitectos de Singh-Sharma y termina su discurso pidiendo a los actores de la película que suban al escenario. Anand y Vyjayantimala salen seguidos por la joven Kapoor, que se ha maquillado los ojos con khol y lleva un sari de lentejuelas, entre silbidos y gritos de *waa waa*. El público les lanza rosas, flores de plumeria y *chameli*, y se pone de pie para ovacionarlos. Cuando éramos pequeños, la hermana de la jefa, Radha, era muy cinéfila, más que yo. Pero esta noche incluso yo me dejo llevar por la emoción enfebrecida, los aplausos atronadores y los silbidos del público.

Por fin, las cortinas se abren y el silencio se extiende en la sala mientras los títulos de crédito aparecen en la pantalla. Incluso los conductores de *rickshaw* y los sastres que ocupan los asientos baratos de las filas delanteras guardan silencio.

Las películas indias son largas, duran casi tres horas, cuatro a veces, con un intermedio. Durante el descanso, salimos a la calle, junto con la mayoría del público, a tomar algo. Los vendedores ambulantes están preparados. Se han dispuesto a ambos lados de la calle delante del cine. El aroma de los cacahuetes picantes tostados, el *panipuri*, las *pakoras* de cebolla y las *samosas* de patata es casi irresistible. Compro unos vasitos de *chai* y los reparto. Samir compra un plato grande de *kachori* y *aloo tikki* para el grupo.

Estamos en mayo, pero en Jaipur hace ya un calor sofocante. El cine tiene aire acondicionado, pero es más agradable estar fuera que dentro con el olor que despiden miles de cuerpos allí metidos. La mujer de Ravi, Sheela, no quiere comer ni beber nada, porque dice que está todo demasiado caliente. Lleva a su hijita dormida sobre el hombro y el calor de su cuerpecito la agobia. Hincha las mejillas y se acerca a un puesto que vende abanicos *khus-khus*. Le cae el sudor por el cuello y se le cuela debajo de la blusa. Me obligo a mirar hacia otro lado.

Parvati presume con orgullo de su nieta de cuatro años, Rita, delante de las otras damas de la alta sociedad que se acercan a saludar. *Tumara naam batao, bheti.*

Kanta charla alegremente con unos amigos. La élite de Jaipur presente en la gala de inauguración felicita a Samir y a Manu. Busco a Ravi; hace un rato estaba con ellos y me pregunto por qué se perdería la oportunidad de ser el centro de atención. No es propio de él.

Observo y escucho, como siempre, algo que la jefa me enseñó bien. En la próxima carta que les escriba a ella y a Nimmi, que viven en Shimla, podré contarles lo que le ha parecido el peinado o el color del sari de la protagonista al público que ha venido al cine. ¡Apuesto a que Nimmi no ha visto una película en su vida! También podré contarles que la mayoría de las damas de Jaipur se casarían con el protagonista, Dev Anand, a la menor oportunidad. Es guapo.

Veo que Sheela vuelve abanicándose la cara. Parvati le retira los rizos húmedos de la frente a su nieta dormida. Sheela mira algo por detrás de su suegra. Y, de pronto, se le endurece el gesto. Sigo su mirada hacia un rincón de la sala y me fijo en que Ravi sale discretamente por la puerta lateral del edificio acompañado de la joven actriz. Sheela observa con los ojos entornados cómo su marido y la estrella de cine se alejan en la oscuridad, lejos de la multitud. Sé que por ahí se va a un muelle de carga. En esa zona esperan también los chóferes de la maharaní y de los actores. A lo mejor la acompaña a su coche.

Oímos el timbre que anuncia que el intermedio está a punto de terminar. La segunda parte de la película va a comenzar. Miro la hora. Son las nueve y media de la noche. Las niñas de Sheela ya deberían estar en la cama, pero Ravi ha insistido en que toda la familia tenía que estar presente para que la gente los viera en un momento tan importante. Estoy seguro de que Sheela se ha peleado con él por este asunto. Ella prefiere que sus hijas se queden con su *ayah*.

El público regresa poco a poco al vestíbulo y entra en la sala por las puertas abiertas. Devuelvo los vasos vacíos a los *chaiwallas* cuando pasan haciendo la ronda. El suelo está lleno de las hojas de plátano sobre las que sirven el *chaat*. El aire huele a comida servida y consumida, un olor que no es del todo desagradable. Tomo en brazos a Rita, la otra hija de Ravi, a quien empiezan a cerrársele los ojos de sueño, y me la echo al hombro.

Sigo al resto del grupo hacia el interior del vestíbulo.

Antes de llegar a las puertas oímos un crujido cavernoso, el ruido de algo que cede y, de repente, el estruendo de cuatrocientos cincuenta kilos de cemento, ladrillo, acero corrugado y paneles de yeso al venirse abajo. Y a los pocos segundos, el ruido ensordecedor de un edificio que se derrumba, gritos de angustia y gemidos de dolor procedentes del interior del cine.

DOS MESES ANTES
DEL DERRUMBE

1

Nimmi

Marzo de 1969

Shimla, estado de Himachal Pradesh, India

ME DETENGO PARA mirar las montañas, que despiertan de su sueño. El invierno en Shimla está llegando a su fin. Los hombres y las mujeres se cubren con dos, a veces tres, *pashminas* de lana, pero las colinas ya se van deshaciendo de sus mantas. Oigo el goteo de la nieve derritiéndose al golpear el suelo mientras me dirijo a casa de Lakshmi Kumar.

Ayer vi en el valle situado más abajo cómo las primeras anémonas rosas agitaban con descaro la nariz en el aire. En las lejanas colinas del norte, imagino a mi tribu pastoreando a sus cabras y sus ovejas por el valle de Kangra hasta la aldea de Bramour, en los Himalayas, donde estaría yo si mi marido Dev estuviera vivo. Cuesta creer que ha pasado un año de su muerte. Mi hija Rekha correría al lado de su padre agitando los bracitos e intentando ayudarlo a pastorear a los animales, y yo cargaría con el pequeño Chullu a la espalda. Nos acompañarían las otras familias de la tribu que hubieran ido a pasar el invierno a los pies de la cordillera para que sus animales tuvieran pastos suficientes. Nada más comenzar el deshielo a principios de primavera, bajábamos de las montañas para cultivar los campos con el estiércol de las ovejas convertido en rico abono durante los meses de invierno.

No he vuelto a ver a mi familia desde que abandoné la tribu la primavera pasada tras el grave accidente de Dev. Ellos no vienen a Shimla, no bajan tan al sur, pero no pasa un solo día en que no me acuerde de ellos con cariño.

Recuerdo las bromas del viejo Suresh cuando hacíamos el camino. «¿Os sabéis el chiste de la cabra que tenía gases y el pastor que no tenía nariz?» «No, cuéntanoslo, así nos reímos.»

La abuela Sushila, desdentada y con unos pelos grises que le salían del tatuaje triangular que tenía en la barbilla, nos contaba alguna de las historias tradicionales que le había contado su abuela. «Así que el rey ordenó a la reina que le tejiera una manta con la lana más fina, a sabiendas de que tardaría casi diez años...» Todos nos la sabíamos de memoria y recitábamos la última frase por ella, que siempre nos miraba con el ceño fruncido. «Ah, ¿ya os la sabíais?»

Tras vender la lana de nuestras ovejas en los pueblos a los pies de los Himalayas, hacíamos nuestras compras de invierno: un jersey azul no tejido a mano, un transistor Philips, un pollo que no dejaba de chillar comprado en el mercado de una estación de montaña. Algunas familias compraban una bonita cabra doméstica con pintas o un novillo negro, y los demás los admirábamos. Mi cuñada presumía de su cedazo nuevo, mientras que mi hermano mayor caminaba con orgullo a su lado junto a sus hijos. Todos asentíamos con la cabeza para reafirmar que el cedazo le permitiría separar la cascarilla del arroz con más rapidez.

Sonrío al recordar aquellos viajes por las montañas. Casi me siento feliz. El día estaría completo si recibiera carta de Malik, aunque tenga que compartirla con otra persona, en especial si esa persona es Lakshmi. Si pudiera haber ido a clase, no tendría que soportar la humillación de recibir sus cartas a través de ella para que me las lea.

Mis botas de piel de cabra hacen un agradable chapoteo cuando piso el barro que se va formando e imagino formas de echar a Lakshmi Kumar de mi vida.

EL DÍA QUE Lakshmi llegó a mi vida yo no me encontraba muy bien. Había estado delirando por la fiebre y la pena hasta tal punto que ni siquiera había sido consciente de haber dado a luz a mi hijo Chullu, dos meses antes de lo previsto. Aquel mismo día, mi marido Dev había intentado arrastrar a un joven macho cabrío, borracho de comer hojas de rododendro, de vuelta al estrecho sendero de montaña. Volvíamos a la choza donde pasamos el verano en lo alto de los Himalayas. Dev se resbaló y la cabra y él se despeñaron por un barranco. Todos lo vimos, pero ninguno de nosotros pudo hacer nada. Desde siempre hemos sabido que las montañas son el hogar de los dioses Shiva, Rama y Kamala, que son mucho más poderosos que nosotros. Si quieren arrebatarnos a alguien, están en su derecho, tienen ese privilegio. Aun así, yo no estaba preparada para separarme de mi marido. Lloré y lloré, sin parar de repetirme: ¿No fue suficiente con la cabra que sacrificamos al comienzo de nuestro viaje para protegernos? ¿O acaso nos echaron *nazar*? Puede que el hecho de que nuestras ovejas hubieran producido tanta lana el invierno anterior hubiera despertado los celos de alguien.

Iba por ahí agarrando por los hombros al que tenía más cerca y chillando como una loca ante su mirada de asombro: «¡Dime que no le echaste mal de ojo a Dev!». Gritaba a nuestro señor Shiva. Me golpeaba la barriga con los puños y le prometía a Shivaji que le daría al bebé si me devolvía a Dev. Mi suegro y mi hermano tuvieron que sujetarme los brazos para que no le hiciera daño a la criatura. Las mujeres me masajeaban las sienes, las manos y los pies con aceite tibio de mostaza hasta que me quedaba inconsciente. Casi una semana después, cuando desperté de aquel largo sueño, vi la carita de Rekha junto a mi cama, muerta de preocupación, y la llamé. Solo tenía tres años y aún no entendía que no volvería a ver a su padre. Fue entonces cuando mi suegro me dijo que el médico y la *doctrini* habían ido desde Shimla para curarme. El padre de mi marido habló conmigo a través de una cortina que las mujeres habían colocado para que las madres pudieran dar el pecho a sus hijos en la intimidad durante los once días posteriores al parto. Bajé la vista y vi por primera vez al bebé que dormía en mis brazos. Apartó la cabecita del pezón húmedo, con la boquita rosa chorreando leche de color azul pálido.

¿Cómo podía haber pensado siquiera en deshacerme de ese bebé? Shiva le había dado la bonita nariz y la frente amplia de Dev, y hasta su pelo ondulado. Pedí a Rekha que se subiera a la manta con nosotros y saludara a su hermano Chullu.

La siguiente vez que vi a Lakshmi Kumar fue el día que conocí a Malik, en junio del año pasado. Yo vendía flores en la galería comercial de Shimla. Rekha tenía tres años, era una niña muy seria, y le pedí que vigilara a su hermanito de tres meses. Había estado recogiendo flores por la mañana en los alrededores de los bosques de la ciudad, rosas, margaritas y ranúnculos para los turistas y los visitantes habituales, y para los compradores más entendidos peonías, milenrama y dedaleras. Gracias a la vida que llevaba con mi tribu, sabía que ciertas flores quitaban algunos dolores o la tos, aliviaban el sangrado menstrual y ayudaban a dormir.

Una vez en el puesto, saqué las flores del capazo que yo misma había tejido con las cañas que crecían en la zona y las extendí en el suelo sobre una manta de crines de caballo. Cuando Chullu empezó a removerse, me quité el paño con el que me

26

cubría los pezones para no mojar la ropa y le di el pecho. Nada más empezar a comer, se calmó. No tardarían en salirle los dientes y al final tendría que dejar de darle leche materna, pero por el momento me gustaba notar el calor de mi niño, el calor de Dev, junto a mi cuerpo.

Lo último que saqué fue la estatuilla de plata de Shiva, y la dejé a un lado del puesto tras rezarle una oración silenciosa y darle las gracias por mi Chullu. Luego metí a los niños en el capazo vacío. Igual que mi madre, y su madre antes que ella, había aprendido a sujetar a mis pequeños con una cuerda cuando estaba ocupada hirviendo leche para hacer queso, cosiendo una chaqueta o recogiendo estiércol para el fuego. Chullu miró cómo le ataba la muñeca con una tira de tela. Cuando me acerqué a besarle las mejillas, él se retorció y echó la cabeza hacia atrás. Rekha jugaba con el pelo de su hermano. Nada más terminar de trenzarle los mechones ondulados, el niño sacudía la cabeza riéndose y se le deshacía la trenza, y la pequeña empezaba de nuevo.

Sabía que mi aspecto no era como el de los demás vendedores de la galería, y lo consideraba una ventaja, sobre todo con los turistas, indios en viaje de luna de miel, personas mayores que acudían a retiros espirituales y europeos fascinados con nuestras costumbres tribales. Al igual que otras mujeres de la tribu, llevaba una falda de flores de algodón de color amarillo intenso sobre mi *salwar-kameez* verde. En la cabeza, encima del *chunni* naranja con el que me la cubría y también parte de los hombros, llevaba un medallón de plata. Me ceñía la cintura con un cordón de lana de oveja hervida y teñida de negro que me daba veinte vueltas. Aparte de eso estaban los puntitos tatuados que revelaban mi origen —tres formando un triángulo en la barbilla al cumplir la mayoría de edad— que todos los visitantes se quedaban mirando. Lo único que había dejado de ponerme era el elaborado anillo de la nariz, del tamaño de una pulsera, que me habían regalado cuando me casé. Me di cuenta de que era algo que no solo despertaba curiosidad, sino que se había convertido en una atracción en sí, y los visitantes se lo señalaban unos a otros. Ellos pensaban que lo hacían con discreción, pero a mí me molestaba la fascinación que les veía en la cara.

Cuando Dev murió en el barranco hace un año, me negué a que mis hijos se arriesgaran a que les pasara lo mismo: la migración de un lado a otro de las montañas, perder los dedos por congelación, la amenaza de la muerte siempre presente. Pregunté a mi suegro si podía quedarme en Shimla. A él le habría gustado que me casara con otro hombre soltero de la tribu, pero él también estaba pasando el duelo por haber perdido a su hijo y aceptó, de mala gana, con la condición de que tendría que abrirme camino en la vida yo sola. Como despedida me regaló una buena cantidad de carne seca y todas las joyas de plata de mi dote. Al ser mujer, no tenía derecho a ninguna propiedad, ni siquiera una oveja o una cabra, pero sabía que podría vender las joyas si venían tiempos difíciles.

A la izquierda de mi puesto, el vendedor de globos daba forma de elefante y camello a sus tubos de aire. Mis hijos lo miraban fascinados. Chullu alargó la mano hacia uno de ellos, pero Rekha le apartó el brazo con delicadeza. A mi derecha había un puesto de Coca-Cola, pero su dueño no había llegado todavía. Era un poco pronto para que la gente se parase a comprar bebidas. A media tarde harían cola para comprar sus productos de sabor exótico.

El reloj de la iglesia de Cristo dio ocho campanadas. En primavera, los más madrugadores subían a los templos de Jakhu, en el pico más alto de la ciudad, Sankat Mochan o Tara Devi. Los que no eran muy religiosos dormían un poco más. No tenían prisa por empezar el día.

Vi a un joven y a una mujer a lo lejos que se dirigían hacia mí con determinación. La mujer vestía un sari marrón con manto de lana del mismo color, con un ribete de flores blancas bordadas. Caminaba rápido y con zancadas cortas. Llevaba el pelo recogido en un pulcro moño en lo alto de la cabeza. El joven era delgado y le sacaba una cabeza, pero caminaba con paso más relajado, como si tuviera todo el tiempo del mundo. Aun así, no tenía problema para seguirle el ritmo. Cuando estaban cerca del puesto, me fijé en que por su edad, la mujer podría ser su madre. Tenía unas arrugas finas en la frente y alrededor de la boca. Él no parecía que tuviera más de veinte años, puede que unos pocos menos que yo. Vestía una camisa blanca, jersey azul y pantalones de pinzas de color gris oscuro. La mujer tenía la vista puesta en mis flores, mientras que él miraba divertido a mis hijos metidos en el capazo.

La mujer fue directa a las peonías.

—¿Dónde las has encontrado? —preguntó.

Tuve que obligarme a dejar de mirarlo. Me recordaba muchísimo a mi difunto marido. Se parecía a Dev en los ojos, amables y agudos al mismo tiempo, ojos que me habían cortejado, amado y hecho que me sintiera segura.

Cuando me volví hacia la mujer, sus ojos también me impactaron. Era una mujer guapa con unos ojos azules como el cielo de las montañas tras una noche de lluvia.

—En un cañón, a un kilómetro y medio de aquí —respondí—. Hay que bajar bastante. Y al avanzar un poco más, al fondo, hay un macizo de estas flores.

No me asustaba revelar mi hallazgo. Estaba acostumbrada a trepar por pendientes escarpadas y estaba segura de que alguien tan refinado como ella no me seguiría. Cuando los ancianos de la tribu se llamaban «cabra vieja» entre ellos, se referían a la facilidad con la que trotaban por aquel terreno montañoso siguiendo a sus rebaños.

Chullu lloró y la mujer se fijó en él. Pestañeó y abrió un poco la boca. Le froté las encías con el dedo para calmarle el dolor. La mujer sonrió. Tenía una sonrisa maravillosa.

—Veo que ha crecido.

¿Nos conocíamos? Si la había visto antes, no me acordaba. Ella notó mi confusión y señaló con la barbilla a Chullu.

—El doctor Kumar y yo te asistimos en el parto hace unos meses —explicó y dirigió la mirada hacia lo alto de las montañas—. A varios kilómetros al otro lado de aquel pico.

¡Conque aquella mujer era la *doctrini* que me había asistido! Ella había salvado a mi Chullu. Estaba en deuda con ella. Junté las manos y me agaché para tocarle los pies.

—Gracias, doctora, de no haber sido por usted...

Ella se inclinó para impedirlo y me cubrió las manos con las suyas. Fue entonces cuando me fijé en la decoración con henna más fina que había visto nunca en las manos de una mujer. Se parecía a la delicada labor a base de cuentas y lentejuelas de un *chunni* de boda, casi como si llevara unos guantes de seda cuidadosamente tejidos con un intrincado diseño. Me costó apartar los ojos de sus manos.

—Es a mi marido, el doctor Kumar, a quien tienes que darle las gracias. Trabaja en el hospital Lady Reading —dijo—. Yo no soy médico. Lo ayudo a calmar los dolores que sufren las mujeres durante y después del parto. Me alegra ver a tu bebé tan sano.

Me di cuenta de que no dijo nada de mi marido, lo cual era de agradecer. El profundo dolor que había sentido tras perderlo había dado paso a un pinchazo sordo, perceptible solo en determinados momentos, como cuando veía el amuleto de Shivaji que llevaba Dev en el cuello y que, tras su muerte, ponía alrededor de la estatuilla del dios que tenía en casa.

Me di la vuelta y dejé a un lado el recuerdo de Dev mientras envolvía las flores en papel de periódico. Oí al joven preguntar a mis niños qué animal les gustaría que les hiciera el vendedor de globos. Lo miré. Estaba agachado delante del capazo. Chullu lo miraba hipnotizado.

—Por favor, no hace falta —dije.

El hombre que tenía los mismos ojos que mi marido se volvió hacia mí.

—No, no hace falta —dijo sonriéndome hasta que me di la vuelta de nuevo con la cara roja.

Seguí envolviendo las flores. Cuando la mujer fue a pagarme, yo rechacé el dinero.

—Jamás podré devolverle el favor, *ji*.

Pero ella insistió.

—Puedes devolvérmelo alimentándolos bien —respondió ella señalando a los niños, que en ese momento jugaban con el globo con forma de elefante que les había comprado el muchacho—. ¿Podrías conseguirme más peonías para mañana? También me llevaré un poco de milenrama ya que estoy aquí.

Cuando la pareja se alejaba con sus compras, les grité:

—¿Puedo saber cómo se llama, *mensahib*?

Sin detenerse, la mujer de los ojos azules volvió la cabeza y me sonrió.

—Señora Kumar. Lakshmi Kumar. ¿Y tú?

—Nimmi.

Señaló al joven, que se había vuelto a mirarme y en ese momento retrocedía para ajustarse al paso de la mujer.

—Este es Malik, Abbas Malik, y vendrá por aquí a recoger un pedido de flores cada pocos días.

Malik se detuvo para dirigirme un *salaam*, el saludo musulmán, me sonrió y echó a correr para alcanzar a la señora Kumar.

Al día siguiente me vestí y peiné con más cuidado. Me puse mis pendientes y mi gargantilla de plata maciza, los que llevé cuando me casé. Me decía a mí misma que lo hacía por los clientes, pero a quien tenía ganas de ver era a Malik. No sabía si aparecería, pero tenía una corazonada. Cuando llegó, saludó primero a los niños. Chullu le sonrió con su boca sin dientes, pero Rekha lo estudió con seriedad, como hace siempre. Después, Malik sacó un tarrito de una bolsa de tela que llevaba y me lo entregó.

Yo lo acepté, sorprendida, y observé el denso líquido dorado que había dentro. Me temblaban las manos. El último regalo que me habían hecho habían sido los lazos con espejitos para atarme las trenzas que me hizo la hermana de Dev para nuestra boda.

—Para cuando le salgan los dientes —explicó.

Abrí el tarro y metí el dedo. Lo acerqué después a Chullu, que abrió la boca. Le froté las encías y mi pequeño se chupó los labios. Rekha también quería, así que le acerqué el dedo para que lo chupara. No tenía dinero para comprar miel y sentí una gratitud infinita al ver el regalo tan considerado que me había hecho un hombre que no era de mi familia.

—Gracias —dije sin apartar la vista de mis niños.

—Soy yo quien te da las gracias por las peonías. Si no, la jefa me habría hecho trepar hasta el acantilado para cogerlas —respondió él con una sonrisa intensa y profunda.

—¿Jefa?

—La señora Kumar. Es mi jefa, aunque hace como que no lo es —respondió él sin dejar de sonreír.

—¿Cómo sabías lo de la miel?

—Por los hijos de mi *Omi*, los suyos y los niños que cuidaba donde vivíamos antes. Llamo madre a *Omi*, pero en realidad fue la mujer que me acogió cuando era pequeño. Pues bien, siempre había alguno echando los dientes, y mi madre les ponía miel en las encías. —Sonrió—. Ya verás lo que sé hacer con el pelo. Ayudaba a todas mis medio hermanas a hacerse las trenzas.

Antes de que pudiera preguntar qué le pasó a su verdadera madre o quién era esa *Omi*, Rekha, que nos había oído hablar, se puso a gritar como loca:

—¡Hazme trenzas!

Después de aquel día, siempre llegaba con algo para los niños: un arco para Rekha, una bolsita de lichis dulces, un saltamontes verde para Chullu. Desde el principio me sentí muy cómoda con él. Empecé a recoger plantas poco comunes para que se las llevara a la señora Kumar: rododendro para los tobillos hinchados o raíz de mora para detener el sangrado cuando la menstruación es demasiado abundante. Un día le di un cuenco de *sik*, hecho con el fruto seco del nim y dorado en *ghee* antes de añadirle agua y azúcar. Fue lo que comí durante los dos embarazos, y lo consumen todas las mujeres de las montañas para estar saludables antes y después del parto.

Una bonita mañana de agosto, cuando la niebla se levantó de las cumbres y sentí que el sol me calentaba las mejillas, Malik apareció con una *tiffin*. Dijo que la fiambrera contenía *chapattis* de trigo con maíz y un curry hecho con calabazas de verano y cebolla dulce.

—Hoy vamos a comprar todo lo que tienes y voy a llevarte de pícnic.

Rekha sonrió, raro en ella. Luego se puso a dar palmitas y salió del capazo de un salto. Les solté los cordones de la muñeca y me coloqué a Chullu en la cadera.

—¿Cómo que «vamos»? ¿Ahora hablas con tu sombra? —pregunté en broma.

Empezó a recoger las flores del puesto y las fue colocando con cuidado dentro del capazo vacío.

—Ayer, la hija de un financiero dio a luz gemelos en el hospital Lady Reading. Yo había compartido el *sik* que me diste con las enfermeras, que lo compartieron a su vez con ella. Dijo que era de las mejores cosas que había comido en la vida y que hizo que se sintiera mejor. ¡Y sin darnos cuenta, su padre hizo una donación para el ala nueva del hospital! ¿Qué te parece? —Malik le dio unos toquecitos a Chullu en la nariz con el dedo y después a Rekha, y los dos se rieron.

Tapé el capazo con la manta de crines y me lo eché a la espalda. Después me puse a Chullu sobre la cabeza, dejando que la cabeza colgara sobre uno de mis hombros y agarrándole el tobillo por encima del otro, y le mostré a Malik cómo llevar a Rekha de la misma manera. Así es como cargamos a los niños pequeños en nuestra tribu, una forma que resulta cómoda para ellos y para nosotros.

Malik me imitó como si llevara toda la vida haciéndolo.

Una tarde cálida, unas pocas semanas más tarde, apareció en la habitación donde vivíamos de alquiler en la parte baja de Shimla. Olía a las patatas picantes que estaba preparando para los niños y había dejado la puerta abierta para que entrara el aire. Malik estaba en el umbral mirándonos con esa sonrisa perezosa suya. Por un momento, me quedé mirándolo con la cuchara que estaba usando en alto, sin preguntarle siquiera cómo había descubierto dónde vivía.

El alojamiento no es más que una zona cubierta bajo el saliente de una casa: suelo de tierra compactada, paredes hechas de placas de madera, una ventana y una cortina. Es acogedor, se parece a la cabaña en la que Dev y yo vivíamos en verano, en lo alto de las montañas. Construimos las paredes colocando varias capas de cañas sobre una estructura de madera. Todos los miembros de la tribu nos ayudaron. Las ventanas no tenían recubrimiento alguno ni tampoco cristales y dormíamos en unas colchonetas rellenas de hierba.

Mis caseros en Shimla, los Arora, me dieron un hornillo con dos quemadores al que tardé en acostumbrarme; yo siempre había cocinado sobre la lumbre. El grifo y el retrete están fuera. Los Arora tienen sesenta y tantos años y no tienen hijos. El día que me vieron con los míos mientras levantaba el campamento en una loma desde la que se veía su casa, nos invitaron a desayunar. La señora Arora tomó a Chullu en brazos y le olió el pelo con los ojos cerrados. Rekha se escondió detrás de mí hasta que

34

la mujer le ofreció un caramelo. Cuando se enteraron de lo que nos había pasado, se ofreció a cerrar el espacio que había debajo de su casa, justo bajo la salita en voladizo. Me dijeron que no me preocupara por el alquiler, pero yo intento darles todo lo que puedo de lo que gano con el puesto de flores. Además, están encantados de cuidar de los niños por la mañana cuando salgo a buscar flores y plantas por la montaña.

Desde que Malik y yo empezamos a dormir juntos, al poco de conocernos, solo he visto a Lakshmi unas pocas veces. Deja que él se encargue de comprar las hierbas medicinales y solo lo acompaña cuando quiere saber si he encontrado alguna otra flor o para preguntarme si existe alguna otra variedad de leño colubrino más potente para bajar la presión arterial que la última que compró Malik.

Unos meses antes había venido al puesto con él, y yo pensé que buscaba una hierba en concreto. Me levanté para saludar, pero me pareció que estaba distraída, echando un vistazo a mis flores y mis plantas mientras Malik reunía todo lo que necesitaban. Noté que me estudiaba cuando yo no miraba. Mis pequeños estaban como locos por que Malik los entretuviera. Rekha quería que jugara con ella a un juego de dar palmas que él mismo le había enseñado y Chullu quería que lo llevara a caballito. Malik les sonreía, pero a mí me evitaba.

Miré a Lakshmi, que nos observaba a los dos. Sentí que se me aceleraba el corazón —siempre me pasa cuando me preocupo— y percibí que algo no iba bien. Me di cuenta de que a Malik le daba vergüenza que Lakshmi conociera la intimidad que compartíamos.

2

Lakshmi

Shimla

ME ENCANTA ESTA época, respirar el aire fresco, el crujido de los cristales de nieve bajo los pies y la expectación de la nueva estación que comienza. Después de vivir la mayor parte de mi vida en el corazón seco de Rajastán y Uttar Pradesh, jamás se me había ocurrido que acabaría amando el clima frío de las estribaciones de los Himalayas.

Al trasponer el último cerro en mi paseo mañanero, veo el tejado a dos aguas de mi bungaló de estilo victoriano cubierto por restos de nieve y pienso en una elaborada tarta de crema. A un lado de la casa hay un cedro del Himalaya con las ramas cargadas de nieve. La imagen siempre me llena de alegría y me pregunto, con frecuencia, cómo podría captar tan delicada belleza en un dibujo de henna.

Y de pronto veo a Nimmi esperándome en la puerta.

Vacilo un instante.

Está impresionante, con su figura esbelta ataviada con la vestimenta y las joyas tradicionales de su tribu. Tiene la piel del color de la corteza húmeda, tan oscura que sus ojos, pequeños y profundos, brillan como los ojos negros de los enérgicos pájaros bulbul. Los ojos y la nariz aguileña le dan un aspecto severo. Me regaño a mí misma por juzgarla. ¿Acaso no he aprendido ya que tengo que mostrarme agradable aunque la situación no lo requiera?

Es una habilidad que perfeccioné a lo largo de una década, atendiendo los caprichos de las damas de Jaipur cuando les pintaba las manos con henna. Puede que a las mujeres de la tribu de Nimmi las eduquen para no suavizar sus emociones verdaderas.

Me doy cuenta de que tengo el ceño fruncido. ¿Nimmi me hace sentir incómoda porque piensa que soy la responsable de haber apartado a Malik de ella? Es posible. Tal vez sea por eso por lo que me esfuerzo tanto en ser educada y amable con ella. Probablemente por eso le compro casi todas las flores del puesto. Le he dicho a Malik que le pague más de lo que pide porque sé que es una viuda joven que necesita salir adelante y criar a sus hijos. Y aun así percibo su actitud hostil hacia mí. ¿O será recelo? Como si estuviera esperando un gesto de desaprobación, una reprimenda o un castigo. ¿Será así? He de admitir que me recuerda a cuando mi hermana Radha vino a vivir conmigo y no me hacía caso.

Me obligo a sonreír y subo los escalones del porche. Nimmi avanza hacia mí ansiosa. Con una mirada ávida parece preguntarme: «¿Ha llegado alguna carta de Malik?».

Lleva la cabeza cubierta con un *chunni* y se ha puesto encima el medallón de plata que señala que es nómada. Parece no notar el frío que yo sí siento, a pesar del chal fino de lana que llevo encima del jersey de cachemir y el sari de tela gruesa. Malik me dice que la fibra de lana de las prendas tejidas a mano de la tribu de Nimmi da más calor y los mantiene más secos que los hilados que uso para tejer los jerséis que llevamos Jay y yo.

Asiento con la cabeza y saludo en voz baja. Meto la llave en la cerradura y la sostengo para que entre. Ella avanza unos pasos y se detiene. El fuego que Jay ha dejado encendido en la chimenea antes de marcharse a trabajar por la mañana envuelve la sala en un fulgor anaranjado. La sombra de las llamas crea figuras en el resplandeciente suelo de madera. Frente a la chimenea hay un sofá y dos sillones cubiertos con una funda de algodón de color crema.

Intento ver la sala tal como la ve Nimmi; parece de lo más incómoda. Para ella, una mujer de las montañas acostumbrada a dormir al raso encima de unos cobertores acolchados con trozos de mantas viejas, las casas de dos plantas de Shimla, construidas por los británicos, deben de parecerle obscenamente lujosas.

—¡Namasté! *Bonjour! Welcome!* —chilla Madho Singh.

Nimmi reacciona buscando el origen del sonido, igual que Malik cuando vio por primera vez al pájaro que hablaba en el palacio de la maharaní de Jaipur tantos años atrás. La jaula de Madho Singh está junto a la chimenea porque le gusta el calorcito; después de todo, el clima de Shimla es un poco frío para un ave tropical. Malik tuvo que dejarlo allí cuando se marchó a Jaipur. Sin embargo, de alguna manera consiguió que le dejaran tenerlo en su habitación del internado Bishop Cotton. Tengo que admitir que me he acostumbrado al periquito alejandrino: casi lo echaría de menos si no se pasara el día refunfuñando, como solía hacer con la maharaní Indira. Tan encantada se quedó con Malik y su fascinación por el ave, que se lo regaló cuando abandonamos Jaipur, aunque a veces me pregunto si no lo haría para deshacerse de un pájaro tan molesto.

Nimmi esboza un amago de sonrisa; el pájaro le hace gracia.

Cuelgo el chal en un perchero al lado de la puerta. La chaqueta de punto verde de Jay, la que se pone para estar en casa, está ahí también, junto con los sombreros, los paraguas y los abrigos de los dos. Veo que Nimmi se queda mirando la mesa de la sala en la que desayunamos. Junto a las tazas de té vacías y los platillos hay un sobre abierto con un corte limpio y un abrecartas de plata al lado. Clava los ojos en el sobre como si fuera una joya.

—¿Te apetece una taza de té? —pregunto.

Ella niega con la cabeza con educación e impaciencia. Casi no puede contenerse para ordenarme que le lea la carta. Es la única razón que tiene para estar aquí. Su tribu sube y baja de las montañas con las estaciones, por lo que la mayoría de sus miembros nunca han ido al colegio y no saben leer. Malik me obligó a prometer que le leería en voz alta las cartas que le mandara.

—He hecho algo especialmente para ti. Voy a buscarlo.

Y antes de que pueda negarse, entro en la cocina y pongo agua para hacer té. Puede que ella no sienta el frío, pero yo sí. Mientras la leche y el agua rompen a hervir, echo unas semillas de cardamomo, una rama de canela y unos granos de pimienta antes de añadir las hojas de té. En una bandeja de acero inoxidable tengo rodajas de limón confitado y pétalos de rosa recubiertos de azúcar que he preparado antes. Nimmi ha estado muy triste desde que Malik se marchó hace un mes y sé que las esencias de las frutas y las flores son un bálsamo natural para la tristeza. Mi vieja *saas* me lo enseñó y he empleado la receta para tratar a muchas personas desanimadas.

Regreso a la sala con la bandeja del té y la fruta confitada y me encuentro a Nimmi calentándose las manos delante del fuego. Le indico los sillones que tenemos frente a la chimenea y Nimmi se inclina sobre uno de ellos, echando la pesada falda hacia un lado para sentarse en el borde, como un pajarillo nervioso a punto de abandonar el nido. Yo me siento en el otro. La mesa está entre las dos. Empujo la bandeja con los dulces hacia ella y sirvo el *chai* en las tazas de porcelana.

—¿Cómo están tus hijos?

Ella coge una rodaja de limón y la examina. A lo mejor su pueblo no come fruta confitada.

—Están sanos —responde en hindi. Su lengua nativa es el pahari y su dialecto es tan diferente del que conozco que no entiendo casi nada.

—Me alegra oírlo.

Mi marido, que es médico en la clínica comunitaria, me dijo que sus dos pequeños, un niño y una niña, tenían infección de oídos la última vez que los atendió.

Nimmi asiente con aire distraído y muerde un trocito de la fruta confitada. Abre los ojos como platos. El sabor dulce y agrio la sorprende. Sonríe con disimulo detrás de su taza mientras bebe un sorbo.

Bajo la vista y bebo yo también.

—Antes de leerte la carta de Malik, me gustaría decirte algo.

Nimmi levanta los ojos con esfuerzo. Es difícil saber qué pasa en esos pozos profundos. Tiene unas facciones angulosas y un rostro delgado, pero posee cierta belleza. Tiene las cejas prominentes, igual que los pómulos; la piel curtida tras pasar tanto tiempo a pleno sol subiendo y bajando de los Himalayas con su tribu en la migración anual. Yo no soy alta, pero le saco varios centímetros.

—Nimmi, sé cuánto le importas a Malik y te tiene cariño. No te guardo rencor. Solo quiero lo mejor para él.

—No eres su madre —espeta ella con rabia.

Tomo aire antes de continuar.

—No, puede que no sepamos nunca quién fue su verdadera madre, pero yo llevo cuidando de él desde que era un niño. Y fui su tutora legal desde que vinimos a vivir aquí hasta que cumplió la mayoría de edad.

Puede que ya se lo haya contado el propio Malik, pero quiero que lo oiga de mis labios. Así que le cuento que Malik empezó a seguirme por toda Jaipur cuando no era más que un niño que iba descalzo y vestido con harapos, y que se encariñó conmigo cuando yo trabajaba en aquella ciudad como artista de la henna. Había orgullo en su manera de comportarse, pero también hambre en sus ojos, así que empecé a encargarle recados menores a cambio de unas pocas paisas. Hacía todo lo que le mandaba tan rápido y tan bien que, con el tiempo, fui dándole más responsabilidad, hasta que terminó encargándose de comprar provisiones y de entregar por toda la ciudad los aceites aromáticos y las cremas que yo preparaba. No tardó en convertirse en parte de mi pequeña familia, una persona tan necesaria en mi vida como las manos con las que decoraba con henna el cuerpo de mis clientas. Junto con mi hermana pequeña Radha, que tenía casi catorce años en aquella época y era como una hermana para él, vinimos a vivir a Shimla hace doce años, para que pudieran asistir a clase en los excelentes colegios que hay aquí mientras yo trabajaba en el hospital.

—Tuvimos la suerte de que un benefactor de Jaipur financió la educación de Malik en el colegio para chicos Bishop Cotton. Fue un alivio para mí, Nimmi. Yo sabía que eso le abriría las puertas para lo que quisiera hacer en su vida...

—¿Puedes leerme la carta, por favor? —me interrumpe mientras aprieta los puños con tanta fuerza que los nudillos se le ponen blancos.

Le tomo las manos. Se sorprende, pero me deja. Son las manos de una mujer acostumbrada a trabajar, pese a lo joven que es. Ásperas, con cicatrices. Froto con los pulgares la prueba de lo dura que ha sido su corta vida: trabajando con la azada, plantando, esquilando, pastoreando, ordeñando. Le doy la vuelta a las manos y busco el punto de presión entre la base del pulgar y el índice, y presiono para que se relaje. Le doy tiempo para que estudie el diseño de henna de mis manos; me he dado cuenta de que le llama la atención. Para mí, la henna es una forma de que la mujer encuentre una parte de sí misma que tal vez se le haya perdido.

Cuando me dedicaba a decorar con henna en Jaipur, me resultaba de lo más satisfactorio observar el cambio que experimentaban las mujeres tras haberles masajeado la piel con aceite y habérsela decorado con la pasta de henna que había ido enfriándose. Se sentían más calmadas, más felices y más contentas después de contarme su vida durante media hora, y tras ver el aura rojiza de las filigranas hechas especialmente para ellas una vez que la henna se secaba y se eliminaban los restos de pasta.

Echo de menos aquellos momentos de intimidad con mis clientas y la alegría patente en su transformación. Creo que por eso ahora me pinto las manos con henna. En Jaipur, no permitía que mis manos eclipsaran el trabajo que hacía en el cuerpo de mis clientas; lo único que hacía era cuidarlas con aceite para que estuvieran suaves y mantener las uñas siempre bien recortadas. Pero aquella maravillosa sensación de serenidad no está presente en el semblante alerta de Nimmi. Y quiero ofrecérselo.

—Aparte del día de tu boda, ¿alguna vez te han pintado las manos con henna?

Ella niega con la cabeza, pero ahora parece más interesada.

—¿Te gustaría que te las pintara? —Giro la muñeca para ver la hora. Tengo trabajo, pero esto es más importante—. Tengo dos horas antes de ir a la clínica. Tiempo de sobra.

Ella me mira las manos de nuevo, asombrada, y después se mira las suyas.

—A lo mejor podría dibujarte las flores silvestres que recoges en el campo. O algo que les guste especialmente a tus pequeños. ¿Qué te parece si hago el grillo que les regaló Malik?

Al oír el nombre de Malik, Nimmi retira las manos con brusquedad y se las frota como si el contacto conmigo la hubiera abrasado.

No está lista para ese tipo de consuelo.

Cojo el sobre, saco las hojas dobladas de papel cebolla y las estiro sobre las rodillas con la palma de la mano. Quiero llegar a ella. Sé que ha tenido una vida muy difícil. Sé lo mucho que sigue trabajando para que a sus hijos no les falte la comida. Pero yo ya llevaba mucho tiempo pensando en el futuro de Malik antes de que ella entrara en escena. Aprieto los labios como si quisiera evitar que se me escape alguna palabra brusca.

—No he enviado a Malik a Jaipur para alejarlo de ti, Nimmi. Lo único que quería era evitar que se metiera en problemas —digo buscando las palabras adecuadas. No quiero que me odie, porque eso nos separaría a Malik y a mí, y no podría soportarlo—. Es un joven emprendedor, y estoy segura de que es consciente del dinero que se puede ganar al otro lado de la frontera nepalesa. Seguro que, en vuestros viajes arriba y abajo de la montaña, tu tribu ha visto las actividades que se llevan a cabo. Según parece, el malestar en la frontera norte de la India ha hecho que florezcan muchos negocios ilegales, como el tráfico de armas y de drogas. —La miro para ver si entiende lo que le digo. Me parece verla asentir ligeramente con la cabeza mientras coge otra rodaja de limón escarchado—. No quiero decir con esto que Malik estuviera planeando dedicarse a tales negocios. Lo he mandado a Jaipur para que trabaje con un amigo de la familia, Manu Agarwal, porque me pareció la mejor manera de protegerlo y de que entrara en contacto con el mundo profesional. Manu es el director de operaciones del palacio de Jaipur. Puede presentarle a muchas personas, personas que pueden contribuir a moldear su futuro.

Incluso a mí me parece que hablo como una madre implicada en exceso. ¿Es así como me ve Nimmi? Cojo mi taza y apuro el té. Malik tiene veinte años, es un adulto. Pero yo sigo viendo al niño entusiasta y emprendedor que era cuando lo conocí. No ha perdido el gusto por el riesgo.

Sé que Nimmi está molesta conmigo por haberlo enviado tan lejos, pero lo hago por el bien de Malik. Recojo la bandeja con la tetera y las tazas que no se han usado y la llevo a la cocina. Después de tantos años al servicio de la élite de Jaipur, prefiero recoger yo misma a emplear a alguien que lo haga. Una vez a la semana, una mujer del pueblo, Moni, viene a limpiar la casa. Su marido nos retira la nieve del sendero de entrada en invierno.

Cuando regreso, Nimmi está mirando el fuego. Tiene las manos enlazadas debajo de la barbilla, debajo del tatuaje tribal, y los codos apoyados en los muslos. Me siento de nuevo.

—Si Malik no quiere trabajar en la construcción, volverá, Nimmi. Pero quiero que lo pruebe. Aquí, en Shimla, no sabe qué hacer. Y me da miedo que solo quiera quedarse por mí. —Al decirlo, la joven me mira con cara agria. «¿Y qué pasa conmigo? Yo también sé que siente cariño por mí», me parece oírla pensar.

—Mis hijos se han acostumbrado a él. No dejan de preguntar por él —dice.

Percibo la tristeza en su voz y quiero que se coma otro trozo de limón azucarado. No puedo negar que Malik se ha encariñado con Nimmi y sus hijos. He visto la dulzura con que la mira y cómo se le iluminan los ojos cuando ve a Rekha y a Chullu. Ella es una mujer fuerte y a él siempre lo han atraído las mujeres fuertes. Inspiro profundamente y me recuerdo mis intenciones.

Abro el cajón de la mesa auxiliar que tengo al lado. Dentro guardo las gafas y un cuaderno. Sé que con las gafas parezco más estricta, pero no puedo evitarlo. Hojeo el cuaderno hasta dar con la página que busco.

—8 de marzo, ciento cuarenta rupias, Nimmi. 24 de febrero, ochenta rupias, Nimmi. —Paso unas cuantas páginas más—. 14 de enero, noventa rupias, Nimmi. 1 de diciembre, setenta y cinco rupias.

La miro.

Los ojos de Nimmi llamean.

—¿Qué es eso? —pregunta señalando el cuaderno.

—Su libreta de ahorros. Le abrí una cuenta bancaria cuando empezó el colegio. Es parte de lo que cualquier joven debe aprender a hacer —contesto mientras la guardo de nuevo en el cajón.

Se le inflan los orificios de la nariz y se le tensa la mandíbula.

—Malik se ofreció a ayudarme en los meses de invierno, porque no hay flores suficientes para vender en el mercado y tampoco

44

hay muchos turistas a los que vendérselas. Cierra los ojos y entrelaza las manos—. ¿Quiere leerme la carta, señora Kumar?

Me aguanto el suspiro y cojo la carta para empezar a leer.

Mi querida Nimmi:

Me siento muy solo en Jaipur sin ti. Manu y Kanta han sido muy amables al acogerme. Su hijo, Nikhil, tiene solo doce años, ¡pero es casi tan alto como yo! Será porque le dan mucho *ghee*. Manu me tiene muy ocupado. Los ingenieros civiles que trabajan para él me están enseñando cosas, como carga por impacto, tensión de corte y unión viga-columna, hasta que me duele la cabeza. Manu-*ji* me lleva a reuniones importantes con constructores y a las obras; ¡el palacio tiene un montón de proyectos de construcción en marcha! Estoy aprendiendo mucho sobre la piedra y el mármol, cuándo utilizar acero y cuándo madera, y muchas fórmulas complicadas sobre la presión que puede soportar una columna y un poste. Hace poco me ha dicho que con el tiempo ayudaré al contable del palacio, Hakeen *sahib*. Eso significa calcular un montón de números. ¡Dentro de poco reuniré los datos que demuestren que un hombre puede ser mucho más inteligente que una mujer! (Esto lo digo por ti, jefa, porque sé que le estás leyendo la carta a Nimmi.)

Empieza a hacer calor aunque solo estamos en marzo. Tengo la camisa pegada a la espalda mientras escribo esto. Solo llevo un mes en Jaipur y ya se me ha olvidado el frío que hacía en Shimla. ¿Se ha derretido la nieve o aún ha caído una última tormenta antes del verano?

Por favor, dale los pasadores a Rekha. Pensé que le quedarían bonitos en el pelo. A Chullu le he comprado unas canicas preciosas, pero me las quedo de momento porque podría comérselas. La próxima vez que lo vea le enseñaré cómo lanzarlas y ganar siempre. ¡Imagina! Con dos años podrá dirigir su negocio de apuestas con canicas (es broma, jefa).

Tengo que ir a vestirme para ir a cenar a casa de Samir Singh. ¿Te he dicho que me ha invitado, jefa? No te preocupes. Nadie se acordará de cuando era un golfillo de ocho años que te seguía por toda Jaipur. Manu-*ji* le ha dicho a Samir *sahib* que me llame Abbas Malik. ¡Además, he engañado a todo el mundo al hacerme pasar por un caballero inglés!

Te encantaría la habitación en la que estoy escribiendo esta carta, Nimmi. Es la casa de invitados del palacio, que Manu ha tenido la amabilidad de prepararme. Me encanta este pequeño bungaló porque tiene una biblioteca diminuta (en realidad, no tiene más que unos cuantos estantes, pero soñar es gratis). ¿Por qué no tenemos biblioteca en nuestra casa de Shimla, jefa?

Saluda a Madho Singh de mi parte cuando vayas a la casa de mi jefa y lleva a los niños un día para que lo conozcan. Madho es muy cabezota, pero le gusta la compañía, aunque finja que no.

Te echo de menos, Nimmi. No pasa un día sin que piense en ti o en los niños. Nos imagino subiendo el monte Jakhu y viendo cómo Chullu intenta atrapar algún mono, o caminando por la galería comercial mientras comemos cacahuetes picantes.

Ahora sí que tengo que irme. Manu y mi estómago me llaman.

Tuyo,

Malik

Al oír su nombre, Madho Singh empieza a andar de un lado a otro sobre la percha. «¡Los tambores se oyen mejor de lejos! ¡Criiiik!» Este pájaro tan listo ha aprendido los refranes que mi marido y yo nos decimos cuando estamos de broma.

Dejo la carta en la mesa y me quito las gafas.

Nimmi frunce el ceño, como si la carta dijera algo más que no le quiero contar.

—Como ya sabes, mi marido es médico en el hospital Lady Reading, aquí, en Shimla —digo con amabilidad—. Estoy segura de que Malik te habrá contado que mucho antes de casarnos, Jay, el doctor Kumar, me pidió que plantara un jardín de hierbas medicinales en los terrenos del hospital, para que la clínica pudiera ofrecer tratamientos naturales a los habitantes de la zona, que no confían en los medicamentos manufacturados. Como compramos las flores que recoges en la montaña, le he hablado al doctor Kumar de ti y de lo mucho que sabes sobre la flora y la fauna de la montaña.

La observo para ver si me escucha y ella me mira a los ojos con cara de perplejidad.

—Piensa que sería buena idea que me ayudaras en el jardín medicinal. Para ver si hay alguna otra planta que conozcas que deberíamos cultivar. Nimmi, así tendrías trabajo todo el año y no solo en los meses de verano.

Frunce el ceño.

—Pero... ¿y qué haré entonces con el puesto de la galería comercial?

—Podrías seguir con él durante el verano, como ahora. También podríamos contratar a alguna mujer para que se ocupe del puesto mientras tú trabajas en el jardín. La primavera será la época de más trabajo porque es cuando hay que plantar.

—¿Y tú serías mi jefa?

Carraspeo antes de contestar.

—Trabajarías para el hospital, Nimmi. Es una forma de alimentar a tus hijos, de cubrir sus necesidades, ahora que ya no estás con tu tribu.

Inspira con brusquedad y lamento haberle recordado lo sola que está. Quiero decirle que los diseños con henna me habían permitido ser independiente cuando vivía en Jaipur; y aunque tenía que trabajar mucho, me di cuenta de que podía mantenerme, y de que era lo bastante fuerte y lo bastante lista para hacerlo. Y contarle lo bien que me sentía al saberlo. Pero a lo mejor pensaría que estoy alardeando, así que me limito a decir:

—Tener trabajo te permite valerte por ti misma.

—Para que Malik no tenga que gastarse el dinero en mí, ¿no?

El agua y la leche hierven y rebosan antes de que pueda retirarlas del fuego. Sé que se siente frustrada, pero insisto.

—Para que puedas ser independiente, Nimmi. Para siempre.

Me muerdo la lengua para no decirle que sus hijos están creciendo; que van a necesitar ropa y zapatos nuevos, y libros para ir al colegio. Ella lo sabe, es su madre, al fin y al cabo. Malik me ha descrito cómo es el sencillo alojamiento en el que viven. Tuvo que ser terrible dormir en el suelo de tierra el invierno pasado; seguro que esas paredes tan finas no guardan el calor. Si Nimmi pudiera permitirse un alojamiento más cómodo, sus hijos no tendrían tantas infecciones de oído y tantos mocos.

—Piénsalo, por favor —digo sin alzar la voz.

Antes de que se vaya, le doy los pasadores de pelo que Malik ha enviado para Rekha y meto en una bolsa de tela el limón y los pétalos de rosa escarchados, y añado un puñado de nueces que tengo en la alacena. Intenta resistirse a aceptarla, pero se la pongo en la mano y no aparto la mía hasta que no asiente con la cabeza.

3

Malik

Jaipur, Estado de Rajastán, India

AL LLEGAR A casa de Samir Singh, me recibe un viejo portero vestido con uniforme caqui cuya cara no me suena. Me pide que espere bajo el árbol del mango mientras anuncia mi llegada. Lo veo caminar tambaleándose por el sendero de grava hacia la mansión, el turbante blanco se bambolea ligeramente sobre la cabeza. Llevo un mes en Jaipur. No había vuelto a la Ciudad Rosa desde que me fui con ocho años. En aquella época, esperar fuera de casas como esta mientras la jefa hacía la henna a las damas de la alta sociedad era algo habitual.

La propiedad de los Singh sigue casi como la recuerdo: rosales recién regados, flores grandes que olían de una forma deliciosa y muchas hojas de un intenso color rojo. El calor desértico aún no ha abrasado los jardines de la ciudad; ya habrá tiempo en los próximos meses. Aun así, la casa de los Singh, construida con piedra y mármol de buena calidad, y protegida del sol por grandes ejemplares de nim, se mantendrá fresca. Las plumerias que decoran la terraza de las dos plantas de la mansión invitan a los visitantes a admirar las perfumadas flores blancas que se expanden como un abanico con el corazón amarillo.

El *chowkidar* vuelve y me pide que vaya directamente al jardín trasero. Al acercarme al porche delantero, me fijo en el sirviente que encera el Mercedes sedán a un lado de la casa, junto a un resplandeciente Rolls-Royce, que acaba de lavar y abrillantar. A la empresa Singh-Sharma debe de irle muy bien; el último coche que había visto conducir a Samir fue un Hindustan Ambassador, un guiño a la política posindependentista dirigida a promocionar la fabricación de productos nacionales, y eso incluía los coches.

En el porche, la hilera ordenada de zapatos a un lado de la puerta de entrada me recuerda que tengo que descalzarme. Me quito los mocasines que he abrillantado hasta dejarlos relucientes, como me han enseñado a hacer en el colegio Bishop Cotton. No llevo calcetines, al igual que mis compañeros de clase del colegio privado. Me detengo un momento en el vestíbulo silencioso a observar lo que me rodea. Es la primera vez que entro en una casa tan elegante como esta, aunque haya pasado muchas tardes fuera de casas que podrían haberme parecido tan elegantes o incluso más si me hubieran invitado a pasar. Pero por entonces, yo solo era el niño que acompañaba a Lakshmi, el ayudante desarrapado, conocido solo para los vigilantes, jardineros y sirvientes de aquellas casas.

En la pared a mi derecha cuelga una piel de tigre de gran tamaño, el botín de una de las cacerías de Samir con los maharajás de Jaipur, Jodhpur o Bikaner. Me pregunto qué pensaría Nimmi. Ella, que ha conducido ovejas y cabras por las gargantas de los Himalayas atenta a los depredadores, como tigres, leopardos o elefantes salvajes, consideraría innecesario, incluso cruel, matar animales como pasatiempo.

En la pared opuesta, al lado de la escalinata de mármol rosa de Salumbar, hay un cuadro de Nehru, el antiguo primer ministro, con Samir, Parvati y otras personas, hombres y mujeres de aspecto oficial, delante de un edificio gubernamental. Sé por la jefa que Parvati Singh está especialmente orgullosa de su implicación con el gobierno en su intento de reforzar las relaciones indo-soviéticas.

¿Que si me gustaría vivir en una casa de dimensiones grandiosas como esta? El bungaló del doctor Jay y la jefa en Shimla es cómodo y acogedor. Con las paredes y los suelos de madera, no de mármol. Y rincones agradables en los que Lakshmi escribe sus cartas o lee los libros que saca de la biblioteca de Shimla.

Lo siguiente que pienso me sorprende: ¿dónde viviríamos Nimmi, los niños y yo? ¿Había pensado en ello alguna vez antes de venir a Jaipur? ¿Un mes separados y ya estoy pensando en el matrimonio? Niego con la cabeza para aclararme la mente.

Continúo por el vestíbulo y cruzo las puertas cristaleras abiertas que conducen al fondo de la casa. Veo una amplia extensión de césped y gran cantidad de sillas y mesas de hierro forjado pintadas de un resplandeciente color blanco situadas en diversas configuraciones. Todas las sillas están libres, menos una. Un hombre que viste una camisa blanca está sentado de espaldas a mí. Por el pelo ahora canoso que empieza a clarear por algunas partes, adivino que es Samir Singh contemplando sus dominios. Tiene el brazo levantado y hace girar el líquido ambarino y el hielo dentro del vaso con un tintineo.

—Bienvenido —dice sin girarse.

Me siento en la silla que tiene al lado y le tiendo la mano, que él estrecha con firmeza.

—Señor.

Su presencia siempre me ha parecido tranquilizadora. No es un hombre guapo ni muy alto, pero, cerca de él, la gente se siente cuidada y protegida. Preferiría estar en Shimla, cerca de Nimmi y sus hijos, o leyendo junto al fuego con la jefa y el doctor Jay. Pero si tengo que estar en Jaipur, prefiero que sea con Samir.

Parece cansado, se le forman unas bolsas muy marcadas debajo de los ojos y veo que en estos doce años se le han profundizado las arrugas que le rodean los labios.

—Espero que hayas tenido buen viaje desde Shimla —dice, y haciendo un gesto hacia su vaso, añade—: ¿Te apetece tomar algo?

Sonrío.

—Claro, ¿por qué no?

Llama a un sirviente con uniforme y turbante blancos que está regando las petunias y las caléndulas que trepan por el alto muro de piedra del fondo del jardín. La luz del sol poniente hace que los fragmentos de cristal que coronan el muro brillen como esmeraldas. El sirviente suelta la manguera y entra en la casa.

Samir da un sorbo mientras me observa con esos ojos castaños estriados que tanto se parecen a las canicas con las que jugábamos en la calle.

—¿Ese colegio privado te ha convertido por fin en un *pukkah sahib*?

Por eso he aceptado su invitación y he venido a verlo. Samir Singh ha pagado mi estancia en el colegio para chicos de Bishop Cotton durante doce años. La camisa Oxford de un blanco impoluto remangada y los pantalones ceñidos con vuelta que llevo son el resultado de esa educación. Yo prefiero el estilo sastre de uniforme de colegio privado, al contrario que las camisas informes, con manga por el codo y los pantalones sueltos que suelen ponerse otros hombres indios de mi edad. Incluso llevo un reloj plano suizo, que me regaló un compañero muy adinerado a cambio del bourbon que le proporcioné para su fiesta de cumpleaños.

La reacción de Samir al verme es similar a la que mostraron la tía Kanta y su marido Manu Agarwal a mi llegada de Shimla hace un mes. Cuando aparecí en su bungaló, mucho más modesto que la mansión Singh, la tía se quedó boquiabierta de admiración. Y me hizo pasar rápidamente para poder mirarme mejor. Manu, más callado y reservado, se rio al ver enmudecer a su mujer, algo inusual en ella, y avanzó con el brazo extendido para estrecharme la mano. No había vuelto a verlos en doce años. Kanta y la jefa se mandaban cartas y fotos cada semana y llevaban tiempo conspirando para que Manu me tomara como aprendiz mucho antes de que yo me enterase. Lakshmi albergaba la esperanza de que pudiera vivir con los Agarwal mientras estuviera en Jaipur. Pero después de tantos años en un internado solo para chicos donde no había intimidad, yo quería mi propio espacio. Y Manu lo había dispuesto para que viviera en la más pequeña de las dos casas de invitados situadas en la finca del palacio de Rambagh.

Sentado en el jardín de Samir, me tiro de la raya planchada de las perneras de los pantalones y me río. Noto el frescor de la hierba bajo los pies y es agradable estirar los dedos. Me fijo en que Samir también está descalzo. El sirviente vuelve con un whisky con hielo en un vaso de cristal tallado que lleva en una bandejita.

—¿Cree que con esto paso por un *angrezi*? —digo señalándome la cara del color de un *chapatti* demasiado tostado.

Samir se ríe por lo bajo mientras brindamos. Él sí podría pasar por británico con esa tez clara como el trigo. Da un sorbo largo.

No es solo el color de la piel lo que me separa de las clases privilegiadas. Acostumbrado a servir más que a que me sirvan, proyecto una deferencia, un atrevimiento en mi forma de comportarme que me cuesta quitarme de encima. Supongo que las clases altas me calarían tarde o temprano, aunque tampoco me importa demasiado.

Samir baja la voz para que el sirviente no nos oiga.

—Me han dado órdenes estrictas de llamarte Abbas mientras estés en Jaipur.

El recuerdo de aquel día me hace sonreír. La jefa estaba cumplimentando la documentación para matricularme en el colegio poco después de que nos mudáramos a Shimla. Había escrito que tenía ocho años, la edad con la que me sentía a gusto, aunque ninguno de los dos sabíamos mi edad verdadera. Me preguntó cuál era mi nombre completo para escribirlo.

—Malik —dije yo.

—¿Nombre o apellido?

Me quedé pensando un momento. Si habían hecho ceremonia del nombre cuando era bebé, no me acuerdo.

Me encogí de hombros.

—Solo nombre.

Lakshmi arqueó los labios hacia abajo mientras pensaba en ello.

—Pues tendremos que elegirte un nombre.

Y sacó una lista impresionante y se puso a recitar en voz alta nombres como Aalim, Jawad o Rashid. Yo fingía estar abochornado, pero lo cierto es que me gustaba; nadie había dedicado tanto tiempo a pensar en mi futuro. Por fin, nos decidimos por Abbas, que significa «león» en urdu. Me gustaba cómo sonaba: Abbas Malik. Pasé los días siguientes escribiendo mi nuevo nombre una y otra vez para practicar.

Samir lleva, como yo, camisa de sastrería de algodón y pantalones de seda natural. Se ha aflojado la corbata —debe de acabar de llegar del trabajo—, que le cae como el tallo de una planta marchita sobre el pecho.

—Manu Agarwal me ha dicho que has venido a Jaipur porque te lo ha pedido Lakshmi y creo que es un paso inteligente. Claro que Lakshmi siempre ha sido una mujer inteligente. —Percibo un tono nostálgico en su voz y me pregunto si es porque la echa de menos. Ella no me ha hablado nunca de ellos dos y yo tampoco le he preguntado—. La maharaní Latika confía en cómo dirige Manu Agarwal el Departamento de Operaciones del palacio. Es un trabajo importante y lleva ya quince, o puede que dieciséis años haciéndolo. Y yo le agradezco mucho que contrate a mi empresa para el diseño y la construcción de los proyectos de más envergadura.

Samir no está siendo del todo sincero. Su parentesco con la familia real hace que su trabajo para el palacio sea algo seguro. Afortunadamente, su talento justifica el caso de nepotismo.

—Vas a aprender mucho sobre el negocio de la construcción con Manu. Dentro de un tiempo podrás decidir si el trabajo te gusta o no. Es lo que les digo a mis hijos. Es su elección y su carrera.

Cuando la jefa y yo nos fuimos de Jaipur en 1957, el estudio de arquitectura de Samir acababa de fusionarse con Sharma Construction, de modo que la empresa actual se llama Singh-Sharma. Lakshmi había concertado el matrimonio entre el hijo de Samir, Ravi, con la hija de Sharma, Sheela, de modo que la fusión fue algo inevitable. Tras completar sus estudios en Oxford y la facultad de Arquitectura de Yale, Ravi Singh trabaja con su padre como arquitecto. El hijo pequeño, Govind, está estudiando ingeniería civil en Estados Unidos. Manu me ha dicho que Samir espera que sus hijos quieran hacerse cargo del negocio familiar. Singh-Sharma es la empresa de diseño y construcción más grande de Rajastán y dirige proyectos por todo el norte de India.

—Me han dicho que el señor Sharma sufrió un ataque.

Samir asiente con la cabeza.

—Hace cinco años. La buena de su esposa cuida de él. —Hace tintinear el hielo dentro del vaso y un sirviente se acerca para rellenárselo de whisky—. Ninguno de sus hijos o hermanos han querido quedarse con su parte de la empresa. Además, están desperdigados por todo el mundo.

—Entonces, ¿ahora toda la responsabilidad recae sobre usted?

—Sobre mí y sobre Ravi.

—Felicidades —digo levantando el vaso, y Samir brinda conmigo.

Me siento mejor al oírlo decir que mi aprendizaje en el palacio es una oportunidad para saber si me gusta o no el trabajo. He estado pensando si debería darme la oportunidad en vez de verlo como una forma de satisfacer a la jefa, que sé que solo quiere lo mejor para mí.

A Nimmi le ha costado mucho entender por qué me iba a vivir a más de seiscientos kilómetros cuando empezábamos a estar más unidos. Le dije que la jefa me había permitido que cuidara a Omi y a sus hijos. ¿Dónde estaría yo ahora de no haber sido por ella? ¿Dedicándome al contrabando de tabaco? ¿Cumpliendo condena por distribuir películas pornográficas? Sabía que Nimmi se sentía muy sola tras la muerte de su marido y que yo había llenado ese hueco en su vida, de modo que la noticia de que me marchaba a Jaipur a hacer prácticas fue un mazazo para ella, por mucho que le repitiera una y mil veces que era temporal. Creo que lo más le duele es mi lealtad a Lakshmi; la jefa es mi familia.

¿Sería demasiado esperar que la jefa y Nimmi se hagan amigas en mi ausencia? Que ellas dos tengan una buena relación es importante para mí, algo que no ocurrió con ninguna de las otras chicas del colegio con las que me he acostado. En primer lugar, porque Nimmi me saca dos o tres años. En realidad no sabemos cuántos años nos llevamos, puesto que ella tampoco tiene certificado de nacimiento, pero lo hemos calculado basándonos en lo que recuerda de cuando la India se independizó. Y la respuesta es nada, por lo que pensamos que sería bebé por entonces.

Además, en presencia de Nimmi me siento más mayor, un hombre adulto, aunque no sé decir por qué. Sí sé que quiero cuidar de ella y de Rekha y Chullu. Pero solo tengo veinte años, soy demasiado joven para tener una familia ya hecha. Aquí, en Jaipur, sé que muchos de los primos hermanos con los que crecí ya serán padres, pero jamás pensé que ese fuera mi destino.

La voz reprendedora de una mujer me saca de mi ensimismamiento y también Samir parece sorprendido.

—¡Ravi!

Los dos nos volvemos para ver a quién grita la mujer.

De pie en el porche, vemos a una mujer joven vestida con un sari amarillo de seda y un bebé dormido sobre el hombro. Una niña de unos cinco años intenta esconderse detrás de su madre. La niña lleva un tutú de color rosa claro y está llorando. Cuesta entender lo que dice. La mujer tiene el pelo oscuro y rizado, a la altura de los hombros, como dicta la moda de la mujer india moderna. Tiene las mejillas rojas. Al verme, pestañea varias veces.

—Oh, disculpe, lo he confundido con mi marido.

Samir tiene una expresión divertida en el rostro.

—Ven a conocer a nuestro invitado, creo que va a cenar con nosotros.

La mujer vacila un momento, pero al final se recoloca al bebé en el hombro y baja los escalones. La niña la sigue.

—Te presento a Abbas Malik —dice—. Trabaja con Manu Agarwal en el palacio y ha venido a cenar con nosotros esta noche. —Y volviéndose hacia mí continúa—: Abbas, te presento a mi nuera, Sheela.

En vez de saludarme con el namasté cortés de costumbre, avanza un paso con el brazo extendido para estrecharme la mano. Tiene unos dedos largos y las uñas esmaltadas atrapan la luz del sol. Lleva un fino reloj de oro y un conjunto de aljófares le adornan el rostro. Su mano es cálida y estrecha la mía con firmeza.

—¿Cómo está usted? —dice. Como es natural, no tiene por qué acordarse de mí, pero yo sí me acuerdo de ella, como si la hubiera visto ayer mismo, cuando, en realidad, la última vez que la vi tenía quince años, llevaba un bonito vestido de raso y le dijo a la jefa que no quería que un musulmán decorase su mandala.

La niña del tutú debe de ser su hija, que ha dejado de llorar y me mira fijamente. Sheela me explica que se llama Rita.

—El bebé de momento es solo bebé —dice dando unas palmaditas en el trasero a la criatura que lleva en brazos. Al volverse hacia Samir, veo a la pequeña que lleva sobre el hombro. Me mira tratando de enfocarme con los ojitos perfilados con kohl—. *Papaji*, esto es una vergüenza —dice—. ¿Es que tengo que hacerlo todo yo? La niñera y la criada no deberían librar el mismo día.

No sé si estará pataleando debajo del sari, pero tiene toda la pinta.

Samir la mira con ojos alegres.

—Me han dicho que hoy has quedado segunda en el partido de tenis del club. *Shabash!* —dice brindando con su vaso mientras sonríe a Rita, que se esconde detrás de su madre.

La expresión de Sheela se ablanda un poco.

—Te diré que no fue una victoria fácil. Jodi Singh se piensa que ella solo está para salir a la pista con faldita y sonreír. Yo tuve que hacer todo el trabajo. ¡Como siempre!

Ahora sé que el tono rosado de sus mejillas se debe al ejercicio. Irradia energía, un aura de vitalidad que es palpable. De hecho, verla me recuerda a las esbeltas cabritillas que trepan por los Himalayas y el vaho que les sale del cuerpo por el esfuerzo. La imagen me hace gracia.

—Jodi tiene buenas piernas —dice Samir pensativo.

—¡Vergüenza debería darte! —dice ella dándole una palmada juguetona en el hombro. Bueno, la bebé tiene que echarse la siesta. Voy a acostarla. Y a dar de comer a Rita. Cuando llegue el holgazán de mi marido, dile que vaya a ayudarme. —Se vuelve hacia mí con una sonrisa—. Encantada —dice y se da media vuelta con energía para volver hacia la casa seguida por su hija mayor, que se aferra al sari de su madre.

—E-man-ci-pa-da —susurra Samir y me guiña un ojo—. La generación moderna.

—¿Cuánto tiempo llevan casados Sheela y Ravi?

Samir frunce los labios.

—Seis años. Se casaron cuando Ravi se sacó el título de arquitecto.

Asiento con la cabeza. Cuando Manu me dijo la semana anterior que Samir Singh quería invitarme a cenar, sentí cierta desconfianza.

—Singh-Sharma está a punto de terminar los trabajos en el cine Royal Jewel, el último proyecto que ha llevado a cabo el Palacio —había dicho Manu—. Es el primer edificio de envergadura que Ravi ha dirigido solo. Te conviene volver a tener trato con los Singh. Si creías que eran importantes hace años cuando aún vivías en la ciudad, ahora lo son todavía más. Diez veces más.

Aunque Lakshmi no me ha dicho en ningún momento que mantenga las distancias con los Singh, no creo que le gustara saber que voy a cenar con ellos. La última vez que recuerdo haber visto a la jefa y a Samir juntos en Jaipur los dos se mostraban tensos y el dolor que sentían era evidente. Creo que su separación no fue muy amistosa, pero ha pasado mucho tiempo de eso y yo por lo menos soy de los que piensan que lo pasado, pasado está, sobre todo en lo que a negocios se refiere. Lo que hubiera entre ellos entonces no tiene nada que ver conmigo ahora.

Y Manu es como de la familia. Si me dice que vaya a alguna parte, yo voy.

Cuando la criada de los Singh nos llama para cenar, Samir me dice que entre en el comedor junto a los demás invitados mientras él va a hablar por teléfono.

La cena consta de siete platos y se alarga dos horas. La mujer de Samir, Parvati, preside la mesa. Riñe a los sirvientes mientras sirven la comida. Que si: «¿A esto lo llamas *dal*? ¿Quién ha visto que un *dal* lleve patatas?». O bien: «Llévate estos *paranthas*. Se han quedado fríos. Así no se derrite el *ghee* sobre ellos».

En estos años, Parvati Singh ha ganado peso, pero está aún más bella. Tiene la cara más llena y también el pecho, aunque sigue firme, y lleva los labios carnosos pintados de morado oscuro. Tiene unos ojos oscuros muy vivaces y una carcajada exuberante. Es casi tan alta como su marido.

Desde su asiento en un extremo de la larga mesa, en este momento se encuentra supervisando cómo sirven el *puri* caliente recién salido del horno.

—Abbas, eres un misterio para nosotros —dice mientras hace el gesto de tocarse los pulgares con el resto de los dedos y vuelve a abrir las manos, como si estuviera espolvoreando sal sobre la mesa—. Samir solo me ha dicho que un joven brillante iba a venir a cenar. Eso es todo.

—Sí, todos nos preguntamos quién es ese joven tan brillante —dice Ravi, el hijo mayor, mientras me dirige una sonrisa contagiosa. Es difícil que no te caiga bien Ravi, a quien ya habría conocido si no hubiera estado fuera de la ciudad por negocios. Como su padre, parece disfrutar con todo lo que hace, que, según me he enterado en la última media hora, incluye jugar al polo, comer y hablar.

Sheela es la siguiente en meter baza.

—Satisface nuestra curiosidad —dice—. ¡Queremos saber más sobre ti!

Me he dado cuenta de que se ha pintado los labios con un tono coral después de nuestro encuentro en el jardín. Le queda bien ese color.

Me he convertido en el centro de atención de todos.

—No se puede sacar mucho de donde no hay —contesto yo—. No soy misterioso ni muy brillante, como pronto descubrirán —añado con una sonrisa.

—No creo que sea cierto. Samir dice que has estudiado en un internado en el norte, ¿no es así? Mis hijos fueron al Mayo College, por supuesto —dice Parvati mirando con orgullo a su hijo mayor—. Después, Ravi fue a Eton y más tarde a Oxford y a Yale. Y el pequeño, Govind, está ahora en Columbia, en Nueva York. ¿Qué me dices de ti?

—Nada tan impresionante —respondo—. Sus hijos son más inteligentes, sin duda. Yo soy cottoniano.

Parvati se queda petrificada, a medio camino entre sonreír y fruncir el ceño.

—¿Has estudiado en Bishop Cotton? ¿En Shimla? —Hace una pausa como haciendo memoria—. ¡Samir estudió allí! No nos lo había dicho.

Mantengo una expresión imperturbable y después miro a Ravi.

—Seguro que los inviernos ingleses son tan fríos como los de Shimla. Tiemblo de pensarlo —digo abrazándome mientras finjo un estremecimiento para distraer a la señora Singh de lo que se le esté pasando por la cabeza.

—¡Y que lo digas! —dice Ravi—. Hacíamos concursos de escupitajos a ver cuál se congelaba antes de llegar al suelo —dice riéndose.

Sheela lo mira con severidad y los ojos como platos desde el lado opuesto de la mesa.

—¡Ravi, no des ideas a las niñas! —lo riñe y señala con la cabeza a Rita, que está sentada a su lado, comiendo tranquilamente su *dal* con arroz.

Ravi hace caso omiso de su mujer y sigue hablando conmigo.

—Seguro que vamos a tener un montón de anécdotas para... después de cenar —dice arqueando las cejas mientras mueve la cabeza arriba y abajo, divertido.

Samir llega y se sienta en la mesa frente a su mujer.

—¿Después de cenar? —dice—. ¿Significa eso que ya habéis estado hablando sin mí? —Abre la servilleta con una sacudida y se la pone en el regazo con una sonrisa. Todos parecen respirar aliviados.

Cuando era pequeño y trabajaba con la jefa, solía sermonearme sobre que tenía que ser discreto.

«Sabemos cosas sobre la gente, Malik, porque entramos en sus hogares, el lugar en el que son más vulnerables. Eso no significa que podamos ir por ahí pregonando lo que hemos visto u oído. Guardar un secreto confiere más poder que revelarlo.»

Jamás pensé que Lakshmi quisiera decir con eso que podíamos chantajear a la gente utilizando lo que sabíamos sobre ella, sino que nuestros clientes nos serían más fieles si nosotros les demostrábamos fidelidad a ellos.

Miro a mi alrededor y pienso en todo lo que sé sobre esta familia, los Singh. Sé que Lakshmi ayudó a muchas de las amantes de Samir para que no se quedaran embarazadas en los diez años que vivió en Jaipur.

Y sé que Samir se acostó una vez con la jefa antes de que esta se casara con el doctor Jay.

También sé que la hermana pequeña de la jefa, Radha, tuvo un bebé, y que Ravi Singh es el padre. Ahora ese niño tiene doce años y Ravi no lo ha visto nunca, porque Parvati Singh se llevó a Ravi a Inglaterra para que pudiera terminar sus estudios sin que le salpicara el escándalo.

También sé que Sheela Sharma, que a los quince años era una chica rellenita, no quería que un niño de la calle sucio como yo ayudara a Lakshmi a decorar el mandala que le había diseñado para su *sangeet*.

Pero de eso hace mucho tiempo. Ahora tengo la cara más llena y llevo el pelo corto y arreglado. Mi forma de vestir es más propia de alguien de su clase. No me extraña que no me reconozca o no se acuerde de mí aunque estemos sentados a la misma mesa. ¿Por qué iba a hacerlo? Para Sheela no era más que un borrón en una tarde perfecta que terminó hace muchos años.

Pero no se me ha olvidado cómo me ha mirado esta tarde. No me hacía falta conocerla ni saber nada de ella, ni de su familia, ni de lo que debía de haber pensado de mí, digno o no. Me ha bastado con verle la cara.

4

Nimmi

Shimla

Hoy he dejado a los niños con los Arora para ir al hospital Lady Reading. A mis caseros, nada les gustaría más que cuidar (y malcriar) a Rekha y Chullu cada vez que salgo de casa para atender mi puesto de flores. Pero los echaría mucho de menos, y normalmente me los llevo. Si están junto a mí, aprenden los rituales y conocimientos de nuestra tribu de la misma forma en que los aprendí yo, estando siempre cerca de mi madre y observándola.

Esta mañana, cuando me desperté al amanecer en nuestro pequeño alojamiento, tenía a mis hijos pegados a mí, cada uno a un lado. Alisé la gruesa manta de color crema con la que nos tapamos, una manta que yo misma tejí con la lana de nuestras ovejas, y se me clavó una pajita en el dedo.

Rekha sacó una pierna fuera de la manta y Chullu apretó el puñito. Me pregunté qué estarían soñando. ¿Soñarán con su padre? ¿O con su abuelo? ¿Soñarán con las cabras que ya no tenemos, con el olor del maíz tostado en verano? ¿Soñarán alguna vez con Malik? ¿Con su risa alegre, con los regalos que les trae? Posé las manos en la manta mientras ellos dormían, por el consuelo que me ofrecía sentir su respiración uniforme.

Estuve pensando en la invitación de Lakshmi para que la ayude en el jardín medicinal. Rekha necesitaba zapatos nuevos;

los de piel de cabra que le hice el año pasado ya no le valen. Dentro de poco tendrá edad para ir al colegio. ¡Imagina! ¡Yo nunca tuve oportunidad, pero mi hija irá! Y necesitará libros, cuadernos, lápices y gomas de borrar.

Chullu también está creciendo. Le hace falta un jersey nuevo, pero, sin ovejas, no tengo lana para tejérselo. Mis hijos necesitan esas cosas ahora y necesitarán más cuando sean mayores, pero en vez de buscar la manera de conseguirlas, terminé pensando en Malik, siempre en Malik. En la sensación de su cuerpo a mi lado, su marcada mandíbula, la forma en que me reconfortaba diciéndome que mi sitio estaba en Shimla. Y después me acordé de Lakshmi y noté que apretaba los dientes. No quería que la señora Kumar le organizara la vida. ¿Estaba celosa? ¿De ella? Estaba claro que ella tenía mucha más influencia en él que yo. Si no, ¿por qué se habría ido dejándonos a mis hijos y a mí aquí sin mirar atrás? ¿Tan poco le importamos? Me dijo que sería solo una temporada, pero si Lakshmi le pidiera que se quedara en Jaipur para siempre, ¿lo haría?

Metí la pierna de Rekha debajo de la manta. ¿Estaba siendo injusta con mis hijos al anteponer mis necesidades a las suyas? ¿Era orgullo o egoísmo, o las dos cosas, lo que me llevaba a pensar de aquel modo? ¿Qué habría querido Dev que hiciera? Suspiré. Mi marido habría querido que hiciera lo mejor para sus hijos.

Así que más tarde le pedí a la señora Arora que se quedara con ellos mientras yo subía al hospital en lo alto del monte a hablar con Lakshmi Kumar.

Ahora estoy delante del hospital, un edificio amplio de tres plantas. En varias ocasiones, mientras trabajaba en el puesto de flores, Malik, preocupado por que los niños cogieran infección de oídos, los había llevado a la clínica comunitaria que dirigía el marido de la señora Kumar. Sé que la clínica tiene que estar cerca del hospital. Y que Lakshmi tiene que estar en la clínica.

La gente entra y sale por las puertas de cristal de la entrada principal en un desfile constante. Cada vez que se abren las puertas, veo a las enfermeras de blanco y a las monjas con toca ocupándose de sus tareas.

Nunca he estado en un hospital, nunca había estado tan cerca de uno. Incluso desde aquí, desde donde estoy, a seis metros de distancia, detecto un olor fuerte y desconocido, pero no sé de dónde viene ni lo que es.

Una enfermera joven que acaba de salir me nota perdida y me pregunta si puede ayudarme.

—Sí, por favor. ¿Sabe dónde trabaja la señora Kumar?

Me dice que detrás del edificio, a la izquierda, hay una puerta donde dice «CLÍNICA COMUNITARIA» y me indica con la mano. Supone que sé leer, lo que me parece muy amable por su parte, y le doy las gracias por la ayuda.

Hay dos puertas a la izquierda, pero solo una de ellas tiene un letrero. Si no hubiera sido por la enfermera, no habría sabido a qué puerta tenía que llamar.

Al cruzar el umbral, me encuentro en una sala con las paredes pintadas del color del liquen. Hay cuatro personas sentadas en sendas sillas junto a la pared, vestidas con chaleco, falda y el tocado de los habitantes de la zona. Una mujer guapa con sari está sentada detrás de un mostrador escribiendo algo en un papel. Lleva gafas oscuras, los labios pintados de rosa y el pelo recogido a la espalda en una trenza larga.

—¿Puedo ayudarla? —me pregunta cuando avanzo.

Antes de que me dé tiempo a contestar, Lakshmi Kumar sale de detrás de una cortina que cubre la entrada a otra sala y exclama:

—¡Nimmi!

Lleva una bata blanca larga que le cubre el sari. Por su sonrisa noto que se alegra de verme. De repente me da vergüenza. Con mi mejor vestido, mis joyas de plata y el medallón en la frente me siento totalmente fuera de lugar. La gente de la montaña, la recepcionista y Lakshmi llevan ropa de diario, pero ella me da ánimos con su sonrisa.

—Me alegra mucho que hayas venido. Ahora mismo estoy contigo.

Sujeta la cortina abierta para que salga la mujer que estaba dentro con ella. Es una habitante de las montañas, y la niña que le da la mano lleva un vendaje limpio y blanco en el brazo. La mujer y su hija se acercan al mostrador, Lakshmi las sigue y da instrucciones a la mujer que está sentada detrás.

—Por favor, dile que ponga ungüento en la herida después de lavarse las manos con agua caliente y jabón. Dile que es importante.

La recepcionista repite las instrucciones de Lakshmi en otro dialecto y la mujer agita la cabeza enérgicamente para indicar que lo ha entendido. Lakshmi sonríe a la niña y coge un globo rojo con la forma de un mono de detrás del mostrador. Parece que el vendedor de globos de al lado de mi puesto vende. Seguro que Lakshmi se los compra a él. No debería sorprenderme, pero ocurre.

Lakshmi se vuelve hacia mí sonriendo.

—Dime que has venido porque aceptas mi ofrecimiento.

Yo agito la cabeza, gesto que puede significar «sí», «no» o «ya veremos».

Lakshmi sonríe como si le hubiera dicho que sí y se vuelve hacia la recepcionista.

—Sarita, esta es Nimmi. A partir de ahora la verás con frecuencia. —Y me toma del brazo antes de añadir—: Ven, te enseñaré el jardín, pero tendrá que ser una visita rápida porque tenemos unos cuantos pacientes esperando. El doctor Kumar está pasando reconocimiento en la otra sala. Cuando termine con su paciente, te lo presentaré.

Me conduce a un pasillo largo. Un poco más adelante salimos del edificio y veo un huerto muy pulcro que es el doble de grande que la clínica. Está rodeado por una verja de madera. Delante de cada surco hay un cartel escrito con esmero en una estaca de madera; supongo que es la letra de Lakshmi. Me fijo en que hace poco que han removido la tierra y que en algunos surcos no hay nada plantado, aunque sí han arado. A un lado del huerto hay otros árboles más maduros, como el *nag kesar*. Nuestra tribu utiliza las hojas para hacer cataplasmas que alivian los resfriados. Me fijo en un árbol delgaducho que se esfuerza en salir adelante.

La señora Kumar se da cuenta de lo que estoy mirando y se ríe.

—Soy optimista —dice—. El polvo que preparo con el sándalo es bueno para calmar el dolor de cabeza, pero aún no he encontrado el lugar perfecto. Seguiré intentándolo hasta que lo consiga.

Junto a los árboles han plantado arbustos de un metro de alto. Reconozco la semilla de luna, el *brahmi* y el sen silvestre.

—He dejado unos cuantos surcos libres para cultivar las flores que vendes y con las que prepararemos cataplasmas y otros tratamientos.

Lakshmi habla como si ya hubiera aceptado la oferta de trabajo. Cuando vuelvo a asentir, me doy cuenta de que no he abierto la boca desde que he llegado.

—En Jaipur, utilizaba remedios que preparaba con las plantas nativas de la zona para aliviar los problemas propios de las mujeres. He estado haciendo lo mismo desde que llegué a Shimla, pero con las plantas que crecen aquí. El clima de esta zona y el de Jaipur son muy diferentes. He tenido que aprender sobre las plantas y las flores nativas que crecen en esta tierra de las estribaciones de las montañas.

Calla un momento y me mira. ¿Pensará que está hablando más de la cuenta? ¿O estará esperando a que responda a lo que me está contando o a que haga alguna pregunta? No estoy segura, así que no digo nada. Pasado un momento continúa:

—Hay mucho que aprender. ¿Te acuerdas del *sik* que preparaste con los frutos de la zona para una de nuestras pacientes? Si puedes hacer eso, imagina todo lo que podrías hacer con las plantas medicinales que crecen en las zonas más altas. Podrías ayudar a muchas de las personas que vienen a la clínica, Nimmi. ¡Vamos a intentar cultivar esas mismas plantas aquí, en el jardín medicinal, a ver qué tal nos va!

Los ojos azules de Lakshmi relucen de emoción y se agacha a coger un puñado de tierra.

—He puesto diferentes ingredientes en el suelo para tratar de enriquecerlo todo lo posible y también para reducir la acidez. —Deja que la tierra húmeda, negra y desprovista de palitos, piedras y hojas se deslice entre sus dedos—. Sobre todo, lo que he hecho ha sido utilizar piedra caliza molida... —Se detiene y se vuelve hacia mí riéndose—. No paro de hablar, ¿verdad?

Se frota las manos para sacudirse los restos de tierra.

—¿Empezamos con el papeleo para que recibas tu salario puntualmente?

Lakshmi destila seguridad en sí misma. Me pregunto si alguna vez habrá fracasado en algo, si alguno de sus numerosos planes no habrá funcionado. ¿Tiene tanta seguridad porque las cosas siempre le salen como quiere? ¿Siempre ha sabido que Malik aceptaría ir a Jaipur para hacer esas prácticas? ¿Tendrá la intención de que se quede allí... para siempre?

—Cuando terminemos con el papeleo, te presentaré al resto del personal de la clínica —dice volviendo hacia el interior del edificio—. Haremos una lista de las plantas que crees que necesitamos en el jardín. Las herramientas están en ese cobertizo. Utilizo estiércol como fertilizante, de vaca, oveja o cabra, depende. Bhagaván* sabe que en este lugar hay de sobra, aunque

---

* En el marco de las religiones de la India, Bhagaván es uno de los nombres con que se designa a Dios. Podría considerarse análogo al concepto cristiano de Dios. (*N. de la T.*)

a algunas de las personas que trabajan aquí no les gusta el olor del estiércol de oveja.

LA TARDE PASA deprisa. La mayoría de las personas que me presenta se me quedarían mirando si me vieran por la calle por la ropa que llevo, pero aquí se muestran amables y saludan por lo bajo. Noto que la respetan por la forma en que la tratan. Después de lavarnos las manos, con más jabón del que he utilizado en mi vida en una sola vez, me presenta a su marido. Tenía curiosidad por conocer al hombre del que tanto me ha hablado Malik. El doctor Jay, como lo llama Malik, es alto, más alto que nadie que haya conocido. Tiene el pelo negro y rizado, y los mechones un poco largos le caen sobre la frente. Tiene unos ojos grises observadores y amables. Nada más verme, mira el medallón y la falda que llevo, y a continuación mira el ventilador de techo y sus zapatos. Es tímido, como mi Rekha. Al sonreír se ve que tiene los paletos un poco torcidos. Le devuelvo la sonrisa sin poder evitarlo.

—¡Aquí tenemos a la madre de los encantadores Rekha y Chullu! Encantado de conocerte. ¡De no ser por la hermana que está fuera vigilando, Rekha conseguiría que le regalara todos los globos con forma de animales de la señora Kumar! —exclama y se le forman unas arruguitas alrededor de los ojos.

La señora Kumar lo mira con amor.

—*Arré!* ¡El vendedor de globos ha reformado toda la casa gracias a tu generosidad!

Ahora soy consciente de que la ropa que llevo no es adecuada para trabajar la tierra. Las monjas visten un hábito blanco. El doctor Kumar lleva la bata blanca sobre la ropa. Lakshmi y la mujer del mostrador también llevan una bata blanca encima del sari. ¿Debería pedir una para que no se me manche la mejor ropa que tengo? ¿Y qué hago con las joyas?

69

Como si Lakshmi me hubiera oído, le dice a la monja del mostrador:

—Hermana, ¿podría dar a Nimmi-*ji* un delantal y unos guantes de jardinería? Ah, y dele también los papeles que he rellenado para ella esta mañana.

Me pongo rígida. Sabe que no sé leer ni hindi ni inglés. ¿Qué pensará el personal de la clínica, los que sí saben leer y escribir? ¿Lo hace para humillarme?

La monja le da los papeles que le ha pedido y Lakshmi los enrolla y se los guarda en el bolsillo de la bata. Después me mira.

—Podemos revisarlos más tarde, ¿*accha*? Ahora tengo que irme con el doctor Kumar.

Y con una sonrisa tranquilizadora, aparta la cortina que separa la entrada de la zona en la que el médico y ella tratan a los pacientes. El lugar al que Malik habrá traído alguna vez a Rekha y Chullu para que les curen los oídos.

—*Lakin...*

Lakshmi se da la vuelta y me mira interrogativamente.

—Es que... tengo que dar de comer a Chullu.

Me mira la blusa angustiada, como si se le hubiera olvidado que aún le doy el pecho.

—Ay, Nimmi, perdona. ¡Por supuesto! ¿Por qué no te los traes a partir de ahora? A lo mejor podemos conseguir que Rekha nos ayude a regar las plantas. —Pero a continuación arquea las cejas y añade—: Pero habrá que tener cuidado en la clínica. La mayoría de los pacientes vienen por afecciones que no son contagiosas, pero queremos que tus pequeños estén sanos, *hahn-nah*?

REGRESO A LA clínica una hora más tarde con Chullu a la espalda y Rekha a mi lado. Me he puesto una falda de lana y un jersey que me regaló mi cuñada, y me ciño encima el fajín de lana en el que guardo el cuchillo de mi marido. Me cubro la cabeza con un chal estampado para sujetarme el pelo.

Lakshmi nos acompaña al jardín con una carpeta sujetapapeles y vamos hablando sobre las plantas medicinales que tenemos que sembrar. Apunta cosas y dice que si no apunta lo que se le ocurre, luego se le olvida. Yo la miro escribir y pienso en el vendedor que hace formas de animales con los globos. Las letras del abecedario hindi son algo parecido, aunque en vez de animales, forman espirales y puntos, círculos y líneas inclinadas. Lakshmi tiene una caligrafía uniforme y pulcra, pero lo que me parece realmente hermoso es ver cómo mueve los dedos decorados con henna al ritmo de la pluma. Los dibujos de hoy son más oscuros que los que tenía ayer y el contraste del color canela contra el papel blanco es muy llamativo.

Cuando se da cuenta de que la estoy mirando, aparto la vista. Por el rabillo del ojo veo que se da golpecitos en los labios con la pluma.

—Como Rekha va a venir con frecuencia, me gustaría enseñarla a leer. Si no te parece mal. Tiene cuatro años, ¿no? La edad perfecta si le interesa. Practicaremos en los descansos. Y tú puedes venir también si quieres.

Mi hija está haciendo círculos con los dedos en la tierra margosa. Pienso en las posibilidades. A lo mejor se convierte en una persona instruida, *padha-likha,* incluso puede llegar a *doctrini* como la señora Kumar. ¡Imagina! ¡Una chica de una tribu de las montañas escribiendo en papel como Lakshmi!

—Llegará un momento en que tendrás que hacer listas de plantas y provisiones. Por ahora, puedes dibujar la forma de las hojas. —Con unos cuantos trazos bosqueja una hoja en el margen del folio—. Así.

—¡Semilla de luna! —digo y sonrío.

—Muy bien —dice ella y me da la pluma.

Es la primera vez que tengo una en la mano. Es suave. Y delgada. La agarro entre los dedos y trato de sujetarla como lo hace ella. Aprieto con fuerza. Acaba de caer un borrón oscuro en el papel, como una gota de sangre. La miro como me mira Rekha cuando hace algo mal. Lakshmi pone la mano sobre la mía y me despega los dedos despacio.

—No tan fuerte.

Aflojo la presión. Dibujo una línea y la tinta fluye con suavidad. Dibujo otra línea y otra.

—¿La planta para el dolor de muelas? —pregunta.

Yo asiento con la cabeza.

—*Shabash!* ¡Lo estás haciendo muy bien, Nimmi!

No estoy acostumbrada a que me hagan cumplidos. Me pongo roja, aunque no sé si es de vergüenza o de gratitud. Es muy amable conmigo. No me lo esperaba. Siento que se me humedecen los ojos.

Ella mira hacia otro lado y saca los papeles enrollados de la bata.

—Vamos a cumplimentar tus papeles, ¿te parece? Pero antes quiero que mires el moho que se ha formado en esa hoja.

Se levanta y se dirige hacia el sen silvestre y así me deja tiempo para que me seque los ojos.

UN MES ANTES
DEL DERRUMBE

5

Lakshmi

Shimla

CORTO UNA HOJA seca de un arbusto de bardana con las tijeras de podar y la inspecciono. Tiene unos agujeritos diminutos en el centro. Le doy la vuelta. Podrían ser huevos de insecto o larvas, pero no lo veo. Con cuarenta y dos años, mi vista no es lo que era. Tendré que observarla mañana al microscopio. La echo en la cesta y contemplo el jardín medicinal que inicié hace ya más de diez años, y el motivo por el que vine a Shimla. ¿Habría venido si Jay no me hubiera ofrecido este salvavidas, si no me hubiera convencido para que lo aceptara? Al fin y al cabo, por culpa del escándalo ya no podía seguir en Jaipur dedicándome a trabajar la henna. Y aunque las acusaciones de robo de joyas no eran ciertas, mis clientas, las damas de la alta sociedad, no estaban por la labor de perdonarme ni de olvidarlo así como así. Al final, tuve que abandonar la ciudad para empezar de nuevo.

Nimmi está removiendo la tierra de otro surco con la azada. En las dos semanas que lleva trabajando conmigo me ha enseñado muchas cosas sobre plantas que su tribu recolecta en las praderas de los Himalayas, entre Shimla y Cachemira. De la mata de acónito de un metro de alto con flores azules que estamos plantando hoy, vamos a recoger las raíces, molerlas y mezclarlas con aceite de geranio para preparar un ungüento de olor dulce para tratar los forúnculos, abscesos y otras afecciones de la piel. En el tiempo que llevo trabajando con la gente de las montañas, he aprendido que no confían en las medicinas que huelen a químicos, solo utilizan remedios naturales que huelen a la tierra, los árboles y las flores que conocen. Esa es una de las razones por las que nuestra pequeña clínica se ha hecho tan conocida entre los oriundos de la zona. Los pacientes más adinerados o quienes no son de aquí, prefieren el ambiente más aséptico del hospital Lady Reading, que inspira desconfianza, sin embargo, a las tribus de los alrededores, como el pueblo de Nimmi.

La observo mientras hace unos pequeños hoyos en la tierra para echar las semillas del acónito. Trabaja con rapidez y eficiencia, sin malgastar energía en movimientos innecesarios.

Ha debido de notar que la estoy mirando, porque sin detenerse ni mirarme, dice:

—Vamos un poco tarde con la siembra, pero es posible que agarren. —Mira el cielo y después a mí—. Si el tiempo sigue así. Aunque no sería una sorpresa que no brote hasta dentro de un año. Es una planta delicada.

Asiento con la cabeza. A veces siento que lo que tenemos es un acuerdo, algo cercano a la amistad, pero otras me habla con una brusquedad que me hace pensar que lamenta estar en la clínica. Gana dinero suficiente para cuidar de sus hijos, un salario que Jay y yo pagamos de nuestro propio bolsillo, aunque ella no tiene por qué saberlo. Lo que nos está enseñando es muy valioso, pero hasta que no podamos mostrar a la junta del hospital los resultados de su trabajo, no podremos destinar una parte del presupuesto del hospital para cubrir su sueldo. Los papeles que le hice firmar el primer día —después de enseñarle a formar las iniciales de su nombre en hindi— era un contrato entre Nimmi, Jay y yo. No lo necesitábamos en absoluto, pero no quería que creyera que tenerla allí era un acto de caridad, no le gustaría, por eso le dije que era un contrato con el hospital.

Quizá todavía esté tratando de entender cómo se siente; si es capaz de encontrar un hueco para mí entre el resentimiento y la gratitud. Lo entiendo. Me ocurría lo mismo en Jaipur: las damas privilegiadas a las que siempre decía «sí», «*ji*» y «desde luego, *ji*», sin importar lo disparatado de su petición, porque me pagaban, me daban el dinero que necesitaba para construirme mi propia casa. Me tragué el orgullo hasta que un día dije «no, nunca más» a Parvati Singh. Cierro los ojos. Todo eso pertenece al pasado ya. Y agua pasada no mueve molino.

Nimmi echa mucho de menos a Malik. Su facilidad de trato con la gente, su forma de ocuparse de ella y su pequeña familia, de hacer que se sintieran seguros a su lado. Pero está muy lejos de aquí, en el caluroso Rajastán.

Niego con la cabeza y tomo apuntes en la carpeta sujetapapeles sobre el fertilizante que tenemos que comprar.

—¿Se te ha olvidado?

Me doy la vuelta al oír la voz de Jay. Viene hacia mí desde la puerta trasera del hospital. Su pelo rizado, que antes solo tenía alguna que otra cana, es ahora más gris que negro. Lleva su bata blanca de médico y el estetoscopio le asoma por el bolsillo. Hay algo en su forma de mirarme que siempre me hace sonreír.

—La clínica abre a las cinco. ¿Tomamos un té antes? —pregunta cuando llega a mi lado. Me quita una hoja del pelo que se me ha debido de enganchar en el recogido.

Miro a Nimmi.

—¿Nimmi? ¿Té?

Se endereza y le dedica a Jay una de sus infrecuentes sonrisas. Cuando me mira a mí, se le borra y niega con la cabeza.

—Quiero terminar esto.

Jay me coge los guantes que me estoy quitando de las manos y entra conmigo en el cobertizo donde guardamos las herramientas y el material. Estoy colgando las tijeras de podar en su gancho cuando noto la caricia de sus dedos en la nuca, bajando hacia el borde festoneado de mi blusa. Cierro los ojos y siento el delicioso cosquilleo. Su familiar aroma a lima y sándalo es reconfortante. Me doy la vuelta y acerco los labios a los suyos.

—Creía que querías llegar a tiempo a la clínica.

Él se ríe y me da un golpecito en la nariz con el dedo.

—Ah, sí, quería.

La clínica comunitaria no marchaba muy bien cuando llegué hace doce años. Fue hacia la época en que mi hermana Radha dio a luz en el hospital Lady Reading. Mientras esperábamos a que se recuperase, Jay —o el doctor Kumar, como lo conocía por entonces— me sugirió que hiciera uso de mis conocimientos sobre las propiedades curativas de las hierbas para tratar a la gente de las montañas. Al no contar ya con mi negocio de henna para salir adelante, Radha, el pequeño Malik y yo necesitábamos el trabajo que me ofrecía. Fiel a su palabra, Jay consiguió los fondos necesarios para iniciar el jardín medicinal. Nos encontró una casa cerca del hospital para los tres. No era lujosa, pero no estábamos acostumbrados a los lujos. La casa que había construido en Jaipur solo tenía una habitación. Pude comprar la casita que nos había encontrado Jay con el dinero que había obtenido de la venta.

Desde el principio, Jay se mostró respetuoso y amable, siempre escuchaba mis ideas. Trabajábamos bien juntos. Me ayudaba a descifrar el dialecto de las tribus a las que pertenecían los pacientes para que pudiera administrar el ungüento, loción o remedio nutricional que necesitaban. Nos acostumbramos a tomarnos un whisky en su consulta al final del día, aunque yo empecé con *chai* y terminé pasándome al Laphroaig cuando descubrí que me gustaba su sabor ahumado. Después comenzamos a ir juntos al teatro Gaiety, a subir al templo Jakhu con Radha y Malik, a jugar al *cribbage* (¡los cuatro somos muy competitivos!)

y a cocinar juntos. Luego, Malik se fue al internado para chicos y Radha al colegio para chicas de Auckland House, cuyos gastos cubría Samir Singh como forma de enmendar en cierto modo la indiscreción de su hijo.

Después, hace seis años, un domingo por la tarde, Jay y yo volvíamos de una larga excursión. Radha se había ido a vivir a Francia el año anterior con su marido, Pierre, un arquitecto francés al que conoció a los diecinueve años, cuando él vino a Shimla de vacaciones. Malik había ido con el colegio a Chandigarh a jugar un partido de críquet.

Jay y yo habíamos hecho parte del camino intercambiando refranes, uno de nuestros juegos favoritos, para ver quién se sabía el mejor.

—Echar margaritas a los cerdos es tan inútil como...

—Dar un eunuco a una mujer —dije yo riéndome.

Él arqueó las cejas sorprendido y después se rio complacido.

—Mmm. Yo iba a decir como bailar para un ciego, pero el tuyo es mejor.

Estábamos los dos de pie en el porche delantero de su casa, un bungaló pequeño pero acogedor que había heredado de sus tíos, los que lo criaron en Shimla cuando sus padres murieron.

—¿Jugamos al *cribbage*? —sugerí yo. Solíamos terminar el día con una partida.

En vez de responder, me miró un buen rato. Noté que me sonrojaba. Después, se giró, abrió la puerta y se echó a un lado, lo justo nada más, de modo que tuve que rozarlo para entrar. Al hacerlo, noté la caricia, leve como la brisa, de sus dedos en el cuello. Me quedé inmóvil y sentí un escalofrío que me recorrió la columna, el temblor de cada tendón y cada músculo de mi cuerpo. La última vez que había sentido algo tan potente había sido la noche que sucumbí a los encantos de Samir Singh en Jaipur, aquella única vez, doce años atrás. El mismo año que Samir me había presentado a Jay, por casualidad, y ninguno de los dos podría haber imaginado lo que iba a pasar.

Jay me puso la mano cálida en el trozo de piel de la cadera que el sari dejaba a la vista. Me atrajo suavemente hacia sí para que pudiera sentir el calor de su pecho pegado a mi espalda. Sentí que me buscaba con los labios la primera vértebra de la columna. Dejé escapar un suave gemido. No pude evitarlo. Hacía mucho que no me tocaban de esa manera, hacía mucho que no confiaba en un hombre. Durante años, mi hermana me había dicho que el doctor Jay estaba locamente enamorado de mí, pero yo me andaba con cautela. Tras huir de un mal matrimonio a los diecisiete años y descubrir después que no era más que una distracción para Samir Singh, no quería volver a encontrarme en una situación tan vulnerable.

Jay me mordió el lóbulo.

—Lakshmi, esta noche no vamos a jugar —susurró.

Nada más entrar, me giré y lo besé en la boca, buscándole la lengua con la mía y acercando mi pelvis a la suya con la espalda arqueada. Arrimé los pechos a su torso y le agarré el culo por encima de los pantalones. Me sorprendió la intensidad de mi deseo, las ganas que tenía. Jay encontró las presillas que cerraban mi camisa por la espalda y las soltó.

Cuando se separó un poco para quitarme la blusa, nos costaba respirar a los dos. Esbozó una sonrisa perezosa con la que quería decirme que había deseado que aquello ocurriera desde el principio, que había sabido que pasaría. Y, aunque había tenido que esperar, había ocurrido. Por fin.

Por fin. Lo besé en la boca de nuevo mientras le acariciaba los pezones por encima de la camisa.

—No han dejado de circular rumores sobre nosotros en estos seis años. ¿No crees que ya es hora de acallarlos?

Nos casamos esa misma semana en una sencilla ceremonia en el juzgado de Shimla. Radha y Pierre vinieron desde Francia.

Para la ocasión, Malik se puso su mejor traje y sus zapatos Oxford con la puntera cosida. En Jaipur, no tenía zapatos que se ataran, pero sus gustos habían cambiado en el colegio privado.

Nuestra relación de trabajo no cambió cuando nos casamos. Jay continuó como médico en el hospital Lady Reading y dirigiendo la clínica comunitaria contigua. Yo estaba al cargo del jardín medicinal. Tres tardes a la semana lo ayudaba en la clínica en la que trabajaban también una enfermera y varias monjas. Al final vendimos nuestros respectivos bungalós y nos compramos una casa más grande con sitio para Malik cuando volvía del colegio en las vacaciones y en la que pudiera vivir con nosotros al graduarse, si quería.

Madho Singh, el periquito alejandrino, ocupaba un lugar de honor en la salita de dibujo, desde donde vigilaba las idas y venidas de todo el mundo. Y siempre le hablaba de lo que Malik estuviera haciendo en ese momento.

Nimmi recoge flores por la mañana temprano para venderlas a continuación en su puesto de la galería comercial y después viene a la clínica con Rekha y Chullu. Deja la cesta vacía en el cobertizo de las herramientas y, mientras trabaja con la azada, planta o riega las plantas que han brotado de los semilleros, sus niños juegan en una zona de tierra junto al cobertizo, donde no hay nada sembrado. Están acostumbrados a jugar sin molestar y se entretienen los dos juntos. Nimmi es una madre calmada y paciente. Si Chullu intenta comerse la tierra o Rekha empieza a arrancar plantas, le bastan unas cuantas palabras en su dialecto sin alzar la voz para que le hagan caso. Cuando llega la hora de comer de Chullu y de la clase de hindi para Rekha, Nimmi se sienta cerca de nosotras para poder ver ella también las páginas del libro de cuentos *Panchatantra* con sus preciosas ilustraciones. Radha y yo crecimos con aquellas fábulas y ahora les toca a

Rekha y Chullu. Ojalá estuviera Radha aquí. A ella, igual que a mí, le encantaba enseñar a los niños más pequeños en la escuela de nuestro padre cuando vivíamos en Ajar.

La primera fábula cuenta la historia del mono y el cocodrilo, que, al principio, son amigos. Hasta que la mujer del cocodrilo decide que quiere comerse el corazón del mono, así que el cocodrilo invita a su amigo a cenar. El mono se sube de un salto a la espalda de su amigo. Pero, en el río, el cocodrilo le confiesa que va a matarlo para que su mujer se coma su corazón. El mono le dice que siempre se deja el corazón en su árbol y que tendrán que volver para recogerlo. Como es de esperar, nada más pisar tierra, el mono trepa a su árbol en busca de protección y el cocodrilo pierde a su amigo.

Al terminar la historia, oigo toser a Nimmi. Pero cuando la miro, me doy cuenta de que se está riendo, y se le forman unas arrugas en las comisuras de los ojos de pura diversión. Bueno, es más bien una risotada áspera, pero no importa. Es la primera vez que la oigo reír y no tardo en hacerlo yo también. Se acerca más a nosotras y dice:

—Léela otra vez, *ji*.

¡Eso también es nuevo! Hasta ese momento, no me ha llamado nunca *ji*, un término que usamos como muestra de respeto. Me agrada, y sé que también le agradará a Malik, y le sonrío para que lo sepa. Pero Nimmi no me está mirando. Chullu se ha quedado dormido y se está haciendo un arnés para cargarlo a la espalda con su *chunni*.

Comienzo la historia de nuevo. Rekha aprende rápido. Las dos repetimos sonidos y seguimos las palabras escritas con los dedos. Nimmi se reprime porque le da miedo equivocarse, pero su hija la ayuda y se une a nosotras.

Ya estoy pensando en el próximo libro que voy a sacar de la biblioteca, un libro infantil sobre las flores de los Himalayas: amapolas azules, nenúfares morados y lirios amarillos. Está lleno de dibujos de gran tamaño a todo color, y estoy segura de que tanto Rekha como Nimmi reconocerán las flores.

Mientras nosotras leemos en voz alta, Chullu duerme sobre la espalda de su madre, mecido por la voz de ella y de su hermana.

CUANDO NIMMI VIENE a mi casa para que le lea las cartas de Malik, trae a sus hijos. Incluso come los dulces que le preparo. Sé que las frutas confitadas que le sirvo le levantan el ánimo. Poco a poco va sintiéndose menos sola. A veces trae algún detalle para compartir conmigo: una cesta de *ghingaroos* silvestres, un puñado de higos o unas manzanas dulces de los Himalayas que ha recogido por el camino.

Cuando empiezo a leer la última carta de Malik, Rekha se me acerca despacito para mirar de cerca. Creo que finge leerla conmigo.

> Queridas Nimmi y jefa:
> ¡Estoy que no doy crédito! Manu le ha pedido a Ravi Singh que me enseñe el cine Royal Jewel, el proyecto más importante que la empresa Singh-Sharma está construyendo para el palacio. Ravi dice que no hay nada igual en todo Rajastán. Es un edificio de dos plantas que ocupa una manzana entera entre dos de las calles más bulliciosas de Jaipur. Me ha dicho que él quería hacerlo a imagen del Old Vic de Bristol (¡como si lo hubiera visto alguna vez!), pero la maharaní Latika acababa de ir a Estados Unidos y quería un diseño *art déco*, como el teatro Pantages (creo que se escribe así), en Los Ángeles (eso está en California). Supongo que la arquitectura de los años treinta en Estados Unidos sigue siendo algo muy nuevo en India. Jefa, ¿a que estás orgullosa de que haya aprendido algo en las clases de Historia del Arte en el Bishop Cotton?

Os voy a contar lo que pasó el día que fuimos de visita al cine. Dos hombres estaban instalando el cartel con unas letras doradas de un metro de alto sobre la puerta de entrada, mientras que otros pintaban la fachada de rosa, el color de la ciudad antigua, y unos albañiles creaban el mandala de piedra con un pavo real azul y verde en el centro, pero ni por asomo tan bonito como el mosaico que diseñaste para el suelo de nuestra casa de Jaipur, jefa.

Después entramos en el vestíbulo... *Waa waa!* En primer lugar, es inmenso. Y en segundo lugar, está todo cubierto por una lujosa moqueta roja de lana y seda. Seguro que a Chullu le encantaría babosearla (ja, ja). Miré al techo y vi unas lámparas de araña gigantes, y totalmente distintas de todo lo que he visto en el palacio de las maharaníes, colgando de unos círculos cóncavos igualmente inmensos. Dentro de cada uno había millones de bombillas diminutas resplandecientes. ¡Es como mirar el cielo y verlo lleno de estrellas, planetas y galaxias!

Después entramos en la sala donde están los asientos. ¡Alucinante! Ravi está muy orgulloso de haber podido meter mil cien asientos. ¡Imagina lo grande que es! Ha diseñado el cine de manera que los asientos están dispuestos en gradas que se elevan según te alejas de la pantalla, como esos anfiteatros griegos que también estudiamos en clase de Historia del Arte. ¡Y tú que pensabas que no había aprendido nada, jefa!

También hay un palco (que es donde se sientan los ricos) desde el que se ve el escenario y los asientos de la planta de abajo. ¡La pantalla es casi tan alta como el palacio Hawa Mahal! Y existe una cosa de la que no había oído hablar en mi vida: el sonido envolvente. ¡Pues el cine Royal Jewel lo tiene! Acaban de inventarlo en Estados Unidos, al parecer. El caso es que en este cine, todo el mundo puede oír y todo el mundo se sienta en un buen sitio.

Me he imaginado a todos yendo juntos al cine. ¡Te quedarías maravillada con el edificio! ¡Igual que Chullu se quedaría maravillado con la moqueta. Filas y filas de arcos de piedra tallados en las paredes con flores y hojas incrustadas (no me preguntes qué flores ni qué hojas, esa es tu especialidad).

¡Tengo que irme! Mi otro jefe me llama. ¡Dale saludos al doctor Jay!

Vuestro,

Malik

6

Malik

Shimla

COMO PARTE DE mi formación, Manu ha pedido a algunos de los constructores más importantes que trabajan para el palacio que me lleven a las obras que tienen en marcha. Hoy le ha tocado el turno a Singh-Sharma. A petición de su padre, Ravi Singh me está enseñando cómo avanzan los trabajos en el cine Royal Jewel.

El edificio es espléndido, un logro de veras impresionante, y así se lo digo a Ravi. A ambos lados de la pantalla cuelgan unos cortinones de color rojo hibisco, que a Nimmi le encantan. Los trabajadores están fijando al suelo los asientos de *mohair* rojo de la última fila. Los electricistas están probando las luces empotradas en la pared por todo el perímetro de la sala, que iluminan las paredes con una gama de color que va pasando del amarillo al verde y del verde al naranja.

Silbo impresionado.

—¿Cuánto habéis tardado en construir todo eso?

—No tanto como se podría pensar. ¿Puedes creer que lo que se suponía que nos iba a llevar cinco años lo hemos hecho en tres?

—¿Y cómo lo has conseguido?

—Ay, amigo, es la ventaja que tiene Singh-Sharma sobre todos los demás constructores —dice con una sonrisa—. Por eso

Manu sigue contratándonos para realizar todos los proyectos importantes que quieren mostrar al público. —Y se da unos golpecitos con el dedo índice en un lado de la nariz, lo que significa que es un secreto.

Cuando se excusa para ir a hablar con el capataz, regreso al vestíbulo y me imagino que Nimmi y sus niños están aquí conmigo, maravillados al ver la enorme cantidad de gente que hace falta para construir un edificio tan monumental.

DESPUÉS VAMOS A comer a un restaurante cercano y Ravi pide fuentes de aromático cordero y pollo al curry, arroz basmati con anacardos, un cuenco de *mattar paneer* y un montón de *aloo paranthas* caliente con unas gotas de *ghee*. Parece que todos en el restaurante conocen a Ravi. El dueño nos saluda al llegar y nos extiende la servilleta en el regazo. Dos camareros nos acercan la silla a la mesa, mientras que un tercero nos llena los vasos de agua.

Una camarera muy guapa con una blusa blanca y una falda negra ceñida llega con unos vasos más altos de cerveza Kingfisher. El dueño sonríe a la chica con orgullo y mira a Ravi para ver su reacción. Este observa a la joven con una sonrisa absorta mientras le recorre el cuerpo con la mirada. El dueño sonríe a Ravi, le hace una pequeña inclinación de cabeza y se retira con discreción.

—¿Qué te parece mi casa, la que ha diseñado mi padre? —pregunta Ravi.

Tras la cena en casa de los Singh aquella primera noche, Samir me llevó hasta un extremo de la propiedad para enseñarme la casa que había construido para Ravi y Sheela, su nuera, como regalo de boda. Trece años atrás, cuando la jefa propuso el acuerdo matrimonial entre los Singh y los Sharma, Sheela había aceptado con la condición de que no tuviera que vivir en una casa común con los padres de su marido, así que Lakshmi sugirió que Samir construyera una casa separada para ellos dos en la enorme finca que constituía la propiedad de los Singh. Sheela no consiguió exactamente lo que quería, pero la creativa solución de la jefa sirvió para que cerraran el acuerdo.

—Impresionante —digo cogiendo un *parantha*—. Muy moderna por dentro. Y muy luminosa. —Me recuerda a la casa de Manu y Kanta. Al haberse criado en el seno de una familia occidentalizada de Bengala, Kanta prefiere el diseño moderno a base de líneas puras, grandes ventanales y una decoración mínima—. ¿Qué le parece a Sheela?

Ravi se ríe por lo bajo.

—Su majestad ha decidido que le gusta, al ver que es mucho más grande que la casa de sus amigas.

Sonrío al recordar lo difícil que podía ser tratar con Sheela cuando era pequeña.

—*Papaji* ha hecho un gran trabajo, en serio —continúa Ravi—. Pero la empresa podría dedicarse a muchas otras cosas. Mira lo que ha logrado Le Corbusier en Chandigarh. —Me mira fijamente con sus ojos oscuros, entusiasmado de repente—. Chandigarh ha sido una inspiración para mí. Quiero que el cine Royal Jewel destaque, que sea diferente de cualquier otro edificio de la ciudad. Lo convertiré en mi marca y lo utilizaré como trampolín para hacer cada vez cosas más grandes y mejores.

Bebo un sorbo de cerveza.

—¿Cosas más grandes y mejores? —repito mientras me sirvo otro trozo de cordero, tan tierno que se despega solo del hueso, y sorbo el tuétano, la mejor parte.

Ravi tiene una sonrisa lobuna.

—Más grandes que lo que haya podido soñar *papaji* —responde sirviéndose pollo con curry en el plato—. Mi padre es de los que cree en seguir haciendo las cosas como se han hecho siempre, pero ahora existen técnicas, materiales y procesos nuevos y mejores. —Arquea una ceja—. Aunque de momento, si la vida te da limones, haz limonada, que se dice.

Me río.

—¿Tu padre no está de acuerdo contigo? Me refiero a tus ideas modernas.

El rostro de Ravi se ensombrece durante una fracción de segundo.

—Sigo intentando convencerlo. No pensamos lo mismo sobre algunas cosas.

La camarera guapa se acerca con una cesta de pan y unas pinzas.

—¿Más *paranthas, sahib*?

Ravi se vuelve hacia ella y se queda mirándola. Cuando la chica se sonroja y le sonríe, él asiente. Ravi no deja de mirarla mientras nos sirve a los dos. Sigue observándola y se fija en cómo mueve el trasero mientras se aleja.

Vuelve a centrarse en mí con la mirada intensa de antes.

—¿Lanzas o bateas?

Cambia de tema de una forma tan brusca que levanto la vista del plato y lo miro. Siempre me ha gustado mucho el críquet. Cuando vivía en las entrañas de la Ciudad Rosa, me encargaba de organizar partidos con los chicos del barrio y jugábamos a lo bruto. En Bishop Cotton, donde jugábamos con los bates oficiales y llevábamos uniformes impolutos, aprendí una versión más refinada del juego.

De repente me pongo en guardia, aunque no sabría decir por qué.

—Las dos cosas. Depende.

—¿De qué?

—De las necesidades.

Ravi me sonríe con generosidad y se le marca mucho el hoyuelo de la barbilla. Coge el vaso de cerveza y lo entrechoca con el mío.

—Abbas Malik, te doy la bienvenida al Club de los Todoterrenos. Y queremos contar contigo para un partido dentro de poco.

Mientras los camareros limpian las mesas, Ravi se excusa, se levanta y se dirige al extremo más alejado del restaurante, donde la joven camarera está limpiando copas de vino con un paño blanco. Se inclina sobre ella y le susurra algo al oído. Ella se ríe y se encoge de hombros. Ravi mira al dueño, que está de pie junto a la puerta, y le hace una inclinación de cabeza. Ravi vuelve a la mesa y apoya dos dedos en el tablero.

—Escucha, amigo, tengo que hacer un recado. Mi chófer te llevará a tu oficina.

Me dirige una de sus resplandecientes sonrisas y coge un puñado de semillas de hinojo con azúcar de un recipiente que hay en la mesa. Se las echa a la boca para endulzar el aliento, me guiña un ojo y vuelve con la camarera.

Hasta el momento, Manu me ha hecho pasar por los departamentos de ingeniería, diseño y construcción. Ahora me toca conocer el departamento de contabilidad para que aprenda también la parte financiera del negocio.

Hakeem es el contable del departamento de operaciones del palacio. Sus dominios constan de una oficina sofocante y sin ventanas encajada en un rincón del centro de operaciones de Manu. En un extremo de la planta están los despachos de Manu y del ingeniero jefe, y una sala de conferencias acristalada. En medio se encuentran las secretarias, los tasadores, los delineantes y los ingenieros junior.

Podría haber hecho un dibujo de Hakeem antes de conocerlo: un hombre orondo sentado detrás de su escritorio con un gorro negro pegado a la cabeza, una *kurta* blanca y un chaleco negro. Lleva también unas gafas de montura de pasta gruesa de color negro. Podría haber adivinado que se acariciaría el bigote recortado con el dedo cuando está nervioso, que es lo que está haciendo cuando entro en su oficina.

—Señor, soy Abbas Malik —digo—. El señor Manu me ha pedido que venga para sacar provecho de sus enseñanzas. —Sonrío con humildad—. Gracias por acogerme.

Hakeem está sentado, como un pequeño Buda, en el círculo de luz de su lámpara de mesa. Me estudia a través de sus gruesas gafas, con unos ojos grandes como los de un búho, sin dejar de acariciarse el bigote. Yo busco una silla, pero solo hay una, la de Hakeem, y está sentado en ella. Las estanterías que cubren las paredes están llenas de grandes libros de cuentas encuadernados en tela, cada uno con su etiqueta en el lomo. Las estanterías ocupan casi todo el espacio del despacho y le confieren un olor a polvo, tejido mohoso y pegamento reseco. En un lomo pone *1924*, que, dada la edad de Hakeem, que debe rondar los sesenta, podría ser el año en que empezó a trabajar aquí. El hombre emite un sonido indefinible y se recoloca las gafas sobre la nariz.

—Aquí no se come, ¿sí?

Domino el impulso de sonreír.

—Desde luego que no, señor.

—Ni se bebe, ¿sí?

Me pregunto si eso de terminar las frases con «¿sí?» será otro de sus tics. Decido seguirle la corriente.

—Sí.

—Estos libros son importantes. Hay que mantenerlos impolutos. ¿Sí?

—Sí.

Mueve la silla a un lado para dejarme ver la librería que hay detrás de él.

—Estos son los más importantes. ¿Sí? En este —dice señalando uno en concreto— llevamos el registro de los suministros que compramos para un nuevo proyecto de remodelación o construcción. Y en este —señala el libro contiguo—, el registro de todo el dinero que debemos a nuestros proveedores y constructores. Cuentas por pagar. El siguiente contiene la lista del dinero que se le debe al palacio. Por ejemplo, el reembolso por devolución de materiales. O el alquiler de instalaciones del palacio a terceros. Eso entra todo en cuentas por cobrar. El cuarto es el libro en el que registramos qué cantidad y en concepto de qué hemos pagado por cada proyecto. Hay cuatro libros de cuentas por año.

—Sí —digo sin poder contenerme.

El hombre baja la barbilla y me mira por encima de las gafas mientras se toca el bigote, hasta que al final dice:

—Sí.

Tiene que levantarse para sacar un voluminoso libro de una estantería. Lo abre y lo gira para que pueda leer las entradas. Señala una columna escrita en hindi y otra con letras escritas según el abecedario latino y dice:

—¿Ves esto? —Señala la columna en el abecedario latino—. «AR LVD» significa arena lavada, ¿sí? Usamos una especie de taquigrafía para escribir cada artículo, para ahorrar tiempo. Yo mismo creé las abreviaturas. Si tuviera que escribir el nombre completo de todos los cargamentos que pedimos y recibimos, no haría nada más, y tengo muchas otras responsabilidades. ¿Sí?

Vuelve a ajustarse las gafas y me mira para ver si voy a poner en duda sus palabras.

Asiento. Este hombre está orgulloso de su trabajo. Intento mostrarme impresionado, y lo estoy, así que decido que, por el momento, lo mejor será mantener la boca cerrada.

Hakeem me dice que pase la tarde memorizando las abreviaturas porque lo necesitaré cuando tenga que apuntar las compras.

Cada vez que voy a cenar a casa de Kanta y Manu me cuesta creer que el niño de doce años que se inclina para tocarme los pies sea el mismo Nikhil al que llevaba en brazos y le hacía cosquillas en la barriguita cuando era un bebé, antes de que nos fuéramos de Jaipur. Cuando se endereza, me sorprende que Niki sea solo unos centímetros más bajo que yo y que vaya a ser más alto que sus padres, que están detrás de él, en la entrada a su hogar. Kanta rodea los hombros de su hijo, sonríe con orgullo y me da a la bienvenida a su casa una vez más, charlando animadamente sobre la excelente calificación que ha sacado Niki en su último examen. Manu es más reservado. Él espera a que su mujer termine de hablar para saludarme y devolverme el namasté. Para mí son como mis tíos y para la jefa son como de la familia.

Su viejo sirviente, Baju, entra con la bandeja del té. Intercambiamos miradas. Sé que Baju tiene una mirada aguda y me reconoce de cuando era el chico de los recados de Lakshmi, alguien que jamás podría esperar que lo invitaran a sentarse a comer a la mesa de la familia. Y así habría sido de no haberme educado en Bishop Cotton.

Detrás de Baju viene la madre de Manu, con su almidonado sari blanco de viuda y sus andares de pato, y el rosario de cuentas de sándalo envuelto alrededor de la muñeca. Me mira con el ceño fruncido, preguntándose probablemente por qué están tan contentos de verme, cuando ella no se acuerda de mí. Y no me extraña. No mucha gente reconoce al chico harapiento detrás de mi aspecto elegante actual.

Delante de la suegra de Kanta, nos limitamos a hablar de temas seguros, como el tiempo que hace en Shimla, el aire frío que se respira allí comparado con el calor de Jaipur. La *saas* de Kanta dice que lamenta no poder viajar hasta las estribaciones de los Himalayas con tanta frecuencia como antes. Kanta y yo nos miramos. Yo sé la verdadera razón por la que Manu y ella no van a Shimla desde hace años: el bebé que nació muerto en el hospital Lady Reading. Ni siquiera haber adoptado al bebé de Radha, al que llamaron Nikhil, podría borrar tan doloroso recuerdo.

Kanta habla de la gente que conocemos en Shimla, como los vendedores de *tandoori roti*, impertérritos en la galería comercial, y uno de los lugares favoritos de Radha y de la jefa, la biblioteca que Rudyard Kipling visitaba con frecuencia.

Después, cuando la madre de Manu se va a hacer su *puja* vespertina, Kanta y yo salimos al porche delantero. Niki está ensayando lanzamientos de críquet en el patio mientras Manu le da consejos.

—Es perfecto, ¿verdad? —dice la tía Kanta.

Niki se gira para asegurarse de que lo estamos mirando. Yo saludo y sonrío. Me cuento entre los pocos que saben que cuando solo tenía un día de edad, Manu y ella lo adoptaron en secreto. Ni siquiera la suegra de Kanta lo sabe. Ella cree que Niki es el hijo que Kanta dio a luz hace doce años en Shimla.

—Sí que lo es —contesto.

Kanta espera un momento antes de seguir.

—¿Radha ve alguna vez las fotos de Niki que le envío a Lakshmi?

Vacilo antes de responder.

—La jefa se las envía a Francia.

Es la verdad, pero Radha nunca ha dicho nada, ni de las fotos, ni de las cartas en las que le cuenta cómo está Niki o lo bien que le va en el colegio o en el críquet. Ya antes de que se fuera a Francia, Radha no miraba las fotos que Lakshmi dejaba como por azar en la mesa del comedor. Radha me decía que su hijo había dejado de existir el día que decidió confiarlo al cuidado de Kanta. Esa decisión había sido muy traumática y no quería saber nada que le recordase aquella época. A menudo me pregunto si casarse con Pierre y mudarse a Francia no fue una forma de poner distancia entre ella, su hijo y su antigua amiga Kanta. Si es así, era comprensible. Radha tenía catorce años cuando tuvo a Niki; una niña sin casar que acababa de hacerse mujer. Separarse de su hijo había sido lo más difícil que había tenido que hacer en su vida. También había tenido que separarse de Ravi, a quien había amado y le había hecho mucho daño.

Kanta opta por no seguir preguntando.

—Malik, echo de menos a Lakshmi. Ojalá viviera aquí. Tengo conversaciones imaginarias con ella todo el tiempo, pero no es lo mismo, claro. —Me mira y las comisuras de los ojos se le arrugan—. Aunque sean imaginarias, son conversaciones de dos, te lo aseguro. ¡Ella siempre me da los mejores consejos! —Se ríe.

Lakshmi no suele hablar de ello, pero yo sé que también echa de menos a Kanta. Se llevaban bien. No he visto que haya entablado una relación así con otra mujer en Shimla.

Miramos a Niki levantar el brazo y lanzar la pelota a su padre. Creo que todos sabemos que mantener a los Agarwal y a Lakshmi separados es lo mejor para todos. Cualquiera que viera al chico con Lakshmi o con Radha sospecharía que están emparentados. Con esa piel clara y esos ojos azul verdoso, tan similares a los de Radha, no se parece en nada a sus padres adoptivos.

Por suerte, ha copiado los gestos de los padres que lo están criando. Sube y baja los hombros cuando se ríe, como Kanta, y cuando escucha con atención, ladea la cabeza y se coge los manos por detrás de la espalda en una imitación perfecta de Manu.

Veo la elegancia con la que lanza la pelota pese a su juventud. Es un atleta innato, como su padre biológico. Me pregunto muchas veces si Ravi Singh sabrá que el hijo que tuvo con Radha vive a pocos kilómetros de él. ¿Querría saberlo? Cuando sus padres se enteraron de que Radha estaba embarazada, lo enviaron a Inglaterra y allí se quedó hasta que terminó los estudios. Tenía diecisiete años por entonces.

Kanta se vuelve hacia mí.

—Lo he pillado mirando.

—¿A quién?

—A Samir Singh.

—¿A quién mira Samir?

—A Niki.

Samir se habrá cruzado con Niki, claro. En los *sangeets* que se celebran en casa de amigos comunes o en fiestas de la comunidad, a menos que Kanta y Manu hayan decidido no asistir a esas celebraciones. Porque sería muy incómodo para ellos aguantar todas esas preguntas. Los juicios silenciosos. De repente, caigo en la cuenta de la carga que supone para esta familia mantener a Niki oculto, por así decirlo. ¿Será consciente él de las medidas que han tomado sus padres para mantener a raya los cuchicheos? Pero ¿qué otra cosa pueden hacer? Bastardo. Ilegítimo. No quieren que su vida se vea empañada por las etiquetas. Me invade una ola de tristeza.

Kanta se fija en la expresión de mi rostro.

—Me refiero a que...

En ese momento, Niki me llama.

—¡Mira, tío Malik!

Me doy la vuelta y lo veo lanzar una bola curva perfecta. Manu gira el bate, pero no consigue darle.

Kanta aplaude y Niki levanta los dos brazos en señal de victoria. Y me llama.

—¡Ahora tú, tío Malik!

Miro a Kanta, que aprieta los labios y asiente con la cabeza.

—Ve, ya hablaremos luego.

Cruzo el césped recién cortado y cojo la pelota que me da Manu. Niki, Manu y yo pasamos la hora siguiente jugando un partido improvisado. El ganador es Niki, obviamente.

En la cena, pregunto a Niki por las clases. Dice que Inglés e Historia son las asignaturas que más le gustan y trato de contener la sonrisa. Me imagino a una joven Radha sentada a la mesa con nosotros, hablándonos de su amor por Shakespeare y su fascinación por el Imperio mongol.

Al final, la conversación gira hacia el proyecto del cine Royal Jewel.

—¿Sabes que la maharaní Latika es quien ha impulsado el proyecto? —pregunta Manu.

—Sí, creo que Samir me lo dijo —contesto yo con un trozo de *chapatti* con *subji* de berenjena.

Manu sonríe.

—Su alteza ha asumido la responsabilidad de completar los proyectos de construcción que el maharajá dejó pendientes a su muerte. Acabábamos de terminar la remodelación del hotel y estábamos empezando a cavar las zanjas para echar los cimientos del cine cuando falleció de forma repentina —dice Manu bebiendo un sorbo de agua—. Hasta el momento, las cosas van bien. ¿Qué te ha parecido el cine?

—Una maravilla. Muy impresionante, señor.

Manu parece complacido y se sirve más *subji*.

—Y terminado en un tiempo récord.

Tomo una cucharada del excelente *moong dal* de Baju.

—¿Cómo es trabajar para ella, para la maharaní?

—«La mujer más hermosa del mundo» —dice Niki riéndose. Así han descrito recientemente en la portada de la revista *Vogue* a la glamurosa reina de Jaipur, junto a una foto suya.

Kanta le da una palmadita en el brazo, pero está sonriendo de oreja a oreja. Manu también sonríe.

—Es una mujer asombrosa —dice—. Lo caza todo al vuelo y es muy consciente de lo que ocurre. No se le escapa una. Y no hay que olvidar que fue ella quien creó la escuela para chicas de la maharaní... —Ladea la cabeza—. Pero tú eso ya lo sabes, Malik. Lakshmi la ayudó en un momento muy difícil de su vida, *hahn-nah*?

97

Asiento con la cabeza. Fue doce años atrás. La maharaní Latika se quedó muy abatida cuando su marido envió a su primogénito, y único hijo, a un internado en Inglaterra cuando aún era muy pequeño. Y todo porque el astrólogo del maharajá le había recomendado que no confiara en el que habría de ser su heredero de sangre. Así que el maharajá adoptó a un chico de una familia rajput y lo designó príncipe heredero.

Recuerdo que Lakshmi consiguió que la joven reina saliera poco a poco de su depresión aplicándole diariamente henna y dándole pequeños dulces y otras delicias que preparaba con hierbas medicinales. Cuando, unos meses después, su alteza se curó por completo y retomó sus actividades oficiales, le estaba tan agradecida a la jefa que le ofreció una beca a Radha para que estudiase en su prestigiosa escuela. Y el negocio de Lakshmi despegó. ¡Qué época más ajetreada vivimos! Su popularidad no dejó de crecer hasta el día en que todo se derrumbó.

—¿Dónde está el hijo de su alteza ahora?

Manu carraspea antes de contestar.

—No se acerca a Jaipur. Imagino que tiene que ser duro encontrarse cara a cara con el chico que lo ha reemplazado, aunque el príncipe heredero adoptado aún no es mayor de edad. —Bebe un sorbo de suero de leche—. Lo último que tengo entendido es que el hijo de la maharaní vive en París, en el apartamento que tiene la maharaní viuda en la ciudad.

¡La maharaní viuda Indira! Cuando tenía ocho años, me impresionaba más su periquito parlanchín que ella. En este mismo instante, Madho Singh estará quejándose de algo en su jaula, en Shimla. O repitiendo alguno de los refranes que el doctor Jay y la jefa se lanzan durante todo el día. «Las dos somos reinas, así que, ¿a quién le toca tender la ropa?»

Después de cenar, tras despedirme, Kanta me coge del brazo y me acompaña hasta la verja de fuera.

—Al final de los partidos, Niki y yo vamos a un puesto que está cerca del campo de críquet y comemos *chaat*. —Baja la voz y me susurra como si estuviéramos conspirando—: *Saasuji* no nos deja que le demos fritos, así que mi hijo y yo nos escapamos cuando está conmigo —dice con una sonrisa traviesa—. Lo que más le gusta es el *sev puri*. A mí también.

Los dos nos reímos. Hemos llegado ya al final del largo camino de entrada. Kanta toma aire antes de continuar.

—He visto a Samir Singh varias veces, en un Jeep aparcado frente al campo mientras Niki entrena.

—¿Seguro que era Samir?

Ella hace una mueca.

—No al cien por cien. Las higueras sagradas alineadas a ambos lados de la calle ocultan los coches. Y siempre hay mucha gente por la zona. Coches que van y vienen.

—Pero ¿y si es él?

Kanta suspira. Es de noche y las sombras le ocultan la mitad del rostro. Aun así, veo en su expresión y en las arrugas que se le forman en la frente que es un asunto grave.

—No le he dicho nada a Manu, pero no dejo de pensar en ello. A veces, el esfuerzo de mantenerlo alejado de... cualquier vigilancia... Es demasiado. —Le noto la voz entrecortada, como si estuviera llorando, aunque no veo las lágrimas porque aparta la cara—. Paso la noche en vela preocupada por si Samir nos quita a Nikhil —susurra.

Se me encienden las alarmas. ¿Debería decírselo a la jefa? Si es verdad, Lakshmi querría saberlo. Por ahora, tengo que tranquilizar a Kanta. Niki lo es todo para Manu y para ella. Después de dar a luz un bebé muerto hace doce años, Kanta no puede tener más hijos.

—Escúchame, tía. Manu y tú sois los padres legales de Niki, sus padres adoptivos. Samir *sahib* no puede tocaros.

—Pero sí podría decirle a Niki que es adoptado, que es hijo de su propio hijo. ¿Y qué haríamos entonces?

No para de retorcer el borde de su sari de *georgette* sobre un dedo mientras habla con un hilo de voz.

—Dentro de poco, Niki tendrá edad suficiente para que podáis decírselo vosotros, si así lo decidís, pero dudo que Samir vaya a hablar con él sin vuestro consentimiento —digo con una seguridad que no siento.

Ella se muerde el labio.

—¿Tú no crees que Samir Singh vaya a aprovechar la oportunidad de charlar con su nieto en el campo de críquet?

Me pregunto qué respondería la jefa, cuando Kanta dice:

—Por eso voy a todos los partidos, para vigilar a Niki. Y si yo no puedo ir, Baju sabe que tiene que traer a mi hijo a casa nada más terminar el partido. —Se sorbe la nariz y se la aprieta con la punta del sari.

—Escúchame, tía. En primer lugar, los Singh tendrían mucho que perder si se corriera la voz de que Ravi es el padre. Todo el mundo sabría que Radha era menor de edad cuando la dejó embarazada. Y en segundo lugar, rechazaron toda responsabilidad y silenciaron el asunto enviando a su hijo a miles de kilómetros de aquí. Sería un escándalo para ellos y dudo mucho que quieran exponerse a ello. —Entonces se me ocurre otra cosa y le doy unos toquecitos en el brazo—. Por cierto, Samir conduce un Mercedes, no un Jeep.

Kanta me escudriña el rostro y al final se ríe avergonzada.

—¡Tienes razón! ¡A lo mejor el problema no es Samir, sino mi imaginación!

Pero entonces se me ocurre otra cosa bastante inquietante.

—¿Te ha preguntado Niki alguna vez sobre este asunto? ¿Algún compañero del colegio ha sugerido que sea adoptado?

Nunca he comprendido por qué las adopciones de la familia real son públicas, pero las adopciones privadas son motivo de vergüenza. Ninguna pareja quiere admitir que es estéril, pues se considera un fracaso personal, un problema que es mejor resolver con gemas mágicas, amuletos y donativos a Ganesh.

La preocupación vuelve a asomar a la voz de Kanta.

—No, que yo sepa. Niki nunca ha preguntado nada. Intentamos que las cosas sean lo más normales posible. —Mira hacia atrás, hacia la casa—. No he notado ningún cambio en él. —Y antes de levantar el pestillo de la verja añade—: Gracias, Malik, ahora me siento mejor. —Y cuando ya está cerrando el portón se le ocurre algo—: ¿Seguro que no quieres que Baju te lleve a casa?

La casa de invitados del palacio está a solo veinte minutos andando. Niego con la cabeza y le digo que me hace falta caminar para bajar la deliciosa cena. Le doy las gracias por lo bien que lo he pasado con ellos y le pido que se las dé también a Manu. Y pongo rumbo a casa dando vueltas a la preocupación por un chaval cuyos padres están decididos a protegerlo como sea de las garras de los Singh.

7

Nimmi

Shimla

POR LA NOCHE, cuando los niños se duermen, cada uno pegado a uno de mis costados, miro los libros ilustrados que nos ha dejado Lakshmi. Son libros infantiles, según ha dicho, que saca de la biblioteca de la ciudad. No sabía que había un lugar al que podías ir a mirar libros, y mucho menos pedirlos prestados y devolverlos después de verlos. ¡Qué cosas! ¡Algo tan precioso! Es como pedir a una mujer que te preste las joyas de su boda para casarte y devolvérselas al día siguiente. ¡Nadie en su sano juicio prestaría algo tan valioso esperando que se lo devolvieran más tarde!

Me acercó el libro a la nariz e inspiro tratando de convocar el olor de todas las manos que lo han hojeado. Pero solo me huele a algo parecido a la harina *atta* con la que hago los *chapattis*. Paso las páginas con cuidado. Los ancianos de nuestra tribu tal vez no sepan leer, pero sienten un gran respeto por aquellos que sí saben. Dicen que hay magia en los libros. Si a alguno se le ocurría pisar un libro o un trozo de papel siquiera, se le castigaba. Recorro las letras con el dedo y pronuncio las palabras que salen en el libro, como Lakshmi nos ha enseñado. Dedica una hora a leer con Rekha y conmigo todas las tardes. A veces, nos enseña a escribir el nombre de los alimentos que comemos. Ahora sé que la palabra *chapatti* empieza por C.

¡Ya verás cuando le enseñe a Malik que sé escribir su nombre! Y Rekha también. ¡Dev estaría muy orgulloso de ella! Aprende muy deprisa y no le cuesta. Con cuatro años está aprendiendo lo mismo que yo con veintidós o veintitrés años —¡creo que una de las dos es mi edad correcta!—. Siempre he sido capaz de hacer operaciones matemáticas sencillas de cabeza, pero ahora estoy orgullosa de saber escribir los números del uno al diez —*ake, dho, theen, chaar*...— y como estoy aprendiendo a leer, puedo reconocer los números si los veo escritos.

Lakshmi nos ha dado a cada una un cuaderno para que podamos practicar. A veces, cuando estoy en el jardín, copio los nombres de las plantas que están escritos en las etiquetas delante de cada surco. Algunas etiquetas no sé lo que dicen, pero quiero averiguarlo después para poder memorizarlo.

Cuando formo la letra M, pienso en Malik y me pregunto si podré leer algún día las cartas que me envía. Me da vergüenza que Lakshmi tenga que leerme sus palabras y sus pensamientos, siento pudor incluso. Esos mensajes deberían ser privados, algo entre Malik y yo; quiero poder releer yo sola las partes que más me gustan o llevar sus cartas conmigo cuando subo la loma por la noche. Me gusta imaginar sus dedos apoyados sobre el delgado papel, sujetándolo con firmeza para que no se mueva mientras escribe mi nombre. A veces pienso en lo que sentiría si escribiera mi nombre, Nimmi, en la palma de mi mano, la espalda o el muslo.

Al final he dejado que Lakshmi me haga la henna en las manos y también en las de Rekha. Es tan hábil que en unos minutos le ha hecho un dibujo nuevo. Rekha es tan buena que no ha movido ni un músculo hasta que se le ha secado y Lakshmi ha podido retirar los trozos secos.

Le ha dibujado un elefante con la trompa levantada, que va de una palma a la otra y cuando junta las manos, el elefante está completo. Se ha puesto a dar gritos de alegría al verlo. Mueve las manos como si el elefante levantara la trompa y la moviera.

Lakshmi ha intentado hacerle unos puntitos en las palmas a Chullu, y él ha querido chuparlos. Nos ha hecho mucha gracia.

Cuando Lakshmi me ha preguntado qué dibujo quería que me hiciera, no se me ha ocurrido nada, así que decidió dibujar peonías en una palma y rosas en la otra. Al juntar las manos, tengo un ramo, y huelo el aroma limpio y terroso de la henna cuando me las llevo a la nariz. Me recuerda el día de mi boda, la única vez en que me decoraron las manos, los brazos y los pies.

Chullu se remueve en la cama y le acaricio la espalda hasta que se duerme otra vez. Mi niño. ¡Ya tiene un año! Ha empezado a andar y a hablar. Dentro de unos años, Rekha podrá enseñarle a leer y a escribir su nombre. Algo así habría sido imposible si Dev no hubiera muerto y nosotros no hubiéramos abandonado las montañas, y a nuestro pueblo, para vivir en la ciudad. Me encantaría que Dev estuviera con nosotros. Quiero que vea lo bien que se están criando sus hijos, que me vea hacer algo que jamás habría creído posible: aprender a vivir sin nuestra tribu y sin él. De repente, se me llenan los ojos de lágrimas. Cuánto me gustaban las arruguitas que se le formaban alrededor de la boca, el tacto áspero de sus manos, encallecidas durante años de pastorear a sus rebaños con el cayado y de trepar a los árboles para cortar hojas y ramas con que alimentar a las cabras. ¡Cuánto quería a sus cabras! Casi lo oigo ahora mismo diciendo: «No te acerques a una cabra por delante, a un caballo por detrás y a un idiota por ningún lado». ¡Cómo se reía! ¡Como si fuera la primera vez que lo decía!

Acaricio las cejas de Chullu. Dev ya no está en mi vida y tengo que enseñar a Rekha y a Chullu que ellos también pueden sobrevivir sin él. Pestañeo para retirar las lágrimas. Echo un vistazo al libro de las flores silvestres. Intento repetir las palabras que hay debajo de cada foto, pero solo reconozco la letra inicial.

Lo cierro. ¿Conseguiré escribir una carta a Malik algún día? ¿Qué le diría si pudiera?

Amor mío:

Cuando Dev murió, no sabía si podría amar a otro hombre. Y luego llegaste tú. Eres como él, pero también diferente. ¡Te echo mucho de menos!

Voy a contarte una cosa que te va a hacer muy feliz. Me gusta trabajar con tu jefa, sobre todo porque me deja a mi aire. Yo decido lo que se planta, si se usan semillas o plantones, cuándo abonar y cuándo recoger.

Ha cometido algunos errores, te lo aseguro. Está intentando cultivar un árbol de sándalo, pero jamás agarrará. Nunca he visto uno de esos árboles por aquí. Pero tu jefa nunca se da por vencida, ¿verdad? Siempre está probando cosas nuevas, echándole cosas a la tierra, cambiando de sitio el pobre arbolito por todo el jardín.

Le he dicho que lo mejor es sustituirlo por las hierbas rajastaníes que usaba para sus ungüentos. Espero no equivocarme. Yo nunca he salido de Shimla y no sé cómo es el Rajastán ni tampoco conozco las plantas que crecen en ese lugar. Tu jefa dice que allí el clima es tan seco que el suelo se convierte en polvo y sale volando. ¡No me lo puedo imaginar!

Me deja llevar a los niños al trabajo y a ellos les encanta estar al aire libre, en el jardín. Antes temía que no hicieran nada de ejercicio si los dejaba todo el tiempo con los Arora, que son tan viejos como los Himalayas, y ahora pueden estar fuera todo el día.

Le retiro un mechón de la cara a Rekha, que duerme profundamente. ¿Qué más le diría?

Hay mucho bullicio en la galería porque vienen turistas de todo el mundo. Pero no es lo mismo cuando tú no llegas con alguna sorpresa para los niños. Están inquietos, esperando que aparezcas en algún momento. Rekha dice que está enfadada contigo porque no vienes a vernos. Quiere que vengas para que le compres globos de animales en el puesto de al lado. Chullu se mete en la boca todo lo que pilla, porque le están saliendo los dientes, y eso incluye la mayoría de los globos, y se los ha roto. Rekha los ha envuelto en retales de tela que le ha dado la señora Arora y les ha hecho un funeral.

Le recuerdo a Rekha que Lakshmi-*ji* y el doctor Jay le dan un globo si se lo pide, pero ella dice que no es lo mismo que cuando se los regalas tú, porque le gusta que imites los sonidos de los animales. ¡La consientes mucho!

Se le ha escapado en nuestra habitación el grillo verde que le regalaste. Hace mucho ruido cuando canta por la mañana temprano y nos despierta. Intenta atraparlo, pero el grillo es más rápido, aunque no va a darse por vencida.

¡Acaba de salirle otro diente a Chullu! Está de mal humor porque le duele, pero le pongo en las encías la miel que nos regalaste y se alegra mucho.

Los dos estarían más contentos si estuvieras aquí. Quieren saber cuándo vuelves a casa.

Dime, Malik, ¿cuándo vuelves a casa?

Tu Nimmi

DOS DÍAS ANTES
DEL DERRUMBE

8

Lakshmi

Shimla

Es ÚLTIMA HORA de la tarde. Estoy en la clínica comunitaria lavándome las manos en la palangana mientras mi paciente se abrocha la blusa. Jay está en el hospital atendiendo un parto de urgencia. Se ha ido hace una hora.

Como muchas personas de la zona, mi paciente habla una mezcla de hindi, panyabí, urdu y su dialecto local, pero no me ha hecho falta hablarlo para entender el motivo de su visita. El esfuerzo de cargar durante años con la leña a la espalda para encender el fuego se deja notar en su hombro derecho. Incluso sentada en la camilla se ladea, como queriendo evitar el peso de una carga invisible.

La monja que me ayuda hoy le pone unas compresas de agua tibia en el hombro dolorido para relajar los músculos antes de que le aplique un ungüento a base de polvo de cúrcuma y aceite de coco. Con esto le bajará la inflamación. Le digo que se retire el ungüento dentro de media hora, cuando se seque, y que vuelva a ponerse las compresas de agua tibia antes de reaplicar la mezcla, que le doy para que se la lleve a casa. Me gustaría poder ordenarle que dejara de cargarse la leña a la espalda hasta que se le cure, pero es viuda y sus hijos son demasiado pequeños para que puedan ayudarla.

Me seco las manos y las hidrato con aceite de lavanda antes de atender al siguiente paciente. El aroma los relaja cuando llegan nerviosos a la clínica. A mí también me relaja. Inspiro.

Oigo a la recepcionista que está fuera.

—¡Esperad! ¡No podéis entrar ahí!

Un niño y una niña de unos diez años apartan la cortina que separa la consulta de la sala de espera. Llevan consigo una oveja: el chico sujeta la parte delantera y la niña, la trasera. La recepcionista entra detrás de ellos y me pide disculpas.

—*Theek hai* —le digo. No pasa nada.

La mujer parece aliviada y vuelve al mostrador.

La oveja está sangrando por lo que parece que es una herida en el costado derecho. No entiendo lo que me dice la niña, así que me vuelvo hacia la monja y espero a que me traduzca. En la zona de las estribaciones de las montañas viven muchas tribus autóctonas, y entre el personal de la clínica y yo, normalmente, entendemos lo que nos dicen los pacientes.

La mujer del hombro dolorido, que ya está vestida, se baja de la camilla, señala la oveja y dice algo que no entiendo. Está claro que está asustada.

Miro a la monja en busca de ayuda, pero niega con la cabeza; la mujer habla muy deprisa y no la entiende mucho mejor que yo. Los niños la miran con la boca abierta. La oveja bala.

La paciente agarra el bote de ungüento que le he dado y sale corriendo de allí como si hubiera un incendio.

¿Tiene miedo de una oveja herida?

Inspecciono el corte mientras el animal intenta escaparse, pero los niños la agarran con fuerza y eso me permite ver mejor la herida. Parece que tiene una incisión limpia en el vellón, como esos bolsillos de ojal de los abrigos. La herida está por debajo del vellón. ¿Cómo le habrá pasado?

Entonces caigo en el hilo grueso que le cuelga de la piel lanuda. Y me fijo en los puntos irregulares que hay alrededor de la incisión. Es como si hubieran cerrado el bolsillo con unas puntadas. Corto la costura irregular con mucho cuidado y retiro la capa de lana. Y descubro lo que ocurre. Debajo del vellón, la piel está llena de llagas, pus y sangre que rezuma de una herida abierta.

Me pregunto quién esquilaría así una oveja y luego volvería a coserla. ¿Por qué no tratar la herida? ¿Por qué querría un pastor ocultar las llagas? Las ovejas son tan valiosas para los pueblos de las montañas como el oro para las damas cuyas manos pintaba con henna. Ningún pastor dejaría así a una oveja herida, o peor, ninguno la abandonaría.

Ojalá estuviera Jay. Excepto el tiempo que estuvo en Oxford, siempre ha vivido en Shimla y habla muchos de los dialectos locales. Él podría averiguar si la oveja es de estos niños y, de ser así, dónde se encuentra el resto del rebaño; dónde está el pastor. O si no es de ellos, dónde la han encontrado.

Se me ocurre que Nimmi podría ayudarme. A lo mejor habla su idioma o comprende lo suficiente para aclarar lo ocurrido. Ella se ha criado rodeada de ovejas y cabras, y a lo mejor tiene idea de por qué esta tiene unas heridas tan peculiares.

Indico por señas a los niños que se queden ahí y salgo al jardín a buscar a Nimmi. Está en cuclillas, aplanando la tierra donde intuyo que acaba de plantar unas semillas.

—Necesito tu ayuda, Nimmi. En la clínica —le digo.

Ella arquea las cejas y sé que debe de estar preguntándose para qué podría necesitarla yo en la clínica.

—Una oveja herida. La han traído dos niños.

Nimmi se levanta. Sigue teniendo cara de no entender, pero no hay tiempo para explicaciones. Cojo la azada y la pala, y las llevo al cobertizo mientras se sacude las manos y va a lavarse bajo el grifo que tenemos fuera.

Dentro de la clínica, la monja de guardia está poniendo una sábana limpia encima de la camilla. Y después ayuda a los niños a levantar a la oveja.

Nada más ver las heridas del animal esquilado, retrocede un paso con cara de susto. Me mira a mí primero y luego a los niños, y les dice algo en su dialecto.

El niño se queda mirándola, pero la niña responde y gesticula con un brazo.

—Les he preguntado si es suya la oveja —me dice en hindi—. La niña dice que no, que se la han encontrado en la montaña mientras buscaban leña.

—¿Sin pastor? —pregunto yo. Después de diez años en Shimla, sé que las tribus nómadas jamás abandonarían a un animal moribundo; sería demasiado cruel, y les costaría mucho dinero reemplazarlo.

Nimmi intenta hablar con la niña. Las dos se comunican con palabras y gestos. La mayoría de las tribus, ya sean de la frontera con Nepal o con Cachemira, comparten algunas palabras en urdu, hindi y nepalí. Como muchos otros en el norte de la India, yo hablo sobre todo hindi, y conozco algunas palabras de urdu, pero los dialectos de las montañas utilizan palabras que yo no he oído en la vida y la estructura de las frases es totalmente diferente.

—Solo han visto a esta oveja —dice Nimmi—. Se oía balar a otras más arriba, pero querían ayudarla porque estaba herida.

—¿Sabes qué podría haberle causado esta herida? ¿Lo habrán hecho a propósito? —le pregunto.

Nimmi se acerca un poco más al animal, que sigue tendido sobre un costado y respira con dificultad. Se inclina hacia delante, apoya el codo en la camilla y le sujeta la cabeza con el antebrazo mientras le echa la piel hacia atrás todo lo que da de sí. Toca los cortes con los dedos mientras la oveja se remueve y se sacude.

—Ninguna enfermedad causa estas llagas —contesta ella—. Son abrasiones. Algo le ha irritado la piel y se ha frotado contra un tronco o una roca, alguna superficie dura para rascarse y calmarse de algún modo o tal vez...

Nimmi suelta a la oveja y empieza a examinarle las orejas, pero de repente se echa hacia atrás ahogando un grito.

Se me eriza el vello del brazo.

La tensión se respira en el aire.

Los niños también lo sienten. Me miran a mí y después a ella.

—¿Qué pasa? —pregunto.

Nimmi frunce el ceño y se queda mirando al animal con los labios apretados. Hay algo que no quiere decir. ¿Qué será?

Al final, Nimmi inspira profundamente y suspira. Le dice algo a la niña y le pone la mano en el hombro. Retoman la comunicación mediante gestos mezclados con las palabras, la niña responde y Nimmi asiente con la cabeza.

La niña se vuelve hacia el niño, lo coge del brazo y salen de la consulta.

—Les he dicho que vamos a ayudar al animal, que no se preocupen —me dice Nimmi.

Sigo sin saber qué ocurre, pero la forma en que aprieta los labios me dice que no va a contarme lo que está pensando. Noto el resentimiento que empieza a formarse en mi interior. Estoy acostumbrada a ser yo la que lleva el control de la sala de consultas, de mis pacientes, del jardín medicinal. Pero ahora, incluso la monja la mira a ella a la espera de instrucciones. En algún momento en los últimos quince minutos, Nimmi parece haberse hecho cargo de la situación. Pero ella trabaja para nosotros. No tiene motivos para ocultarme nada, ni tampoco derecho. Me siento herida, no puedo evitarlo.

Señalo la oveja con la barbilla. Las palabras que salen son tan afiladas como las agujas que Jay usa en el hospital.

—Pídele a la hermana que te traiga los utensilios que necesites para cerrar la herida. Ella te ayudará.

Sin darle tiempo a contestar, ni para objetar, ni para decirme que su trabajo es atender el jardín, me dirijo a la pila, abro el grifo y me lavo las manos con jabón enérgicamente.

Sabe más de lo que ha dicho, algo que podría ser crucial. Hablaré con Jay sobre el tema esta noche.

MI MARIDO LLEGA más tarde de lo habitual. El parto de los gemelos se ha complicado. Ahora trabaja más horas porque tiene que ocuparse también de la parte administrativa, la organización de actos para recaudar fondos y las reuniones de la junta directiva. Cuando vuelve del hospital, le gusta relajarse un rato antes de cenar. Se sienta en su sillón favorito en la sala de dibujo con el *Times of India* y un vaso de Laphroaig. Compruebo que la cena, *masala lauki* y *dal*, cuece lentamente en el fuego y me siento con él. Me ofrece un vaso y una sección del periódico.

Pero yo no puedo concentrarme en el artículo sobre la batalla que libran India y Pakistán a cuenta de la zona de Jammu y Cachemira. Vivimos a pocos cientos de kilómetros de ahí y aparte de los soldados indios que vienen a Shimla a buscar provisiones o pasan de camino a las regiones del nordeste, poco tenemos que ver con la guerra. Por el bien de Malik, quiero que siga así. Proporcionar víveres de lo que pueda sacar provecho es una de sus especialidades.

Doblo el periódico y lo dejo a un lado, y bebo un sorbo.

Jay dobla una esquina del periódico y me mira.

—¿Qué pasa?

Sonrío. A mi marido no le pasa desapercibido mi estado de ánimo.

—Una oveja. En la clínica. Dos niños de una tribu de las montañas la han traído.

—¿Que han ido a la clínica con una oveja?

—Estaba herida.

Se ríe por lo bajo mientras deja el periódico en la mesa que tiene al lado.

—Eso lo explica todo —dice bebiendo con los ojos chispeantes.

Me levanto del sofá y me siento en el brazo de su sillón. Me encantan los mechones canosos que le caen sobre la frente. Le crece tanto el pelo que se lo retiro todo el tiempo, como hago en este momento.

—Llamé a Nimmi para que me ayudara. Pensé que podría comunicarse con los niños mejor que yo.

—¿Y?

Le sujeto un mechón detrás de la oreja, pero se le suelta.

—¿Qué razón tendría alguien para esquilar solo un trozo y coser la piel rapada con la de atrás como si no la hubieran esquilado?

Él arquea las cejas.

—Las heridas estaban debajo de la parte esquilada —explico—. Como si el animal se hubiera estado frotando contra una superficie rasposa hasta dejarse la piel en carne viva. Pero ¿cómo lo habrá hecho cuando la mayor parte del vellón seguía en su sitio?

—¿En su sitio?

—Eso es. Como si alguien intentara coser de nuevo un bolsillo. El hilo se había soltado, de manera que se veía una especie de solapa con vellón más o menos así —digo indicando con las manos el tamaño de la herida, de unos diez por doce centímetros.

Jay me pone la mano en el brazo.

—¿Quién ha llevado la oveja a la clínica? —dice sin alzar la voz, pero algo en su tono me pone en guardia.

—Dos niños. Se la han encontrado en el monte mientras recogían leña.

—¿Dónde está la oveja ahora?

Noto un escalofrío en la espalda. Sé cuando intenta disimular la gravedad de un asunto, como cuando le dice a un paciente que tiene cáncer.

—En la clínica. Le he pedido a Nimmi que se ocupe de ella.

—¿Y dónde está Nimmi ahora?

Noto que la mano de Jay se tensa sobre mi brazo. Ahora estoy más asustada que preocupada. Jay sabe algo que yo no sé y noto que está a punto de decirme que he puesto a Nimmi en alguna clase de peligro.

—En su casa, imagino, con sus hijos. Y la oveja —añado despacio.

Jay pestañea.

—Has dicho que la oveja tenía heridas solo en un lado. ¿Has mirado el otro costado?

Niego con la cabeza.

Se tapa la boca con la mano. Su expresión me pone la piel de gallina.

—¿Por qué? ¿Qué ha ocurrido?

CUANDO LLEGAMOS AL colgadizo en el que vive Nimmi al pie de la colina, veo la luz de una lámpara de queroseno a través de la ventana. No quiero despertar a sus caseros, que viven en la planta de arriba, así que llamo con suavidad a la puerta, y Nimmi no tarda en abrir. Parece sorprendida al vernos.

Sujeta a Chullu contra la espalda con una tela que se amarra al cuerpo. Tras ella, veo a Rekha sentada en uno de los numerosos cojines cilíndricos que tienen contra la pared de la habitación. Está comiendo un *chapatti*. Me sonríe al verme y me mira con la esperanza de que le haya llevado otro libro. Yo también le sonrío.

Y después oigo un balido. No había visto a la oveja, que está dentro de la habitación, sentada en otro cojín cilíndrico relleno de hierba, mordisqueando unas hojas de cardo.

Nimmi no se ha movido de la puerta. Me mira a mí primero y después a Jay. El bebé también nos observa desde el hombro de su madre.

—Nimmi, el doctor Kumar cree que tenemos que llevarnos la oveja.

—¿Por qué? —pregunta ella, que parece molesta—. Ya está mejor. Solo necesitaba comida y descanso.

Jay avanza hacia ella.

—Nimmi, el dueño debe de estar buscándola. ¿Te importa que compruebe...?

Pero Nimmi le bloquea el paso.

—No voy a hacerle daño, Nimmi, solo tengo que ver si...

—Ya lo he hecho —dice en voz baja mirándose los pies.

—¿Qué has hecho?

Mira a Jay un momento.

—He comprobado el otro lado.

Jay asiente con la cabeza y retrocede.

—¿Y?

Nimmi se echa a un lado para dejarnos entrar y cierra la puerta.

—Intacto. El oro —dice y suspira.

Jay vuelve a asentir y se gira hacia mí. Me lo ha explicado en casa, antes de venir a ver a Nimmi. Me ha enseñado el artículo del periódico. Ha aumentado el tráfico de oro a través de las montañas.

Nimmi echa el brazo hacia atrás y da unas palmaditas a su hijo, creo que más para calmarse ella que para calmarlo a él.

—El oro hace el mismo camino que nuestra tribu. Hace dos años, un hombre, un traficante, le dijo a Dev que podía ganar mucho dinero si se unía a la red de contrabandistas, pero él se negó. —Me mira antes de continuar—. Esta mañana, cuando vi que no habían esquilado a la oveja, lo supe. Nosotros siempre esquilamos las ovejas al bajar de las montañas para tener lana para el invierno. Así podemos vender la lana antes de volver a subir a las montañas en primavera. Las tribus ya han esquilado sus ovejas hace semanas y se han ido hacia el norte con su ganado para pasar el verano.

Mi marido frunce el ceño.

—Nimmi, aquí no estás segura. Alguien vendrá buscando la oveja. —Se muerde el labio y me mira a mí primero antes de volver a mirarla a ella—. Los contrabandistas no pararán hasta que recuperen lo que es suyo.

—¿Y cree que no lo sé? —Nimmi se da la vuelta y se pone en cuclillas delante de la manta de lana en la que ha puesto las pocas posesiones de la familia—. Solían esconderlos en los zapatos, en el forro de los abrigos; lingotes de oro del tamaño de esas rodajas de limón confitado que haces —dice mirándome a mí—. Pero ahora utilizan a nuestras ovejas. Los esconden debajo de la lana. Y para eso necesitan a un pastor. —Anuda los bordes de la tela y pone el paquete dentro del cobertor acolchado extendido en el suelo. Después se levanta y nos mira—. Tengo que irme. Tengo que encontrar al rebaño y al pastor. Matarán a su familia si no entrega el oro.

Le pongo una mano en el brazo.

—¿Encontrar a quién? ¿La familia de quién está en peligro?

Se gira con los hombros tensos. Casi puedo oler su miedo. Mira el cobertor.

—A mi hermano Vinay —dice mirando a la oveja que come tranquilamente en un rincón.

—Las marcas de la oreja. Es el rebaño de mi hermano.

Cuando se vuelve hacia nosotros, nos mira con desesperación.

—Tengo que encontrarlo. La única razón por la que su oveja estaba suelta es que esté herido él también. Y tan grave que no puede moverse. O que esté... —pestañea varias veces—. El rebaño debe de andar por ahí sin su pastor. Con todo el oro.

Jay se mete los dedos entre los rizos y luego se dirige a Nimmi.

—¿Es posible que alguien se haya llevado las ovejas de Vinay?

Me quedo boquiabierta. No se me había ocurrido la posibilidad de que unos ladrones hubieran podido robarle las ovejas.

Nimmi aprieta la mandíbula antes de contestar.

—¿Crees que no se me ha ocurrido? Mi hermano tiene mujer y dos hijos. Si los contrabandistas creen que alguien ha robado el oro y no lo entregan a la gente que lo está esperando, matarán a su familia. Matarían a toda la tribu si pensaran que alguno sabe dónde está el oro. —Se agacha para cerrar el hatillo con un nudo.

Chullu percibe la inquietud de su madre y empieza a removerse. Echa la mano hacia atrás y le acaricia el cuello. El niño se calma.

Miro a Rekha. Ha dejado de comer. Mira a su madre y después nos mira a nosotros. Ella también percibe que algo va mal, pero no sé hasta qué punto comprende lo que estamos diciendo.

Una de las razones principales por las que envié a Malik a Jaipur fue para evitar que se asociara con traficantes. Transportar productos ilegales tienta a muchos, que han oído que pueden ganar mucho dinero. Me preocupaba que Malik pudiera traficar con armas, en vista de la guerra que se libra más al norte. Con su instinto emprendedor, puede que se creyera más listo y que pensara que no lo pillarían a pesar del riesgo. Pero yo no estaba al tanto del tráfico de oro.

Me pongo en cuclillas junto a Nimmi.

—¿Cómo saben ellos, los traficantes, dónde vive tu hermano? Tu tribu nunca está en el mismo sitio.

—Nos movemos hasta que llegamos al lugar donde pasamos el verano. Todas las familias tienen una cabaña. La nuestra, de Dev y mía, está al lado de la de Vinay, aunque no me sorprendería que otra familia la haya ocupado —explica.

Le acaricia el cuello a su hijo de nuevo. Debe de acordarse de la vida que llevaba con su marido en el seno de su tribu. Y retoma los preparativos con renovado fervor.

—¿De verdad tienes la intención de irte esta noche y llevarte la oveja?

Nimmi no responde.

Miro a Rekha, que tiene los ojos muy abiertos y ni siquiera pestañea.

—¿Y qué pasa con los niños?

—Siempre hemos recorrido las montañas con nuestros hijos —responde ella enarcando una ceja.

—¿Y Malik?

Pienso en las cartas que voy a recibir que están dirigidas a ella y en todo lo que quiere decirle, pero también en lo mucho que no dice porque sabe que soy yo quien se las lee. Nimmi se detiene un momento con las manos sobre el cobertor.

—Él no está aquí —dice ciñendo el cobertor enrollado con una cuerda de yute.

Miro impotente a Jay, que tampoco sabe qué hacer. Sé que Nimmi no debería ir sola, con sus hijos y la oveja, a buscar a su hermano. Es demasiado peligroso. Si alguno cayera enfermo o se lastimara, o si se encontraran con bandidos, nadie podría ayudarlos.

Jay se agacha junto a nosotras.

—Espera a que se haga de día, Nimmi, por favor. Deja que pensemos en algo; vamos a organizar un plan juntos.

Nimmi lo mira con sus ojos oscuros.

—No irá a llamar a la policía, ¿verdad?

Él niega con la cabeza. Ya hemos hablado de eso en casa. Lo más probable es que la policía optara por castigar y encerrar a un pobre pastor que solo hace de recadero. O también puede ser que quieran quedarse con el preciado metal y decidan que Nimmi sabe más de lo que dice, en cuyo caso, podrían ponerla en peligro. Cuando se trata del contrabando de productos, cuesta saber en quién se puede confiar, aunque se supone que la policía está ahí para controlar el tráfico.

Nimmi mira a su hija, que se ha acercado a la oveja y le acaricia la cabeza. Luego la muchacha asiente sin mirarnos a la cara.

Jay y yo suspiramos aliviados. Mi esposo se levanta y se acerca a la oveja mientras le dedica una sonrisa a Rekha.

—¿Puedo acariciarla?

La niña contesta susurrando como lo hacen los niños, tan alto que todos lo oímos.

—Se llama Neela.

Jay levanta la piel lanuda para inspeccionar la herida.

—Hola, Neela —dice y se vuelve a mirar a Nimmi—. Hiciste un buen trabajo. La herida se curará y se pondrá bien. Creo que nos convendría tener un veterinario en Shimla.

Sonríe al ver la cara de asombro de Nimmi.

—Médico de animales —explica—. Nos hace falta uno.

Pero a la mañana siguiente, Nimmi no va a trabajar. Me acerco a su casa. No hay nadie. Los niños, la oveja, el cojín cilíndrico y el cobertor han desaparecido.

9

Malik

Jaipur

Estoy delante de mi escritorio, situado fuera de la oficina de Hakeem, admirando el nuevo Ford Maverick rojo que sale en el último número de la revista *LIFE* («¡El primer coche de los 70 a precio de los 60!»), cuando deja caer encima un libro de cuentas y casi tira al suelo el vaso de té.

—*Arré!* —grito y cuando levanto la vista, me encuentro a Hakeem de pie delante de mi mesa. Tiene cara de enfado.

Golpea el libro con el gordo índice corto y rechoncho varias veces.

—Has cometido un error. ¡Sí! —exclama triunfante.

Doy la vuelta al libro para leer lo que pone en el lomo: «Compras 1969».

Hakeem se acaricia las puntas del bigote con un dedo.

—Dime, Abbas, ¿qué significa cmt?

—Cemento —contesto.

—¿Y ldr?

—Ladrillo.

Hakeem carraspea antes de contestar.

—Correcto. Entonces, ¿por qué has confundido las cifras en el libro?

Todavía estoy asimilando sus palabras cuando abre el libro y pasa varias páginas.

—¿Lo ves? CMT, ¿sí? Y aquí: LDR, ¿sí?

Asiento con la cabeza.

—La suma de los ladrillos y la suma del cemento utilizada en el cine Royal Jewel están al contrario de cómo deberían estar. Las has puesto al revés.

Miro las columnas otra vez.

—Pero, Hakeem *sahib*, he revisado las facturas y las cantidades del libro.

El hombre se estira el bigote con el dedo.

—Pues revísalo otra vez. No pienso tolerar errores en la contabilidad.

—Sí —digo con cara larga, a lo que el hombre me contesta con otra mirada fría.

Cuando se mete de nuevo en su despacho, miro lo que pone en el libro. Entiendo lo que quiere decir. Debería haberse utilizado mucho cemento y muy pocos ladrillos en un proyecto de esa envergadura. He aprendido mucho con los ingenieros que trabajan para Manu. Él me ha llevado a diferentes obras (haciendo caso omiso de las miradas de desaprobación de Hakeem) para que aprenda sobre los materiales y los métodos empleados en las distintas partes de un edificio.

Soy consciente de que a Hakeem le molesta mi presencia en su pequeño reino. Es posible que piense que me han contratado para quitarle el puesto. Pero a pesar de ello, no puedo creer que se haya rebajado a manipular los libros para causarme problemas.

Paso las hojas despacio para comprobar cuánto se ha gastado en el proyecto del cine desde principios de año. Sumo todo y el resultado me sorprende. Lo que ha gastado Singh-Sharma Construction en cemento triplica la cantidad que la empresa ha gastado en ladrillos, pero, entonces, ¿por qué las últimas facturas muestran lo contrario?

Estoy dándole vueltas al asunto cuando Hakeem sale de su oficina para ir a comer y cierra con llave. En una mano lleva su *tiffin* y en la otra, una novela de Agatha Christie. Le apasionan las novelas de detectives.

No tengo que mirar la hora para saber que es la una. Como siempre, irá al parque central de la ciudad y se sentará en su banco favorito (¡no quiera Bhagaván que otro llegue antes y le quite el sitio!). Regresará a las dos. Ni un minuto antes, ni un minuto después.

La oficina de Hakeem es una sala pequeña y sin ventanas situada en un rincón de la planta, pero es un privilegio que se ha ganado después de años de servicio leal.

Desde donde me encuentro, puedo ver las mesas de los jefes de proyecto, los delineantes y los capataces. Las secretarias que mecanografían todos los documentos de la oficina están más cerca de mí. Pero a la hora de la comida, los empleados salen o comen tranquilamente en su mesa mientras leen el periódico, o se echan la siesta.

Dejo que pasen unos minutos antes de dirigirme a la puerta de Hakeem. Me he criado en las calles de Jaipur, sin nadie que se ocupara de mí desde que tenía dos o tres años, que fue cuando Omi me dio un hogar, aunque ya tenía tres hijos propios que alimentar. Su marido se ausentaba de casa durante largos períodos, así que yo la ayudaba en todo lo que podía. Jugaba al parchís a cambio de comida y a las canicas a cambio de dinero, aprendí a hacer trampas a las cartas y regateaba para conseguir las cosas que necesitaban los hijos de Omi.

Y lo que mejor se me daba era forzar cerraduras.

Tardo tres segundos en entrar en la oficina.

El archivador con el letrero de «EMPRESAS COLABORADORAS» contiene las facturas originales de los proveedores. Al final de cada día, cuando termino de apuntar las cantidades en el libro, Hakeem coge las facturas de la bandeja que tengo en mi mesa, comprueba lo que he hecho y las archiva en este mueble.

Saco las correspondientes al mes de abril y busco las de Forjados Chandigarh, con el sello de «PAGADO». Hay dos, una en concepto de cemento y una en concepto de ladrillos. Las dos cifras coinciden con lo que he apuntado en el libro. ¿Compraron los ladrillos para otro proyecto e imputaron el gasto al proyecto del cine por error? Me guardo las dos facturas en el bolsillo y miro la hora. Aún estamos en la hora de la comida, así que no habrá nadie en la oficina de los proveedores.

Vuelvo a mi mesa y espanto una mosca que revolotea encima de mi té, ahora frío. El ventilador del techo no consigue enfriar la oficina. Podría salir a por un *parantha* y un *lassi* de mango antes de acercarme a las oficinas de Singh-Sharma, que están a pocas calles de aquí, a charlar con Ravi Singh.

—¿Y CUÁL ES el problema? —pregunta Ravi mirándome desde detrás de su inmenso escritorio. Yo estoy de pie frente a él con las facturas en la mano.

—Las cantidades están al revés de lo que deberían.

—¿Y? —insiste él impaciente, ansioso por que me vaya para poder seguir estudiando los planos que tiene delante. Tiene la camisa remangada y su elegante chaqueta de lino está colgada en un perchero de madera en un rincón del despacho.

—Las facturas son de proveedores de Singh-Sharma. ¿Se han equivocado? ¿Quieres que los llame o prefieres hacerlo tú?

Ravi me mira y entorna los ojos. Saca un cigarrillo del paquete que tiene encima de la mesa y me ofrece uno. Se palpa los bolsillos buscando el mechero de oro, igual que el de Samir. Frunce el ceño y ladea la cabeza, pero al momento se le despeja la expresión y sonríe.

Para mis adentros, pongo los ojos en blanco. ¿Se habrá dejado el mechero en casa de su última conquista? Cojo la caja de cerillas que hay sobre la mesa y enciendo primero su cigarrillo y después el mío. Sacudo la cerilla para apagarla.

—Enséñamelas —dice antes de dar una calada.

Le muestro las facturas.

Ravi expulsa el humo por la nariz mientras las examina. Quita el capuchón de la pluma y tacha la cantidad que aparece en la parte de abajo de la primera factura y escribe el total de la segunda. Y luego hace lo mismo con la otra. Me las devuelve con una amplia sonrisa.

—Ya está. No ha sido tan difícil, ¿no?

Me quedo callado un momento. ¿Qué manera de llevar la contabilidad es esa?

Ravi se encoge de hombros.

—No hay necesidad de complicar las cosas. Hakeem necesita que los números cuadren. Así cuadran. Fin de la historia. ¿Tienes planes para cenar esta noche?

La costumbre que tiene de cambiar de tema bruscamente siempre me pilla desprevenido. Sigo intentando comprender por qué acaba de hacer eso con las facturas.

—¿Por qué no sales con nosotros? Sheela y yo vamos a dejar a las niñas en casa y a cenar al palacio Rambagh. Hacen un *rogan josh* sublime.

Hay que reconocerle el mérito de que no se pavonea de la relación de la familia Singh con la familia real jaipurí. Y no tiene motivos; todo el mundo lo sabe. Su padre siempre ha sido un favorito de la corte.

Ravi coge el teléfono sin dejarme contestar siquiera.

—Le diré a Sheela que vienes con nosotros.

Cuando vivía aquí de pequeño, el palacio Rambagh era la residencia oficial del maharajá. Tras la independencia, el número de maharajás empezó a descender rápidamente por toda la

India y su alteza de Jaipur tuvo la brillante idea de convertir el palacio de Rambagh en un hotel para rellenar las arcas. Y funcionó: miembros de la realeza de todo mundo, hombres de negocios de éxito y trotamundos adinerados frecuentan el hotel en la actualidad.

Es uno de los lugares más imponentes que he visto en mi vida. Los camareros van vestidos con la librea marrón del maharajá ceñida con la faja naranja y la cabeza cubierta con turbante, naranja también. Lámparas de araña de varios niveles cuelgan del techo, cuya luz arranca destellos a las piedras preciosas que adornan los dedos, las muñecas, el cuello y las orejas de los asistentes. Intento guardar todos los detalles en la memoria para poder describírselos a Nimmi en mi próxima carta.

Durante la velada, Ravi, anfitrión siempre atento, pide la cena y está pendiente de que no se nos quede la copa vacía mientras nos entretiene con sus divertidas historias. Nos cuenta un cotilleo sobre el club de polo —«Su alteza trae al equipo de polo de Bombay para un partido a lomos de elefantes. ¡Tiene que ser digno de ver!»—, elogia los progresos en el tenis de Sheela —«Escucha lo que te digo, ¡será la campeona regional el año que viene!»— y al equipo nacional de críquet —«Vamos a enseñar a los australianos un par de cositas cuando llegue noviembre»—. Sheela no se queda atrás. Está resplandeciente con un vestido ceñido de seda verde esmeralda con tirantes finos, se ríe con las bromas de su marido, se mete con él y con su obsesión por el críquet, y charla animadamente sobre sus amigos del club de Jaipur. Intento imaginar la piel del color del granito oscuro de Nimmi, brillante y enfundada en un vestido como el de Sheela, y noto que me sube un rubor por el cuello y las orejas.

Después de cenar, mientras Sheela sube al coche, Ravi le dice que ha prometido ir a tomar una copa con un cliente potencial.

El chófer la lleva a casa a ella primero y luego a mí. Ravi va en taxi a su cita.

Sheela pone cara larga.

—¡Pero si es casi medianoche!

—La hora en la que se cierran muchos tratos en Jaipur.

—¿Y qué trato es ese? —pregunta ella con tono ácido.

Yo voy en el asiento del copiloto, junto al chófer, pero los veo hablar por el retrovisor.

—Necesito cerrar un último detalle antes de la inauguración del cine. He quedado con este hombre para hablar de eso.

Al ver que Sheela empieza a hacer pucheros, Ravi se inclina sobre ella y le pasa el dedo por debajo del tirante del vestido, sube y baja el delicado tejido mientras le acaricia la piel.

—Es ese que te come con los ojos. No puedo tolerarlo. Por eso no lo he invitado a cenar.

El acto es tan íntimo que me sonrojo. ¿Se comportan siempre así? Aparto la mirada del retrovisor y me pregunto qué estará pensando el chófer, el siempre estoico Mathur.

Sheela mira a su marido de soslayo y sonríe. Deja pasar un momento y levanta la mano para ponerle bien la corbata.

—Entonces me tomaré una copa con Abbas, ¿verdad que sí? Mathur te llevará luego a casa.

Me giro en el asiento para decir que no. Tengo que terminar unas cosas de Hakeem para mañana y un tutorial con uno de los ingenieros de Manu. Es tarde y tengo ganas de irme a la cama.

El gesto de Ravi se nubla y mira a su mujer de un modo muy significativo, ella le devuelve la mirada sin inmutarse. Ravi frunce los labios hacia fuera como considerando la idea.

—La hospitalidad de Sheela. Me parece buen plan —dice irguiéndose y me da unas palmadas en el hombro para dar a entender que el asunto ha quedado zanjado.

Nadie me pregunta qué me parece a mí. Ni falta que hace.

AL LLEGAR A la casa de Sheela y Ravi, el chófer aparca y se baja de un salto a abrir la puerta a Sheela. Yo me quedo en mi sitio, esperando que la invitación a tomar una copa fuera solo una maniobra para poner celoso a Ravi.

—No te importa quedarte un rato conmigo, ¿verdad, Abbas?

Suspiro por lo bajo. Ella es mi anfitriona esta noche. La sigo al interior de la casa y le entrega a Asha, su doncella, el chal y el bolso. Después me lleva a una sala de dibujo, un espacio diáfano con los techos altos y unas enormes puertas cristaleras que ocupa toda la pared oriental. Imagino que de día esta habitación tiene que ser aún más espectacular. Hay tanto silencio a esta hora que se oye el zumbido del aire acondicionado.

Dos sofás enfrentados, tapizados con tela de damasco amarillo, dominan la sala. Los separa una mesa de centro larga y rectangular de abedul claro. Los elementos decorativos son lujosos pero escasos. No hay exceso de nada. Nada fuera de lugar. Creo que solo los muebles cuestan más que lo que gana el doctor Jay en un año.

Sheela abre el cajón de una mesita auxiliar y saca un paquete de cigarrillos Dunhill.

—Ravi cree que no sé dónde guarda su alijo de tabaco —comenta y cuando se vuelve hacia mí, sostiene un cigarrillo entre los dedos enjoyados.

Echo mano de las cerillas que tengo en el bolsillo; desearía tener yo también un mechero dorado para ella. Es la misma cajetilla de cerillas que he cogido horas antes de la mesa del despacho de Ravi.

Me incliné hacia ella para encenderle el cigarrillo. A esta distancia puedo oler su perfume de orquídeas, el vino blanco que ha bebido en la cena y el aroma del humo en su aliento. Veo el pequeño lunar medio oculto entre las suaves arruguitas que se le forman en la comisura del ojo derecho. ¿Me parece atractiva? Sí. Es expresiva y segura de sí misma. Consciente de su atractivo sexual. Me recuerdo que Sheela Singh no se fijaba en mí cuando era más joven, que, de hecho, mi presencia le resultaba ofensiva. Por entonces yo solo era un niño desharrapado de ocho años y ella, una chica de quince. ¿Ha cambiado? ¿Y yo? ¿O es solo la tentación de lo prohibido?

Me ofrece el paquete y cojo un cigarro. Después se sienta en uno de los sofás y aspira lenta y profundamente. Echa la cabeza hacia atrás y expulsa el humo hacia el techo formando anillos, besando el aire con los labios.

—Qué bien sienta un cigarrillo después de cenar —dice—. Después de dos niñas, solo con el tenis no puedo enfundarme en esto —añade señalando el vestido. El tejido de seda no oculta que no lleva sujetador. Tiene el pecho erguido y generoso. Las mujeres de la tribu de Nimmi no usan sujetador. Nimmi tiene estrías en el pecho y también en el vientre. Me extrañaría que Sheela hubiera dado de mamar a sus hijas. Me gusta que Nimmi se sienta cómoda con su cuerpo. De todos modos, con ese vestido escotado, Sheela consigue desatar el deseo.

No puedo evitar mirarla, que es exactamente lo que me pide con ese vestido. Me fijo en que aún no me he encendido el cigarrillo y finjo concentrarme en hacerlo ahora. Me obligo a pensar en Nimmi, en su sonrisa tímida, sus labios de canela que me invitan a ir hacia ella. Cuando la desnudo, Nimmi cuenta en voz alta, despacio, los botones de la blusa.

—Ravi guarda whisky del bueno en la biblioteca. Sírvete si te apetece —dice moviendo la mano que sostiene el cigarrillo con gesto indolente en dirección al pasillo—. Yo nunca lo he probado.

Me siento en el sofá de enfrente.

—Estoy bien. Gracias.

Cuando Sheela se echa hacia delante para soltar la ceniza en el cenicero de cerámica de la mesa, se asegura de que pueda verle bien el escote. El triángulo de sombra que se forma entre sus pechos está salpicado de polvo dorado. Me excito muy a mi pesar. Aparto la vista avergonzado y me remuevo en el sofá.

A Nimmi, que en este momento está a más de seiscientos kilómetros de distancia, jamás se le pasaría por la cabeza ponerse polvo dorado entre los pechos.

—Ya llevas aquí dos meses, Abbas, y aún no sabemos nada sobre ti.

—Supongo que porque no hay nada que saber.

—Pero yo supongo que tendrás familia.

No sé cómo responder sin involucrar a la jefa. Y es mejor no mencionar el nombre de Lakshmi en esta casa. Tampoco puedo hablarle de Omi ni de cuando iba por la Ciudad Rosa sin ropa ni zapatos. Golpeo con el dedo el cigarrillo para que caiga la ceniza en el cenicero.

—Alguna.

—Mmm. —Una sonrisa se dibuja en los labios de Sheela. El brillo de labios atrapa la luz y el resplandor compite con el del oro de su escote—. No me has contado cómo conociste a mi suegro.

Supongo que Sheela no sabe que Ravi tuvo un hijo con la hermana pequeña de mi jefa, Radha, ni que Samir quiso compensar las indiscreciones de su hijo pagándole la educación a Radha. Por qué pagó también la mía es un misterio para mí.

Expulso un hilo de humo.

—Conozco a Samir como muchas otras personas.

—¿Y eso qué quiere decir?

Hago caso omiso de la pregunta y señalo un retrato grande con un marco de plata que cuelga en una pared, un retrato de familia en el que aparecen dos generaciones de los Singh.

—Qué bonita foto —digo.

La fotografía original era en blanco y negro, pero la han coloreado a mano, de manera que todos tienen los labios y las mejillas sonrosadas, incluso Ravi. En la foto, Rita es un bebé, con los ojos pintados con *kajal* para la buena suerte. Mira hacia un lado y se muerde el puñito. Cuando hicieron la foto, su hermanita aún no había nacido.

Sheela mira la foto, pero no dice nada. Se ajusta el anillo con una esmeralda enorme y perlas.

—Para la sociedad está bien que Ravi tenga sus mujeres, así, en términos generales. —Arquea una ceja perfectamente depilada—. Pero si se me ocurriera hacerlo a mí, todo el mundo se escandalizaría.

Da unos golpecitos a su cigarrillo para que caiga la ceniza y se inclina otra vez hacia delante para que le preste atención.

Yo intento mirarla a los ojos.

—Y no es que no haya tenido oportunidad —dice—. Sus clientes. Nuestros amigos. Hombres que conozco desde hace años. Algunos habrían estado encantados de casarse conmigo cuando mis padres estuvieron valorando ofertas. Ahora, esos mismos hombres me consideran una conquista. —Da una profunda calada y suelta el humo por la boca muy despacio. Hace un puchero y arquea una ceja—. ¿Por qué crees que pasa?

Tiene una mata de pelo lustroso y brillante gracias a los champús caros que usa, y me mira fijamente. La luz de la lámpara se refleja en la elevación que forma su clavícula y le extrae un bonito brillo. Me tomo mi tiempo en observarla y dejo que vea lo que yo veo en ella.

—Creo que lo sabes.

Tiene el detalle de sonrojarse.

Me echo hacia delante, apago el cigarrillo y me levanto. Le dirijo una sonrisa de disculpa.

—Mañana tengo trabajo —digo haciendo amago de irme.

—Antes de que te vayas...

Me doy la vuelta.

Me tiende la mano. Por un momento, imagino que me está pidiendo que la tome, pero luego lo entiendo.

Saco las cerillas del bolsillo y se las dejo en la palma.

UN CUARTO DE hora después estoy en la casa de invitados del palacio y me voy directamente a la cama. Me desnudo, dejo toda la ropa en el suelo y me meto en la ducha. Abro el grifo del agua caliente, todo lo caliente que puedo soportar, a ver si me relaja. Aun así, imagino los pechos desnudos de Sheela, recuerdo el aroma de su perfume, sus ojos oscuros burlándose, o invitándome, no sé bien. Me ocupo de la erección, pero me siento avergonzado y culpable, como si hubiera engañado a Nimmi. Pero ahora que estoy en casa, estoy a salvo. Me duermo tan pronto como me meto en la cama.

10

Nimmi

Estribaciones de los Himalayas, al noroeste de Shimla

Llevo a Chullu amarrado a la espalda, dormido por el ritmo de mis pasos. Llevo el cayado que mi marido usaba para ascender por la montaña. Cuando encuentre el resto del rebaño de mi hermano, utilizaré el mango curvo para reunir a los animales, que es para lo que sirve un cayado. El peso de mi niño, del cobertor acolchado y de todas nuestras posesiones me estabilizan.

He improvisado un cayado en miniatura con una rama de álamo para Rekha, que intenta seguirme el paso. Me paro con frecuencia para que me alcance y le doy un poco del agua que llevo en un odre.

Llevamos caminando una hora, ascendemos poco a poco y pasamos de las praderas a zonas de arbusto bajo. Salimos al amanecer, con el suelo cubierto aún por una delgada capa de escarcha. Las viejas costumbres tardan en olvidarse. Nuestra tribu siempre sale temprano por la mañana, cuando todavía hace fresco, para poder recorrer largas distancias antes de cansarnos. Ya no veo la ciudad, ahora que ya estamos en el bosque. Sin los niños y Neela, la oveja, que se detiene constantemente para comer, iría más rápido, pero el animal está mejor y más animado ahora que le he limpiado las heridas.

Desde Shimla he ido en dirección noroeste, por donde me habían indicado los niños que llegaron a la clínica con la oveja.

Es el mismo camino que toma nuestra tribu para ir al valle de Kangra, y tiene sentido que mi hermano haya tomado este camino. Me paro cuando llego al sitio en el que los niños encontraron la oveja. Diviso el pequeño templo de piedra que me dijeron que buscara, del tamaño de un armario. Los hindúes han erigido muchos templos en miniatura como este por todos los Himalayas. El camino en el que me encuentro y el que se abre ante mí son lo bastante anchos como para que puedan pasar diez cabras o diez ovejas, pero justo enfrente del templo, a mi izquierda, hay un cañón entre dos pendientes inclinadas. Y en él, a través de un pequeño hueco, veo un sendero más estrecho y abrupto, bordeado de rocas grandes a ambos lados. Mi instinto me dice que, en este caso, mi hermano habría optado por este camino más pequeño y apartado, en vez de seguir por el otro más ancho y desprotegido. Busco excrementos de oveja y cuando los veo, los toco con el palo. Están más o menos blandos, lo que significa que las ovejas han pasado por aquí no hace mucho. Los del camino ancho están secos.

Neela bala. Imagino que estará llamando a sus compañeras. Pero no hay respuesta. Echa a andar hacia el agujero. Voy a seguirla cuando detecto el sonido lejano de unos cascos. Los sonidos se oyen desde muy lejos en estas montañas y es posible que el jinete se encuentre aún a muchos kilómetros. Aun así, soy una mujer sola con mis hijos en mitad de un camino desierto, algo a lo que no estoy acostumbrada. Sé que esto es más peligroso que cuando viajaba con mi tribu. Empujo suavemente a Rekha para que entre por el hueco y la insto a caminar más rápido. Chullu se despierta y le doy un retal de tela humedecida con mi leche para tranquilizarlo; no hay tiempo para amamantarlo ahora.

Tras pasar las primeras rocas, miro hacia atrás. Desde aquí estamos parcialmente ocultos y me siento más segura. Rekha se ha adelantado con Neela. Seguimos avanzando así un rato, hasta que veo que mi hija se para en seco. Tiene los hombros tensos. ¿Habrá visto una serpiente?

Corro hacia ella.

—¡Rekha!

Y entonces más adelante veo lo que parece un saco de tela. La agarro por los hombros y le doy la vuelta y le digo que se quede detrás de mí. Me acerco al bulto con cuidado. Neela me sigue balando con más insistencia.

No es un bulto. Es un cuerpo, tendido boca abajo. Un pastor, vestido como visten la mayoría de los pastores, con chaqueta y pantalones de lana, y tiene la cabeza envuelta en tiras de tela. La pierna izquierda le sale hacia un lado en un ángulo antinatural y tiene un roto en los pantalones. Lleva un pie al descubierto y los huesos aplastados como si una roca gigante se los hubiera machacado. Siento frío y calor de repente.

Me agacho y le busco el pulso en el cuello. Es débil, pero tiene.

Rezo una plegaria. Que no sea Vinay, por favor.

Le doy la vuelta con cuidado y lo pongo boca arriba. Tiene la nariz rota y cubierta de sangre reseca; veo que tiene un corte profundo en la frente, los ojos hinchados y cerrados, y la boca abierta.

Es él.

Me tapo la boca con las dos manos para no gritar. No puedo hablar, pero un montón de pensamientos me inundan la mente. «¡Vinay! ¡No quería creer que serías capaz de transportar el oro! ¿Por qué lo has hecho? Es justo lo que nos han enseñado que no hay que hacer: si pasas oro de contrabando, tu familia pagará por ello. ¿Qué será de Arjun y Sai? ¿Quién los protegerá ahora?»

Vinay siempre había sido un soñador, el que creía que la vida que tenía no era la que merecía. Siempre quería más de lo que recibía. Cuando mi padre murió, al ser el menor de dos hermanos varones, le tocaron menos animales que a mi hermano mayor,

Mahesh. Y solo ovejas; las cabras, más caras, son de Mahesh. Vinay también recibió menos plata. No era de extrañar que siempre hubiera pensado que la vida era injusta. Cuando Dev murió, y le dije a mi suegro que iba a quedarme en Shimla en vez de acompañar a la tribu hacia las tierras del norte, Vinay había mascullado algo. Fingí que no lo había oído, pero sus palabras resuenan ahora, claras y precisas en mi cabeza: «Mira por dónde, te has librado».

¿Fue mi separación lo que había empujado a Vinay a renunciar a sus obligaciones con nuestra tribu? ¿A transportar oro para unos estafadores y poder vivir una vida que él sentía que sería superior a la que podía ofrecerle nuestra tribu?

—*Bhai*, ¿me oyes? —pregunto pegando la boca a su oreja.

Mueve los labios. Desato rápidamente la tela con la que sujeto a Chullu a mi cuerpo y lo dejo en el suelo a mi lado. Cojo el odre con agua que llevo en la cintura y se la pongo en los labios cuarteados con una mano, mientras que con la otra le levanto la cabeza despacio para que pueda beber. Bebe con ansia, pero la mayoría del agua se le resbala por los lados de la boca. Se la limpio con las manos.

—Dime qué ha pasado.

No me responde.

¿Cuánto tiempo llevará aquí tirado? Me pregunto si podré moverlo y llevarlo conmigo al hospital de Shimla.

—Bo... l —dice.

Me acerco más y noto el olor rancio de su aliento.

—Tenemos que llevarte a la clínica. El doctor Kumar te cuidará.

Vinay intenta negar con la cabeza, pero le duele demasiado. Hace una mueca.

—Bol... Bol... s.

Intento pensar, pero tengo demasiadas cosas en la cabeza. Si se ha roto la espalda, no podré llevarlo a cuestas, pesa demasiado.

Con los niños, tardaría horas en regresar a Shimla. No puedo ir yo sola y dejar a mis hijos con él. ¿Qué hago?

—Bolsillo —dice con un poco más de energía.

Rebusco en sus bolsillos con manos temblorosas. Lleva su bolsa de tabaco y unas puntas de madera afiladas para limpiarse los dientes. Tengo la respiración agitada e intento no llorar.

—¿Qué tengo que buscar, *bhai*?

Intenta señalar algo, pero apenas puede mover el brazo.

—Dentro —consigue decir.

Busco hasta que noto el borde de algo sólido dentro del bolsillo izquierdo. Le doy la vuelta y veo un bolsillito cosido por dentro. Tiro para abrirlo y encuentro una caja de cerillas de color amarillo vivo con una imagen del dios Ganesh. Le doy la vuelta. Reconozco las letras en inglés escritas detrás, pero no sé lo que dicen.

—¿Quieres unas cerillas? —pregunto incrédula.

Se pasa la lengua por los labios resecos antes de responder.

—El o... oro.

—Vinay, tengo que ir a por el médico.

—Ovejas.

Miro a mi alrededor, pero solo veo a Neela en un claro.

—No las veo, Vinay. ¿Dónde están las ovejas?

—Busca... —utiliza la poca fuerza que le queda para hablar— mis hijos...

Mueve los labios, pero no emite ningún sonido. Se estremece una vez, otra, y, finalmente, se le abre la boca y se le escapa el último aliento.

Pego la oreja a la nariz de mi hermano, pero no respira. Aun así, noto su espíritu en el aire. Mis hijos lo notan también. Chullu empieza a removerse. Rekha me tira del jersey.

—*Maa?*

Cojo a Chullu y me levanto, me consuela el contacto con su cuerpecito, su calor. Rodeo la cabeza de Rekha con la mano y se

138

pega a mí. No hay necesidad de ocultar la muerte a los niños, no lo hacemos en nuestra tribu. Queremos que los pequeños comprendan que la muerte es tan natural como la vida, tanto para los hombres como para los animales, y cuanto antes lo sepan, mejor.

—¿Te acuerdas de tu tío, *bheti?*

Ella asiente con la cabeza.

—Pues ya no está.

Rekha me mira y mira el cuerpo de su tío en el suelo. Se mete el pulgar en la boca, una costumbre que había abandonado el año pasado.

Chullu me busca los pezones. Tengo que amamantarlo, pero antes debo ocuparme de otra cosa. Vuelvo a mojar el retal de tela con mi leche y se lo lleva a la boca. Lo dejo dentro del portabebés en el suelo y le pido a Rekha que lo vigile. Me siento junto a Vinay y le tomo la mano polvorienta. Recito oraciones que aprendí cuando estaba en el útero de mi madre, mucho antes de nacer. Pido a los dioses que cuiden de mi hermano en el reino de los espíritus, que le proporcionen la vida nueva que merece, que ayuden a su alma a mantener la armonía con aquellos que llegaron antes que él y con los que vendrán después. Repito las palabras hasta que se mezclan con el aire que respiramos.

Los niños me miran en silencio. Parecen hechizados, igual que yo en su momento, al ver por primera vez este ritual. No sé cuánto tiempo estamos así los tres juntos.

Oigo otra vez los cascos del caballo, esta vez más cerca y más fuerte. Y luego un relincho.

Veo la esbelta cabeza de un caballo castaño agitarse cuando el jinete tira de las riendas a la entrada de la garganta. Cojo a Chullu en brazos y a Rekha de la mano, y nos ocultamos detrás de una roca cercana.

—¡Nimmi!

Mi nombre resuena en el barranco.

Regreso al claro con cuidado. Veo a Neela al fondo mascando hierba. Se detiene y mira a su alrededor para ver de dónde procede el ruido.

Es Lakshmi. El caballo de los Himalayas de pequeño tamaño que monta es de color trigueño. Al acercarse y ver el cuerpo destrozado de Vinay, el caballo retrocede y asusta a Lakshmi, que se dobla hacia delante para darle unas palmaditas en el cuello, y a continuación desmonta sin soltar las riendas. Mira primero el cuerpo en el suelo y después a mí con las cejas arqueadas en una expresión interrogativa.

Yo pestañeo antes de contestar.

—Es Vinay.

—Lo siento mucho, Nimmi —dice en voz baja acercándose a mí.

Rekha mira boquiabierta a Lakshmi, que lleva pantalones de lana de hombre y unas botas cortas. El abrigo de lana marrón oscuro le queda demasiado largo; debe de ser de su marido. Se protege la cabeza y los hombros con un chal de lana. Hasta ahora siempre la he visto vestir solo saris. No sabía que supiera montar a caballo. Pero entonces me acuerdo del día que murió Dev y nació Chullu. Ella y el doctor Kumar solo podrían haber llegado hasta nosotros a caballo.

Lakshmi tiene la cara enrojecida. Ha debido de cabalgar deprisa. Sonríe a mi hija para tranquilizarla y después al bebé, que ha dejado de removerse lo justo para mirarla. Sé que como me mire con ese gesto de consuelo, me voy a echar a llorar. Como si lo percibiera, conduce al caballo hacia el otro lado del claro y lo ata a un arbolito. Regresa después hacia mí y se acerca al cadáver de mi hermano. Se pone en cuclillas para examinar las heridas de Vinay como he visto hacer a su marido.

Me fijo ahora en que algún animal ha debido de mordisquearle los dedos a Vinay mientras yacía moribundo. Tiene marcas de mordiscos en las orejas y también le han mordisqueado los dedos del pie descalzo.

Me estremezco solo de pensarlo. ¿Cuánto habrá sufrido? ¡Qué solo se habrá sentido!

Lakshmi levanta la cabeza y observa las paredes inclinadas que se levantan a izquierda y derecha de donde nos encontramos. Sigo su mirada.

—¿Cómo crees que habrá sucedido? —pregunta.

Tengo la boca seca. Reflexiono un momento mientras observo la escena.

—Debió de tropezarse y caer, probablemente, y entonces se golpeó la cabeza. Este barranco es muy abrupto. Parece que se rompió las piernas y creo que es posible también que se rompiera la cadera. Cuando lo encontré, no podía moverse. Yo diría que lleva aquí uno o dos días. Puede que también se haya roto la espalda.

Una cosa es pensarlo y otra decirlo en voz alta. Me paso la mano por la boca.

—¿Es posible que le hayan hecho esto los contrabandistas? —pregunta Lakshmi.

Los que nos hemos criado en estas montañas sabemos desde hace mucho que el oro se transporta por aquí. Nuestros mayores siempre nos han dicho que el oro es el elixir de la vida para mucha gente y que no hay para todos. Nuestro país tiene poco, por lo que deben traerlo de otra parte, de forma legal o ilegal. Los bandidos y las autoridades andan siempre buscando algún pastor solitario que pueda transportar el precioso metal en sus cabras y ovejas. Nuestro pueblo lo sabe. Mi hermano Vinay tenía que conocer el riesgo que corría, y por eso optó por tomar este sendero en vez de ir por el camino principal.

—Los excrementos de oveja son recientes —digo señalando el suelo a poca distancia del cadáver de mi hermano para no mirarlo a él. Entonces veo a Neela en el claro mordisqueando el follaje seco que crece entre las rocas—. Ella conoce este sitio. Ha estado aquí antes. —Subo la vista hacia el precipicio imaginando cómo sucedió el accidente—. ¿Ves ese montón de piedras que llega hasta el borde del precipicio? Parece un sendero pedregoso. Puede que Vinay estuviera bajando su rebaño por ahí. O puede que Neela se resbalase, perdiera pie y cayera hasta aquí. Los lingotes de oro tienen los bordes afilados, puede que le rompieran la piel por dentro. La herida del costado era profunda.

De repente me viene a la cabeza un recuerdo. Dev cayendo por aquel barranco. Pestañeo para apartar las lágrimas.

—A lo mejor, Vinay descendió por la pared para tratar de recuperarla, pero, tras la caída, lo más probable es que se encabritara por el susto y le pegara una patada. Mi hermano perdió el equilibrio, se cayó y se rompió la nariz. No sería la primera vez que ocurre algo así.

Lakshmi debe de saber que me refiero a Dev. Acabo de describir cómo murió mi marido hace un año tratando de evitar que se le despeñase una cabra. Retiro de nuevo la mirada para que no vea cuánto me afecta el recuerdo. Le quito a Chullu la tela y la empapo otra vez de leche. Me sonríe y veo los dientecitos que ya le asoman. Al menos él no sufrirá un destino como el de su padre o su tío.

Oigo el suspiro de Lakshmi. Se levanta, va hacia el caballo y saca un odre de piel de cabra de las alforjas, tira del cordón para abrirlo y se lo pone al caballo delante de la boca para que beba.

—¿Qué vas a hacer ahora?

No sé qué decirle. Esperaba encontrar a mi hermano y devolverle la oveja. No había pensado en lo que haría después.

Acaricio el pelo de mi pequeño. Me acuerdo de las últimas palabras de Vinay como si lo tuviera a mi lado y me doy cuenta de que tengo que darme prisa. La miro.

—El rebaño. Tengo que encontrarlo. Y después tengo que ocuparme de que el oro llegue al siguiente punto de entrega.

Cómo lo haré, no lo tengo claro. Rekha me mira y se chupa el dedo otra vez. Le acaricio el pelo para tranquilizarla. Chullu gorjea en mis brazos.

Lakshmi cierra el odre del agua y vuelve a meterlo en la alforja.

—¿Esto tiene que ver con el oro o con la familia de tu hermano? —pregunta sin mirarme.

Abrazo con más fuerza a mi niño, que chilla y se remueve para liberarse.

—No sé a qué te refieres.

Se vuelve y me mira a los ojos, aunque su tono de voz es amable.

—Podrías sacar provecho del oro, ¿no?

¿Cree que lo hago para poder vender el oro? ¿Cree que eso es lo único que me importa?

—¿Crees que voy a aprovechar la muerte de mi hermano para quedarme con el oro?

—O para que se lo queden tus hijos. Yo no te culparía —dice con suavidad.

—Esos *goondas* me harían lo mismo que le han hecho a Vinay —contesto yo mirando el cuerpo despatarrado a poca distancia—. Mi hermano se equivocó. Debía de estar desesperado. Nuestra vida no es fácil. Se trabaja mucho y se gana poco. Él quería que sus hijos estudiasen para poder llevar una vida distinta, lejos del pastoreo y el esquilado... —Me callo para no ponerme a parlotear sin sentido. Las lágrimas me empañan los ojos.

Lakshmi mira de nuevo el cadáver.

—¿Y si...?

Deja la frase en el aire. Su expresión me dice lo que está pensando.

—Quemamos a los muertos como todos los hindúes —digo—. Pero...

Miro el paisaje rocoso. Lo apropiado sería quemar el cuerpo donde había muerto, pero no hay manera de construir una plataforma o cortar la madera. No llevo ninguna herramienta encima. En este momento, echo mucho de menos a mi tribu. Si estuviéramos todos juntos, podríamos hacer, no, haríamos lo que hay que hacer. Es lo que siempre hemos hecho cuando alguien muere en el camino. Es lo que hicimos con Dev.

Si estuviera con mi tribu, celebraríamos un funeral como es debido. El anciano recitaría las oraciones y las mujeres, todas, incluida su mujer, Selma, bañarían a Vinay y envolverían el cuerpo con cuidado en una sábana recién lavada. Se me vuelven a llenar los ojos de lágrimas. Rekha me coge la mano.

—Al lado del hospital hay un crematorio en el que incineramos a los que mueren —dice Lakshmi en voz baja.

Siento como si hubiera estado caminando cien kilómetros. No recuerdo haberme sentido nunca tan agotada. Ya no intento ocultar las lágrimas, que me corren por las mejillas y la barbilla. Hasta ahora he estado sujetando la mano de mi niña porque nos consuela a las dos, pero ahora la suelto y me limpio la cara con la mano libre y me aprieto los ojos con los nudillos hasta que veo chiribitas.

«¿Por qué me dejaste, Dev? Si siguieras aquí, ahora estaríamos con nuestra gente, en nuestra cabaña de verano. Nada de esto estaría ocurriendo. ¿Y dónde estás tú, Malik? ¿Por qué te has ido? Primero Dev, después Malik y ahora Vinay. ¿Es que tengo que perder a todo el mundo?»

Lakshmi me quita a Chullu de los brazos. Le retira el pelo de la frente con los dedos y le sonríe. Le tiende la mano a Rekha, que se mueve para tomarla. Como si supiera lo que estoy pensando, dice en voz tan baja que podría creer que son imaginaciones mías:

—Todo saldrá bien, Nimmi.

Suspiro. Después de un momento, me quito la colchoneta de dormir que llevo cargada a la espalda y la dejo a un lado del claro. Lakshmi la extiende y pone a Chullu encima. Me quito el hatillo que llevo en la cintura y saco unos cuantos *chapattis* y una cebolla. Corto un trozo del pan y se lo doy a mi niño para que se entretenga, y el resto, a Rekha.

—Siéntate aquí con tu hermano, ¿vale? —le digo y se sienta con él y le da otro trocito de pan.

Me dirijo al cadáver de mi hermano. Me duele verlo así. No puedo dejar de pensar en las horas de sufrimiento que habrá vivido antes de morir. Empiezo a desnudarlo mientras pienso que parece mucho más joven muerto que cuando estaba vivo. Se le han borrado las arrugas que se le formaban alrededor de los ojos de entornarlos a menudo. También tiene más lisas las mejillas. Me da vergüenza verlo desnudo por completo. De seguir viva, sería nuestra madre la que lo habría bañado, pero ahora yo soy el único familiar que puede hacerlo.

Desato el odre. Me quito el *chunni* de la cabeza y lo humedezco con agua. Empiezo por retirarle la sangre de la cara y después le limpio el sudor de los brazos y las piernas. Ruego en silencio que su mujer y sus hijos estén a salvo. Casi no me doy ni cuenta de la presencia de Lakshmi detrás de mí, está charlando con mis hijos.

Cuando termino de asear a mi hermano, me doy la vuelta y le hago un gesto de asentimiento con la cabeza. Coge a Chullu y lo pone a un lado de la colchoneta. Rekha la sigue con la comida en la mano. Mis hijos observan en silencio, como si supieran que algo sagrado está ocurriendo.

Lakshmi sacude la colchoneta y la extiende en el suelo junto al cuerpo de Vinay. A continuación, ella lo agarra por las piernas desnudas y yo por las axilas.

—*Ake, dho, theen* —cuenta.

145

Lo levantamos entre las dos. Los hombres de nuestra tribu son delgados y fibrosos, pues pasan toda la vida subiendo y bajando de las montañas, pero son fuertes y es sorprendente lo mucho que les pesan los músculos. Nos cuesta levantarlo y no perder el equilibrio para dejarlo sobre la colchoneta. Debería tener una sábana limpia de algodón con la que envolverlo, pero no he venido preparada para llevar a cabo un ritual funerario para él. Lo envolvemos con la colchoneta lo mejor posible y lo llevamos hasta el caballo, que brinca y levanta la cabeza con los ojos en blanco. Le asusta el cadáver. Lakshmi me hace gestos para que bajemos el cuerpo al suelo de nuevo y se dirige hacia el animal, le acaricia el hocico y le habla en voz baja hasta que se calma.

Intentamos colocar el cuerpo de Vinay sobre el lomo del animal, lo cual nos lleva varios intentos, pero, al final, lo conseguimos, y Lakshmi lo sujeta bien a la silla con una cuerda.

Ha estado muy callada todo el rato, dejando que yo llevara la voz cantante. ¿Qué habríamos hecho si ella no hubiera venido? ¿Cómo me las habría apañado yo sola con todo: el cadáver, la soledad, la pena y los niños? Malik me ha contado la vida que llevaban en Jaipur, cuando Lakshmi era una artista de la henna muy solicitada. Me la imagino cuidando a sus clientas, tranquilizándolas, calmándolas igual que ha hecho hoy conmigo.

Reticente, saco la cajetilla de cerillas del bolsillo de la falda y se la muestro.

—Esto tiene algún tipo de relación con lo que Vinay ha estado haciendo. Creo que era lo que intentaba contarme cuando...

Coge la cajetilla y lee en voz alta lo que pone: «Canara Private Enterprises, Ltd., Shimla». Frunce el ceño y me mira con gesto interrogativo, pero lo único que puedo hacer es encogerme de hombros.

Lakshmi asiente con la cabeza para indicarme que me ha entendido.

—¿Te importa si me quedo con ella? —La guarda en el bolsillo del abrigo y cubre el cuerpo envuelto de Vinay con una manta que ha sacado de las alforjas.

Me cargo a Chullu a la espalda otra vez.

—¿Cómo se llama tu caballo? —le pregunta Rekha, mi pequeña y tímida hija, a Lakshmi.

—Chandra.

—¿Por qué le has puesto ese nombre?

—¿Has visto la marca que tiene en la frente? ¿No te recuerda a una media luna?

Rekha lo mira.

—Cuando tenga un caballo algún día, lo llamaré Gooddu.

Lakshmi le sonríe.

—Un nombre muy bonito. ¿Cómo se te ha ocurrido?

—Así es como me llama Malik.

Lakshmi me mira sonriendo y luego mira de nuevo a Rekha.

—Pero si lo llamas Gooddu, ¿cómo vas a saber si Malik te está llamando a ti o al caballo?

Rekha frunce el ceño y, de repente, se le ilumina el rostro.

—Bueno, aún no tengo caballo.

La bonita risa de Lakshmi resuena entre las paredes del estrecho barranco.

Salimos de allí y tomamos de nuevo el camino hacia Shimla: Lakshmi guía al caballo, Rekha charla con ella, yo voy con Chullu a la espalda y Neela cierra la comitiva. Me parte el alma lo que le ha pasado a Vinay y me alegra haberlo encontrado, pero también me alivia volver a casa. No me había dado cuenta de lo mucho que dependía de mi gente cuando vivía con mi tribu. Las montañas no son un lugar para vivir solo, seas una mujer o un hombre. El cielo azul puede oscurecerse en un instante; un leopardo de las nieves puede destriparte una cabra en un momento que te despistes, y una serpiente de cascabel es capaz de paralizar a un niño en cuestión de segundos. Echo la mano hacia atrás y le acaricio la cabeza a mi hijo para que su presencia me calme.

Llevamos caminando veinte minutos cuando oímos balidos y el tintineo del cencerro que llevan las ovejas alrededor del cuello. Neela responde. A la derecha, a lo lejos, por encima de la línea que forman los árboles, lo vemos: un rebaño en lo alto de un monte. Neela comienza a trepar antes de que pueda sujetarla. La sigo. Cuando llego a la cumbre, estoy sin aliento. Compruebo la marca que llevan los animales en la oreja: son las ovejas de mi hermano. Les toco las costillas para ver si llevan oculto un lingote de oro entre el vellón. Lo llevan. Regreso al camino, donde me esperan Lakshmi y Rekha, y les cuento lo que he encontrado.

—Bien. Nos llevamos el rebaño a la ciudad —dice Lakshmi.

—Habrá treinta o cuarenta —contesto yo mirándola con los ojos como platos—. ¿Dónde vamos a meterlas?

Lakshmi sonríe.

—La gente de la montaña que viene a la clínica. Seguro que cualquiera de ellos estará dispuesto a pastorear el rebaño un tiempo —contesta mientras inspecciona el horizonte—. Tenemos que ponernos en marcha ya o nos quedaremos sin luz. Y cuando oscurezca nos costará mucho más controlarlas y protegerlas de los lobos.

Tiene razón.

—¿Y los lingotes? —pregunta.

—Los llevan encima.

Asiente con la cabeza.

—Bien. Lo primero que haremos mañana por la mañana será empezar a buscar —dice sacando las cerillas del bolsillo y examinando la cajetilla—. Canara Enterprises. A lo mejor saben decirnos algo.

¿Las arrugas que se le forman en la frente indican que está preocupada o solo que tiene curiosidad? ¿Está segura de lo que hace o lo finge por mí? Toco la cabeza de mi bebé otra vez.

Pisamos terreno desconocido. Ninguna de las dos sabe para quién trabajaba Vinay, cuántos son o los tratos que tenía con ellos.

Observo el cadáver de mi hermano sobre el caballo y entonces me doy cuenta: estoy enfadada con él. Me ha endilgado a mí su responsabilidad, algo que yo no he buscado. Y ahora soy yo la que tiene que evitar que hagan daño a mi familia y a la suya. ¡Vinay ha puesto en peligro la vida de toda nuestra tribu! ¿Cómo ha podido ser tan idiota? ¿Por qué pondría en peligro a las personas que queremos?

Cuanto más me esfuerzo por contener el pánico, más me enfado. Y más confundida estoy. Sé que no debería albergar este resentimiento cuando yo busco para mis hijos lo mismo que él quería para los suyos. ¿Quién soy yo para juzgarlo cuando mi vínculo con nuestra tribu es tan fino como una telaraña?

Miro a Lakshmi. Camina erguida sosteniendo las riendas de Chandra con una mano y la manita de Rekha con la otra. Al verla cualquiera pensaría que tiene la situación controlada. Se ocupará de que mi hermano pase a la otra vida como es debido. Ha venido hasta aquí y ha asumido el peligro al que nos ha expuesto Vinay cuando podría haberse lavado las manos.

Hace un mes, seguía enfadada con ella por decirme lo que tenía que hacer, por alejar a Malik de mí, por ser tan competente. Pero ahora me alivia que alguien, quien sea, esté dispuesto a tomar las riendas y ayudarme.

Ojalá ese alguien fuera Malik.

Subo de nuevo por el monte para reunir a las ovejas y conducirlas hacia Shimla.

11

Lakshmi

Estribaciones de los Himalayas, noroeste de Shimla

CAMINAMOS EN SILENCIO hacia Shimla. Nos detenemos de vez en cuando para que las ovejas pazcan. Le he dicho a Nimmi muy segura de mí misma que encontraríamos a alguien que quisiera quedarse con las ovejas, pero ahora me pregunto cómo nos las vamos a arreglar. A las ovejas hay que moverlas cada pocos días para que coman hierba fresca. Pero si no sugería que nos las lleváramos, lo mismo Nimmi insistía en quedarse a dormir allí con el rebaño y con los niños hasta que yo pudiera volver a ayudarla. En estas montañas, las ovejas son un bien muy valioso, sobre todo las que llevan oro bajo el vellón. Dejarla en las estribaciones con los niños pequeños sería demasiado peligroso.

Rekha camina a mi lado, a veces me cuenta alguna cosa que se le ocurre y a ratos camina en silencio, pensando. Antes, mientras observaba las nubes blancas que flotan sobre nosotras, me ha preguntado por qué no podemos cabalgar sobre ellas.

—Las nubes nos llevarían a Shimla más deprisa, tía —dice—. ¿Te acuerdas de las nubes que salían en el libro ese de pájaros?

Se refiere a un libro ilustrado sobre los pájaros de los Himalayas que estuvimos leyendo la semana pasada.

—Las nubes son engañosas, Rekha —le digo—. Cuando te acercas, desaparecen. —Me mira frunciendo el ceño y le explico que, aunque de lejos parece que son de algodón esponjoso, en realidad están hechas de agua, de niebla—. Si nos acercamos lo suficiente, podríamos atravesarlas.

Pasa un rato y me pregunta:

—¿Podríamos vivir dentro de un arcoíris?

No puedo evitar preguntarme si yo pensaba esas cosas cuando tenía cuatro años. Intento encontrar una respuesta satisfactoria y, al final, digo:

—Podríamos, pero si estuviéramos dentro, no lo veríamos en el cielo.

Rekha pestañea varias veces seguidas mientras asimila la información y, al final, niega con la cabeza.

La sentaría en la silla del caballo si no estuviera cargando con el cadáver de su tío. Con esas piernecitas tan cortas le cuesta seguir el ritmo, pero parece haber heredado la capacidad de su madre de andar sin cansarse. Nunca se queja, nunca pide comida o agua.

—Cuando terminemos la historia del mono, ¿podemos leer la del elefante? Me gustaría tener un elefante.

Cuando salimos del cañón para dirigirnos hacia Shimla, me da la manita y la deja ahí, como la he visto hacer tantas veces con su madre y con Malik. El gesto me conmueve.

—Pues claro que podemos.

Tanto Rekha como su madre parecen disfrutar con los libros que estamos leyendo. Al principio me preocupaba que a Nimmi le avergonzara aprender a leer a la vez que su hija, o que sintiera que me estaba entrometiendo demasiado en su vida, pero se convierte en una persona diferente cuando leemos. Tiene una curiosidad sincera y resulta obvio que está orgullosa de lo rápido que aprende su hija a leer y a escribir.

Me paro y me doy la vuelta para ver cómo les va a Nimmi y a Chullu detrás del rebaño. Nimmi llora la pérdida de su hermano y su dolor es patente, como si su peso la aplastara, dificultándole el viaje, ya duro de por sí. Usa un cayado para reunir a las ovejas, pero camina con los hombros caídos y avanza con poco entusiasmo. Da la sensación de que las ovejas perciben su apatía y aprovechan la oportunidad para alejarse por el monte hasta que las llama.

He cubierto el cadáver de Vinay lo mejor que he podido, pero atrae los insectos y me preocupa que los gusanos se peguen a mi caballo. Por el momento, Chandra se muestra solo un poco nervioso, pero necesito que esté tranquilo hasta que dejemos el cuerpo en el crematorio.

La ciudad de Shimla está construida sobre una serie de colinas salpicadas de pinos, cedros, álamos y abedules. En cualquier otra parte, estas elevaciones del terreno se considerarían montañas, pero los escarpados Himalayas que se alzan más hacia el norte ensombrecen estos cañones y hacen que, en comparación, parezcan insignificantes, por eso las llamamos «colinas». El hospital Lady Reading está construido en una finca inmensa y elevada que incluye una cañada procedente de las colinas. Cuando divisamos la aguja de la iglesia de Cristo, sé que no tardaremos en ver el hospital. Tomamos el camino más alto y empinado, que rodea el edificio hacia la parte trasera, donde se encuentra la morgue.

Ya entrada la tarde, estamos lo bastante cerca del hospital y le pido a Nimmi que me espere arriba con las ovejas mientras yo bajo caminando con mi caballo a la morgue. Prakesh, el celador, me conoce, y le pido que lleve el cuerpo al crematorio con la máxima discreción. Si mi petición le sorprende, no lo demuestra; pertenece a una casta acostumbrada a ocuparse de los muertos. Le pido que me guarde las cenizas y sujeto las riendas mientras él y otro celador bajan el cuerpo. Pido a un tercer celador que le dé agua a Chandra y le doy una rupia por su amabilidad.

Después, me dirijo a la clínica. Debo de llevar una pinta terrible, porque, nada más entrar, todos los pacientes de la sala de espera se me quedan mirando. Me doy cuenta demasiado tarde de que huelo a caballo, a sudor y a los pinos que cubren la parte alta de las colinas. Voy rápidamente a la consulta y me detengo ante la cortina.

—¿Jay?

Oigo que se disculpa con el paciente que está atendiendo y, al momento, corre la cortina. Cuando me ve, la cierra tras de sí.

—¡Lakshmi! —exclama al fijarse en mi desastroso estado. Me conduce por el pasillo hacia el fondo de la clínica para que no nos vean desde la recepción—. ¡Estaba muerto de preocupación! Primero, no apareces por la clínica y cuando envío a alguien a casa para comprobar que estás bien, me dice que no hay nadie en casa.

Le pongo la mano en el pecho para calmarlo.

—He cogido a Chandra y he ido a buscar a Nimmi. No estaba en su casa cuando pasé a verla esta mañana y se había llevado todas sus cosas.

—¿Y la has...?

—Sí. Todos están bien. Pero tengo que encontrar un sitio para cuarenta ovejas.

Me mira con los ojos como platos.

—¿Habéis encontrado el rebaño?

—Sí. Solo serán unos días. Lo prometo.

Se tira del labio mientras se mira los pies.

—El encargado de mantenimiento del hospital lleva tiempo dándome la lata con que hay que cortar el césped.

—*Shabash!* —exclamo, y luego sonrío y le pongo un dedo en los labios.

Me toma la mano y la aprieta.

—¿Solo unos días, *accha*? Cuando termine con este paciente, iré a hablar con el encargado.

—¿Puedes ocuparte tú de los pacientes de esta tarde sin mí? Jay asiente.

—Por el momento, hoy solo hemos tenido tres. Creo que me las arreglaré.

—Toma —digo dándole mi monedero—, para el de mantenimiento. —Sé que los favores tienen un precio—. Y tengo un cuerpo en el crematorio. El hermano de Nimmi.

Tras decir eso me doy media vuelta y me alejo sin darle tiempo a hacer más preguntas.

UNA HORA MÁS tarde, Nimmi está ocupada reuniendo el rebaño para obligarlo a bajar por la cañada que se adentra en los terrenos del hospital, lejos de la vista de los pacientes y del personal.

Me siento en un murete, enfrente de la entrada principal del hospital, donde siempre se congregan vendedores de *chaat*, *paranthas* casero, *paan* y *beedis*. Tengo a Chullu acurrucado en las rodillas mordisqueando una rodaja de mango mientras Rekha se entretiene sorbiendo el jugo dulce de una caña de azúcar. Chandra come tranquilamente su avena y mueve las orejas de vez en cuando para espantar las moscas.

Nimmi y los niños están a salvo de momento; hemos encontrado un hogar temporal para las ovejas y estoy planeando nuestro siguiente movimiento. Saco la cajetilla de cerillas del bolsillo y leo el rótulo de nuevo: «Canara Private Enterprises». He mirado dentro más de una vez, pero no hay nada más que cerillas. Puede que la cajetilla no signifique nada y que Vinay la llevara encima solo para encender la hoguera por la noche. Pero ¿por qué la escondía en un bolsillo secreto?

Miro el reloj y compruebo que son casi las cinco de la tarde. Los negocios locales abren hasta las seis o las siete. No tengo ni idea de lo que encontraré en Canara, pero creo que es mejor que vaya sola. Tengo que averiguar, al menos, qué relación tenía el hermano de Nimmi con ese sitio.

Los hombres que disfrutan a esa hora de la tarde de un platillo de *chaat* y *gupshup* en los puestos de la calle no dejan de mirarnos. Observo mi ropa. Soy una mujer india con los ojos azules. Voy vestida como un hombre. ¿Cómo no van a mirar?

Cuando Nimmi regresa de la cañada, le digo que voy a intentar averiguar qué es eso de Canara Enterprises. Quiere acompañarme.

—Es mi problema, *ji*. Soy yo quien debería ir.

—No, los niños están exhaustos. Dales de comer y acuéstalos. Después hablamos.

Veo que se le hinchan los orificios de la nariz y me percato de que le he hablado con demasiada dureza.

—Nimmi, por favor —le ruego.

La muchacha ladea la cabeza. Es su forma de decir que está de acuerdo. Se lleva a los niños. Rekha vuelve la cabeza y me dice adiós agitando la manita con la caña de azúcar.

Le acaricio el cuello a Chandra. Los celadores del hospital le han dado comida y agua. Debería pasar por casa y ponerme algo más presentable, pero decido que es mejor que vaya a ese sitio sin cambiarme de ropa. Los pantalones de montar y el abrigo largo hacen que me sienta menos vulnerable; puede que mi aspecto los confunda y me tomen más en serio.

Otra ventaja: los caballos son el vehículo más práctico para moverse por esta ciudad montañosa. Cuando Jay me enseñó a montar, me daba miedo estar ahí arriba y no poder usar los pies para guiarme. ¿Y si me perdía?

—Estás acostumbrada a controlarlo todo —me había dicho con una sonrisa—. Y justo por eso te va a encantar montar a caballo. El animal espera tus indicaciones. Lo único que tienes que hacer es decirle lo que tiene que hacer, igual que haces conmigo.

Lo amenacé con tirarle a la cabeza una de mis botas nuevas como no dejara de reírse. Así, poco a poco y con delicadeza, me convenció para que aprendiera a montar y no tardé en darme cuenta de que me sentía segura a lomos de un caballo. Más tarde, se enteró de que una de sus pacientes de la maternidad quería vender el suyo y se lo compró. Así llegó Chandra a mí.

Le doy unas palmaditas en el suave y reluciente cuello castaño mientras cruzamos la ciudad. Pregunto a los transeúntes si han oído hablar de Canara; es la única manera de encontrar un negocio en esta ciudad. Una de cada cuatro personas te da una indicación, aunque no tiene por qué ser siempre la correcta.

Una hora más tarde, después de meterme varias veces por la calle equivocada y ser testigo de varias peleas entre los lugareños, llego a un pequeño claro rodeado de pinos. Un cartel amarillo de gran tamaño con el nombre de la empresa cuelga de medio lado de una alambrada oxidada. Veo un patio con plantas resecas al otro lado de la alambrada, con varias hileras de ladrillos amontonados; una cantera de arcilla y, al fondo, un horno cerámico de doce metros de alto por lo menos. Si es una fábrica de ladrillos, tendría que haber trabajadores mezclando la tierra roja, preparando moldes y sacando del horno las piezas recién hechas. Pero aquí no hay nadie. El patio está tranquilo y el horno no está en funcionamiento.

Desmonto. Me fijo en la caseta que hay a la izquierda de la valla cerrada con llave. En la puerta de entrada hay un cartel que dice: OFICINA. Ato a Chandra a la alambrada, me dirijo hacia la caseta y empujo la puerta. El joven que está detrás del mostrador me mira alarmado. O no esperaba clientes, o no esperaba que su cliente fuera una mujer.

Es un sitio enano. El mostrador se extiende a lo ancho del angosto espacio y lo divide en dos. El único elemento decorativo es un calendario de 1964 colgado en la pared con un anuncio de Coca-Cola y un cuadro del dios mono Hanuman. Detrás del hombre del mostrador se ve una puerta abierta que da a una oficina y a un hombre de mediana edad con barba negra salpicada de canas sentado tras una mesa. Está hablando con alguien por teléfono. Entiendo la lengua que habla, es panyabí, una lengua que he aprendido desde que vivo en el norte.

—*Nahee-nahee*, no hay problema. *Hahn*. Sí. Así se hará —dice.

—¿Qué quieres? —me pregunta el hombre del mostrador con un tono que dista mucho de ser agradable.

Respondo dejando la cajetilla de cerillas sobre el mostrador sin decir una palabra.

La mira y después me mira a mí. Sus ojos negros como el carbón se muestran recelosos, como si no supiera qué pensar de mí.

Me late el corazón con fuerza y me doy cuenta de que no sé dónde me estoy metiendo. Jay no tiene ni idea de que estoy aquí. Ahora que lo pienso, ¿qué hago yo en este lugar? Podría estar en la clínica comunitaria con mis pacientes y cuidando mis plantas medicinales, pero en lugar de eso estoy en esta oficina, con una tensión incómoda que no soy capaz de identificar.

Lo miro a los ojos y le sostengo la mirada sin pestañear.

El hombre coge las cerillas y entra en la oficina. Espera a que el otro hombre termine de hablar por teléfono. Mantienen una conversación apresurada en voz baja. El hombre mayor asoma la cabeza por un lado del joven que tiene delante para verme mejor. Le quita la cajetilla y suelta el contenido sobre la mesa. Y a continuación pasa la uña por el interior y saca un papel.

¡Ni a Nimmi ni a mí se nos había ocurrido que pudiera haber algo debajo de las cerillas! El hombre saca un libro de cuentas del segundo cajón a la derecha de su mesa. Lo veo marcar cada línea con el índice hasta que llega a la entrada que le interesa. Mira de nuevo el trocito de papel que ha sacado de la cajetilla, se levanta y sale al mostrador. Es más corpulento y alto que su compañero. Me mira frunciendo el ceño.

—No pareces un pastor —dice en hindi.

Me encojo de hombros, pero no doy ninguna excusa o justificación. El hecho de que espere a un pastor significa que he venido al lugar correcto. Me sudan las palmas de las manos y resisto las ganas de secármelas con la tela del abrigo.

—Llegas tarde —dice—. Te esperábamos hace tres días.

Arqueo una ceja. Si lo que quiere es el oro, ¿qué más dará que llegue tarde? Tiene que saber que el mal tiempo o un animal que se pone enfermo o se hace daño detiene al resto del rebaño.

Me escudriña entornando los ojos.

—Pensábamos que te lo habías quedado.

Lo miro arrugando la frente.

El hombre dirige la vista por detrás de mí hacia la puerta abierta y me mira de nuevo.

—¿Dónde está?

Me sudan las axilas. No sé qué decirle, pero hago una suposición lógica de su pregunta.

—Con las ovejas.

El hombre pone los ojos en blanco.

—Ya os lo he dicho. No quiero mierda de oveja en mi patio. Tráeme el cargamento, no la mierda. ¿Te enteras?

—Mañana —contesto. ¡Alabado sea Bhagaván! Eso significa que tendremos que sacar el oro que llevan las ovejas debajo de la lana esta noche y encontrar la manera de traerlo—. ¿Hoy no se fabrican ladrillos? —pregunto. Sé que me estoy arriesgando, pero quiero que siga hablando. A lo mejor me entero de adónde va el oro desde aquí.

El hombre se muerde la mejilla por dentro y me observa. Cree que soy una entrometida, y es verdad.

—¿Y a ti qué más te da?

Lo miro a los ojos mientras me meto las manos en los bolsillos. Y con toda la naturalidad de la que soy capaz, doy media vuelta y me voy. El hombretón me sigue y me observa mientras monto y me alejo. A lo mejor está pensando que un pastor que puede permitirse un caballo tan bueno como Chandra tiene más experiencia en el transporte de material robado de lo que había pensado en un principio.

No relajo la tensión en las riendas hasta que no me alejo unos kilómetros, entonces dejo que Chandra adopte un trote más tranquilo. Aflojo los dedos, agarrotados de apretar las riendas como si me fuera la vida en ello, y vuelvo a respirar con normalidad.

12

Malik

Jaipur

APROVECHO MI DÍA libre para ir a la zona del mercado de la Ciudad Rosa en la que se encuentran las joyerías. ¿Será para aliviar la sensación de culpa que me invade por haber deseado a Sheela o porque quiero ver a mi viejo amigo Moti-Lal?

Lal-*ji* es el mejor joyero de la ciudad. Cuando llego, a las dos de la tarde, la actividad en la joyería Moti-Lal está en pleno apogeo. Un mozo vestido con uniforme blanco me trae una taza de *chai* mientras espero al jefe.

El dueño regordete sonríe de oreja a oreja a la pareja de mediana edad que está sentada frente a él mientras un dependiente dispone varias cajas negras de terciopelo sobre el reluciente tablero de madera de caoba.

—Hoy me siento casi tan emocionado como lo estaría si fuera yo el novio —dice Moti-Lal mostrando unos dientes muy blancos, muy rectos y muy grandes—. He reservado una pieza muy especial para el gran día de Akshay.

Las ganas de ver las joyas expuestas hacen que la mujer se incline hacia delante en su asiento entre el frufrú de su sari de seda.

Bebo un sorbo de té mientras observo a Lal-*ji* desde la barandilla que separa la sala de joyería nupcial, con una decoración más elaborada, de la otra parte de la joyería, en la que se hacen compras de menor importancia, como pulseras de cumpleaños o los pendientes de primera puesta para bebés. Con independencia de lo importante que sea la ocasión, siempre puede celebrarse con un poco de oro, la panacea universal ante cualquier motivo de aflicción para un indio.

En la zona de joyería nupcial, la mullida alfombra amortigua el ruido y permite que el delicado tintineo de los pendientes *jhumka* y las exclamaciones de felicidad de los clientes sean el centro de atención. La iluminación en este establecimiento es mejor que en una tienda normal y corriente; las sillas son más lujosas, con brazos acolchados que invitan a los clientes a demorarse mientras toman la decisión más importante de su vida. Madres, abuelas, tías, padres, novias, hermanas y novios se sientan delante de vitrinas de cristal repletas de collares, pendientes, pulseras, tobilleras y anillos que lanzan destellos para tratar de llamar su atención. Los clientes traen el monedero hasta los topes con el dinero de los padres de la novia y compran el oro que ha de proteger a la futura esposa en caso de que se quede viuda, caiga enferma o sufra una calamidad económica. El oro que le asegure el futuro.

Cuando era pequeño, con cinco o seis años, venía a esta tienda una vez a la semana, a veces más, a entregar los aceites corporales de clavo y geranio que preparaba la jefa y el aceite capilar de *babchi*, que era su especialidad. La mujer de Moti-Lal fue una de nuestras primeras clientas. Le encantaban los productos, y con cuánto entusiasmo hablaría de ellos a su marido que este decidió regalar una caja metálica con una selección por la compra de joyas nupciales. Era esa atención al detalle lo que hacía que los clientes volvieran una y otra vez a la joyería de Moti-Lal. Y a la jefa le reportó unos buenos ingresos.

En este instante, un mozo sube a la tarima en la que se encuentra el joyero con sus clientes y coloca tres humeantes tazas de porcelana encima de la mesa. El territorio de Moti-Lal se encuentra en un rincón de la joyería, en una plataforma elevada sobre la algarabía reinante en el establecimiento, desde donde Lal-*ji* puede ver a todos los clientes que entran y salen.

Siempre tiene una palabra para todo el mundo. «Veo que has venido con tu tía hoy», le dice a una chica vergonzosa; o interrumpe su inspección de un nuevo cargamento de rubíes para comentarle a una matrona: «Nada me hace más feliz que ver a la joven Seeta con una familia tan maravillosa».

Nada más entrar hoy en la tienda, Lal-*ji* me ha saludado con un gesto de la cabeza para hacerme saber que me hará un hueco en cuanto termine con sus clientes. Yo no tengo prisa. Es mucho más agradable esperar en una tienda con aire acondicionado que fuera, bajo el ardiente calor seco. Y también huele mucho mejor, a incienso de sándalo, perfume de *rath ki rani* y colonia de *champaca*; no apesta a la mezcla de col cocida y sudor en el bullicio de la calle. Pero lo más importante es que tengo el privilegio de ver a Moti-Lal en acción. Él me ha enseñado unas cuantas cosas sobre hacer negocios.

El joyero abre lentamente la primera caja de terciopelo para mostrársela a sus clientes.

—Ni siquiera los artesanos del *sah* Jahan podrían superar esta exquisitez —dice. Dentro de la caja, resplandeciente sobre el forro de raso negro, hay un collar *kundan,* un *tikka* para la frente con un pasador de oro con el que se prende al pelo, unos pendientes a juego y dos pulseras.

Utiliza el dedo meñique para señalar el collar, con cuidado de no ensuciar las relucientes piedras pulidas (lo hace a propósito para dejar que los clientes puedan ver bien el anillo de oro con una esmeralda de cuatro quilates que lleva en ese dedo).

—Cuarenta y cuatro diamantes, dos esmeraldas de buen tamaño, veintidós de las perlas más blancas de Ceilán —dice entonando las palabras con aire reverente, como si fuera un monje.

Les ofrece el collar con sumo cuidado.

—Con un asombroso esmaltado *meena* en el reverso. Le he encargado el trabajo a uno de los hombres que tengo en Delhi, cuya familia lleva varias generaciones dedicándose al esmaltado.

Se produce un elocuente silencio mientras la futura suegra examina la joya con una manifiesta expresión de codicia en los ojos. Su marido coge una pulsera para estudiarla y evaluar lo bien hecha que está, y deja que su mujer se ocupe del pesado collar, que se acerca al cuello mientras se mira en el espejo de la pared de enfrente de la mesa. No hay duda de que está recordando su propia dote nupcial y comparándola con la que se dispone a elegir para su futura nuera. Me da la sensación de que la suya sigue estando por encima. En su cabeza estará pensando: «El esmaltado de antes era mucho mejor que el de ahora. Las piedras no están tan bien talladas como las de mi collar». Tanto si la balanza de la calidad se inclina a su favor como si no, está claro que hoy no va a salir de la joyería sin un par de pulseras de oro para ella. Es lo mínimo, cómo no.

Moti-Lal observa sus movimientos en el espejo.

—¿Ve cómo reluce? Vendí un collar muy parecido la semana pasada, pero los diamantes que tenía no eran tan grandes como estos. —Arquea las comisuras de los labios hacia abajo y niega con la cabeza, como si le diera vergüenza que otra familia haya tenido que conformarse con menos—. Sus invitados se fijarán en este collar desde la otra punta de la sala.

Levanta la cabeza como si acabara de advertir mi presencia, se disculpa y deja a su dependiente al cargo. Se pone a mi lado junto a la barandilla mientras sostiene una taza de té, pero da la espalda a los clientes a los que estaba atendiendo hace un momento. Así aparenta que está demasiado ocupado en este momento hablando conmigo como para preocuparse por la venta. Lo he visto hacerlo una y otra vez. Para eso hay espejos del suelo al techo en toda la tienda, para que no se le escape ni un detalle. Una de las muchas tácticas clásicas que guarda en su bolsa de trucos.

Me mira con una sonrisa, los ojos soñolientos casi ocultos en el rostro, la gran papada como prueba de su éxito y motivo de orgullo. Habla en voz baja y suave.

—¿Crees que la señora Prasad estará saboreando ya los celos que va a sentir su rival cuando vea a su nuera con una pieza tan delicada?

Le sonrío.

—Doy por hecho que sabe quién es su rival.

—Una de mis mejores clientas —contesta Moti-Lal riéndose y bebiéndose el té de un sorbo—. *Ake, dho, theen.* Ahora mismo vuelvo.

Pese a su tamaño, el joyero se mueve con la elegancia de un guepardo al acecho. Al igual que el médico de la familia, un joyero indio pasa tiempo con sus miembros, se convierte en un amigo y un consejero de confianza para varias generaciones a lo largo de matrimonios, cumpleaños y fiestas varias.

Me doy la vuelta y lo miro de nuevo. Moti-Lal hace alarde de algunas características más del conjunto nupcial ante sus clientes y les recuerda que las piedras están perfectamente engastadas en el conjunto *kundan,* tal como exigía el *sah* Jahan que se encajaran la cornalina, el lapislázuli, el ojo de tigre y la malaquita en el mármol del Taj Mahal.

El joyero y sus clientes hacen varios comentarios antes de empezar a regatear el precio. Moti-Lal marca los números en la calculadora con tanto estilo que atrae la mirada de los otros compradores que hay en la tienda, curiosos por saber quién está comprando qué.

Una vez terminado el espectáculo, dirijo la atención hacia la parte general de la joyería y recorro con la vista la vitrina de los collares. Hay elaborados colgantes con rubíes y diamantes, y cadenas de oro de distintos grosores y peso. Me inclino para mirar más de cerca una cadena de oro cuando noto que me agarran por el hombro con fuerza.

—¡Qué éxito, Malik! ¡Mírate, *burra sahib*! Eres el yerno que sueña todo padre. ¡Ven conmigo, ven! —exclama Lal-*ji*.

La puerta de su despacho privado está disimulada en una pared de espejo. Aparte de permitir al dueño observar a sus clientes, los espejos invitan a los visitantes a probarse joyas y mirarse desde todos los ángulos. Me sobresalto al verme reflejado en tantos espejos en un espacio tan reducido.

En el interior del acogedor despacho de Moti-Lal, el suelo está cubierto de cojines planos y cilíndricos tapizados en tela de algodón blanco; apenas queda una estrecha banda desnuda en el centro que deja a la vista el suelo de mármol. Moti-Lal se quita las babuchas y yo me quito los zapatos.

—¿Zapatos con cordones, Malik? ¿Como los *angrezi*?

—Los inviernos en los Himalayas eran brutales para mis pies. Tuve que olvidarme de las *chappals*. Y ahora no puedo ponerme otra cosa que no sean zapatos.

Lo que no le digo es que ponerse zapatos en el colegio Bishop Cotton no era optativo. Como tampoco lo era llevarlos sucios, a menos que quisieras llevarte un pescozón, tanto del profesor como de la supervisora.

—¡Qué formal! No me puedo creer que seas el mismo niño que conocí hace años —dice dándome una palmada en la espalda.

La suave fragancia de cerezas y sándalo me recuerda las veces que he estado en esta habitación. Nos sentamos con las piernas cruzadas sobre los cojines, fríos gracias al aire acondicionado. En el centro, sobre el mármol que queda a la vista, hay una bandeja con dos narguiles, una cajita de cerillas, un paquete de tabaco, una estatuilla de Ganesh, un cono de incienso y una báscula para pesar oro. Aquí es donde se hacen los tratos importantes. Y también es donde Lal-*ji* recibe a sus amigos.

Un sirviente ha puesto unas piedras y una brasa en cada *chillum*. Moti-Lal saca unas hebras de tabaco del paquete, las coloca en las cazoletas y las aprieta ligeramente. Me acerca una de las pipas de agua.

—*Accha*, amigo mío, ¿qué te trae por Jaipur?

Enciende una cerilla mientras habla, prende el tabaco de su pipa y aspira con fuerza varias veces hinchando las mejillas de forma cómica. Al final, suelta una nube de humo blanco y la habitación se llena de un aroma dulce y afrutado.

—Quiero darte las gracias, Lal-*ji*, por cuidar de Omi todos estos años.

Hace un gesto con la mano regordeta para quitarle importancia.

—*Koi baat nahee hahn*. Tú enviabas el dinero. Yo solo me aseguraba de que le llegara a Omi. No lo ha tenido fácil con ese marido. —Moti-Lal, que cree en el esfuerzo personal, niega con la cabeza, indignado—. Se va todos los años con ese circo y vuelve con las manos vacías. —Aspira con agresividad por la boquilla de su narguile, como si el marido de la mujer que me había criado lo hubiera desairado de algún modo—. ¿La has visto desde que estás en Jaipur?

—De lejos. He mantenido mi promesa. Solo quería asegurarme de que estaba bien.

—Un hombre adulto celoso de un niño —dice Moti-Lal con una mueca—, porque no eras más que eso, un niño que mantenía a Omi, mientras que su marido no era capaz. Y que después amenace con matarla como se te ocurriera volver a verla. —Hace un gesto negativo con la cabeza para mostrar su rechazo.

Yo asiento. El recuerdo me hace daño.

Omi fue una especie de *ayah;* cuidaba de niños del barrio como yo a cambio de una pequeña cantidad de dinero. Las madres como la mía limpiaban casas u oficinas, o le hacían la colada a otra gente. Un día, mi madre no volvió del trabajo. Esperé y esperé, pero no regresó. Omi me acogió sin decir una palabra. Siempre me trató como si fuera uno de sus hijos; tenía tres. Le estaba tan agradecido que hacía lo que fuera para llevar algo a su casa cada día. A lo mejor no era más que un plátano demasiado maduro, una bobina de hilo que había birlado en alguna tienda o *puri* frito en aceite recalentado que el vendedor iba a tirar.

Me hice amigo de todos los tenderos del mercado. Les lustraba los zapatos, les decía dónde podían conseguir un chollo en horquillas para el pelo o les hacía recados. A cambio, ellos me regalaban los productos que iban a tirar y yo se los llevaba a los hijos de Omi; o compartían su *chapattis* conmigo y me daban una bolsa de arroz, que yo llevaba a casa. Moti-Lal era el más generoso de todos. Él siempre me preguntaba qué había aprendido ese día, me pedía que contara hasta cien o me preguntaba si sabía la capital de Francia. Y cuando respondía correctamente, me hacía el truco de sacar una rupia de detrás de mi oreja y me la daba.

Miro a mi viejo amigo con cariño al recordarlo.

—Señor, me gustaría comprar dos cadenas de oro.

Moti-Lal arquea una ceja.

—¿Tienes una mujer por ahí?

Sonrío mientras cojo las cerillas, enciendo la pipa y aspiro para formar humo. El tabaco, tan limpio y fuerte, se me sube directamente a la cabeza y me mareo un poco.

El hombre levanta la barbilla y asiente en señal de reconocimiento.

—Ah, entiendo. ¿Dos mujeres?

Me río al oírlo y expulso el humo.

—Una de las cadenas es para Omi.

Baja la cabeza y la barbilla se le pierde entre los pliegues de la papada.

—Sabes que su marido la venderá.

—No espero que se la ponga, su marido se la arrancaría del cuello. Pero sí que quiero que tenga algo por seguridad, en caso de emergencia. Esperaba que pudieras decirle que la tiene aquí, por si lo necesita y cuando lo necesite.

Lal-*ji* piensa en ello mientras fuma y, al final, asiente con la cabeza.

—Se lo diré.

—También quiero comprar unos pendientes.

Moti-Lal chupa la pipa hasta que el resplandor naranja se convierte en ceniza gris.

—¿Para tu mujer también?

—No, para una niña pequeña.

Moti-Lal detiene la expulsión del humo un momento y me mira boquiabierto.

—¿Tienes una hija?

Me río otra vez, complacido por la sorpresa que le he provocado.

—No exactamente.

El joyero entrecierra los ojos y toma la pipa de nuevo. Expulsa el humo y me mira.

—Entonces tienes una mujer con un hijo.

—Dos hijos. Un niño y una niña.

—¿Viuda?

—Sí.

Debería haber imaginado que lo adivinaría. Más de una vez me ha dicho que para vender oro hay que conocer bien la naturaleza humana. Dice que hay que saber reconocer hasta qué punto desea el cliente la joya con solo mirarlo a los ojos. Eso te dirá qué mostrar y qué no, y a qué está dispuesto a renunciar.

—He visto algo en la tienda que me ha gustado —digo señalando la parte principal de la joyería tras la puerta.

El hombre expulsa un chorro de humo.

—*Bukwas* —dice—. Eso es para turistas. —Y tras decirlo, endereza ese corpachón enorme que tiene y se acerca a la puerta. Llama a alguien, espera y regresa con dos cajas grandes de terciopelo para mí. Cuando se acomoda de nuevo en su cojín, abro la primera. Hay tres cadenas de oro dentro.

—Elige dos —dice sonriéndome mientras aspira el tabaco.

Saco la más fina de las cadenas y la extiendo sobre piel. Imagino a Nimmi con la cadena en su esbelto cuello, cuánto resaltará el oro en su piel oscura. Puede que la próxima vez, pienso.

—Pero yo solo puedo permitirme la mitad de este oro.

—¿Qué tontería es esa, Malik? Es un regalo que te hago yo. ¿No te he dicho más de una vez que eres el hijo que nunca tuve? —dice frunciendo el ceño, ofendido al ver que he confundido su generosidad con una transacción de negocios.

—¿Y qué me dices de tu yerno, que está ahí fuera? —digo yo en broma.

—Mohan está bien. —Da un manotazo al aire—. Pero si tú trabajas para mí, podré morirme en paz —añade, y se pone la mano en el pecho y ladea la cabeza con gesto suplicante.

—Lal-*ji*, aún falta mucho para que te mueras. Y yo no sé nada sobre joyas.

Le habré dicho estas mismas palabras un centenar de veces.

—Escucha con atención —dice dando otra calada—. El dios Brahma, creador del universo, depositó una semilla de su propio cuerpo en las aguas, que se convirtió en un huevo dorado, reencarnación del propio creador. Ese oro, símbolo de pureza, buena suerte y piedad, es lo que vendemos aquí. Ahora ya sabes tanto como yo —dice y expulsa un anillo de humo hacia mí.

—He venido a Jaipur solo porque me lo ha pedido Lakshmi —digo yo riéndome.

Al mencionar a la jefa, Moti-Lal abre los ojillos y sonríe ampliamente.

—¿Y qué tal está la hermosa Lakshmi Shastri? Todo Jaipur la echa de menos. ¡Sobre todo mi mujer! ¡Sin su aceite capilar, dentro de poco va estar más calva que un bebé mono! —exclama con una ruidosa carcajada mientras se da una palmada en el muslo.

—Ahora es la señora Kumar. Se casó con un médico.

—*Bahut accha!* Me alegro por ella. —Me señala con la pipa—. Fue una suerte que te ofreciera que lo acompañaras a Shimla cuando el marido de Omi te echó a la calle.

—*Zaroor.*

Como le he dicho muchas veces a Nimmi, le debo la vida a Lakshmi. Todo el tiempo que hemos estado en Shimla he enviado una parte de mis ingresos a Lal-*ji* para que se lo diera a Omi; los gastos que no registro en mi libro de cuentas porque sé que la jefa me lo revisa periódicamente.

—¿Qué quiere Lakshmi que hagas en Jaipur?

—Que aprenda el negocio de la construcción. Estoy trabajando en el palacio con Manu Agarwal.

Moti-Lal arquea las cejas.

—Agarwal es un buen hombre. Honrado. ¡El cine que está construyendo va a ser una maravilla! Mi mujer piensa ir con nuestra hija y su marido. Yo también iré, por supuesto, aunque no sé ni para qué me molesto. Todas las personas importantes de la ciudad estarán en el Royal Jewel esa noche.

—Desde luego, es lo que espera su alteza Latika.

Llaman a la puerta y entra Mohan, el yerno de Moti-Lal. Me levanto para saludarlo con un *salaam* y junta las manos para devolverme un namasté. Es un hombre tímido, callado, diez años mayor que yo.

—Han llegado los Gupta —le dice a su suegro.

—Acompáñalos y que se sienten cómodos, *bheta.* Ahora mismo voy. —Moti-Lal se pasa la manaza por la cara con gesto de frustración y pone los ojos en blanco en cuanto se cierra la puerta—. Diez años y nada de hijos.

Cuando lo miro sin entender, señala la puerta y entonces comprendo que lo decía por su yerno.

—Empiezo a pensar que no lo lleva dentro.

Sonrío. Los padres siempre tienen ganas de que les den nietos. Eso no ocurrirá con la jefa y me alegro. A ella le da lo mismo que yo no tenga ninguno o que tenga diez. Le gusta hablar con los niños, pero nunca ha querido hijos propios. Cojo la cadena que he estado admirando antes y otra pieza, un collar de oro más pesado. Moti-Lal me observa sin dejar de fumar. Los dejo aparte y abro la otra caja, de la que selecciono unos pendientes pequeños que creo que le gustarán a Rekha. Le hicieron agujeros en las orejas cuando tenía pocos meses y le pusieron unos aros de plata muy finos. Pongo las dos cadenas y los pendientes encima de la báscula.

Moti-Lal frunce el ceño otra vez y suspira.

—*Arré*, Malik, déjalo.

La báscula dice que pesan una onza. El precio actual está en trescientas veintiuna rupias la onza, pero le pregunto si aceptaría doscientas rupias.

—Te lo dejo gratis si me permites que te dé un consejo.

Arqueo una ceja mientras espero a ver qué me va a decir. Y me señala con uno de sus dedos regordetes.

—No te cases con una pobre viuda.

Niego con la cabeza y me río. A continuación me guardo el collar para Nimmi y los pendientes para Rekha y dejo dos billetes de cien rupias en la báscula junto al collar para Omi.

—Me aseguraré de que Omi lo sepa, Malik. Iré a verla mañana.

He conseguido aliviar un poco la culpabilidad por haber deseado a Sheela y por no poder hacer gran cosa por Omi.

13

Nimmi

Shimla

REKHA ME MIRA porque camino de un lado para otro de la habitación. Tiene el libro de monos que le ha dejado Lakshmi-*ji* sobre las rodillas. Le encanta mirar los dibujos y pronunciar los nombres de las distintas especies de monos.

—Haz los deberes —le digo. Ha leído el libro tantas veces que se lo sabe de memoria—. Escribe las palabras tal como las ves en el libro.

—Hazlo conmigo, *maa* —me pide.

Chullu está sentado junto a Neela, la oveja, ocupada masticando una hoja. Chullu la acaricia y se le sube encima. La oveja se ha ganado a mis hijos, que quieren que se quede en casa con nosotros, así que me la he traído de la zona de pasto. Al verla me acuerdo del oro que lleva debajo de la lana. ¿Cómo será exactamente? Las mujeres de mi tribu usan joyas de plata, aunque he visto a otras mujeres llevar piezas de oro. Pero nunca he visto un lingote de oro macizo.

Alcanzo el *patal* que cuelga de mi cinturón junto a un rollo de cuerda y un odre de piel de cabra con agua. Compruebo el filo de la hoja. Utilizo este *patal* para cortar verduras y frutas, ramas, madera, cualquier cosa. Levanto a Chullu y lo dejo junto a Rekha en la colchoneta, donde mi bebé intenta meterse en la boca su libro de monos.

Me acerco despacio a Neela, que deja de masticar y me mira. Bala y se levanta, recelosa. Le paso la mano por encima del vellón buscando el costado opuesto al de la herida. Noto los bordes de la lana cosidos y corto las puntadas con cuidado mientras la sujeto con un codo. Dos barras de oro de doce centímetros y medio de largo, cinco de ancho y uno de grueso cada una caen al suelo con un golpe sordo. El sonido la asusta e intenta liberarse. Y la suelto.

El oro tiene un color mate. No es bonito como yo creía. Alguien ha escrito unos números en las barras. Pesan y me sorprende que estén tibias. Nuestra tribu suele llevar casi siempre plata, que está fría al tacto. Y pensar que alguien mataría por un trozo de metal amarillo mate.

En ese momento llaman a la puerta y me asusto. Recojo los lingotes y busco un sitio donde esconderlos. La colchoneta de dormir es lo que más a mano me pilla y meto los lingotes debajo antes de ir a abrir.

Es Lakshmi. Sigue con la misma ropa que llevaba por la mañana. Tiene unas profundas ojeras y el pelo suelto; no se lo ha enaceitado. Parece exhausta. La invito a entrar y cierro.

—Mañana iremos a llevar el oro a ese sitio —susurra.

—¿El de la caja de cerillas?

Asiente con la cabeza y se frota la frente.

—Pero antes tenemos que pensar cómo vamos a sacar el oro de las ovejas y llevarlo hasta allí desde la zona de pasto del hospital.

—¿Dónde está? El sitio.

—A unos seis kilómetros, fuera de la ciudad.

—¿En qué dirección?

Lakshmi señala hacia el este con la barbilla.

Creo que sé dónde dice. A veces voy por ahí a recoger las flores que vendo. Se me ocurre una idea. Me levanto y voy a por mi cesta de las flores, esa grande que uso en el puesto. Saco después las barras de oro de debajo de la colchoneta y las meto en la cesta vacía. Cuando Lakshmi ve el oro, lo mira con los ojos muy abiertos, y luego el trozo de piel sin vellón en el costado de la oveja Neela. ¿Cuánto peso aguantará la cesta?

—Tenemos treinta y ocho ovejas —digo—, treinta y nueve contando a Neela. Si cada oveja lleva cuatro barras, dos a cada lado, tendríamos ciento cincuenta y seis barras. Pero faltan dos, así que serían ciento cincuenta y cuatro.

No sé leer ni escribir los números, pero sí sé contar de cabeza.

Lakshmi coge una de las barras de la cesta y la sopesa. Está acostumbrada a mezclar elementos para formar sus remedios naturales y a calcular la proporción correcta de ingredientes.

—Las barras no son exactamente iguales, pero esta pesa dos onzas. Se venderán en el mercado por seiscientas o setecientas rupias.

—Eso significa... —La miro y me llevo la mano al pecho. Noto cómo me late el corazón bajo la palma. Ahora entiendo por qué los contrabandistas corren los riesgos que corren. ¡Todas las barras juntas suman cien mil rupias! *Hai Shiva!* Empiezo a comprender que estamos metidas en algo peligroso. Lakshmi intentó decírmelo desde el principio: sería una locura y una temeridad devolver el dinero a una gente que estaría dispuesta a degollar a su propia madre antes que renunciar a su tesoro. Debería haberle hecho caso.

—Tenemos que sacarlo de aquí. —Miro a mis niños, que han percibido el pánico en mi voz y me miran boquiabiertos.

Lakshmi ve mi *patal*.

—¿Es lo que has utilizado para abrir las costuras?

—*Hahn* —contesto y me guardo la afilada herramienta en el cinturón.

Aprieta los labios con el ceño fruncido y mira a Neela. Está calculando el tiempo que nos llevará sacar todo el oro. Se le da bien hacer planes. Ha organizado cada sección del jardín según el tipo de suelo y la cantidad de agua y fertilizante que requieren las plantas. El jardín resulta eficaz y está perfectamente ordenado. Como todo lo que hace Lakshmi.

Asiente con decisión, como si ya lo tuviera todo claro.

—Será mejor que saquemos el oro ahora, es más seguro que hacerlo a plena luz. Los encargados del mantenimiento del hospital ya se habrán ido a casa.

Me fijo en las ojeras que tiene. Ya ha hecho mucho: subir y bajar de la montaña, traer el cuerpo de mi hermano hasta Shimla, ir al negocio ese a las afueras de la ciudad. Está oscuro y hace frío.

No somos de su familia y aun así quiere ayudar.

Lakshmi va hacia la puerta.

—Nos vemos en mi casa en media hora. Trae a Neela, por favor.

—¿Cuánto tiempo llevas sin comer, *ji*? He preparado *chapatti* y *palak subji* para cenar. Come un poco antes de irte.

No suelo emplear el *ji* de respeto con ella. Me doy cuenta de que se ablanda. Me agradece el ofrecimiento con una sonrisa, pero niega con la cabeza.

—Tengo que ver cómo explicárselo a Jay, al doctor Kumar. He tenido que decirle lo que hemos descubierto. Está preocupado, claro. Y tengo que encontrar la manera de sacar el oro de la zona de pasto. Chandra está agotado. No sé si no será exigirle demasiado en un solo día.

Asiento con la cabeza.

—Le pediré a los Arora que se queden con los niños.

Me sonríe débilmente.

—Diles que te necesito en el hospital esta noche. No es mentira.

14

Lakshmi

Shimla

JAY NO QUERÍA que Nimmi y yo fuéramos solas a la zona baja de pasto en plena noche a recoger el oro. Bastante se ha enfadado ya conmigo cuando le he dicho que había ido a Canara Enterprises yo sola.

De modo que nos ha acompañado hasta los pastos y nos hemos puesto a llamar a las ovejas sin elevar la voz. Trabajamos todo lo silenciosamente que podemos, pero poco podemos hacer ante los balidos. Nimmi agarra a la oveja, yo ilumino el costado con la linterna y Jay abre los puntos para que saquemos el oro.

Esta noche he dejado a Chandra en la cuadra y hemos venido con el otro caballo que tenemos, un poni marrón claro. Si hemos calculado bien, el oro no pesará más de nueve kilos, menos que un niño pequeño, por lo que creemos que el poni no tendrá problema para soportar la carga.

La tarea es complicada porque lo estamos haciendo a oscuras. Oímos a los animales nocturnos que nos rodean: marmotas y comadrejas entrando y saliendo de sus escondrijos entre los pinos. Aquí abajo, en la pradera, las ovejas se encuentran relativamente seguras frente a los depredadores grandes. Si un leopardo o un oso atacaran el rebaño, aún perderíamos más lingotes. Me digo que no tengo que preocuparme por aquello que escapa a mi control; aun así, el corazón me late tan deprisa que noto el golpeteo de la sangre en los oídos. A pesar de que hace frío y tengo los dedos helados, estoy sudando debajo de la chaqueta. Sigo con la misma ropa que me puse esta mañana para ir a buscar a Nimmi a la montaña.

De vez en cuando agarramos a una oveja a la que ya le hemos sacado el oro; la soltamos y cogemos otra. Nimmi fue lista al contar el número de ovejas cuando las bajó a la pradera. Cuando acabemos con las treinta y nueve, sabremos que están todas.

Tardamos dos horas. Sabemos que hemos terminado porque el número de ovejas y el número de lingotes coinciden con nuestros cálculos. Tal como habíamos supuesto, cada animal lleva dentro cuatro. Ponemos el oro en la cesta para las flores de Nimmi y la sujetamos después al poni. Uso el *rajai* que he traído de casa para cubrir el cargamento ilegal.

Nimmi echa un vistazo al rebaño con los bolsillos de vellón colgando a ambos lados de cada animal.

—Habría que esquilarlas, pero de verdad. Así podría vender la lana y guardar el dinero para mis sobrinos —se le rompe la voz al decirlo—. Eso es lo que tendría que haber hecho Vinay. —Entonces se vuelve hacia mí y añade—: Puedo hacerlo poco a poco por las mañanas antes de ir a la clínica. En cuatro días estarían esquiladas.

Ladeo la cabeza. Por supuesto.

Es MEDIANOCHE CUANDO los tres y el poni llegamos a casa de Nimmi. Jay y yo esperamos a cierta distancia con el caballo mientras ella recoge a los niños y baja a su habitación con uno en cada brazo. Los dos están dormidos.

Me pide que entre con ella mientras tiende a Rekha y a Chullu en la colchoneta.

—Mañana no iré al puesto —susurra—. Te acompañaré a Canara, *ji*.

Entiendo por qué no quiere que lo oiga Jay, sabe que está molesto conmigo por haber ido sola hoy.

—No podemos ausentarnos las dos de la clínica por segundo día consecutivo. Bastante trastorno hemos causado ya. Preferiría que mañana fueras al jardín medicinal. Haz como si no pasara nada raro. Di a las enfermeras que no te encontrabas bien hoy o pon cualquier otra excusa —le digo. En el silencio de la noche prefiero no mencionar el oro—. Ya me conocen en Canara, de manera que será mejor que vaya yo.

Nimmi se me queda mirando un buen rato con el rostro semioculto entre las sombras, pero se aprecia el blanco de sus ojos. Parece que quiere decir algo, pero mueve la cabeza y cierra la puerta.

Reconozco cuando Jay está preocupado por algo. Deja de gastarme bromas. Mientras meto al poni en la cuadra que tenemos junto al corral del patio trasero y le pongo agua y comida, Jay entra en la casa con la cesta llena de oro.

Cuando entro en la sala de dibujo, me lo encuentro sentado en el sillón haciendo girar un vaso de Laphroaig entre las manos. Ha servido otro para mí.

Le acaricio el pelo.

—¿Te preocupa algo?

—¿Cómo no voy a estarlo, Lakshmi? ¿Por qué arriesgas la vida, la vida de los dos, metiéndote en un asunto que no tiene nada que ver contigo? —Habla con mesura y en voz baja.

Me quedo pensando un momento en sus palabras y, al final, me acerco a la consola en la que dejo las cartas y tomo la última que ha enviado Malik.

—Malik me envió esto la semana pasada —digo y le entrego la carta. Cojo el vaso de whisky y lo dejo solo mientras la lee.

Queridas Nimmi y Jefa:

Estoy aprendiendo mucho en Jaipur. Como qué materiales son mejores para cada tipo de edificio, cuánto cuesta el terreno y construir un edificio desde cero o cómo se echan los cimientos. Manu me ha hecho pasar por las distintas secciones del departamento de operaciones que dirige para que su equipo me enseñe todos los aspectos del negocio. Ya empiezo a ver cómo se levantan los edificios en mis sueños. Os encantaría Hakeem, el contable con el que estoy trabajando ahora. Es un hombrecillo raro, pero me cae bien. Lleva aquí toda la vida. ¡Yo creo que llegó con el Imperio mongol!

Lo mejor de esta experiencia ha sido pasar tiempo con Nikhil. Es igual que Radha, ¡muy precoz! Jefa, te quedarías impresionada si vieras lo bien que lo están educando Kanta y Manu. Es un niño dulce, divertido y lo más importante para mí: ¡juega de maravilla al críquet! Pasamos muchos domingos jugando. ¡Es casi tan bueno como yo! (Seguro que él no pensaría lo mismo, aunque dice que no se me da mal para ser un hombre mayor.) ¡Estoy deseando que Chullu tenga edad suficiente para que pueda sostener el bate! Por favor, decidle a Rekha que no se me ha olvidado el arcoíris que se supone que tengo que llevarle de aquí. Ella piensa que cada ciudad tiene su propio arcoíris y no he tenido valor para contarle la verdad.

Jefa, esto que voy a decir ahora es solo para ti, ¡no se lo leas a Nimmi!

Sé que quieres lo mejor para mí, siempre ha sido así. Y te estoy muy agradecido por ello, pero cuanto más tiempo estoy lejos de Nimmi, más cuenta me doy de lo mucho que la quiero. Echo de menos su forma tranquila de actuar. Admiro lo mucho que trabaja para alimentar y vestir a Rekha y a Chullu, a los que ya quiero como si fueran mis propios hijos. La ayudo con algo de dinero de vez en cuando, pero, *Hai Ram*!, tengo que obligarla a aceptarlo.

Soy consciente de que puede que tú quisieras otro tipo de mujer para mí, alguien con estudios y más sofisticada, pero yo estoy bien con Nimmi. Desde que la conocí hace ocho meses he aprendido a apreciar la belleza de los Himalayas y los tesoros que esconden las montañas. Sé que es capaz de cuidar de sí misma, pero quiero pedirte un favor.

Trátala como si fuera una hermana, por favor, como siempre has tratado a Radha. Nimmi nunca te pedirá nada, de modo que puedes mostrarle lo generosa que eres. Tiene un corazón grande y leal. Ha sufrido una pérdida trágica, nadie debería perder a un esposo tan joven, pero ha sido una suerte para mí y me hace feliz.

Os quiere,

Malik

Jay viene a buscarme y me encuentra en el baño, quitándome de la piel la mugre del día, el olor a caballo, el polvo y el sudor. Deja la carta en el borde de la bañera, se mete las manos en los bolsillos y hace tintinear las monedas sueltas que lleva en ellos.

—Sé que crees que ayudar a Nimmi es lo mejor por lo que Malik siente por ella, y tú siempre has hecho lo que consideras que es lo mejor. Pero no estoy tranquilo.

Dejo de frotarme el cuerpo.

—Jay, si pudieras hacer algo para ayudar a su familia, algo que pudiera salvarles la vida, ¿no lo harías?

—Sí, claro que sí, pero ¡estamos hablando de *goondas*, criminales profesionales! Creo que es demasiado arriesgado para que te impliques más. He hablado con la policía...

—¿Por qué? —lo interrumpo y noto que me estoy enfadando. Hablar con las autoridades puede ser arriesgado porque nunca sabes quién está dispuesto a dejarse sobornar.

Me hace un gesto con las manos para que me calme.

—No les he hablado de este caso en particular, pero quería saber más sobre el contrabando de oro en las colinas de Shimla.

—¿Y qué te han dicho?

—Saben de la actividad en el oeste, alrededor de Chandigarh y más cerca de Pakistán, pero parece que no piensan que se esté perpetrando en esta zona.

—Les habrá parecido curioso que les preguntaras por el tema. ¿Has dado un chivatazo sobre lo que estamos haciendo?

—*Arré*. Lo único que les he dicho es que he leído el artículo sobre contrabando que venía en el periódico y me preocupa la salud de mis pacientes —contesta haciendo sonar las monedas dentro del bolsillo otra vez, señal de que está preocupado.

Aprieto los labios tratando de que no vea lo molesta que estoy. No tardé en aprender que hablar con la policía nunca es buena idea.

Tras la independencia, cuando los británicos se fueron y hubo que cubrir puestos en el Gobierno, comenzó el reino del nepotismo. Los cargos de mayor responsabilidad, como el de jefe de policía, fueron a parar a amigos y familiares, estuvieran o no cualificados para el trabajo. El resultado fue incompetencia y corrupción. Siempre existe la posibilidad de que la policía esté asociada con los traficantes y que reciban dinero a cambio de protección. Y si el jefe de policía sospecha que Jay ha ido a hablar con ellos porque tiene información sobre un caso de contrabando, puede usarlo en su favor, o lo que es peor, decidir que es necesario impedir que Jay revele lo que sabe a terceros.

Al hablar con la policía, Jay se ha puesto en peligro, y a todos nosotros con él. Si las autoridades encuentran las ovejas a medio esquilar en las praderas de debajo del hospital, los tres estaremos implicados.

Lo que significa que tenemos que esquilar a todo el rebaño lo antes posible. Mañana por la noche como muy tarde. Habrá que reducir a un día el plazo de tres que se había dado Nimmi. Y tendremos que hacerlo entre los tres. Yo estoy exhausta después de ir a buscar a Nimmi y revisar las ovejas para sacarles el oro que llevaban dentro. No quiero que Jay vea cómo me tiemblan las rodillas.

Meto la cabeza debajo del agua para escapar de la voz de mi marido y de las quejas de mi cuerpo.

A LA MAÑANA siguiente temprano, me dirijo sobre un descansado Chandra hasta Canara Private Enterprises. Jay y yo hemos metido los lingotes en las alforjas y las hemos cubierto con una manta. Me he puesto unos pantalones limpios y el abrigo de lana de mi marido y me he cubierto la cabeza y los hombros con un chal marrón. La mañana se ha levantado con niebla, que se retuerce perezosamente entre los pinos y los cedros, y no parece querer aclararse.

Convencer a Jay de que me deje ir sola ha sido una batalla. Quería ir él en mi lugar. Me he negado porque no quiero involucrarlo más de lo que ya está. Su puesto en el hospital es importante. Y tiene un montón de pacientes esta mañana, incluidas dos mujeres a las que tiene que practicar una cesárea.

Hoy sí está abierta la verja de alambrada de pinchos de Canara Enterprises. Dentro, una mujer vestida con sari y jersey de lana está en cuclillas mientras embute arcilla en un molde de madera, que después vuelca en el suelo. Está haciendo ladrillos. Trabaja deprisa, probablemente porque le pagan por ladrillo hecho, y forma hileras que deja secar al sol.

Desmonto y llevo a Chandra hasta un claro. Me detengo junto a ella, que me mira, pero no deja lo que está haciendo.

—Es toda una experta —digo tras saludarla con el gesto de namasté.

Se avergüenza de la sobremordida que sufre, por lo que se tapa la boca con la mano cuando sonríe y agita la cabeza de un lado a otro, complacida con el elogio.

Me fijo en que los ladrillos presentan un surco rectangular en el centro. Me pregunto por qué.

—¿Quién compra esos ladrillos?

Me mira confusa y se lo pregunto de otro modo.

—¿Quiénes son los clientes?

—No lo sé, *ji*. —Hace un gesto de la mano—. Solo sé que un camión viene a por ellos. El conductor dice que los lleva a Chandigarh.

—*¡Arré!* ¿Qué haces tú aquí? —Es el joven del otro día, el que estaba detrás del mostrador de la oficina. Mira con mala cara a la mujer, que vuelve a su tarea—. Ve a la oficina —me dice.

Intento mostrarme contrita, pero sé que sospecha algo. Me observa mientras conduzco a mi caballo hasta la oficina. Las alforjas llenas de oro pesan, pero he probado en casa a levantarlas para que parezca que sé lo que hago.

Entro primero con una y luego salgo a por la otra, y las pongo sobre el mostrador. El otro hombre sale a por ellas y luego vuelve a su despacho y cierra la puerta para que no vea lo que hace.

—¿De dónde has sacado esos ojos azules? —pregunta el joven.

Estaba tan concentrada en el jefe que me había olvidado de que el otro me estaba vigilando.

—¿Qué?

—Vemos ojos como los tuyos en Cachemira.

En Jaipur me preguntaban a menudo por mis ojos. La gente pensaba que era angloindia, un grupo que dejó de ser bien considerado cuando los británicos abandonaron el país; o que no era india y me preguntaban si era parsi o afgana. Pero no pienso trabar conversación con este hombre ni voy a contarle que en mi familia hemos tenido los ojos azules desde hace generaciones.

—No soy de Cachemira —respondo sin más.

Apoya los codos en el mostrador y se echa hacia delante con una sonrisa pícara.

—Los pastores nunca os consideráis cachemires ni panyabíes ni rajastaníes, ¿verdad que no? Lo único que os importa es vuestra tribu. Pero nunca he visto que tengan los ojos azules en ninguna de esas tribus.

Ladea la cabeza y me mira con seriedad. Luego me dice algo en un dialecto que no comprendo.

Se me pone la piel de gallina. Está tratando de descubrir de dónde soy. No puedo decir nada de manera convincente en ningún dialecto. El riesgo que estoy corriendo pasaría a ser un peligro real si me descubren. Lo mejor es fingir que me da vergüenza.

Bajo los ojos y me arrebujo en el chal.

—Por favor, estoy casada —digo.

El hombre se pone juguetón de nuevo.

—¿Y tu marido deja que hagas el trabajo de un hombre?

Pienso en Vinay, en su cuerpo tirado en el suelo.

—Solo porque está herido. Grave.

—Entonces, necesitarás consuelo —dice con una sonrisa traviesa—. Y yo...

La puerta de dentro se abre y aparece el otro hombre. Lleva un brazalete muy ligero en la muñeca hecho de hilos de colores: una hebra roja y otra dorada. Es posible que se lo haya hecho alguna hermana como amuleto para que la proteja de por vida. Pero cuando suelta las alforjas vacías en la superficie rayada con el ceño fruncido, me doy cuenta de que yo no puedo contar con que vaya a mostrar hacia mí la dulzura que le mostraría a su hermana.

—Faltan dos —dice.

Levanto la barbilla con un gesto interrogativo.

—Solo hay ciento cincuenta y cuatro. Tendría que haber ciento cincuenta y seis.

Noto que se me forma un velo de sudor sobre el labio superior, pero hablo con voz firme.

—Nos hemos quedado con dos como pago.

—*Kya?* ¿Habéis cobrado en oro? —Se endereza con el ceño fruncido—. Ese no era el trato.

Miro al hombre joven y abro mucho los ojos azules, apelando a su actitud más suave.

—Es una ruta peligrosa. Mi marido se ha caído y se ha roto la espalda. Hemos tenido que ir al hospital. Por eso hemos llegado tarde. No teníamos dinero. Utilizamos el oro para pagar la factura.

El hombre golpea el mostrador con la mano y doy un respingo.

—Esa no es decisión vuestra —dice soltando gotas de saliva al hablar—. ¿Y ahora qué le digo yo al siguiente mensajero?

Percibo miedo detrás de su enfado y lo miro a los ojos.

—Dile que las autoridades de Shimla han oído rumores sobre el tráfico de oro a las afueras de la ciudad. Dile que dos lingotes es un pago justo por transportar el oro por una ruta vigilada por la policía.

Nos sostenemos la mirada. Me falta el aliento y siento que me voy a desmayar de un momento a otro.

Me doy la vuelta al oír ruido detrás de mí. Es la mujer que estaba haciendo ladrillos en el patio.

—Se me ha terminado la arcilla —le dice a los dos hombres—. ¿Qué queréis que haga ahora?

Aprovecho para agarrar las alforjas vacías, salir corriendo y subir de un salto a lomos de Chandra. Segundos después me alejo al galope por el serpenteante camino que conduce al bosque. Oigo gritos detrás de mí, pero no hay ningún vehículo en el patio, así que no tienen manera de seguirme y con Chandra me muevo más rápido.

Se me llenan los oídos con el sonido del viento, el golpeteo de los cascos de Chandra contra el suelo y el pulso de la sangre que me corre por las venas. ¿Serían capaces de hacerme daño por dos lingotes cuando tienen el resto del botín? Espero que no, pero no lo sé con seguridad. Lo que sí sé es que tengo que alejarme todo lo que pueda y tan rápido como pueda.

No llevo ni un kilómetro y medio cuando me doy cuenta de que el caballo de Jay cabalga a mi lado. Pongo a Chandra a medio galope y al girarme para mirar a mi marido, entiendo que debe de haberme seguido para asegurarse de que no me pasaba nada. Se me llenan los ojos de lágrimas. Poco a poco dejo que el terror de la última hora abandone mi cuerpo, como hace Madho Singh. A él se le alborotan las plumas después de un susto y luego ellas solas se bajan cuando se da cuenta de que el ruido que lo ha asustado ha desaparecido.

15

Nimmi

Shimla

ACARICIO LA BAÑERA de porcelana que tiene Lakshmi en el cuarto de baño de invitados. Me estoy bañando con Rekha y Chullu. La niña puede estar sola, pero tengo que sujetar al pequeño con una mano mientras lo enjabono con la otra. Hay dos tubos por los que sale el agua. De vez en cuando giro el de la izquierda como me ha mostrado Lakshmi y ¡sale agua caliente por arte de magia! Estoy acostumbrada al jabón de arroz, salvado y grasa de yak que hacemos en mi tribu, pero el que tiene Lakshmi es una maravilla que hace mucha espuma cuando se mezcla con el agua. ¡Y qué bien huele! Me siento como si estuviera recogiendo flores en una pradera.

Chullu intenta llevarse la pastilla de jabón a la boca y se la quito entre bromas. Rekha da palmadas sobre la superficie del agua para ver hasta dónde puede hacerla saltar. Todas las veces que he venido a esta casa estaba tan obsesionada con las cartas de Malik que no miraba nada más. Ahora me fijo en que todo en esta casa tiene una razón de ser y es hermoso. No tiene sentido compararla con mi sencillo alojamiento, pero no puedo evitar sentirme avergonzada al imaginar lo que habrá debido de pensar Malik cuando iba a verme. Menos mal que solo lo hacía por la noche, porque a oscuras es más difícil ver las grietas entre los tablones de las paredes.

Estaba regando las plantas en el jardín de la clínica cuando llegó Lakshmi esta tarde, después de entregar el oro. Mis hijos estaban jugando con la tierra por allí cerca. Nadie habría dicho que se había pasado media noche en pie sacando lingotes de oro del vellón de un rebaño de ovejas. Se había bañado y vestido con un sari para ir a la clínica y se había hecho un pulcro moño. Estaba pendiente de todo, como siempre.

—Hay que esquilar el rebaño esta noche —dijo en voz baja—. El encargado de mantenimiento del hospital le ha dicho a Jay que las ovejas casi se han comido toda la hierba de la pradera de abajo. Mañana tienen que estar fuera. Y no queremos que la gente se pregunte por qué están esquiladas a medias.

Estaba calculando cómo me las iba a arreglar yo sola con todas cuando dijo:

—Venid a casa esta noche. Lo haremos juntas.

Mi *patal* estaba afilado y me permitía cortar con rapidez, pero no era para esquilar. La hoja era demasiado afilada y podía cortarles la piel sin querer. Había esquilado antes, con mi tribu, pero era una actividad grupal en la que todos echábamos una mano. No tenía muy claro que pudiéramos hacerlo las dos solas.

—¿Nos ayudará el doctor Kumar también, *ji*?

—Tiene que hacerlo —contestó ella asintiendo con la cabeza—. Si no, no nos va a dar tiempo. —Me sonrió para tranquilizarme, pero vi que tenía ojos de preocupación—. ¿Crees que podrías encontrar a alguien que se lleve el rebaño a otra parte?

Esa era la parte fácil. Asentí con la cabeza. Quería plantearle una pregunta que tenía en la punta de la lengua desde hacía dos días. Lakshmi me había separado del segundo hombre que había amado en toda mi vida —después de que la montaña me arrebatara al primero—, y me había hecho mucho daño.

—¿Por qué me estás ayudando? —le pregunté por fin.

Ella me miró sorprendida, como si creyera que yo debería saber la respuesta.

—Formas parte de la vida de Malik, Nimmi, y por lo tanto de la mía. —Se dio media vuelta para marcharse, pero se detuvo de pronto y añadió de espaldas a mí—: Antes de conocer al doctor Kumar, Malik y mi hermana Radha eran mi única familia, y los dos llegaron tarde a mi vida. Ya conoces a Malik. Algún día conocerás a Radha y verás lo especial que es. Haría lo que fuera, y he hecho todo lo que he podido, para que estuvieran seguros y fueran felices. —Entonces se volvió y me miró directamente a los ojos—. Igual que Malik quiere que tú y tus hijos estéis seguros y seáis felices.

No vi nada más que preocupación sincera en sus ojos azules y bondadosos. Pero al momento frunció el ceño.

—*Suno*, a los hombres a los que he entregado el oro no les ha hecho gracia que faltaran dos lingotes. Son los que no conseguimos encontrar. Me quedaré más tranquila si los niños y tú os quedáis un tiempo con nosotros.

Aquello me pilló por sorpresa, tanto que no sabía si había entendido bien.

—¿Que nos quedemos con vosotros? —pregunté—. ¿En vuestra casa?

—Esa es la idea —respondió ella con una sonrisa.

Al ver su sari limpio y la blusa a juego que llevaba puestos, me sentí avergonzada. Con todo lo que había pasado en los últimos días no me había dado tiempo a lavar la ropa. Sentí que me ponía roja. Rekha y Chullu no estaban más limpios que yo. Después de pasarnos la noche sacando el oro, estaba tan cansada que no había tenido fuerzas para ir a por agua y calentarla para lavarnos. ¿Quería que le ensuciáramos la casa con toda nuestra mugre?

—Podéis quedaros en la habitación de Malik. Tiene baño propio.

¿Cómo se las arreglaba siempre para saber lo que estaba pensando?

—Y creo que será mejor, más seguro, que no vayas al puesto de flores hasta que solucionemos esto.

—¿Crees que no es seguro? —pregunté con el pulso acelerado.

—Eso creo.

Un rato después, decidí tomarme un descanso, fui a la sala de espera y me acerqué a los pacientes que eran de las tribus de las montañas; los reconocí por las prendas de lana hilada en casa y por el tono de piel más oscuro. Un hombre de mediana edad con un ojo empañado y al que le faltaba una oreja dijo que podía llevarse el rebaño a pastar con el suyo, al norte de la ciudad. Le dije que le indicaría dónde podía recoger las ovejas de mi hermano y le describí la marca que llevaban en las orejas para que pudiera diferenciarlas.

Me sonrió mostrando los cinco dientes que le quedaban.

—A mí no me hace falta marcar a mis ovejas. Yo diferencio a cada oveja por su personalidad. ¡Y todas tienen muy malas pulgas!

La mujer que estaba sentada a su lado se rio con él.

Así QUE POR eso estamos mis niños y yo esta noche en casa de Lakshmi y el doctor Jay. Salí pronto de trabajar para recoger nuestras cosas de casa de los Arora. Lakshmi me pidió que no les dijera dónde íbamos a estar; que era mejor ser precavidos. No me gustaba ocultarles cosas porque se habían portado muy bien con nosotros, pero ella casi siempre tiene razón, así que me fui sin despedirme de la anciana pareja. Lo llevé todo en un solo viaje, no tenemos muchas cosas. Lakshmi me dijo que enviaría nuestra ropa al *dhobi*. Yo siempre me lavo mi propia ropa, pero no he querido decírselo. A lo mejor piensa que no la lavo lo bastante bien.

Los niños están arriba, en la habitación de Malik, con la asistenta de Lakshmi, Moni. Lakshmi se está poniendo las botas y el doctor Kumar se está abrochando la chaqueta de lana. Madho Singh camina por la percha de su jaula y chilla de vez en cuando: «La mano que nos da de comer corre el peligro de llevarse un mordisco».

Sé por su expresión que el doctor Kumar desearía no tener que hacerlo, pero, igual que Lakshmi jamás pondría en peligro a un niño, el doctor jamás dejaría de proteger a Lakshmi. No tiene elección. Su mujer está decidida. Quiero disculparme por la situación en la que nos ha puesto Vinay, pero mencionar su nombre sería aún peor. No digo nada.

SON LAS OCHO de la noche y estamos con el rebaño en la pradera de abajo, cerca de donde empieza el bosque. Las ovejas se han comido la hierba y parecen deseosas de cambiar de lugar. Ayer mismo estábamos aquí sacándoles el oro y lo único que me preocupaba era acabar nuestro trabajo, sin pensar dónde estábamos. Hoy, el bosque me parece un lugar siniestro. Las ramas de los árboles parecen garras. Las hojas susurran malos presagios. El mantillo que cubre el suelo del bosque huele a putrefacción, a muerte.

Les enseño a esquilar a las ovejas. Cojo la primera, la tumbo de espaldas y me pongo en cuclillas sobre la tela que he extendido en el suelo para poder sujetar al animal con las rodillas. Las ovejas están acostumbradas a que las esquilen y saben que se encuentran mejor cuando les quitan el grueso abrigo, así que no se mueven mucho. El pastor con el que hablé esta mañana me ha prestado dos tijeras de esquilar de mango largo. Empiezo agarrando un puñado de lana del estómago de la oveja y lo recorto. Despejar de lana esa pequeña zona de muestra me permite calcular hasta dónde puedo cortar sin llegar a la piel y así el proceso va más rápido.

Termino de esquilar toda la parte inferior y pongo a la oveja de lado para cortar primero la lana de un costado y luego del otro. El esquilado marca un ritmo que puede resultar calmante, hipnótico a veces. No tardo mucho en terminar con el cuerpo y solo me quedan ya las patas.

—Los buenos esquiladores sacan todo el vellón en una sola pieza y son capaces de esquilar cuarenta ovejas en un día sin hacerles una sola herida.

Suelto al animal cuando termino, recojo la lana y les enseño a unirla toda en un ovillo grande. Embalaremos toda la lana que podamos en los caballos y dejaremos el resto aquí para recogerla a la vuelta.

Lakshmi observa el proceso fascinada. Me doy cuenta de que es la primera vez que lo ve. El doctor Kumar no parece sorprendido. Además de que está acostumbrado a trabajar con un escalpelo, creció aquí y ha visto esquilar a las ovejas muchas veces. Le paso las otras tijeras.

Pero ver cómo se hace una cosa no es lo mismo que hacerlo. Al principio, las ovejas no se relajan cuando el doctor las tumba, no están acostumbradas a él, pero no tarda en coger el ritmo y va tan rápido como yo. A Lakshmi le resulta más difícil y no quiere hacerles daño. Los animales notan que vacila y se retuercen cuando intenta cogerlos. Según oscurece, opta por ayudar iluminándonos a cada uno con una linterna para que podamos avanzar más rápido.

Después de tres horas, la oscuridad es absoluta tanto en la pradera como en el bosque, excepto por los dos puntos de luz de las linternas. Me duelen los brazos de sujetar a las ovejas, estoy cansada de estar en cuclillas y se me están haciendo ampollas de agarrar las tijeras. A la luz de las linternas veo la cara del doctor y sé que está tan cansado como yo.

He contado treinta y siete ovejas, incluida Neela. Faltan solo dos.

Pero, de repente, las linternas se apagan.

Estoy a punto de llamar a Lakshmi cuando siento que me pone la mano en el hombro. Entonces oigo las voces. Veo lucecitas a lo lejos, como luciérnagas. Unos hombres se llaman a gritos en el bosque hacia el este; uno da órdenes y los otros responden.

Lakshmi, el doctor y yo nos quedamos totalmente inmóviles. Yo contengo el aliento.

—Nimmi, ven conmigo —susurra el doctor.

Me levanto.

—Lakshmi, tú quédate aquí —le susurra a ella.

Me toma de la mano y me aleja del rebaño en dirección a los hombres. No sé lo que trama y quiero soltarle la mano y correr en dirección opuesta, pero él me sujeta con fuerza y tengo que confiar en que sabe lo que hace.

Nos alejamos cien metros y se para, me coloca frente a él y me besa. Me quedo tan sorprendida que no sé qué sentir. Sus labios no son tan carnosos como los de Malik, pero son igual de cálidos.

Uno de los hombres nos alumbra con su linterna.

—¡Señor! —grita.

—¡No se mueva! —nos ordena una voz con más autoridad.

Y entonces vemos al hombre y a otros dos detrás: la policía.

El doctor se da media vuelta, como si estuviera tan sorprendido como ellos.

—¿Capitán? —dice—. Yo... ¿Qué pasa?

Se produce una pausa y el capitán da un paso al frente bajo la luz de las linternas. Es un hombre flaco y adusto con un bigote negro que le da un aspecto aún más severo. Sin el uniforme no parecería tan intimidante.

—¿Doctor Kumar? —pregunta con tono indeciso.

El doctor se pone delante de mí, como queriendo taparme o protegerme. Agacha la cabeza tratando de mostrarse avergonzado.

—¿Qué hace por aquí? Me había dicho que ya no patrullaban por la noche...

El capitán nos alumbra con la linterna. Yo me quedo detrás del doctor, que se protege los ojos con una mano.

—¿Es esto lo que creo que es? —dice el capitán.

Percibo una diversión maliciosa en su voz y sé que está fingiendo porque están sus hombres delante.

—Qué incómodo es esto —dice el doctor Kumar con voz afligida—. Por no decir inoportuno —añade con una risita.

—¿Por eso me preguntó el otro día por los contrabandistas que trafican con oro? —pregunta el policía, cuyo tono se ha suavizado.

Antes de salir de detrás del doctor, me desabrocho unos pocos botones de la blusa para que se me vea el escote. No despego la vista del suelo.

—Lamentamos haberle causado molestias, *ji* —digo.

Unos cuantos hombres se ríen por lo bajo. El capitán se me acerca un poco más. Espero que le interese más lo que muestro que lo que pudiéramos estar haciendo con las ovejas.

—He oído que esta mujer vivía con usted, pero no me lo creía.

El doctor intenta reírse con aire abochornado.

—Las noticias vuelan.

—Las montañas tienen oídos, doctor.

—Ah, entonces las montañas le habrán dicho que mi mujer también vive conmigo.

Los hombres se ríen en alto ahora.

—*Chup!* —ordena el capitán haciendo uso de su autoridad.

Domino el impulso de mirar hacia atrás, a Lakshmi, que debe de haberlo oído todo. Después de todo lo que ha hecho por nosotros y que ahora tenga que escuchar una conversación tan desagradable.

El doctor me mira con ternura, como si lo fuera todo para él.

—Tenemos que escaparnos, ya sabe. Es la única forma de poder... —Se saca unas cuantas rupias del bolsillo y le insiste en que acepte el «regalo»—. Para compensarle por las molestias, *sahib*.

El capitán carraspea, pero no tiene ningún inconveniente en coger el dinero. Vacila solo un segundo antes de guardárselo.

—¿Qué pasa con... ya sabes...? —le digo al doctor tirándole del brazo.

Me mira. La luz de la linterna le ilumina un lado de la cara, el otro está oculto por la oscuridad. Veo que tiene una expresión de desconcierto y alarma. Se muestra sorprendido y cree que estoy a punto de desmentir la historia que se ha inventado para sacarnos del entuerto.

—El oro que tienen fuera de Shimla —digo mirando al capitán con expresión contrita—. El doctor no quiere causar problemas a nadie, *sahib* —digo y me vuelvo de nuevo hacia el doctor Kumar—. El sitio ese. ¿Cómo se llamaba? Can... o Canra... algo así.

Los dos miramos al capitán, que ladea la cabeza con curiosidad.

—¡Canara! Acabo de acordarme —digo como si en efecto fuera así.

—¿Canara? —repite el capitán.

—Ahí mueven el oro —digo en un susurro—. Pero seguro que eso ya lo sabe, *sahib*.

El policía se apresura a carraspear mientras mira a sus hombres. Después asiente con la cabeza varias veces.

—Claro, claro, por supuesto. Pero ¿cómo se han enterado ustedes?

El doctor Kumar me atrae hacia él sonriendo. Casi me creo que está enamorado de mí.

—Las montañas tienen oídos.

El doctor mira primero al capitán y luego a mí y junta las manos en un namasté.

—Pero, por favor, capitán, no se lo diga a mi *bibi*. Le rompería el corazón.

—Puede confiar en mí, doctor. En cuanto a mis hombres, yo respondo por ellos —dice mirando hacia atrás.

Bukwas! Mañana por la mañana todo el hospital estará al tanto de los rumores. Me pregunto cómo el doctor va a poder llevar la cabeza alta después de esto.

16

Lakshmi

Shimla

No HABLAMOS SOBRE lo que acababa de suceder de vuelta de los pastos. Era incómodo estando los tres presentes. La única vez que Nimmi habló fue para decirnos que había quedado con un pastor de la zona para que se llevara las ovejas al día siguiente.

No sé por qué, pero sacar el tema del altercado con la policía me provocaba recelo. No sabría decir exactamente por qué, pero no podía evitar preguntarme si no sería porque tal vez no me gustara la respuesta de Jay. Aun así, seguía dándole vueltas en la cabeza, como un rollo de película que se rompe, se queda atascado en el proyector y golpea la máquina cada vez que la bobina da la vuelta. Vi la reacción de Jay frente al capitán de la policía cuando fingió de manera muy convincente que tenía una aventura con Nimmi. Hasta yo casi me lo creí. Estaba agachada detrás de un árbol en la oscuridad, pero podía ver la silueta de los dos. ¡Él la abrazó y ¡la besó!

¿Habría sentido algo? ¿Y ella?

Algunas enfermeras del hospital y de la clínica están locas por Jay. Para ellas es el doctor amable y tímido. Pero nunca las he visto como una amenaza. Los celos que me han invadido al verlo abrazar a Nimmi no tenían nada que ver. Y, al fin y al cabo, fui yo la que le insistió a Nimmi para que viviera con nosotros por el momento.

¿Debería preocuparme? No. Un lío entre los dos es inconcebible. Jay me ama. Siempre me dice que se enamoró de mí la primera vez que me vio en casa de Samir Singh hace doce años. Nunca he tenido motivos para pensar que me haya sido infiel desde que nos casamos.

Estamos subiendo los escalones del porche cuando oigo que suena el teléfono. Sé que Moni no va a contestar, no se fía. Abro la puerta a toda prisa. Las únicas llamadas que recibimos por la noche son de alguna urgencia en el hospital. A veces, Radha nos llama desde París, pero no lo hace muy a menudo, pues el coste es exorbitado y solo llama en el cumpleaños de sus hijitas y en el de Diwali.

Pero no es Radha ni tampoco es del hospital. Es Kanta para decirme que el cine Royal Jewel se ha derrumbado.

Lo siguiente que me dice es que Malik y ellos están bien, lo cual me tranquiliza. Pero habla muy deprisa y está llorando. No entiendo todo lo que dice y tengo que pedirle que lo repita.

—Menos mal que Nikhil no estaba en el cine con nosotros. Se enfadó mucho porque no quería perderse la fiesta, muchos de sus amigos de clase iban a ir... —Se para y la oigo sollozar hasta que se calma y continúa—: Ay, Lakshmi, qué horrible ha sido para todos. Ha habido muchos heridos, todos lloraban. El proyecto más importante del palacio hasta la fecha, ¡la maharaní ha invertido muchísimo dinero! Y Manu estaba al frente. ¡Está fuera de sí! Dice que no entiende cómo ha podido pasar.

—¿Cuántos heridos ha habido? —pregunto mientras pienso en todas las personas que conozco en la ciudad. *Hai Ram!* ¿Estarían allí también? ¿Habrán resultado heridos?

—Lo único que sabemos es que el actor, Rohit Seth, seguro que habrás oído hablar de él, murió en el acto. Cayó desde la primera planta cuando la parte del palco en el que se encontraba se desplomó. Muchas de las personas que estaban debajo han resultado heridas. Se han llevado a un niño con la pierna destrozada, según hemos oído. Hay una mujer en estado crítico. No saben si sobrevivirá.

Kanta se suena la nariz y guarda silencio de nuevo mientras se calma. Me la imagino retorciendo el cordón negro del teléfono entre los dedos con la espalda apoyada contra la pared del pasillo. La veo negar con la cabeza con gesto dramático y estrujar el pañuelo empapado de lágrimas.

—¡Toda la culpa se la va a llevar Manu! Está convencido. ¡Pero él no ha tenido la culpa! ¡Ya sabes lo meticuloso que es en su trabajo! El último en salir de la oficina todos los días. Comprueba todo varias veces: los números, las cantidades, el coste de la mano de obra y los materiales. Y vuelve a revisarlo todo. Tendrías que ver el cuidado que tiene con todas nuestras facturas. Ni siquiera puedo verlo cuando lo hace. Y si encuentra algún error o nos han cobrado de más, da por hecho que no he prestado atención. *Baap re baap!*

Cuando tenía mi negocio de henna en Jaipur, Kanta era una de mis clientas y una de las pocas que me ofrecieron su amistad desde el primer día. Ella sabía que yo era una brahmán caída en desgracia a ojos de las otras señoras a las que trataba, porque tocaba los pies de las mujeres para pintárselos con henna. Esa tarea, considerada impura, estaba reservada a las castas más bajas. No era respetable que alguien de la casta brahmán lo hiciera.

Después, cuando Radha se quedó embarazada de Ravi, Kanta, que también estaba embarazada por entonces, vino con ella a Shimla para que dieran a luz juntas, lejos de las miradas curiosas y los chismosos. Pero luego Kanta perdió a su bebé a causa de un *shock* séptico que estuvo a punto de acabar también con su vida.

El destino, con un poco de ayuda por mi parte, quiso que Kanta y Manu adoptaran al hijo de Radha. Fue a Jay a quien tuve que convencer, claro.

Kanta sigue llorando al otro lado del hilo. Le hablo con una voz suave como un *rasmalai*.

—¡Pero Singh-Sharma es la empresa responsable de la construcción, no Manu! Supongo que habrá una investigación de lo sucedido. Averiguarán la causa, Kanta. Un edificio recién construido no se derrumba todos los días. En la última carta que me escribiste, me dijiste que estaban dándose prisa para terminar a tiempo. ¿Es posible que hayan hecho algún recorte para finalizar antes?

—¡Pero Manu dio su aprobación a todo! —exclama con voz ahogada—. ¡Su nombre está en todas partes, en todos los documentos del palacio!

Está empezando a ponerse muy nerviosa y eso no puede ser bueno para Niki ni para su *saas*, que seguro que estarán escuchando.

—Tranquilízate, Kanta. Todo va a salir bien. Las maharaníes son justas. Son inteligentes. No van a acusar a Manu. Todo se va a solucionar. —Según lo digo, estoy pensando en que tengo que hablar con Malik para hacerme una idea más exacta de lo sucedido—. ¿Dónde está Malik?

—Se ha quedado en el cine con Manu y Samir. Están ayudando a sacar a la gente. Se pasarán horas allí. Yo quería volver a casa para ver si Niki estaba bien. Lo está. ¿Crees que soy mala por eso? Había otras madres allí cuyos hijos han resultado heridos y yo solo podía pensar en Niki. No dejaba de pensar en lo que habría hecho si mi hijo hubiera estado entre los heridos —dice y bajando la voz añade—: Voy a decirle a Niki que no vaya a clase en los próximos días. No sé cómo van a reaccionar sus compañeros o lo que le dirán. Muchos de sus amigos estaban en el cine con sus padres. Si alguno está herido... ¡Ay, Lakshmi! No puedo pensar; ¡no sé qué hacer!

Si Kanta tiene razón y el accidente no es culpa de Manu, todo acabará arreglándose. Pero, por el momento, todos lo señalarán, le echarán la culpa de lo ocurrido. Si lo obligan a abandonar su trabajo, le costará encontrar otro, en cualquier parte. Los escándalos de palacio corren como la pólvora y si el escándalo es grande, y este lo es, no hay quien lo pare. Un escándalo en el que se han producido víctimas mortales no se olvida. Ni se perdona.

Kanta se está desmoronando. Mi amiga me necesita igual que yo la necesité a ella hace tantos años. Me doy cuenta de que tengo que ir a Jaipur; puedo tomar el primer tren de la mañana. Se lo digo. Y, de inmediato, se calma. Tras unas palabras tranquilizadoras antes de despedirme de ella, cuelgo.

Oigo a Nimmi preguntar qué ha pasado y si Malik está bien.

Me doy la vuelta y veo que está detrás de mí. Caigo en la cuenta de que, mientras hablaba, Moni ha debido de marcharse y Nimmi ha bajado tras comprobar que los niños estaban bien. Ha debido de oír parte de la conversación. Verla con los ojos abiertos como platos me recuerda cómo nos han recibido las ovejas hace unas horas cuando fuimos a esquilarlas. No deja de frotarse las palmas contra la falda con nerviosismo.

—Está bien —contesto, pero me tiemblan las piernas y tengo que sentarme en el sofá.

Jay entra en la salita con un vaso de whisky para Nimmi, pero esta no hace caso, ni siquiera se fija en él. Se lo deja en el aparador, a su lado, y me ofrece otro. Doy un sorbo y noto cómo el líquido dorado baja por mi estómago. Jay se sienta frente a mí.

Tomo aire y les explico lo que acaba de contarme Kanta.

—Voy a coger el primer tren hacia Jaipur mañana por la mañana. Kanta me necesita ahora...

Nimmi se coloca entre los dos con el rostro desencajado por los nervios.

—Sabía que Malik no debería haberse ido a Jaipur. Sabía que iba a suceder algo terrible. Igual que le pasó a Dev.

—No le ha pasado nada, Nimmi —digo tomándola del brazo para tranquilizarla, pero se suelta.

—Él no quería ir. ¡Sabes que no quería! Tú lo obligaste... Esto ha sido por ti. Tú lo has puesto en peligro. Él no habría ido si tú no se lo hubieras pedido. ¿No te das cuenta? Hace todo lo que le pides.

Nimmi está de pie junto a mi asiento y gesticula de manera exagerada.

—Sé que también quieres decidir con quién debería estar. Y yo no cumplo los requisitos, ¿verdad? Quieres que esté con una *padha-likha*. Alguien que vista saris de seda y hable *angrezi*. —Todo su cuerpo está en tensión—. ¿Por qué es tan importante que alguien sepa leer y escribir cuando lo único que hace falta para vivir es aire y montañas y manzanas en los árboles y piñones y la dulce leche de las cabras? —Echa los brazos al cielo—. Malik ni siquiera es tu hijo, ¿o sí? Es hijo de otra persona. Si tantas ganas tenías de ser madre, ¿por qué no tuviste tus propios hijos?

¿Me está culpando por querer lo mejor para Malik? ¿Cree que lo agobio? Me quedo sentada sin poder moverme, aferrándome al vaso de whisky como si fuera un puntal en el que apoyarme. ¿Y se supone que tengo que consolarla? ¿A la mujer que estaba besando a mi marido hace una hora? ¿Tengo que defenderme después de haber arriesgado mi vida para protegerla a ella y a sus hijos de la situación en la que los ha puesto su hermano?

Nimmi se deja caer en el sofá, a mi lado, y el movimiento me sorprende y provoca que se me caiga la bebida. Me agarra la mano libre con sus dedos fuertes y cálidos. Acerca la cara a escasos centímetros de la mía y me mira echando chispas por los ojos oscuros.

—Él... Él hace lo que tú quieres porque es bueno. Malik es bueno. Y te debe mucho. Me lo ha contado. No sabe dónde estaría de no haber sido por ti. Pero ya es hora de que viva su vida. Merece tomar su propio camino en el mundo. Es hora de que lo dejes marchar. Necesita que tú se lo digas. Por favor. Él te soltará si tú lo sueltas a él. Señora Kumar, tiene que dejarlo ir. Tiene que hacerlo.

Abre la boca para decir algo más, pero no le sale nada. Se queda mirándome a los ojos, como si quisiera entrar en esa parte de mí que no dejo ver a nadie.

Su mirada es tan penetrante que aparto la mía.

¿Tendrá razón? ¿Utilizo el poder que tengo sobre Malik de un modo que no le sirve para nada? ¿Utilizo mi influencia para conducirlo hacia una vida que va a hacerlo infeliz? Jamás he pensado en Malik como si fuera mi hijo, lo he considerado más bien un hermano pequeño. Pero es más que eso, ¿no es así? Forma parte de mi pasado, parte de mí. Él me ha visto en los mejores tiempos y en los peores. En los más felices. Y en los más descorazonadores. Me conoce desde hace más tiempo que nadie; más tiempo que Jay o que Radha, que llegó a mi vida cuando tenía casi trece años. Si dejara de cuidar de él, ¿sentiría la pérdida, como si me faltara un miembro? ¿O sería un alivio saber que su bienestar ya no es responsabilidad mía? ¿Espera Malik que cuide de él de esa forma? ¿O simplemente hace lo que le pido, me deja que lo guíe, porque sabe que me hace sentir útil?

Me noto vacía por dentro, como el cono con el que se aplica la henna antes de llenarlo con la pasta. No sé qué decir o qué pensar. No puedo hablar ni moverme.

Jay deja su vaso en la mesa. Toma a Nimmi por los hombros, la ayuda a levantarse del sofá y la acompaña a la planta superior.

Siento que me arde la piel de las manos, que me ha tocado hace un momento.

ME TERMINO EL whisky en la bañera y dejo el vaso en la cesta del jabón. Incluso ahora, mientras me lavo para quitarme de encima el recuerdo del día —el olor acre del sudor de los hombres de Canara, el tacto áspero de la lana de las ovejas en las palmas, la humillación de ver a mi marido besar a otra mujer, las inquietantes preguntas que Nimmi ha plantado en mi cabeza—, no sé qué sentir.

Cuando el agua se enfría, salgo de la bañera y Jay entra en el baño y se pone delante de mí. Me envuelve en una toalla y me frota con suavidad la espalda sin dejar de mirarme, no aparta los ojos de mí en ningún momento. Sigue oliendo a haber estado al aire libre, a las agujas de pino que alfombran el suelo del bosque y al olor rancio de la lana que hemos esquilado.

Deja caer la toalla al suelo. Apoya la frente en la mía y se queda así. ¿Quiere mostrarme comprensión por lo que ha dicho Nimmi? O puede que él piense lo mismo. Tal vez me esté pidiendo perdón por haberla besado. ¿Hay algo que perdonar? La parte racional de mi ser sabe que ha actuado así por el bien de los tres al ver llegar a la policía. Es ridículo pensar que tiene un lío con Nimmi. Aun así, quiero oírselo decir. Sé cuánto tiempo estuvo esperándome, cuánto me deseaba antes de que yo me diera cuenta de que también lo deseaba a él. Pero hay momentos, como este, en los que no me siento segura, en que necesito oírlo.

El agua de mis pechos está empapándole la camisa. Desliza las manos por mis brazos y las posa en mis caderas. Se arrodilla.

El cálido roce de sus labios entre mis pechos me hace inspirar bruscamente. Sus labios continúan descendiendo, pasan por el ombligo y siguen bajando. Tenso las nalgas y todas las terminaciones nerviosas de mi cuerpo vibran expectantes.

Pongo las manos a ambos lados de su cabeza y lo empujo para que sus labios se peguen al triángulo que se forma entre mis piernas temblorosas. Me aprieta las nalgas, las separa y las vuelve a juntar. Su lengua encuentra el punto que me hace estremecer por dentro y por fuera. Lo lame, lo chupa e introduce la lengua hasta que creo que voy a perder el sentido. Llego al orgasmo dejando escapar un sonoro gemido sin pensar ni preocuparme por la otra mujer que está en la casa, en la habitación de Malik. Jay deja de moverse. Permanecemos así hasta que dejo de temblar. Entonces gira la cabeza a un lado y me rodea las piernas con los brazos.

—Tú, Lakshmi.

Nos quedamos así un buen rato.

Finalmente, Jay me dice con tono de súplica:

—Mis rodillas.

Y se ríe. Noto el roce de sus preciosas pestañas en el vientre y lo suelto.

Poco después caigo en el sueño más profundo de mi vida abrazada a mi marido.

EL DERRUMBE

17

Malik

Jaipur

Estamos aún en el vestíbulo, volviendo a nuestros asientos después del intermedio, cuando oímos el estruendo seguido por los gritos, los quejidos y las súplicas de ayuda. De pronto, se produce una estampida de gente que entra y sale de la sala del cine. Empujones para llegar a las puertas del vestíbulo, gente corriendo por el interior para ayudar a los heridos. Por un segundo, todos en nuestro grupo —Kanta, Manu, los Singh y yo— nos quedamos de piedra, inmóviles en el centro del vestíbulo mientras la gente se mueve desesperada a nuestro alrededor. El bebé se ha despertado y está llorando.

Pasado el primer momento de sorpresa, Samir se abre paso entre la multitud para entrar en la sala. Manu lo sigue. Oigo a Samir gritándole a la gente que evacúen la sala de inmediato.

Llama a Ravi, que no aparece por ninguna parte. Yo corro por el vestíbulo gritando a los acomodadores que abran las puertas e insto a los presentes a que salgan a la calle a toda prisa. Se produce un éxodo hacia el exterior en forma de marea humana, pero se encuentra con una fuerza opuesta, la de la gente que quiere entrar para rescatar a los seres queridos que se han quedado en sus asientos durante el intermedio.

Mientras Samir desaparece en el interior del cine, le digo a Sheela que lleve a las niñas, a Parvati y a Kanta a la calle, pero ella niega con la cabeza y le tiende al bebé a su suegra. Le pide a ella y a Kanta que vuelvan a casa y entra detrás de Samir. Yo la sigo.

Hombres y mujeres se afanan en levantar los escombros para sacar a los heridos. Sheela y yo nos unimos a ellos. Oímos a la gente que pide ayuda sepultada bajo pedazos de cemento, acero corrugado y ladrillo.

Diviso a Samir hablando con el gerente del cine. Lo único que sé de él es que se llama Reddy, que trabajaba en una sala de cine más pequeña en Bombay y que Samir lo contrató para trabajar en esta.

Hakeem está al lado del señor Reddy. Es extraño. Esperaba haber visto al contable en el palco con su mujer y sus hijas. El hombre se atusa nervioso el bigote como queriendo borrar el recuerdo del accidente que acaba de acontecer. Samir da órdenes a diestro y siniestro. El señor Reddy se seca el sudor de la frente y entra en acción. Hakeem sale detrás de él.

Manu parece conmocionado. No deja de preguntar a Samir cómo ha podido suceder. La policía se presenta allí rápidamente y, a lo largo de la hora siguiente, un centenar de personas que fueron a ver la película y habían logrado escapar ilesas ayudan a los agentes a rescatar a los heridos enterrados bajo los escombros, levantando placas de cemento y acero, y haciendo vendas con trozos de camisas y *dhotis*. Veo que Sheela rasga con los dientes el delicado sari de seda e improvisa un torniquete para detener la hemorragia de una pierna. Cuando conseguimos llevar a los heridos al vestíbulo, una caravana variopinta de coches, camiones, *scooters*, *rickshaws* a pedales y a motor y *tongas* hacen cola a lo largo de la acera para transportarlos a los hospitales cercanos. Las pocas ambulancias que hay en Jaipur son privadas y solo acuden cuando las llaman.

Miro la hora y veo que es la una de la madrugada. He estado tan concentrado en las últimas tres horas que no me he parado a pensar. Me duelen los brazos de levantar cuerpos. Me froto la nuca para aliviar el incipiente dolor de cabeza. Tengo la garganta reseca de la sed y puede que también del polvo que han levantado los escombros. Entro otra vez a ver qué más puedo hacer. Un lado del edificio está casi destruido por completo, la parte del palco hundido. La otra mitad parece intacta, pero nadie sabe aún por qué ha cedido la estructura de ese lado y no podemos dar por hecho que el resto no vaya a venirse abajo. Lo mejor es despejar el edificio lo antes posible, por si acaso.

Samir está de pie con los brazos en jarras en medio del desastre. La sala ya está casi vacía. Está hablando de nuevo con el señor Reddy, que tiene la cara y la chaqueta Nehru* cubiertos de polvo de yeso. Está sudando y parece aturdido. Saca un pañuelo del bolsillo, se suena la nariz y se seca los ojos. Le hace un gesto con la cabeza a Samir, lo rodea y pasa por mi lado en dirección al pasillo que lleva a la parte trasera del escenario.

Samir está solo, de espaldas a mí, no estoy seguro de si sabe que estoy mirándolo. Se le ha abierto toda la costura de la espalda del abrigo de seda y se le ha descosido un hombro. También él está cubierto de polvo de yeso de la cabeza a los pies. Baja la cabeza; parece que algo en el suelo le ha llamado la atención. Se inclina hacia delante y coge un trozo de hormigón. Le da vueltas en la mano mientras lo examina.

Yo también observo con detenimiento los escombros. Miro las entrañas del palco, la estructura de mortero de cemento y acero corrugado. Tres asientos aún atornillados al suelo quebrado del palco se inclinan precariamente hacia el hueco, como

---

* «Jawarhal Nehru, primer político elegido primer ministro de la India tras la independencia, representó el enfoque moderno, de clase alta, del atuendo urbano: el casquete nacionalista introducido por Gandhi, el pantalón ceñido y un abrigo ajustado con cuello de tira (*achkan*). Aunque el abrigo refleja la influencia occidental, el conjunto se inspira en la tradición india. En Occidente, la «exótica» chaqueta Nehru cobró notable popularidad.» *Historia del vestido*, ed. Blume, p. 225. (*N. de la T.*)

si fueran a caer de un momento a otro. Veo también que dos columnas que soportaban el peso del palco han cedido y varias filas, puede que quince o veinte asientos, han caído al patio de butacas inferior, aplastando a los espectadores que estaban sentados justo debajo.

Me fijo en la moqueta desgarrada y cubierta de fragmentos de material de construcción, asientos rotos y tirados de cualquier manera, y polvo de yeso y cemento. De pronto, me da pena Ravi Singh, algo que nunca pensé que fuera posible. Todo el esfuerzo que ha dedicado a este proyecto. Todas las horas, el dinero y el talento. Ha planeado la inauguración hasta el último detalle.

Doy una patada a un trozo de ladrillo y se da la vuelta. El surco que tiene en un lado me dice que es un ladrillo decorativo. Qué raro. Me agacho y cojo otro trozo. También decorativo. Manu me enseñó un día que cada uno de esos ladrillos lleva grabado el logo del fabricante. Los proveedores se enorgullecen de su trabajo.

Pero estos ladrillos no llevan ningún sello de fabricación, tan solo veo el surco donde debería ir el logo. Veo otro ladrillo sin logo. Y otro. Todos con el mismo surco rectangular en el centro. ¿Por qué hay tantos ladrillos decorativos? Echo un vistazo a mi alrededor. No se han utilizado ladrillos para adornar las paredes o la fachada del palco. Pienso en las facturas que he estado registrando en el libro de cuentas. Todas las facturas en concepto de ladrillos procedían del mismo sitio: Forjados Chandigarh. ¿Dónde está su sello?

Sopeso el ladrillo. Es más ligero y poroso que los ladrillos que me mostró Manu. Si echara un vaso de agua sobre uno de ellos, seguro que se filtraría y el ladrillo la absorbería en un tiempo récord.

—¿Abbas?

Levanto la cabeza y veo a Samir a mi lado. El polvo se le ha asentado entre las arrugas de la frente y las que le rodean la boca; parece un actor de teatro maquillado para que parezca más mayor. Me levanto con el pedazo de ladrillo en la mano. Samir lo mira también.

—Le he dicho a todo el mundo que se vaya a casa. Mañana por la mañana, mi gente empezará con la limpieza. —Toma el fragmento de ladrillo que tengo en la mano—. Después revisaremos quién se ha encargado de cada cosa.

—Pero ¿cómo ha podido suceder? Muchas personas han trabajado en esto. Se han realizado muchas inspecciones...

El hombre me detiene con un gesto de la mano.

—Sé tanto como tú, Malik. Pero, por ahora, lleva a Sheela a casa. Seguro que está exhausta. —Me mira a los ojos antes de añadir—: Ravi debe de haber acompañado a la actriz a su hotel. Puede que aún no sepa lo que ha pasado.

¿Es una suposición que hace o una afirmación? Qué más da. Estoy demasiado cansado para discutir, no voy a ponerme a llevarle la contraria.

SHEELA Y YO vamos en el asiento trasero del coche en silencio, dejando todo el espacio que podemos entre los dos. Mathur conduce. Son casi las dos de la madrugada. Cuando por fin llegamos a su casa, todas las luces están encendidas. Me mira.

—¿Te quedas un rato? —me pregunta con un leve temblor en la voz.

Yo vacilo por lo que pasó la última vez que estuve a solas con ella. No soy inmune a sus encantos. Sin embargo, esta noche los dos hemos sobrevivido a una catástrofe inimaginable y entiendo que necesite hablar con alguien que haya pasado por lo mismo. Cuando insiste con un «por favor», le pido a Mathur que me espere en el sendero de la entrada.

Asha abre la puerta y exclama:

—Ay, *memsahib*, entre, por favor. Samir *sahib* ha llamado a la señora Singh para decirle que estaba usted bien. ¡Debe de haber sido horrible! La señora Singh ha dicho que se queda con las niñas esta noche para que pueda usted descansar. Me ha pedido que la esperase y que fuera después a su casa para ocuparme de Rita y el bebé mañana por la mañana.

Sheela asiente brevemente con la cabeza. Tiene el sari destrozado y el pelo revuelto. La mujer vacila antes de añadir:

—Tiene sangre en el brazo, *ji*. ¿Quiere que le ponga una tirita?

Sheela se mira el brazo como si no lo hubiera visto antes.

—La sangre no es mía —dice.

El *ayah* abre mucho los ojos, pero no dice nada más.

—Voy a servirles algo para comer —dice mientras cierra la puerta y nos rodea para ir a la cocina sin apenas mirarme.

Sheela observa mi reacción para saber si quiero cenar, pero yo niego con la cabeza.

—Asha, no tenemos hambre. Puedes irte.

La sirvienta se da la vuelta con cara de perplejidad. Sheela hace un gesto negativo con la cabeza otra vez. Tras echarme un rápido vistazo, Asha se aleja por el pasillo hacia la puerta trasera, por la que sale para ir a la casa de los Singh, a cien metros de distancia.

Sheela entra en la biblioteca y sirve dos vasos de Laphroaig delante del mueble bar con espejo. Permanezco en la entrada cuando me mira y me ofrece la bebida. Después de todo lo que ha pasado en el cine, el caos y la actividad frenética, no puedo moverme de lo cansado que estoy.

—Pasa —dice.

Entro en la habitación.

—Pensé que no te gustaba el whisky.

—No te creas todo lo que te digan —contesta ella.

Tomo el vaso que me ofrece y damos un sorbito. No es noche para brindis.

—Estás hecho un desastre —dice sonriendo.

—Mira quién habla —respondo yo.

La tomo por el hombro para que se gire y se mire en el espejo que hay sobre la chimenea. Así lo hace: tiene la cara polvorienta, la blusa rasgada a la altura del hombro, un mechón tieso entre el cabello aplastado del resto de la cabeza. Toma aire y lo suelta acompañado de una carcajada.

La risa me pilla por sorpresa y oírla es un alivio. Reírse de sí misma al verse tan desaliñada es la forma que tiene Sheela de desahogarse por lo que ha pasado esta noche. Me hace feliz de alguna forma. Con quince años era una niña malcriada con las mejillas sonrosadas que se creía una reina, demasiado buena para soportar mi presencia, pero en este momento creo que estoy viendo a la Sheela de verdad, una chica sin refinamiento ni pretensiones.

Con el vaso de whisky me señala los pantalones, sucios y rotos a la altura de las rodillas. Los dos estamos hechos un desastre, parecemos delincuentes o mendigos. Se tapa la boca con la mano para no escupir el whisky. Entonces le entra hipo y también eso nos parece gracioso. Nos partimos de risa hasta que nos lloran los ojos, porque estamos mareados y agotados. Y estamos vivos, pese a los cuerpos aplastados y la sangre, las lágrimas y el dolor. Cuesta creer que haya pasado algo así, aunque hayamos visto el desastre que se ha formado, a gente sufriendo y ayudando a los demás, sin saber en ese momento si habría más destrucción, más sufrimiento, más muerte.

Cuando dejamos de reírnos, Sheela se seca los ojos. Se le ha corrido el *kajal*, de manera que parece que tiene los ojos amoratados. Comprueba en el espejo el desastroso estado de su maquillaje y se pone seria de repente. Bebe otro sorbo y me mira.

—Ha muerto gente.

—Solo una persona —digo yo. «De momento.»

—¿Y se supone que eso ha de ser un consuelo? —pregunta enarcando una ceja mientras se dirige al mueble bar a por otra copa—. He visto a ese niño, el que tenía la tibia aplastada, tendría la edad de Rita. Y ese actor, el que interpreta al abuelo favorito de todo el mundo, Rohit Seth. Millones de fans van a echarlo de menos... —Bebe otro sorbo—. ¿Cuántos heridos ha habido? ¿Cuarenta? ¿Cincuenta? Esta calamidad... va a tener consecuencias. Esto no se olvidará así como así.

Sheela tiene esa expresión que he visto muchas veces en la cara de los hijos de Omi cuando les dolía algo y no sabían qué hacer. La sensación de traición cuando las cosas salían mal o no ocurría lo que uno esperaba. Se suponía que esta noche era para celebrar el triunfo de Ravi. Y ella se había quedado para ayudar, a pesar de saber que su marido estaba por ahí con otra mujer, ajeno a lo que había sucedido. No debe de ignorar que los otros amigos de su círculo (el club de tenis, el club de golf, el club de polo) también lo saben.

—Ven —le digo tomándola por el codo—. ¿Tienes aceite de lavanda?

Me mira con el ceño fruncido sin entender del todo por qué se lo pregunto.

—Pues sí...

—Muy bien.

Pero en mi cabeza se encienden todas las alarmas. «*Bevakoopf!* Su marido no está en casa. ¿Se te ha olvidado ya lo que pasó la última vez que estuviste con ella a solas? ¿Puedes fiarte de ti mismo?» Me respondo a mí mismo: «Está agotada, traumatizada, necesita consuelo. Lo único que voy a hacer es prepararle un baño».

Se tambalea un poco y me deja que la acompañe a la planta de arriba, con la copa en la mano. Me indica el dormitorio. La siento con dulzura en la cama cubierta con raso blanco. Me quito la chaqueta, me remango la camisa y entro en el baño. Abro el grifo de la bañera.

No me sorprende que el baño tenga todo tipo de comodidades. Al fin y al cabo, lo ha diseñado Samir. La bañera con patas tiene un tamaño considerable. Es de porcelana y ocupa un cuarto del espacio por lo menos. El mármol blanco de Carrara que cubre los suelos y las paredes han debido de importarlo de Italia.

En el armario encuentro una caja de sales de baño inglesas y una botella azul añil con aceite de lavanda. Echo un puñado de sales en el agua caliente y un tapón de aceite, y vuelvo al dormitorio. Sheela no se ha movido. Sigue sentada con la vista fija en la alfombra persa, pero el vaso de whisky está vacío.

Apoyo las manos en las rodillas y me doblo para mirarla a los ojos, igual que si fuera una niña.

—Vamos a la bañera.

Ella me mira sin comprender. La ayudo a ponerse de pie y le señalo el cuarto de baño. Después cojo la chaqueta, le hago un *salaam* y salgo de la habitación.

Estoy ya al pie de las escaleras cuando se me ocurre algo que me espanta. Desde que hemos llegado, Sheela se ha bebido dos buenos vasos de whisky y con el estómago vacío. ¿Y si se ahoga y no hay nadie aquí?

Subo corriendo las escaleras, entro en la habitación y tiro la chaqueta sobre la cama vacía. Una voz interior me grita: «*Bevakoopf! Mat karo!*». La puerta del cuarto de baño está abierta y entro. Sheela se sujeta a los lados de la bañera con las manos, pero el resto de su cuerpo, incluida la cabeza, está sumergido.

—¡Sheela! —exclamo. Me acerco a la bañera y la agarro por las axilas para sacarla del agua.

—¿Qué? —dice ella. Parece enfadada, pero al ver mi expresión se da cuenta de que estoy asustado y se ríe—. Solo me estaba mojando el pelo. Pero me viene bien que estés aquí para que me pongas el champú —dice arrastrando las palabras con ebriedad.

Al verla completamente desnuda, me pregunto qué hago aquí y retrocedo como si acabara de abrasarme. Me he empapado los puños de la camisa y de la chaqueta del traje, y el agua chorrea sobre el sari, la blusa y la enagua que se ha quitado Sheela y están en el suelo, al lado de la bañera.

Arquea las cejas y me indica:

—Abbas, ¡el champú! —dice. Vuelve a ser la chica cubierta con una superficie de vidrio tallado: déspota y malcriada. Pero entonces me mira y con una sonrisa juguetona añade educadamente—: Por favor.

Me indica el estante que está sobre el lavabo y veo el bote de champú. Es como si la Sheela con la que estoy esta noche tuviera dos caras: una arrogante, acostumbrada a dar órdenes al servicio, y otra desamparada que quiere compañía y consuelo.

—¿Y si vuelve *sahib*?

—No lo hará. Tiene fijación con las actrices.

Se sumerge de nuevo en el agua para poner fin a la conversación sobre Ravi. Después emerge de nuevo y se frota la cara con las manos.

Me he pasado la vida sirviendo a los demás. Se me da bien, siempre ha sido así. Pero solo si yo también saco algo. Lo hago de buena gana, no me importa, siempre y cuando haya un beneficio. Pero cuando este es dudoso o podría haber consecuencias, valoro ambas cosas. Normalmente, el beneficio resultante es cero. «¿Qué hay de malo?», me pregunto. Ayudar a alguien que solo necesita algo que a mí no me cuesta nada dar no es menospreciarse.

Me quito otra vez la chaqueta, mojada en gran parte, y me remango la camisa de nuevo. Cojo el bote de champú, me pongo detrás de ella y le echo una cantidad generosa en la cabeza.

—¿Dónde has aprendido a hacer un torniquete? —Llevo toda la noche dándole vueltas al asunto. Sabía lo que había que hacer a pesar del caos reinante.

—La maharaní Latika nos enseñó a hacerlo en su escuela para chicas. También nos enseñó a bailar como hacen los occidentales, a poner la mesa para diez comensales y a salvar una vida en caso de emergencia.

Se limpia debajo de las uñas mientras yo le masajeo la cabeza.

—Estudió en un internado en Suiza y ¿adivinas dónde nació la Cruz Roja?

Se gira para mirarme.

—Cierra los ojos si no quieres que te entre jabón.

Ella obedece y mira hacia delante como una niña buena.

—Se me daban bien los cuidados médicos. Podría haber sido doctora.

—¿Y qué te lo impidió?

Suspira antes de contestar.

—Mi padre quería que me casara con Ravi para que su empresa y la de los Singh se fusionaran. Y yo quería casarme con Ravi.

Alarga la mano hacia la pastilla de jabón de gardenia de la jabonera que cuelga de la bañera. Consigue agarrarlo en el segundo intento porque el alcohol la ha aturdido. Se enjabona los brazos.

—Era un partidazo, Abbas. Todas las chicas que conocía querían casarse con él. Y yo estaba decidida a llevarme el premio. Concertaron nuestro matrimonio cuando yo tenía quince años, pero su familia lo envió a Inglaterra a estudiar y tuvimos que esperar a que terminara los estudios.

Me arden las orejas de indignación. «Lo enviaron a Inglaterra para ocultar el desliz que había tenido con Radha y el hijo que engendró con ella.» Quiero decirlo, pero no lo hago. No quiero que nadie más sepa que Niki es ilegítimo. Es mejor que esté con los Agarwal que con los Singh. De eso siempre he estado totalmente seguro.

Sheela se aclara el jabón de los brazos.

—¿Abbas? ¿Qué va a pasar ahora? —pregunta de nuevo con voz temblorosa.

Sé lo mismo que ella. He visto a un conductor de *rickshaw* al que un coche le ha destrozado la pierna. He visto a un borracho caerse de un segundo piso en el mercado del centro de la ciudad. Pero jamás había visto una catástrofe como la de esta noche.

—Cierra los ojos.

—Sí, *sahib*.

—Inclínate hacia delante.

Abro los grifos y lleno de agua templada el recipiente de acero que hay en el suelo. Vierto el agua sobre su cabeza y contemplo las burbujas de jabón que caen en la bañera. Es un alivio que ya no se le vean los pechos o el triángulo de vello oscuro que se le forma entre las piernas. Me doy cuenta de que lo que estaba sintiendo era culpabilidad, como si estuviera engañando a Nimmi al mirar el cuerpo desnudo de Sheela. Pero la sensación empieza a remitir.

—No es culpa de Ravi, ¿sabes?

Le aclaro el resto del jabón.

—¿Qué no es culpa de Ravi?

—Lo que ha pasado en el cine esta noche. —Se vuelve para mirarme y me salpica la cara al mover el pelo—. Quiero enseñarte una cosa.

Y antes de que me dé cuenta, sale de la bañera, agarra una gruesa toalla del toallero y se envuelve con ella. Entra en el dormitorio tambaleándose un poco.

Cuando quito el tapón para que se vacíe la bañera, tengo grabada en el cerebro la imagen de Sheela saliendo de la bañera:

las nalgas tersas, la cintura fina, las piernas de color caramelo. La oigo buscar algo en los cajones de la cómoda del dormitorio.

—¡Aquí está! —la oigo decir. Y de pronto está otra vez a mi lado con su cuerpo perfumado, su piel cálida y húmeda, el pelo chorreando agua. Lleva un papel en la mano y señala algo.

Es el expediente del último año de Ravi en Oxford.

—¿Lo ves? Se le dan muy bien las matemáticas y las ciencias de los materiales. Entiende cómo funcionan los edificios y qué los hace fuertes. No puede haber tenido nada que ver con el desastre que ha ocurrido esta noche. Es imposible. No ha tenido nada que ver.

Me suplica con la mirada que le dé la razón. Sé que quiere que absuelva a su marido, pero no puedo dejar de pensar en los ladrillos que he visto en el cine. ¿Qué hacían allí? Si procedían de algún otro sitio que no fuera Forjados Chandigarh, ¿cómo habían terminado en el Royal Jewel? Aquí pasa algo raro, pero no sé lo que es y no puedo contárselo a Sheela. Ella adora a su marido, es evidente, y hará todo lo que este le pida. También veo la duda que se esconde detrás de su pregunta: ¿Y si ha cometido algún error? Yo no lo sé. Y la respuesta, cuando llegue, podría hacer daño a personas a las que quiero. Pienso en Manu y en Kanta. Y en Niki.

—Tengo que irme —le digo mientras recojo la chaqueta y me dirijo hacia la puerta.

Me llama y me detengo a escuchar, pero no me doy la vuelta.

—Gracias.

Me bajo las mangas de la camisa mientras desciendo por las escaleras de mármol. Ravi entra precipitadamente por la puerta principal y se dirige a la sala de dibujo.

—Me he enterado de lo que...

Sale de nuevo y me ve en las escaleras.

—¿Qué haces tú aquí?

Me da asco verlo ahí, desaliñado, asustado y con un ataque de pánico. ¿Dónde estaba mientras los demás nos ocupábamos de los heridos en el edificio que ha construido él, el proyecto del que ha estado pavoneándose todo este tiempo?

—Cuidando de tu mujer —digo abrochándome los puños de la camisa mientras me acerco a él—. El resto te lo dejo a ti.

Frunce la boca en una mueca desagradable.

—¡Tú! Aléjate de Sheela —dice—. ¿Te crees que no me he dado cuenta de cómo la miras?

Estoy delante de él poniéndome la chaqueta mojada. Ravi huele a alcohol y cigarrillos. Tiene los ojos enrojecidos. El pelo, que suele llevar peinado hacia atrás con gel, le cae sobre la frente.

Saco el pañuelo blanco de algodón que llevo en el bolsillo del pantalón y me seco con él la manchas de humedad de la chaqueta. Me tomo mi tiempo para que imagine dónde se me ha podido mojar. Y al final levanto la barbilla. Es más alto que yo, pero eso no me impide que lo mire a los ojos.

—Eres tú quien debería mirarla más, Ravi —le suelto y le empujo, presionándole ligeramente el pecho.

Ravi se tambalea hacia atrás como si le hubiera dado una bofetada. Lo rodeo y cuando llego a la puerta, me giro.

—Sheela ha ayudado a mucha gente en el cine esta noche. Ahora te toca a ti.

El sedán me está esperando cuando salgo. Las manos me huelen al jabón de gardenia de Sheela.

DESPUÉS
DEL DERRUMBE

Boletín informativo en All India Radio

13 de mayo de 1969

ANOCHE SE DERRUMBÓ un palco del cine Royal Jewel de Jaipur, recién construido. La tragedia se ha saldado con dos muertos y cuarenta y tres heridos. Más de un millar de personas se habían dado cita en la inauguración del esperado edificio, una sala moderna con una pantalla que rivaliza con la del cine más grande de Bombay y tecnología de sonido envolvente importada directamente de los Estados Unidos. En la presentación, la maharaní Latika, que puso en marcha el proyecto de 4 000 lakhs construido por la importante empresa de diseño y construcción Singh-Sharma, dijo del cine Royal Jewel que era «una ocasión histórica para Jaipur, hogar de ejemplos arquitectónicos de renombre mundial, tejidos y joyas deslumbrantes, y, cómo no, ¡el *dal batti* rajastaní!». Durante el último año se han oído rumores constantes de que el proyecto estaba excediendo los costes previstos y sobre retrasos en la construcción. El palacio ha expresado su desolación por las víctimas mortales, entre las que se encuentra el querido y veterano actor Rohit Seth. Sus admiradores han depositado flores en su honor en el lugar de la tragedia. La otra víctima mortal no ha sido identificada aún. Está previsto que el Palacio de Jaipur emita un comunicado oficial a lo largo del día sobre las posibles causas de la catástrofe y cómo prevén reparar lo ocurrido. Los actores Dev Anand y Vyjayanthimala, presentes en la proyección de *El ladrón de joyas,* la película con la que se inauguraba el cine, resultaron ilesos, pues se marcharon durante el primer intermedio. No está claro cuándo reabrirá sus puertas la sala de proyecciones. Seguiremos informando a lo largo del día.

18

Malik

Jaipur

Ya es por la mañana, al día siguiente de la tragedia sucedida en el cine Royal Jewel; los barrenderos aún no han empezado a limpiar el polvo con sus *jharus* de largas fibras. Tras solo media hora de sueño extenuante y paralizador, me despierto con un sobresalto y las imágenes horribles de la víspera me vienen de nuevo a la cabeza: un hombre con la pierna torcida en un ángulo extraño, la sangre que manaba del grueso brazo de una mujer atravesado por una barra de hierro, la herida abierta en la frente de un niño. Durante la noche, me he levantado varias veces a dar vueltas por la habitación, a beber un vaso de agua, a mirar por la ventana que da a la calle, desierta excepto por unos cuantos perros sin dueño que dormían en el suelo aprovechando el fresco nocturno.

Y después son las caderas y los pezones oscuros de Sheela Singh los que me vienen a la cabeza. ¿Qué me dirá Ravi la próxima vez que me vea? ¿Le dirá a Manu que intento seducir a su mujer? No es verdad, pero Ravi no vacilaría un momento en causarnos problemas a Manu o a mí si eso le sirve para reducir la tensión de una determinada situación. Y después me pregunto si Sheela sabrá algo sobre el papel que ha tenido Ravi en la construcción. ¿Será por eso por lo que salió en su defensa ante mí? ¿O sería su forma de perdonarlo por algo que había hecho?

Son las seis de la mañana, pero ¿para qué intentar dormir cuando el sueño me elude? Llegué a casa hace tres horas. Mi intención era llamar a la jefa para decirle que estoy bien, pero no hay teléfono en la casa de invitados. Estoy seguro de que Kanta llamó a Lakshmi nada más llegar a casa anoche. Me preocupa Nimmi. No puede leer el *Hindustani Times*, pero seguro que se enterará de lo ocurrido por los Arora o por los otros vendedores de la galería comercial o por Lakshmi en cuanto esta se entere.

Me baño y salgo hacia la oficina antes de las ocho. Los empleados no suelen aparecer hasta las nueve o las nueve y media, pero hoy casi todos están allí cuando llego.

La inauguración de la noche anterior era un evento importante para el palacio y la mayoría de los trabajadores del Departamento de Operaciones habían acudido. Saludo con la cabeza a mis compañeros al pasar. Los ingenieros y las secretarias forman corrillos y comentan en voz baja. Reina un ambiente serio y tenso por la incertidumbre. Como yo, probablemente estarán pensando que Manu va a convocarnos a todos a una reunión para hablar de lo ocurrido anoche e intentar averiguar qué pudo causar el derrumbe de ese palco. ¿Habrá alguna investigación o inspección por lo ocurrido? ¿Quién va a pagar los daños ocasionados? ¿Quién entre los presentes es responsable de un modo u otro por el accidente?

Me siento ante mi mesa y pido a la operadora que me pase con la jefa. Es una llamada de larga distancia, pero no creo que Hakeem o Manu pongan ninguna objeción. Dejo sonar el teléfono varias veces, pero no contesta nadie. Así que llamo a Kanta, que lo coge al primer timbrazo. Parece exhausta, como si ella tampoco hubiera podido dormir, pero le alivia oír mi voz. Me dice que habló con Lakshmi anoche y que ella le prometió que cogería el primer tren a Jaipur. Tengo que ir a recogerla a la estación esta tarde.

Saber que la jefa viene de camino me llena de alivio. Es alguien que sabes que es capaz de mantener la cabeza fría en una crisis.

228

Kanta sigue hablando y veo que la maharaní Latika sale de la sala de reuniones del otro extremo de la planta. Va frunciendo el ceño. La escoltan dos caballeros de traje, uno a cada lado. Supongo que serán sus abogados. Su alteza tiene el rostro ligeramente enrojecido, como si estuviera enfadada. Samir y Ravi Singh salen tras ellos con los hombros caídos y, cerrando la comitiva, van Manu y dos de sus ingenieros. Interrumpo a Kanta para decirle que luego me paso por su casa y cuelgo.

Ninguno de los Singh me mira; mejor para mí. Sigo enfadado con Ravi por llegar tan tarde a casa y por lo insensible que se muestra hacia los sentimientos de Sheela. Seguro que sabe que su mujer se había imaginado dónde había estado. ¿Solía molestarse en inventar alguna excusa o simplemente le pedía perdón?

Su alteza se detiene al llegar a la puerta de las oficinas y se vuelve para estrechar la mano a todos. Es tan alta como ellos y posee una presencia arrolladora. Un sirviente con turbante vestido de blanco abre la puerta de doble hoja para que pase; debe de ser del servicio del palacio. Manu y sus ingenieros observan a todos los demás y después les dice algo antes de dejar que regresen a sus tareas. Cuando me ve, me hace un gesto con el dedo para que vaya a su despacho.

Salgo un momento a comprar un té para cada uno en el puesto que hay enfrente y entro en el despacho. Está colgando la chaqueta en el perchero que tiene en la esquina.

—Cierra la puerta.

Le dejo el té en la mesa y hago lo que me pide.

Hace veintinueve grados fuera, pero Manu se calienta las manos con el vaso humeante cuando me siento frente a él. Está pálido. Tiene un corte en la mejilla; ha debido de hacérselo mientras se afeitaba. Parece un hombre enviado a la pira funeraria antes de tiempo. ¿Se considera el culpable de lo ocurrido?

—Lo de anoche ha sido una tragedia que nadie podría haber previsto —dice mirando el té—. Kanta llamó a Lakshmi para contárselo y le dijo que estabas bien.

Asiento con la cabeza.

—El señor Reddy confesó que había dejado entrar a muchas más personas de las que podía soportar el palco. Se le habían dado instrucciones de limitar el aforo, pero había tanta gente que quería ver a los actores en persona que... —Manu lanza los brazos al cielo como si él fuera el gerente del cine y la situación se le hubiera ido de las manos—. Singh-Sharma pagará la construcción de un palco nuevo, las horas de trabajo y los materiales, y reemplazarán cualquier otro elemento que haya resultado dañado, y el palacio pagará las facturas médicas de los heridos. También contemplan reunir fondos para compensar a las familias de los fallecidos. Sin embargo...

Se bebe el té de un sorbo y deja el vaso con sumo cuidado sobre la mesa para no estropear la superficie de caoba. Por fin, me mira.

—Todo está decidido. Transmitiremos un comunicado oficial sobre quién pagará cada cosa. Los periodistas llamaron a mi casa anoche para que les dijera algo, pero tenía que aclarar con su alteza lo que íbamos a decir en público— dice intentando sonreír.

Soy consciente de que se siente inmensamente culpable.

—Tú no has tenido la culpa, Manu. El gerente del cine es el responsable.

Manu carraspea y juguetea con los bolígrafos que tiene en la mesa, pero no me mira.

—La maharaní está fuera de sí. Y con razón. —Se rasca la coronilla con un dedo en una zona donde el pelo empieza a clarear—. Dos víctimas mortales. Una mujer. Y Rohit Seth, el actor. Sus seguidores están montando un buen jaleo. Y no se les puede culpar. Esto no debería haber sucedido, Malik.

Manu coge de nuevo el vaso y al darse cuenta de que está vacío, lo deja de nuevo en la mesa. Yo no he probado el mío, así que se lo ofrezco y él lo agarra como si fuera un salvavidas.

—Manu, el gerente... ¿no vino recomendado por Singh-Sharma? Si dejó entrar a más gente de lo permitido, ¿por qué no corren ellos también con los gastos médicos?

Se encoge de hombros.

—Nos repartimos la carga, así son los negocios —dice mientras apura el segundo té y se levanta, dando por terminada la reunión—. Ve a ayudar a Hakeem. Tiene trabajo para ti.

—Pero... ¿qué pasa con los ladrillos?

Pestañea y se frota la frente con brusquedad.

—¿Qué pasa con ellos?

—Me fijé en todos los ladrillos que había entre los escombros tras el derrumbe. ¿Qué pasó con el cemento que aparecía en la factura? Y los ladrillos no son los mismos que recomendaron tus ingenieros en el presupuesto de los materiales. Los ladrillos que vi anoche eran más ligeros, más porosos. Y no tenían ningún logo estampado. ¿Es posible que el proveedor haya enviado el material equivocado?

Manu frunce el ceño y quita importancia a lo que acabo de decir con un gesto de la mano.

—Constituyen una parte muy pequeña en todo esto. Por mucho que los presionásemos, no podrían asumir los daños materiales y personales. —Ordena varios papeles que tiene sobre la mesa—. Va a crearse una comisión de investigación oficial para responder a todas las preguntas. Pero no es nada que deba preocuparte. Vete con Hakeem, anda. —Y se levanta.

Cuando me doy la vuelta para salir del despacho oigo que me dice con voz temblorosa:

—Odio lo que van a tener que sufrir Kanta y Niki por esto. Ellos, que estaban tan orgullosos de mí. Y ahora... allá por dónde vayan, la gente les preguntará por la tragedia. La vergüenza... No quiero que tengan que dar explicaciones o pedir disculpas. —Se seca con la palma de la mano el sudor de la frente que le ha provocado el té caliente y da un golpecito en la mesa.

Quiero decir algo para consolar a este hombre tan amable que siempre ha sido bueno conmigo, con la jefa y con Radha. Me dobla la edad. Sería impropio que yo le diera unas palmaditas en el hombro y le dijera que todo va a salir bien cuando sé tan poco de cómo funciona este negocio. Aun así, me conmueve que me trate como a un miembro de la familia y me confíe sus peores miedos.

—Kanta se las arreglará. Y viendo cómo batea tu hijo, yo diría que Niki es perfectamente capaz de cuidar de sí mismo. Además, yo estoy en vuestro equipo, ¡no lo olvidéis! —Me río un poco para aligerar la tensión.

Me dedica una sonrisa débil, pero una sonrisa al fin y al cabo.

Recojo los vasos para devolvérselos al *chai-walla*. Me duele la carga que está soportando Manu, el sufrimiento de los heridos, la decepción de la maharaní.

También me doy cuenta de lo injusto que es todo. La firma de Manu está en todos los documentos. Él será el responsable del mayor desastre que ha tenido lugar en Jaipur en décadas. Los Singh se irán de rositas con solo una parte de la culpa. Y Manu tiene razón: Kanta y Niki también pagarán el precio. La jefa siempre dice que los chismosos tienen los dientes afilados. Se alimentarán de esta tragedia durante años.

Manu se muestra derrotado. Ya se ha rendido. No es justo. Seguro que yo puedo hacer algo para ayudarlo.

Menos mal que la jefa llega esta noche. Podré hablar de todo esto con ella.

DE CAMINO A mi mesa, llamo a la puerta del despacho de Hakeem.

—Señor, ha llegado pronto hoy.

El contable levanta la vista de su libro de cuentas y la luz del techo se le refleja en las gafas.

—El señor Agarwal me ha pedido que venga antes. Después de lo de anoche, tenemos mucho que hacer. —Se quita las gafas para limpiarlas con un pañuelo blanco inmaculado—. ¡Qué tragedia! Mis hijas tuvieron pesadillas anoche.

No recordaba haber visto a Hakeem con nadie más que con el señor Reddy.

—Confío en que todos llegaran bien a casa.

—Por poco. No había ni un *rickshaw*, coche o *tonga* libre. ¡Mucha gente quería huir de allí! Empezaron las peleas. Temía que le pasara algo a alguna de mis chicas. Las agarré de la mano y tuvimos que abrirnos paso a codazos entre la multitud. Tardamos casi tres horas.

Me apoyo contra el marco de la puerta.

—¿Cuál cree usted que fue la causa?

Hakeem se atusa el bigote.

—El señor Agarwal dice que había demasiada gente en el palco. ¿Sí?

Entro en el despacho y me paro delante de la mesa.

—Pero ¿cómo podría producirse un derrumbe de esa magnitud por el peso de unas cuantas personas de más, Hakeem *sahib*?

—Según me han dicho, fueron más que unas cuantas. Como cien personas más.

Me tomo un momento para digerir la información.

—Aun así. ¿Los ingenieros no dejan un margen de seguridad por si acaso? Para compensar la idiotez humana. ¿No es necesario seguir unos protocolos para estas situaciones?

Hakeem encoge los carnosos hombros.

—¿Quién sabe? Nosotros somos contables, no detectives. Tenemos que redactar un informe sobre los gastos del edificio asociados con los daños con carácter urgente. ¿Sí? Debemos elaborar un listado con todos los materiales empleados y los proveedores a los que hemos pagado y cuánto hemos gastado. Tú te ocuparás de los asientos, las alfombras y los materiales decorativos que hay que reponer. Singh *sahib* me ha pedido que trabaje en el coste de los materiales para la reparación y la reconstrucción.

—¿Se refiere a Manu *sahib*?

—No, joven Abbas. La orden viene de Ravi *sahib*. El señor Agarwal dirige el Departamento de Operaciones, pero como los proyectos de construcción más grandes suelen encargárselos a Singh-Sharma, parece que también trabajamos para ellos.

¿Sabe Manu que Ravi da órdenes a sus empleados? ¿No estamos ante un conflicto de intereses? Si el señor Sharma no hubiera sufrido un ataque y los dos Singh no estuvieran al cargo de la empresa, me pregunto si los protocolos serían distintos.

—Entonces, ¿tenemos que hacer un presupuesto de los costes de material de todo lo que hay que reparar y reconstruir?

Me mira como si fuera tonto.

—Sí.

Me aclaro la garganta antes de volver a hablar.

—Está usted muy ocupado. Puedo ayudarlo con ese presupuesto si quiere.

—El señor Ravi me lo ha encargado personalmente, ¿sí? Y tú, Abbas, tienes otro encargo. Vete. —Y me despide con un gesto de la mano, como si estuviera espantando una mosca.

—Pero... ¿es posible que el derrumbe lo provocara otra causa aparte de la superación del aforo? ¿Materiales de calidad inferior, por ejemplo? ¿Una estructura defectuosa?

Hakeem me mira frunciendo el ceño, deja la pluma en la mesa y se apoya sobre los codos.

—Piensa lo que dices, Abbas. Singh-Sharma es una empresa de confianza. El palacio lleva trabajando con ellos desde hace décadas. Y utilizan a los mismos proveedores desde hace años. Empresas de confianza, empresas fiables. No hay razón para difamarlas.

—Pero algún cambio de proveedor habrá habido con los años, ¿no?

El hombre suspira.

—Abbas, ¿te he dicho que tengo cuatro hijas? La mayor tendrá edad para casarse dentro de poco. Y las demás irán después. ¿Sí? ¿Cómo voy a poder permitirme una dote para cada una si no me paso el día sentado a esta mesa haciendo cuadrar los números que me pide el señor Singh?

Decido ignorar lo frustrado que me siento. Sé lo que vi y no tiene sentido. Tengo que ir con cuidado con Hakeem porque no quiero que piense que lo culpo a él por haber sido poco riguroso con la documentación o que tengo dudas sobre la capacidad de Manu para dirigir el proyecto.

—A lo mejor Singh-Sharma utilizó un proveedor nuevo y enviaron por equivocación unos materiales que no coincidían con los especificados en el presupuesto. ¿Hemos cambiado de proveedor o añadido alguno nuevo a los habituales en el último año?

Hakeem me fulmina con la mirada por encima de las gafas.

—Tienes mucho que aprender, jovencito.

Yo le dedico mi sonrisa más zalamera.

—¿Y si accedo a casarme con su hija mayor sin pedirle dote a cambio?

Le tiemblan los labios. ¡Casi consigo que sonría! Entorna los ojos y niega con la cabeza. Echa mano del archivo de fichas giratorio en el que guarda los nombres y los datos de los colaboradores y se detiene al llegar a una.

—A ver... estos son nuevos. Sí. Añadimos a Forjados Chandigarh hace trece meses. Rebajaron los precios de nuestro anterior proveedor en un veinte por ciento.

—Veinte por ciento es mucho descuento —digo yo con un silbido de sorpresa.

Él arquea las cejas y da unos golpecitos en la tarjeta.

—Mmm, ya lo creo.

—¿Suministran acero corrugado?

El contable niega con la cabeza.

—Antes sí, pero ahora nos suministran ladrillos y cemento.

No LE PIDO que me enseñe el contrato firmado con Forjados Chandigarh, Hakeem no accedería. Además, ya está con la mosca detrás de la oreja por culpa de mis preguntas. Como es natural, espero hasta que se va a casa para colarme en su despacho. Aún me queda una hora y media antes de ir a recoger a la jefa a la estación.

Es una suerte que Hakeem sea un contable tan organizado. Todo tiene su correspondiente etiqueta y conserva todas las facturas. Voy al archivador en el que guarda los contratos y abro el primer cajón. Cada contrato está en una carpeta con el nombre del proveedor por orden alfabético. Encuentro la de Forjados Chandigarh y la saco. Dentro hay una factura que indica que, efectivamente, se encuentran en Chandigarh, al norte de Rajastán.

Hakeem dice que el contrato es nuevo, por lo que quiero comparar las condiciones con el proveedor anterior, pero no sé cómo se llama. Una forma de averiguar el nombre de la empresa es buscar las facturas pagadas hasta hace trece meses, pero las facturas no siempre especifican el nombre del proyecto y el palacio lleva a cabo numerosos proyectos que se solapan en el tiempo. Hasta que empecé a trabajar para Manu, no sabía nada de las distintas reformas que se habían llevado a cabo en el hotel Rambagh, el palacio de Jaipur y el palacio de las maharaníes, o que la familia real estuviera adquiriendo fincas menores —a los rajputs que ya no podían seguir manteniendo sus propiedades— para convertirlos en hoteles boutique. Y, por supuesto, no tenía conocimiento del diseño y la construcción del cine Royal Jewel, un importante proyecto que había llevado tres años.

Decido que la mejor opción es revisar las carpetas individuales de cada proveedor. Suspiro y me pongo a la tarea. Empiezo por los proveedores cuyo nombre indica que venden ladrillos y no material eléctrico de fontanería o mobiliario. Muchos nombres terminan con «suministros para la construcción» o «materiales», así que reviso los contratos de todas las carpetas para ver si siguen siendo empresas en activo en los proyectos del palacio.

Una hora más tarde doy con una carpeta que lleva el nombre de «Material de Construcción Shree», en Jaipur. El contrato en el que se especifica que suministraba ladrillos Clase 1 venció el día que se hizo efectivo el contrato de Forjados Chandigarh. Entiendo que el palacio insistiría en materiales de primera calidad sin fisuras, muescas, piedras y otros defectos. El contrato con Forjados Chandigarh también prometía ladrillos Clase 1.

Me reclino en el sillón de Hakeem mientras pienso en el tema. No entiendo cómo Forjados Chandigarh podría entregar materiales de la misma calidad que el proveedor anterior por un precio mucho menor cuando tenía que asumir, además, los gastos del transporte. ¡Chandigarh está a ochocientos kilómetros de aquí!

Y hay otra cosa que me parece extraña: los ladrillos que vi y toqué en el cine no eran para construcción. No pueden soportar estructuras de carga como un palco. ¿Quién autorizó su uso?

Examino las firmas de ambos contratos. Manu Agarwal y Samir Singh firman el contrato de Material de Construcción Shree; Manu Agarwal y Ravi Singh firman el contrato de Forjados Chandigarh. La política del palacio es dar su aprobación formal a todos los contratos para sus proyectos de construcción y guardar el original por si hubiera que realizar una auditoría. Singh-Sharma también tendría una copia en sus archivos.

Pero la cuestión central es por qué se habían utilizado ladrillos. Los ingenieros del palacio me habían enseñado que es preferible emplear hormigón reforzado con acero corrugado, un material mucho más fuerte, para las columnas de carga. Los ladrillos se usan solo conjuntamente con el hormigón. ¿Y si el problema había sido la calidad del hormigón? Si le pregunto a Ravi, ¿hará una factura falsa como la otra vez? No me atrevo a preguntar a Samir, pues cubriría las huellas de su hijo si sospechara que no ha actuado bien. Acabo de darme cuenta de que anoche Samir no dijo nada sobre los ladrillos cuando estuvimos hablando en el cine.

Soy consciente de que tengo que buscar y echar otro vistazo a las facturas en concepto de ladrillos y cemento, las que Hakeem pensó que había registrado mal en el libro. Las mismas facturas que le llevé a Ravi, en las que se limitó a tachar una cantidad y escribir otra. Me levanto y voy a buscar el libro en el que registré las facturas hace varias semanas, y luego el archivador en el que se guardan las facturas pagadas por orden cronológico. Ahí está. Busco la fecha, agradeciendo por una vez la fastidiosa meticulosidad de Hakeem. Con las otras facturas del mismo período encuentro las que necesito. Aquí está la de Forjados Chandigarh por la compra de ladrillos y cemento. Pero... estas aparecen limpias, no hay tachaduras. Estas no son las facturas que Ravi corrigió de su puño y letra con su pluma.

Compruebo las cantidades. ¡Las han cambiado! Aquí dice que se compró más cemento que ladrillos, lo contrario de lo que yo vi que había sucedido. Eso quiere decir que no aparecerá lo mismo en el libro de cuentas. Pero ¿tengo razón? Voy a la mesa y compruebo el libro de cuentas abierto. Las cantidades coinciden con las facturas que tengo en la mano. ¿Cómo puede ser?

Bajo la lámpara de escritorio de cuello flexible de Hakeem para mirar bien lo que hay escrito en el libro. Hakeem tiene una caligrafía tan precisa que parece que los números están mecanografiados en vez de escritos a mano con tinta. El contable, cómo no, cuenta con una pluma especial para este uso que nadie más puede utilizar. ¡Sí! Alguien ha eliminado cuidadosamente la entrada anterior con ayuda de una cuchilla y ha escrito las cifras nuevas. Es un viejo truco que algunos chicos en Bishop Cotton usaban para cambiar las notas cuando los profesores no miraban.

Pero ¿por qué narices han cambiado la entrada del libro y las cantidades que aparecían en las facturas? ¿Y quién las ha cambiado?

Solo se me ocurren dos explicaciones posibles: las facturas originales estaban mal y ha habido que actualizarlas o, y solo pensarlo me pone la piel de gallina, alguien ha falsificado la cantidad para que coincida con la que debería haber figurado desde un principio, es decir, más cantidad de hormigón para reforzar el palco. Si se hubiera utilizado la cantidad correcta, no se habría venido abajo.

Tamborileo con los dedos en la mesa. Manu dice que el señor Reddy ha admitido que vendió más entradas y se superó el aforo del palco. Había más peso del que podía soportar.

Entonces, ¿el gerente del cine decía la verdad o las facturas estaban mal? Estoy tan inmerso en mis pensamientos que no oigo los pasos.

—¿Abbas?

Sobresaltado, levanto la vista del libro. Hakeem está de pie en la puerta del despacho.

—¿Sí, *sahib*? —digo con calma, como si estuviera haciendo algo totalmente normal.

—¿Qué haces aquí?

—Lo siento, *ji*. Me he retrasado con el presupuesto para la reconstrucción del cine. He visto que la puerta no estaba cerrada con llave y se me ha ocurrido trabajar aquí en vez de entrar y salir con los libros para llevarlos a mi mesa. *Maaf kar dijiye*. Y me tiro de los lóbulos de las orejas en señal de disculpa.

El hombre mira el pomo preguntándose si se ha ido sin echar la llave y se atusa el bigote con el ceño fruncido.

—Y ¿usted qué hace aquí, *sahib*?

Hace tiempo aprendí esta táctica cuando me pillaban robando una peineta para Omi o caramelos para sus hijos en los puestos del mercado. Cuando te atacan, lo mejor es contraatacar.

—Me he dejado el paraguas, ¿sí? Estaba cenando con un amigo y me ha dicho que lo mismo llovía mañana y no quiero pillar un resfriado por ir mojado.

—Bien pensado, sí —digo yo rogando que no se acerque más para examinar los contratos, las facturas y los libros de cuentas que tengo encima de su mesa. Domino el impulso de tapar los documentos con las manos.

Hakeem toma el paraguas, que está apoyado contra la pared.

—No te quedes hasta muy tarde. El trabajo no se va a ninguna parte, ¿sí?

Y me sonríe con indulgencia. De momento, al menos, soy su protegido más trabajador.

—Tiene razón, *ji. Zaroor*. —Asiento para que no se preocupe y me pongo a recoger los documentos y los libros.

Nada más oír el clic de la puerta, lo suelto todo y apoyo la cabeza en las manos. ¿Le dirá a Manu que me ha pillado en su despacho? Lo dudo. Hakeem sabe que estoy aquí por un favor especial a Manu Agarwal y no sería prudente desafiarme. Pero está claro que se preguntará si le he dicho o no la verdad.

Y si no, ¿por qué?

Miro la hora. El tren de Lakshmi llegará pronto.

19

Lakshmi

Jaipur

Busco el sedán Ambassador negro de los Agarwal en la estación de tren. Es de noche y llevo casi once horas de viaje. Pero en vez de su chófer, Baju, es Malik quien se baja del asiento del conductor. Me alegra tanto verlo que me dan ganas de llorar. Cuánto lo he echado de menos. Lleva una camisa blanca impoluta remangada y pantalones negros.

—Pensé que Kanta iba a enviar a Baju a recogerme.

Malik me dirige una sonrisa tensa.

—¿Crees que iba a dejar que fueras sola en el coche con ese viejo verde?

Lo dice con tono alegre, pero noto que me oculta algo. Toda la ciudad habla de la tragedia del cine. No me puedo ni imaginar lo que estarán soportando la familia Agarwal, el palacio y las familias de los heridos.

Malik mete el equipaje en el maletero del imponente coche, que Kanta renueva cada cinco años en su aniversario de boda. Este debe de ser el tercero que tienen. Su familia tiene dinero, mientras que Manu procede de un estrato más humilde. El palacio le proporciona un Jeep y un chófer para el trabajo, de manera que Kanta y su suegra siempre tienen el sedán a su disposición. Malik me ayuda a subir al asiento del copiloto.

—Antes de que me cuentes lo que ha ocurrido, déjame que te diga que Nimmi te echa muchísimo de menos, Rekha pregunta por ti constantemente, Chullu está empezando a hablar y Jay está bien. Ah, él también pregunta por ti todo el rato.

Malik se ríe. Así está mejor. No pienso contarle el arrebato que sufrió Nimmi anoche. Esta mañana he salido tan pronto de casa que no la he visto. ¿Lo habré hecho para no encontrarme con ella? Sea como sea, en el viaje me ha dado tiempo a pensar en lo que me dijo y a reflexionar sobre si era verdad. ¿Soy posesiva con Malik? Sí. Siento lo mismo por él que por mi hermana Radha. Quiero que les vaya bien a los dos, que desarrollen sus capacidades y las aprovechen para hacer lo que quieran. ¿Cómo va a estar mal eso? ¿Por qué tengo que sentirme culpable por ayudarlos a buscar su camino?

Creo que con Radha no he estado a la altura. Conoció a Pierre Fontaine en la galería comercial de Shimla durante su último año de estudios en Auckland House. Pierre tenía veintiocho años, diez más que ella, y se enamoró perdidamente de mi hermana. No sabía nada sobre su pasado ni del bebé que entregó en adopción cuando tenía trece años. Acudió a mí a pedirme su mano y eso hizo que me cayera bien. Era un hombre atento y amable. Y francés, claro.

Radha había estudiado francés en Auckland y se enamoró, primero de la lengua y después de Pierre. Yo habría preferido que se hubiera matriculado en la universidad en Chandigarh en vez de casarse, pero ya sé lo cabezota que puede ser; cuanto más insistes en que no haga algo, más se empeña en hacerlo. A menudo pienso que es como el bálsamo del Himalaya, una planta engañosamente delicada que da muchos problemas.

Al final, les di mi bendición para casarse. Parece que ha salido bien. Radha estuvo formándose en una casa de perfumes y se ha convertido en perfumista. Se le daba muy bien preparar la pasta de henna y probaba a mezclar diferentes aceites, zumo de limón y azúcar para crear la consistencia sedosa perfecta. Y el aroma era una maravilla.

Radha tiene lo que siempre quiso: una familia. Me envía fotos de sus dos adorables niñas: Asha, que tiene ahora dos años, y Shanti, de cuatro.

Malik se sienta al volante.

—Nikhil tiene partido de críquet esta noche, así que Kanta me ha pedido que vayamos allí primero. ¿*Accha*, jefa?

Le doy unos golpecitos en el brazo para asegurarme de que es él de verdad.

—*Accha*.

Malik maniobra con el Ambassador por el barullo que se forma entre *rickshaws* a pedales, taxis y peatones.

—No te imaginas cuánto me alegra que estés aquí. Te llamé esta mañana, pero nadie cogió el teléfono.

—Supongo que Jay ya se habría ido al trabajo. —Miro por la ventanilla y disfruto observando la caótica coreografía de la ciudad: una *hijra* con los labios pintados contoneando las delgadas caderas de camino al mercado; un carro con neumáticos de tractor viejos tirado por un obrero en los huesos; niños jugando a las canicas en un rincón de la polvorienta calle, algo que a Malik le gustaba hacer cuando era pequeño.

Reduce la velocidad cuando se sitúa detrás de una familia de seis miembros que hace equilibrios en un *scooter*.

—Quiero darte las gracias por ocuparte de Nimmi.

—*Koi baat nahee*. Nimmi trabaja mucho. Y me gusta mucho enseñar a Rekha a leer.

—Seguro que aprende rápido, es un monito listo —dice con tanto cariño que me hace sonreír—. ¿Puedo hablarte con franqueza, jefa?

Me giro hacia él y asiento con la cabeza.

—Estoy tratando de averiguar qué ocurrió en el cine anoche y por qué, pero cada vez que veo algo extraño, me topo con excusas. Ni Samir, ni Hakeem, ni siquiera Manu quieren que indague.

—No es tu trabajo, ¿no es así, Malik? Investigar, quiero decir. ¿No deberías concentrarte en lo que te está enseñando Manu?

Por un segundo me pregunto si habrá hecho algo que haya puesto en peligro a Manu, no de forma deliberada, sino por error.

—Eso es justo lo que estoy haciendo —dice Malik tocando el claxon para advertir a una mujer que lleva una cesta de judías en la cabeza. Se aparta—. Tras el derrumbe, encontré unos fragmentos de ladrillo entre los escombros. Muchos.

Aguzo el oído y Malik me habla de unos ladrillos similares a los que vi en Canara Enterprises.

—El proyecto especifica el uso de mortero de cemento, no ladrillos, para las columnas. He examinado los contratos. No estoy equivocado. Pero nadie quiere escucharme.

Yo sí lo escucho. Lo que dice me acelera el pulso. Me describe los libros de cuentas en los que anota las cifras, me explica que Ravi cambió delante de él las cantidades de ladrillos y cemento en las facturas , que luego las metieron en el fichero con la cantidad correcta y que también han manipulado el libro de cuentas.

Cuando termina, me sudan las manos y las ideas revolotean en mi mente como abejas. Intento conectar los puntos, pero se me escapan detalles. Me humedezco los labios y en ese momento me doy cuenta de que estoy sedienta, como si llevara días sin beber agua.

El coche se detiene y Malik apaga el contacto. Miro a mi alrededor y veo que estamos en el campo de críquet. Hay un grupo de chicos vestidos con uniforme blanco por el campo. Está anocheciendo y encienden los focos. Un hombre con un silbato corre por la banda, es el árbitro. Malik se vuelve hacia el asiento trasero y coge un termo, lo abre y llena la tapa de té caliente; el olor a cardamomo, canela y clavo inunda el coche. Me da la taza y bebo un sorbo. Está delicioso, con el punto de dulzor que a mí me gusta.

—Que vivas mil años y que cada año tenga cincuenta mil días —lo bendigo por ser tan atento poniéndole la mano en la cabeza.

Malik sonríe.

—¿Te parece que nos quedemos en el coche? Creo que no es buena idea que te vean en público con Niki y cincuenta de los amigos más cercanos de los Agarwal.

Tiene razón, claro. Los indios con los ojos del color del océano no son habituales y los ojos de Niki son como los míos y los de mi hermana. Los chismosos se percatarían.

Vemos el partido unos minutos mientras me termino el té. Estoy dándole vueltas a lo que me ha contado Malik. No quiero que se preocupe por Nimmi, pero tengo que ponerlo al tanto de lo que está ocurriendo en Shimla.

—*Baat suno* —digo.

Le digo que unos niños se encontraron con una oveja descarriada en las colinas de la ciudad y que Nimmi la reconoció porque era del rebaño de su hermano. Le cuento que encontramos a las demás y también a su hermano, y que descubrimos que les habían metido lingotes de oro debajo del vellón. Le explico también que llevamos el cadáver de Vinay a caballo hasta el crematorio de la ciudad y que entregamos el oro al siguiente mensajero.

Se le abren cada vez más los ojos según le voy contando lo ocurrido y se le acelera la respiración.

—Pero... Nimmi está bien, ¿verdad? ¿Y Rekha y Chullu?

Está preocupado por su *priya*, es normal.

—Nimmi y los niños viven con nosotros de momento. Duermen en tu habitación. Jay se ocupa de que no les pase nada.

Malik suspira aliviado.

—Sobre los ladrillos que viste entre los escombros, vi a una mujer en Shimla haciendo ladrillos como los que has descrito.

—¿Dónde?

—En una pequeña fábrica llamada Canara Private Enterprises, el lugar en el que tenía que entregar el oro —contesto y lo miro arqueando las cejas para averiguar si esa información encaja con lo que ha descubierto.

Malik niega con la cabeza.

—Singh-Sharma compra los ladrillos a una empresa de Chandigarh.

—¿De Chandigarh? —repito con el pulso acelerado otra vez.

—*Hahn.* ¿Por qué?

—La mujer que estaba haciendo los ladrillos me dijo que el camión que pasa a recogerlos los lleva a Chandigarh.

Malik golpea el volante rítmicamente con los dedos.

—¿Hacen los ladrillos en Shimla y luego los llevan a Chandigarh? Pero eso no tiene sentido. Forjados Chandigarh es una compañía inmensa con al menos cuatro hornos para ladrillos. ¿Para qué necesitan que un proveedor más pequeño les haga más ladrillos en Shimla?

Se vuelve y me mira.

—Hay otra cosa que no entiendo, jefa. ¿Por qué querría una empresa grande que trabaja para Singh-Sharma venderles materiales de mala calidad? Los acuerdos con una constructora como Singh-Sharma son muy lucrativos. Que una empresa intente escatimar con la calidad es tirar piedras sobre su propio tejado.

Malik tiene razón. Engañar a la compañía que te da de comer no tiene sentido.

—¿Es posible que Canara Enterprises haga un tipo especial de ladrillo que no hacen en Chandigarh?

—¿Te refieres a si usan una arcilla o algún otro material especial?

—Supongo que es posible —dice encogiéndose de hombros.

Los dos damos un respingo al oír un golpe en el cristal y se me derrama el té encima del sari.

—¡Perdón, perdón! —dice Kanta cuando abre la puerta del copiloto—. ¡Parece que estés viendo un fantasma!

—¡Y así es! —digo—. Tú.

Kanta se ríe con ganas. ¡La alegre Kanta! ¡Cuánto la he echado de menos! Aparte de Jay, no he trabado una relación especial con nadie en Shimla. Pero, aunque se ríe, veo las arrugas de preocupación que se le forman en la frente. El lápiz de labios rojo contrasta mucho con la palidez de su rostro.

Malik saca una toalla del maletero y me la da para que me seque las manchas de té. Salgo del coche y abrazo a mi amiga. Por encima de su hombro veo a un chico con uniforme blanco de críquet y las mejillas sonrojadas que me sonríe tímidamente con sus ojos azul verdoso. Es guapísimo.

Kanta lo toma del codo. Es casi tan alto como ella y va a ser aún más alto.

—Lakshmi, este es mi hijo, Nikhil. ¡Niki, te presento a la famosa Lakshmi! —Sonríe de oreja a oreja—. ¡Le he hablado mucho de ti y por fin os conocéis!

Me río con gesto aprobador.

—Es un placer conocerte, Niki. Solo te he visto en fotos.

El chico se sonroja y se inclina para tocarme los pies. Se mueve con la elegancia de un bailarín. «Ay, Radha, te encantaría conocer a este chico.»

No puedo dejar de mirarlo. La última vez que lo vi era un bebé y no se me ocurrió pensar en qué aspecto tendría cuando creciera. Las fotos de familia que me manda Kanta con regularidad no le hacen justicia. El pelo negro azabache, que no deja de apartarse de la cara, le cae sobre los fascinantes ojos azules. Ahí de pie, vestido con su uniforme blanco, con las piernas separadas (lleva puestas las rodilleras) y los brazos a la espalda, me recuerda a los atletas que salen en el *Hindustani Times*. El maharajá de

Jaipur, jugador de polo y cazador de tigres, solía adoptar esa pose.

Y así, sin más, vuelvo a estar en un sofá de seda salvaje en el palacio de la maharaní viuda firmando un acuerdo de adopción con la familia real para que este niño, Niki, se convierta en el príncipe heredero.

Solo que eso nunca llegó a suceder.

Cuando nació, Radha solo tenía trece años, pero no quería abandonarlo. Ella no quería entregárselo a nadie.

No tardó en darse cuenta de que no podía cuidar de él porque seguía siendo una niña, y pidió a Kanta y a Manu que lo adoptasen. Pestañeo para apartar las lágrimas. Qué cerca estuvimos de perder a su hijo para dárselo a la familia real. Y ahora lo tengo delante de mí, feliz con unos padres que lo adoran, los queridos Kanta y Manu.

Kanta me saca de mis ensoñaciones.

—¿Vamos a casa para que te instales, Lakshmi? Baju te ha preparado un montón de delicias. Espera que las suyas sean mejores que las que tú me preparabas a mí. Ese viejo celoso.

Dejo que Kanta se siente delante con Malik y yo me siento detrás con Niki para conocer mejor a mi sobrino.

MANU NOS RECIBE en la puerta de su cuidado bungaló facilitado por el gobierno. Me sorprende lo cambiado que está. Él, que siempre fue un hombre educado y afable, está exhausto y apesadumbrado. Las intensas ojeras me dicen que lleva días sin dormir. Se recoloca las gafas de montura negra en la nariz antes de preguntarme qué tal estoy.

Bajo la barbilla y adopto una expresión seria.

—Espero que Malik no te haya causado muchos problemas. Sé que a veces es tremendo.

Al menos, mi comentario le arranca lo que parece una sonrisa.

—Me alegra que esté aquí. Aprende muy rápido. Mis empleados se han encariñado con él, igual que yo.

Al ver a Niki detrás de nosotros se le ilumina el rostro. Lo abraza y le rodea la cabeza con la palma de la mano.

—¿Qué tal el partido, Niki? ¿Has pillado por sorpresa a tu contrincante con unos lanzamientos rápidos?

El niño se ríe.

—*Yar*. He hecho lo que me ha enseñado el tío Malik. ¡Sonny no ha logrado batear ninguna de las bolas curvas que le he lanzado!

Kanta manda a su hijo a la ducha y le dice a Manu que haga que Malik se sienta como en casa mientras ella me enseña mi habitación. Cenaremos en una hora.

Estoy deshaciendo la maleta en la habitación de invitados y la alegría de Kanta desaparece al instante, como si se hubiera quitado el velo que le cubría la cara.

—Ay, Lakshmi, cómo me alegro de que hayas venido. Manu está preocupado y yo no sé cómo ayudarlo. —De repente, parece que se le hayan echado diez años encima—. Su trabajo había sido inmaculado hasta ahora, y ahora tiene este borrón bien visible en su expediente. Sé que es inocente, pero incluso yo me pregunto cómo ha podido pasársele algo tan importante.

—¿Qué le han dicho exactamente? En palacio, quiero decir.

Tira de un fleco del *rajai* que cubre la cama.

—Ha estado reunido con los abogados de la maharaní, que esta tarde lo han interrogado durante cuatro horas sobre los documentos que llevan su firma. Le han dicho que estos confirman que toda la responsabilidad es suya. Que sus errores han sido los causantes del accidente y de la pérdida de vidas. Parece que insinúan que ha engañado al palacio utilizando materiales de peor calidad y llevándose él la diferencia del coste. La maharaní

249

le ha pedido que no vuelva al trabajo hasta que no concluyan las investigaciones. —El *rajai* comienza a deshacerse a medida que Kanta tira del hilo—. Manu está destrozado. ¿De dónde sacan toda esa información? Alguien quiere perjudicarlo a propósito. —Sonríe con tristeza—. *Sassuji* reza el triple por él en la *puja*, para que desaparezca todo el mal karma.

Me siento en la cama a su lado mientras me cuenta lo rápido que se extienden los supuestos errores que ha cometido.

—Esta tarde, en el partido, las madres con las que suelo hablar no se han presentado. Probablemente piensen que eso era más considerado por su parte que ignorarme en persona.

Se seca una lágrima con el borde del sari.

—Me preocupa Niki. Algunos chicos le estaban diciendo cosas en el partido. No alcanzaba a oírlos, pero sabía por su expresión que estaba enfadado. Y me temo que esto va a empeorar. Puede que dentro de poco empiecen a mostrarse abiertamente hostiles. No quiero ni imaginar lo que puede ocurrir en ese colegio religioso al que va. Lleva con los mismos compañeros desde que era así de alto —dice poniendo la mano con la palma hacia abajo a menos de un metro del suelo—. Por eso no quiero que vaya a clase. Esta es una ciudad pequeña con un montón de gente poderosa. Y es fácil arruinar la reputación de una persona en un abrir y cerrar de ojos —dice chasqueando los dedos.

Le tomo la mano para consolarla. Durante el viaje, he tenido horas para pensar en alguna forma de limpiar el nombre de Manu y se me ha ocurrido una idea.

—Kanta, ¿crees que la maharaní se acordará de mí?

Mi amiga arquea las cejas.

—¿Cómo no se iba a acordar de ti? Tú la ayudaste a superar una terrible depresión. Te estaba tan agradecida que te dio una beca completa para que Radha estudiase en su escuela para chicas.

—Pero dejamos que la oportunidad se nos escapara entre los dedos —digo yo con una mueca—. Mi hermana solo fue un trimestre.

La dejó cuando se quedó embarazada. Siempre me he sentido mal por ello.

—Pero no olvides que el resultado fue Niki —dice apretándome la mano.

Yo sonrío.

—Y es un amor de niño. Lo habéis educado muy bien. *Shabash*.

Kanta mira nuestras manos entrelazadas.

—No sé qué haríamos sin él. Es la luz de nuestra vida. Incluso de la de Baju. ¿Te acuerdas de cuando mi suegra y él me obligaban a beber leche de rosas antes de que perdiera a mi bebé? ¡Pues ahora obligan a Niki a beberla también! ¡*Saasuji* jura que por eso tiene esas mejillas tan sonrosadas! —dice riéndose con suavidad.

Da la vuelta a mis manos para poder inspeccionarme las palmas. Me puse henna hace unos días. El color canela aún es muy vivo. Le enseño el mono jugando en un manzano en una palma y el cocodrilo bañándose en el agua en la otra.

—Le explico cuentos populares a la hija de una amiga de Malik. ¿Te suena este?

—¡El del mono y el cocodrilo!

—*Hahn*. También le estoy enseñando a escribir en hindi. Ya casi sabe escribir *bundar*, pero por el momento no es capaz de escribir *magaramaccha*.

La veo sujetando la tiza con sus deditos mientras trata de escribir las complicadas letras de la palabra cocodrilo.

—¡Una palabra grande para una niña pequeña! —dice Kanta sonriendo—. Ay, Lakshmi, te echo de menos a ti y a tu henna! Las horas que pasábamos juntas hablando y riendo. ¿Te acuerdas de los bebés que me dibujabas en el vientre cuando me quedé embarazada?

Al final funcionó. Tal vez fuera los *laddus* de boniato que le daba para ayudar a su cuerpo a generar más óvulos. O puede que fuera su firme creencia en que los bebés que le dibujaba en la piel contribuirían a que uno de verdad creciera en su interior. Por desgracia, terminó perdiendo a su bebé y ya no pudo concebir otro.

Kanta sigue el dibujo con los dedos.

—La maharaní Latika ha cambiado. Te marchaste justo después de que el maharajá enviara a su hijo a un internado en Inglaterra. El chico nunca perdonó a su padre por haberle quitado el derecho a ser el príncipe heredero. Cada vez que se peleaban, ella se ponía del lado de su hijo y la relación entre el maharajá y ella nunca volvió a ser igual. Fueron separándose cada vez más hasta que apenas se hablaban. Cuando murió, su hijo se negó a venir al funeral.

Me suelta las manos.

—¿Te acuerdas de que su alteza solía conducir su Bentley por la ciudad con unas gafas de sol fabulosas y saludaba a la gente con la bocina? Ella no quería llevar chófer. —Sonríe al recordarlo y empieza a tirar del hilo del cobertor de nuevo—. Ya no es, ni por asomo, la mujer despreocupada de entonces, Lakshmi. Ahora está siempre seria. Ya no tiene *joie de vivre* —dice negando con la cabeza.

Guardamos silencio un rato.

—¿Te ha contado Malik que Rohit Seth murió en el derrumbe? All India Radio ha estado cubriendo el suceso todo el día. Las personas que han resultado heridas. Lo que sienten los seguidores de Seth. Las reacciones de Bollywood. Intenté esconder la radio, pero Manu la cogió primero y se la llevó al despacho. Se pasa todo el día escuchándola y torturándose. —Ladea la cabeza y suspira—. No sé cómo vamos a salir de esta.

—Sé lo que recomendaría la maharaní viuda: ¡un *gin-tonic* bien cargado para todo el mundo!

Kanta me sonríe con tristeza.

—Lakshmi, ¿te ha contado Malik lo de... Samir? —Ante mi cara de perplejidad continúa—: He visto a Samir en los alrededores del campo de críquet mirando a Nikhil. Creo que lo sabe, Lakshmi. No sé cómo, pero estoy bastante segura de que Samir sabe que estamos criando a su nieto.

Hace doce años, cuando Radha se enteró de que estaba embarazada de Ravi, estaba tan enamorada de él que se convenció de que iba a casarse con ella. Mi hermana creía que la amaba tanto como ella a él. Desconocía que yo ya había concertado el matrimonio entre Ravi y Sheela, que yo misma era la casamentera que había posibilitado la unión de dos destacadas familias de Jaipur: los Singh y los Sharma.

Tanto Samir como Parvati dejaron claro que no querían saber nada del vástago ilegítimo de su hijo. Tras el compromiso de Ravi con Sheela, les faltó tiempo para enviar a su hijo a Inglaterra, y yo me hice la única responsable del bebé de Radha. Comprendí que, dada la relación que tenían los Singh con la familia real, si el bebé era niño, podrían considerar la posibilidad de que el palacio lo adoptara para ser el príncipe heredero. Me esforcé mucho en concertar la adopción, pero después vi lo decidida que estaba Radha a quedarse con su hijo. Sin embargo, con la ayuda de Jay, el doctor Kumar para mí por aquel entonces, cambiamos la información médica; el bebé tenía un problema cardíaco, lo cual anulaba en el acto el acuerdo con la casa real. Los Singh jamás se enteraron de que su nieto había terminado viviendo a pocos kilómetros de ellos.

Mientras recapacito sobre la incómoda historia, noto que empieza a dolerme la cabeza. Ha sido un día muy largo. Estoy exhausta después del largo viaje en tren. Me froto la sien.

—Pero, Kanta, sabes tan bien como yo que los Singh rechazaron toda responsabilidad sobre el bebé. ¿Por qué iba Samir a interesarse de repente por un niño que no le ha importado nunca?

—No lo sé, pero... me preocupa. ¿Podría arrebatárnoslo?

Después de intentar tener hijos durante años, sufrir varios abortos y dar a luz un niño muerto, Kanta se alegró mucho de ser madre. Si tuviera que enfrentarme a Shiva con tal de que nadie apartara a Nikhil de los Agarwal, lo haría.

—*Bukwas*. Sois los padres adoptivos legales de Niki. Tenéis papeles que lo demuestran.

Una lágrima cae por la comisura del ojo de Kanta.

—Papeles basados en información falsa.

Poso las manos en los delgados hombros de mi amiga y la obligo con suavidad a mirarme.

—No lo pienses así. Niki tiene los mejores padres y el mejor hogar que podría desear un niño. Ha recibido más amor de vosotros del que le habrían podido dar las niñeras y las institutrices del palacio. Jamás permitiré que os lo arrebaten.

El rostro se le contrae por el llanto y se deja caer sobre mi hombro.

He vuelto a prometer algo que no sé si podré cumplir.

20

Malik

Jaipur

A LA MAÑANA SIGUIENTE, la multitud se congrega delante del cine Royal Jewel. Las trabajadoras vestidas con saris de algodón de vivos colores salen del edificio con los pies cubiertos de polvo. Llevan sobre la cabeza una cesta con escombros. Una a una, vacían la carga en un camión que espera en la acera y vuelven a entrar. Varios hombres ataviados con *dhoti* mezclan cemento con agua en una carretilla. Otros sacan los asientos dañados para inspeccionarlos. ¿Pueden repararse o habrá que sustituirlos por unos nuevos? ¿Podrán volver a coser la lana de *mohair*? A través de las puertas del vestíbulo veo al equipo que está montando un andamio de bambú para trabajar en el palco derruido. Enlucidores, pintores, electricistas y fontaneros se apiñan en la entrada mientras sus correspondientes supervisores les dan órdenes. Varias mujeres barren el yeso y el polvo y lo recogen en contenedores de diversas formas y tamaños.

Veo a Ravi Singh con el señor Reddy. Ravi, demacrado, apunta con el dedo al gerente, que junta las manos en un namasté conciliador y le pide paciencia o perdón. Me aparto del campo de visión de Ravi y me acerco despacio a una mujer que acaba de salir del cine con una cesta sobre la cabeza llena de fragmentos de cemento, yeso y ladrillo.

—*Behenji* —digo con suavidad. Llamo «hermanas» a las mujeres que son de mi edad.

La mujer se gira despacio, insegura.

—¿Me permites que mire dentro de la cesta antes de que eches los escombros en el camión? —pregunto mientras saco una rupia del bolsillo y se la ofrezco.

Agita la cabeza en sentido afirmativo. En el tiempo que tarda en dejar la cesta en el suelo, le pongo la moneda en la mano, que ella se guarda rápidamente en la blusa.

Rebusco entre los escombros y saco un trozo de ladrillo con surco y sin logo que tiene tres cuartas partes intactas. Me guardo también un fragmento de cemento. También es demasiado poroso, lo que sugiere que la cantidad de agua utilizada en la mezcla con el polvo no era la correcta. Los ingenieros de Manu me han dicho más de una vez que hay que estar atentos con los albañiles inexpertos para evitar que echen más agua de la debida y que la mezcla quede demasiado líquida. Guardo las pruebas en una bolsa de tela. Antes de salir de la oficina, he metido en la bolsa varios libros de ingeniería, una carpeta sujetapapeles y un jersey que tengo allí y que ahora utilizo para esconder los fragmentos que he recogido. Ayudo a la mujer a ponerse de nuevo la cesta en la cabeza y veo a Ravi que viene hacia mí. Le dirijo un *salaam* a modo de saludo.

—No lo hagas. Interrumpes su trabajo y haces que se retrase.

Veo que está furioso. ¿Estará molesto aún porque acompañé a Sheela a casa de madrugada tras el derrumbe? Parece que desee darme un puñetazo en la cara.

Le sonrío para mostrarle que no me he ofendido.

—Te pido disculpas. Me pareció que se le iba a caer la cesta.

Ravi entorna los ojos.

—¿Qué te trae por aquí?

—Tengo que hacer unos presupuestos de los asientos que hay que reparar y los que hay que sustituir —respondo echándome la bolsa al hombro como si tal cosa.

Mira la bolsa, pero no dice nada.

—¿No te han dado una lista los ingenieros de palacio?

—Sí, pero me ha parecido mejor venir a verlo en persona. Es un proyecto importante. Quiero hacerlo bien.

Procuro mostrarme formal y servicial, o no conseguiré lo que quiero.

Se le suaviza un poco la expresión e intenta hablarme con un tono más conciliador y amigable.

—Escucha, amigo, ¿por qué no vienes a cenar esta noche? Hace mucho que no vienes. Podemos hablar de esto... —dice haciendo un gesto con el brazo hacia el cine y los trabajadores. ¿Intenta evitar llamarlo «tragedia» y «desastre», que es de lo que se trata en realidad?—. Todo se va a arreglar, ya lo verás. Mi padre conoce a mucha gente.

No me cabe duda de que su padre debe de haber estado muy ocupado hablando con los abogados del palacio, los medios y los proveedores para mitigar el daño a la reputación de su empresa. Ahora que Samir se encarga de recoger los platos rotos, Ravi puede relajarse.

—¿A qué hora? —pregunto. No tengo intención de quedarme a cenar, pero al menos tendré la oportunidad de hablar con Samir.

—A las ocho. Mamá planifica la cena todos los días a la misma hora.

Miro la hora. Me da tiempo a hacer lo que tengo pendiente.

De vuelta en la oficina, me paso la hora de la comida hablando con uno de los ingenieros de Manu. Es soltero, unos diez años mayor que yo, y solemos salir juntos a comprar la comida en alguno de los puestos de la calle. Tras dar cuenta de nuestro *palak paneer* y *chole*, le enseño los materiales que he recogido en la obra del cine.

Se queda perplejo.

—Nada de esto cumple las especificaciones que he visto en los documentos de la construcción del cine. —Come un trozo de *aloo parantha* y se encoge de hombros—. Muchos de nosotros hemos trabajado en ese proyecto. Puede que algunas de las especificaciones hayan cambiado después, cuando yo no tenía nada que ver. Quizá alguno de los otros ingenieros pueda decirte algo más.

Pero no encuentro a ningún ingeniero que sepa en qué han cambiado.

HAKEEM ME TIENE ocupado en la oficina hasta la hora de salir. Registro las nuevas facturas en los libros y cotejo números hasta que me duele la cabeza. Para cuando el *rickshaw* motorizado me deja en casa de Samir, apenas tengo ganas de socializar. Y hay muchas posibilidades de que me encuentre con ella, algo que preferiría evitar. Aunque Sheela ganara la batalla de vivir en una casa propia al casarse, aceptó cenar todas las noches en casa de sus suegros.

No he hecho más que entrar por la puerta cuando Sheela sale de la sala de dibujo con cara de pocos amigos. Detrás de ella camina Rita, vestida con un tutú amarillo.

—¿No viene Ravi contigo?

Tal como lo dice, cualquiera diría que soy yo el guardaespaldas personal de su marido y dejo que se me escape solo para fastidiarla. Es como si el momento de ternura que compartimos tras el derrumbe no hubiera tenido lugar. La Sheela que tengo delante con la mano apoyada en la cadera es una desconocida. ¿Ya se le ha olvidado que la ayudé a bañarse hace dos días cuando tan frágil y sola se sentía?

Niego con la cabeza por respuesta.

Esta noche lleva un *salwar kameez* de color verde musgo que realza el tono rosado de sus mejillas. Un *chunni* blanco con pequeñas cuentas verdes bordadas le cae con elegancia sobre los hombros. El fino algodón del *kameez* se le ciñe al pecho y las caderas y acentúa el estómago plano. La imagen de ella saliendo desnuda de la bañera hace que me sonroje. Sheela se da cuenta y una sonrisa engreída le alza una de las comisuras de los labios.

Me fijo entonces en su hijita. Me agacho para mirarla a los ojos.

—¿Quién es esta, Rita? —pregunto señalando la muñeca de plástico que agita arriba y abajo.

La niña se esconde detrás de su madre, que le dice, con impaciencia, que hay que contestar cuando un adulto le habla. Rita se asoma por un lado de su madre para mirarme y extiende el brazo para que vea su muñeca: de unos veinte centímetros de alta, con cuerpo de mujer adulta y pelo rubio. La muñeca va desnuda.

Miro a Sheela, que pone los ojos en blanco.

—El hermano de Ravi no tiene ni idea de qué regalar a una niña pequeña, así que le ha enviado a su sobrina lo que él creía que era una muñeca Barbie americana. Y no lo es. Es una muñeca Tessie.

Rita me sonríe y se le forma un hoyuelo en la barbilla. Se parece mucho a su madre, pero la barbilla es de Ravi.

—Le aprietas en la barriga y le crece el pelo. ¿Ves?

La niña le aprieta el estómago y el pelo le crece hasta las caderas. Cuando oigo la puerta de la entrada, me levanto y miro. Entra Samir, que entrega la chaqueta del traje y el maletín a un sirviente y sonríe a su nieta.

—Rita, tu muñeca va a necesitar mucho más pelo para taparse —dice.

La niñita examina la muñeca, le da la vuelta y se la da a su abuelo, que se ríe y coge a su nieta en brazos para besarla en la mejilla.

Sheela se cruza de brazos.

—Papaji, no puedes dejar que Ravi trabaje hasta tan tarde. ¡Sus hijas casi no lo ven!

Samir parece enfadado y, de repente, le sonríe. Me mira con gesto cómplice, como si, de hecho, estuviéramos compinchados, y dice:

—Pero, Sheela, ¿quién si no va a pagar tus clases de tenis, el carné de socia del club y las clases de *ballet* de Rita? —Hace cosquillas a su nieta, que se ríe—. *Hah, bheti?*

Sheela aprieta los labios, como intentando morderse la lengua. Coge a su niña, nos mira y se va al comedor pisando con fuerza.

Samir me pide que lo acompañe. Vamos a la biblioteca y cierra la puerta. Recuerdo haber estado en este sitio de pequeño. Las librerías empotradas llenas hasta los topes de libros en inglés, hindi y latín; los sillones de cuero rojo; una chimenea en la que siempre arde un fuego en invierno, vacía en esta cálida noche de mayo.

Me siento en uno de los sillones. Samir se quita los gemelos de oro y se remanga la camisa hasta los codos.

—Ravi me ha dicho que ibas a venir. La tragedia del cine no es lo que Manu tenía preparado para su becario en período de pruebas. Demasiado para alguien nuevo, ¿no te parece? —Abre el mueble bar, coge una botella de Glenfiddich y sirve un vaso de whisky puro de malta para cada uno.

—Como solían decir en Bishop Cotton: «No hay nada como un bautismo de fuego» —digo aceptando el vaso.

—Cierto —contesta él extendiendo el brazo con el vaso a modo de brindis, y bebe un buen sorbo a continuación. Se sienta en el otro sillón y apoya el vaso en el brazo con fuerza, como si hubiera tomado una decisión.

—Antes de que Singh Architects y Sharma Construction se unieran, éramos un pequeño estudio en el que trabajaban cinco delineantes. Diez años más tarde, tenemos quince arquitectos y casi cien empleados. Como sabes, cuando el señor Sharma sufrió el ataque, yo asumí toda la responsabilidad. Ahora diseño mucho menos y me ocupo mucho más de la gestión. Es decir, que no me implico tanto en las decisiones del día a día. Eso no quiere decir que no supervise los proyectos, pero los... detalles...

El whisky me quema la garganta, sin embargo, cuando lo trago baja como la miel. Siento que se me relaja la mandíbula y después los músculos del cuello. En Shimla, el doctor Kumar y yo nos tomamos un whisky de vez en cuando —su marca preferida es Laphroaig y a mí me gusta—, pero yo prefiero desde siempre una buena cerveza.

—Después de Oxford —continúa Samir—, Ravi se graduó en Arquitectura en Yale. Volvió lleno de ideas nuevas y atrevidas sobre diseño y sobre construcción. Se le da bien y la gente lo sabe. Cae bien a los clientes y dirige bien los proyectos.

Samir se bebe de un trago lo que queda de whisky y se endereza. Yo bebo otro sorbo.

Me sonríe y me señala con el dedo.

—Lo más importante en este negocio es escuchar. Sé que a ti eso se te da bien.

También se me da bien esperar. Al principio, seguía a la jefa por toda la ciudad hasta que se percató de mi presencia. Al final, empezó a pagarme para que la ayudara a llevar el material que necesitaba. Después, la acompañaba a las casas señoriales de Jaipur y la esperaba sentado en el césped hasta que terminaba de aplicar la henna a damas elegantes como Parvati Singh. Y más adelante, cuando estudiaba en el prestigioso internado de Bishop Cotton, esperé con paciencia a que mis compañeros aceptaran mi pedigrí, que dejaba mucho que desear. Las novatadas me costaron al principio. La culebra de jardín en el zapato, el cepillo de dientes recubierto de lana de oveja o una corbata atada a los tobillos mientras dormía. No tomé represalias, sino que opté por convertirme en alguien útil para ellos. Sabía que a Nariman le gustaban los cigarrillos estadounidenses y se los conseguía; Ansari prefería las fotos de mujeres desnudas; a Modi le iban los sellos raros. No me costaba conseguir todas esas cosas, igual que en su momento conseguí los mejores pistachos de Jaipur, los preferidos del chef del palacio; hace muchos años de eso. De la noche a la mañana me convertí en alguien valioso para los matones del colegio y dejaron de acosarme.

Acabo el whisky y le tiendo el vaso a Samir para que me lo rellene. Parece aliviado por tener algo que hacer, algo que lo distraiga de sus pensamientos. No termina de encontrar la manera de decirme lo que desea. Veo que le cuesta.

—¿Te ha dicho Ravi que ha terminado sus dos últimos proyectos bastante antes de la fecha prevista? —me dice mientras vuelve con el vaso—. Se encargó de la remodelación del salón de baile y el restaurante del hotel Rambagh y después asumió el proyecto de transformar esa vieja finca rajput de la calle Civil Lines en un hotel boutique de talla mundial.

Asiento con la cabeza.

Samir se sienta y respira profundamente.

—Es difícil lo que hace. Hay muchas variables, muchos detalles que tener en cuenta, como el tiempo que va a hacer o si los materiales llegarán en el plazo previsto. A veces, los trabajadores no se presentan cuando deben. Ese tipo de cosas.

Echa mano del paquete de Dunhill que hay encima de la mesa que tiene al lado. Saca un cigarrillo y me tiende la cajetilla. Tomo uno. Cuando todavía vivíamos en Jaipur, Samir fumaba Red and White, una marca más barata. Tomo nota de que ha subido de nivel. También tomo nota de que los coches que hay fuera son más lujosos.

Saca el mechero de oro del bolsillo de la chaqueta y enciende los cigarrillos de ambos. No retoma la palabra hasta que no da una primera y larga calada.

—Los accidentes ocurren —dice—. Es la ley de la naturaleza. Lo ocurrido en el cine ha sido catastrófico, pero... —Expulsa el humo mientras da unos golpecitos con el vaso en el brazo del sillón—. Es mi nombre el que figura en la empresa, Malik —dice señalándose el pecho con el dedo—. Yo no permito que se cometan errores flagrantes en mis proyectos. Ni de juicio, ni de cumplimiento de las normativas, ni relacionados con los materiales, eso jamás.

262

Se inclina hacia delante y apoya los codos en los muslos.

—Le di a Ravi libertad para actuar como quisiera con el proyecto del cine. No quería que pensara que no confiaba en su capacidad de decisión.

Me mira directamente a los ojos.

—Tras el accidente, le pedí que revisara los libros de cuentas, el proceso, todo lo que hicimos, el papel que tuvo el palacio. Lo hizo. Y, si te soy sincero, no veo qué pudo hacer mal. Siguió todas las reglas. En todo. Y aun así... —Se reclina de nuevo en el sillón—. Según he oído, dudas de él. Y de mí. Tienes dudas sobre mi profesionalidad.

Su voz ha adquirido un tono cortante. Da varias caladas y expulsa una densa nube de humo.

El alcohol se me está subiendo a la cabeza. Echo otro vistazo a mi alrededor. La sala de un hombre rico. Los libros encuadernados en cuero. El reloj dorado. Un hombre rico con un traje de rico que quiere que yo proteja a su hijo. Ahora entiendo por qué quería Ravi que viniera a cenar. No era para hacer las paces conmigo, era para advertirme.

Dejo el vaso en su escritorio.

—¿Qué se supone que tengo que hacer, señor?

—Hakeem me ha dicho que te encontró husmeando en su despacho ayer. Ravi te ha visto hoy en el cine haciendo Bhavagán sabe qué. Y —termina señalándome con el dedo con gesto acusador— has estado haciendo preguntas a los ingenieros del palacio. No pongas cara de sorpresa. Sería un mal empresario si no estuviera al tanto de lo que ocurre en mi empresa.

Se me eriza el vello de la nuca. De repente, vuelvo a estar en Bishop Cotton, en la piscina, y tres chicos de un curso superior me meten la cabeza bajo el agua a la fuerza. ¿Cómo se ha enterado de que he estado hablando con los ingenieros del departamento? ¿Es que Hakeem me espía? ¿Todas las personas con las que he hablado han ido directamente a contárselo a Samir? ¿Los tiene comprados a todos?

Mido las palabras antes de hablar.

—Hace años, fuiste tú quien le echó una mano a Lakshmi para que entrara en el palacio. Tú mejor que nadie sabes cómo ayudó a la maharaní a salir del bache que atravesaba. Desde entonces, siempre he sentido una fuerte conexión con las maharaníes. Me honra trabajar para ellas en el Departamento de Operaciones con el señor Agarwal. Lo único que quiero es asegurarme de que estamos preparando un presupuesto minucioso para la reconstrucción. Eso es todo —digo separando los brazos con las palmas hacia arriba.

Echa la ceniza en un cenicero metálico grande que tiene en la mesa y recupera el tono meloso cuando toma de nuevo la palabra.

—Lo entiendo perfectamente. Pero todas las preguntas que puedan surgirte sobre lo que descubras deberías hacérnoslas a Ravi o a mí. Nosotros podemos explicarte detalles importantes que no tengas claros. No hay necesidad de perder el tiempo hablando con los ingenieros del palacio. Ellos están muy ocupados con sus propios proyectos de construcción como para entretenerse con los nuestros. —Me muestra su sonrisa más encantadora—. Y, además, tú y yo somos viejos amigos. No tendrás dudas sobre mí, ¿verdad?

En esta sala de hombre rico solo tengo una cosa clara: un padre y un hijo tienen un vínculo de sangre. Yo no tengo ninguna relación de parentesco con Samir y Ravi. Yo soy el que sobra aquí. Samir quiere que crea que puedo confiar en él, pero yo sé que no es así.

Sonrío yo también sin apartar los ojos de su cara.

—A ver si he entendido una cosa. ¿Estoy aquí porque querías recordarme que nos une una amistad? ¿La misma que obligó a Lakshmi a abandonar Jaipur?

Su rostro adopta el blanco grisáceo del mármol. Procura reírse con despreocupación, como si lo que acabo de decir fuera una broma graciosa, y se pone de nuevo la careta del bueno y jovial tío Samir.

—¡Qué tontería! Estás aquí porque quiero que disfrutes de la hospitalidad de los Singh.

Aplasto la colilla en el cenicero.

—Gracias, pero me temo que ya tenía otro compromiso.

Llaman a la puerta, giran el pomo y abren. Parvati entra y me levanto con educación.

—¡Aquí estás, Samir! No te había oído llegar. —Su expresión se endurece al verme. No es la cara amistosa que me puso cuando vine a cenar hace un mes. ¿Le habrán contado Ravi y Samir que he estado haciendo preguntas? Observa la biblioteca y se fija en el whisky y el tabaco—. ¿Antes de cenar?

Mira fijamente a su marido hasta que se levanta de mala gana del sillón. Da unos pasos y se detiene a pocos centímetros de ella. Parvati no retrocede. Samir sonríe, toma con delicadeza el *pallu* de su sari, que le cae por detrás, y se lo echa por el otro hombro, de modo que la cubre como si fuera un chal. Es la caricia de un amante y veo cómo a ella se le relaja el rostro.

—Detrás de usted, *mensahib*.

Los labios de Parvati se arquean hacia arriba, pero solo ligeramente. Se gira con elegancia y sale por la puerta abierta.

Cuando me giro yo también para marcharme, Samir me agarra el codo izquierdo.

—En lo que se refiere a Sheela, Ravi siempre trabaja hasta tarde. *Accha?* —dice, pero tan bajo que casi no lo oigo.

Lo miro con frialdad. De tal palo, tal astilla.

21

Lakshmi

Jaipur

En la época en la que traté a la maharaní Latika por su depresión, las citas con el palacio las concertaba con la secretaria de la maharaní mayor. Malik y yo avisábamos de nuestra llegada en la garita del guarda a la entrada del palacio antes de entrar. Fue Samir Singh quien nos ayudó a conseguir aquella primera audiencia con la maharaní viuda Indira, que luego vio que las siguientes visitas que le hice a la maharaní Latika resultaron vitales para su recuperación.

Pero ya no puedo pedir a Samir que me ayude a entrar en el palacio. No hemos vuelto a vernos ni a hablar en estos doce años. Eso dejando al margen que el tema del que he venido a hablar con la maharaní Latika tiene que ver con su empresa.

Esta mañana me he puesto un sari de seda de color marfil rematado en una tira verde esmeralda bordada con hilo dorado. Me he perfumado el pelo con flor de jazmín y me lo he recogido en un moño bajo. No uso más maquillaje que el lápiz de labios rojo oscuro. Las joyas que llevo son sencillas: collar de perlas de dos vueltas en el cuello, no me pongo pendientes, y un reloj con pulsera negra trenzada; ningún otro adorno en los brazos o los dedos. Aprendí hace tiempo que cuando compartes espacio con miembros de la realeza, es mejor optar por la elegancia sencilla y no eclipsarlos nunca.

266

Puede que el guarda con bigote cano de la garita sea el mismo de hace doce años, no sabría decirlo. Todos los guardas del palacio y todos los miembros del servicio se parecen: visten los mismos turbantes rojos, las mismas chaquetas blancas con una faja roja a la cintura y pantalones blancos ceñidos. Los guardas más jóvenes llevan la cara afeitada. Los mayores y más curtidos llevan barba y bigote.

El hombre me reconoce.

—Buenos días, *ji* —dice—. Cuánto tiempo sin verla. ¿Viene a ver a la maharaní mayor?

No sabía que la maharaní viuda hubiera vuelto a Jaipur. Lo último que sabía era que se había ido a vivir a París cuando la maharaní Latika se recuperó de su depresión y pudo retomar sus obligaciones oficiales. No es apropiado preguntar al guarda por qué ha vuelto la reina viuda, así que no lo hago. Seguro que no tardaré en enterarme.

—A la maharaní Latika —digo con seguridad, como si me estuviera esperando. Al presentarme sin invitación, solo podré engañar al guarda una vez; la próxima vez que venga sin cita, me reconocerá y no me dejará entrar.

Veo el Bentley de la reina joven a través de la verja de hierro. Como es normal a esta hora del día, está aparcado en la explanada circular, resplandeciente bajo el sol, listo para que lo saquen a pasear.

El guarda me mira las manos y saca la cabeza para mirar por detrás de mí, esperando probablemente que Malik me acompañe cargando con las *tiffins* y los materiales: la henna, los tratamientos para la maharaní y diversas lociones suavizantes y calmantes. Al no ver a nadie, me mira como si fuera a preguntar algo, pero al final avisa con un gesto de la mano a un sirviente joven que sale para acompañarme. Conozco el camino por las frecuentes visitas que hice años atrás. Aun así, el protocolo exige que un sirviente me acompañe al llegar y cuando me vaya.

El joven me guía por las galerías que tan familiares me resultaban en el pasado, con los suelos de mosaico decorativo, los espejos victorianos y los cuadros de los maharajás y maharaníes pasados y presentes cazando tigres, sentados en sus tronos o rodeados de su familia. Me da la sensación de que ha pasado toda una vida desde que vine a tratar a la reina. Yo era diferente por entonces, más preocupada por lo que podía ganar con la henna que por si realizaba el trabajo de mi vida, sanar a otros, como me había enseñado mi *saas*.

Las fotos en blanco y negro de las paredes muestran a las maharaníes con personalidades extranjeras como Jacqueline Kennedy, la reina Isabel o Helen Keller. Las más sorprendentes son unas composiciones melancólicas de la maharaní Latika mirando por la ventana de su sala de dibujo o en la terraza, con el viento agitándole el sari de georgette.

Yo me imaginaba que cada maharaní habría dejado su huella estética en la decoración. Sin embargo, al pasar por las galerías veo las mismas mesas de caoba taraceadas con marfil. Y en todas ellas resalta un jarrón de cristal tallado lleno de flores (rosas, jacintos azules y dedaleras moradas) recién cortadas del jardín del palacio. Me pregunto si a las reinas solo les permiten dejar su sello personal en sus aposentos privados.

Por fin veo las altas puertas de latón de la sala de dibujo en la que solía recibirme la maharaní viuda. El sirviente me pide educadamente que aguarde en la *chaise-longue* que hay junto a la puerta y entra para avisar de mi visita. Me fijo en que la han tapizado con raso rojo desde la última vez que estuve aquí. Tal vez haya sido elección de la maharaní Latika. Espero más de lo que solía hacer en otro tiempo y temo que se niegue a recibirme, pero, al final, el sirviente vuelve y me invita a entrar.

Me cubro el pelo con el *pallu* en señal de respeto antes de entrar y sonrío al recordar todas las veces que Malik me repetía que este pequeño gesto de cortesía resultaba vital cuando empecé a trabajar para el palacio; me ponía muy nerviosa siempre que se me olvidaba. Me sorprende que ahora no se me dispare el pulso de expectación ante la idea de estar en presencia de su alteza.

Veo que también han tapizado los tres sofás de estilo victoriano de la elegante sala. La tela de damasco de seda era de otro color, un tono rosa intenso, pero aparte de este detalle, todo lo demás está como antes. Los sofás flanquean una enorme mesa de centro de caoba. La elaborada pintura del alto techo exhibe escenas del cortejo de Rama y su consorte Sita sacadas del poema épico *Ramayana*.

La maharaní Latika está sentada detrás de un escritorio de ébano con taracea de marfil y perlas situado en una esquina de la sala. Me mira y sonríe cuando entro.

—¡Lakshmi! —exclama—. Qué alegría verte. Tengo entendido que ahora vives en Shimla. Por favor —dice señalando la zona de estar—. Estoy terminando de revisar la correspondencia, solo tardaré un minuto.

Aparte del sonido del reloj inglés que hay en la repisa de mármol de la chimenea, reina tanto silencio que puedo oír el roce de la pluma de su alteza sobre el papel. Recuerdo la primera vez que entré en esta sala y conocí a Madho Singh. Chillaba «¡Namasté! *Bonjour! Welcome!*» desde la seguridad que le brindaba su jaula. Su murmullo y sus chillidos constantes llenaban de vida la sala cuando la ocupaba la reina viuda.

—Ya está —dice la maharaní Latika mientras sostiene los sobres y un sirviente aparece de improviso, como por arte de magia. Los sirvientes aguardan tan inmóviles que uno no es consciente de su presencia en la sala hasta que entran en acción. Este que sale ahora será reemplazado por otro; la maharaní nunca está sola.

Me levanto para tocarle los pies mientras se dirige a mí y se acomoda en un sofá.

—¿Té?

Es tan hermosa como recordaba. Más mayor, eso sí. Calculo que rondará los cuarenta y muchos. Es un poco mayor que yo. Tiene los ojos del color y el tamaño de una nuez de areca y unas largas pestañas. Las arrugas que los rodean no las tenía la última vez que la vi. Hay en ellos una inteligencia que parece evaluar, calcular, tantear. Las cejas depiladas dibujan un arco que le dan un aire más imponente que nunca. ¡Sin duda!

—Como usted quiera, alteza.

—Pensándolo bien, creo que un vaso de *nimbu pani* podría ser más refrescante.

Levanta la cabeza y el segundo sirviente da un paso al frente, se inclina y sale.

—Háblame de Shimla. Es un lugar maravilloso en esta época del año, cuando en Jaipur el calor nos envuelve como un manto de invierno.

Lleva un fresco sari de georgette con estampado de hortensias azules. La blusa hace juego con el azul de las flores. Unos grandes pendientes de diamantes le adornan las orejas y una gruesa cadena de oro macizo, el cuello; sendos anillos de diamantes y zafiros en los dedos completan el conjunto.

—Volver a Jaipur, y a su calor, ha resultado muy impactante después de tantos años viviendo en las montañas —digo riéndome.

—He oído que te has casado. Debe de ser bueno para ti. Tienes buen aspecto.

—Gracias, alteza. Usted es la salud personificada.

Le quita importancia al cumplido con un gesto de la mano.

—Tengo demasiado trabajo. No duermo todo lo que necesitaría. Y tengo menos tiempo para dedicárselo a la escuela para chicas.

Se refiere a las clases de etiqueta, tenis y baile occidental que da en la escuela para chicas que fundó hace décadas y en la que Radha estudió durante un trimestre.

—¿Y su hijo, alteza? ¿Qué tal se encuentra?

La reina guarda silencio un momento y cuando retoma la palabra, lo hace con un tono severo.

—Está en París. Creo que lo conocen bien en los establecimientos en los que sirven bebidas. Pero seguro que ya lo habrás oído.

Me sorprende lo que me dice y debe de verlo en mi cara. Kanta me ha dicho que su hijo no ha pisado la India últimamente, ni siquiera para asistir al funeral de su padre, pero yo pensaba que vendría de vez en cuando a ver a su madre.

Me sonríe con ironía.

—Así que, ¿en Shimla no están al tanto de todos nuestros asuntos? Dales tiempo.

El sirviente regresa con nuestra limonada. Al contrario que la que venden en los puestos callejeros, a esta le han quitado la pulpa, por lo que el brillo del líquido amarillo verdoso se ve a través del cristal tallado. Espero a que ella coja su vaso para hacer yo lo mismo. Es una delicia. Ácida, dulce y salada a partes iguales, un estallido de frescura me baja por la garganta.

La mujer que está sentada frente a mí es más formal de lo que recordaba, más fría. Antes se movía como la brisa, siempre estaba haciendo algo. Sé que la separación forzosa de su hijo cuando este tenía ocho años fue devastadora para ella, pero la reacción de él ha sido aún más catastrófica. Por lo que me ha contado Kanta y lo que estoy intuyendo hoy aquí, su hijo debe de culparla por no haber luchado más por él. Debe de sentir que si lo hubiera hecho, ahora sería el maharajá de Jaipur. A lo mejor no viene a la ciudad porque no quiere encontrarse frente a frente con su sustituto, el heredero adoptado. Niki también podría haber tenido ese título si hubiéramos permitido que la adopción siguiera adelante.

Me aclaro la garganta antes de hablar.

—¿Tiene que relacionarse mucho con el actual heredero, alteza?

La mujer bebe un sorbo.

—Solo tiene doce años. Un poco joven para cualquier otra cosa que no sea saludar a la multitud. Por suerte, no se espera de mí que actúe como si fuera su madre, solo como tutora. Igual que hizo la maharaní viuda con mi marido hasta que alcanzó la edad suficiente para asumir las obligaciones de maharajá de Jaipur. —Me dirige una mirada acerada—. Pero no has venido a charlar.

Dejo el vaso en la bandeja de plata y entrelazo las manos.

—No, alteza. He venido, en primer lugar, para mostrarle mi pesar por el accidente en la sala de cine. Tengo entendido que varios espectadores perdieron la vida y muchos más resultaron heridos.

Entorna los ojos e inspira profundamente.

—Un accidente de lo más desafortunado. Nadie podría haberlo previsto. Lo siento mucho por todas las personas que no han salido ilesas. En estos momentos, lo mejor que podemos hacer por ellos es compensarlos económicamente y tratarles las heridas. —Fija la vista en la mesa de centro—. No hay palabras para expresar lo mal que me siento por Rohit Seth, un viejo amigo, y por esa joven. Los dos se han ido antes de tiempo. —Bebe otro sorbo—. Pero la conmiseración tampoco es la razón por la que has venido a verme.

Me froto el dorso de una mano con la palma de la otra y observo las uñas recortadas.

—Me he enterado, alteza, de que puede que Manu Agarwal pierda su empleo en el Departamento de Operaciones.

La reina arquea una de sus cejas depiladas. ¿Y?

—El señor Agarwal y su esposa, Kanta, son buenos amigos. No quiero engañarla sobre ello. Pero tengo información que exonera al señor Agarwal. Nadie lo puso al corriente de ciertas discrepancias con los materiales durante la construcción. Si su alteza me lo permite, ¿puedo explicarle el engaño del que ha sido objeto?

—¿Por qué no me ha dado esta información él en persona?

—Aún no está al tanto.

La reina agacha la barbilla.

—¿Y tú sí? —dice con incredulidad.

—Perdone la impertinencia, alteza. ¿Puedo hablar con franqueza?

—Siempre, Lakshmi.

—No sé si se acuerda del joven ayudante que me acompañaba cuando vivía en Jaipur. Se llama Malik. Gracias a una afortunada circunstancia, vino conmigo a Shimla y asistió al colegio Bishop Cotton. Malik tiene veinte años y, como favor personal, el señor Agarwal accedió a formarlo como aprendiz en su oficina. Malik ha colaborado en el proyecto del Royal Jewel, sobre todo en el departamento de contabilidad.

He conseguido que la maharaní me preste atención. Tiene una mirada penetrante.

—En el transcurso de sus obligaciones, Malik encontró por accidente unas facturas en concepto de material de baja calidad que se había utilizado en el proyecto del cine.

—¿Puedo ver esas facturas?

Cierro los ojos con un gesto de frustración y niego con la cabeza.

—Esa es la cuestión, alteza. Malik no era consciente en aquel momento de lo que aquello significaba y al ir a echar mano al archivo, las habían sustituido por... otras diferentes.

La maharaní hace girar el líquido y bebe otro sorbo.

—Desde el punto de vista del palacio, el proyecto de construcción del cine Royal Jewel estaba bajo la dirección del señor Agarwal. Si no hay forma de encontrar las facturas que demuestren su inocencia, ¿cómo voy a eximirlo de su responsabilidad? Si la investigación lo declara culpable, será cesado.

273

Acabo de entender que, para cerrar este asunto de manera satisfactoria de cara al público, hay que encontrar un chivo expiatorio al que sacrificar. Y ese es Manu, que no tiene ni una sola prueba que demuestre que no debería ser él.

—Acusar al señor Agarwal de algo que no ha hecho arruinaría para siempre la reputación de un buen hombre —digo—. Ha servido a este palacio con honradez durante quince años. Ha dedicado su vida a mantener la irreprochabilidad del nombre de la familia real. —Me doy unos golpecitos en el labio con el dedo—. Si yo... Si pudiéramos mostrarle pruebas del verdadero culpable, ¿estaría dispuesta a considerarlo? ¿Podría esperar hasta entonces antes de cercenar el futuro del señor Agarwal?

Se atusa el pelo.

—El club de fans de Seth y la industria del cine nos están presionando mucho, Lakshmi. Puede que esto sea un proyecto privado del palacio, pero tenemos una obligación ante el público en lo que respecta a nuestra reputación. Debemos tomar medidas con rapidez.

—Alteza, por favor. Espero que recuerde que soy una persona que cumple su palabra. —Obviamente, confía en mí o no me habría dejado entrar en sus habitaciones privadas sin cita—. Si le prometo que le entregaré algo creíble, y deprisa, ¿será suficiente?

—¿Cuánto tiempo necesitas?

—¿Unas semanas?

—Tienes tres días. Lo siento. Después, tendré que anunciar la suspensión y el posible cese del señor Agarwal.

¡Es peor de lo que imaginaba! Y por su tono intuyo que no tiene mucha esperanza en mi éxito.

Deja el vaso en la bandeja y se levanta. Es la señal de que se ha acabado la visita.

—Gracias, alteza —digo y le toco los pies.

Justo cuando me doy la vuelta para marcharme, me dice otra cosa.

—¿Cómo le va a tu hermana, antigua alumna de mi escuela? Radha se llamaba, ¿no es así? Era una chica prometedora si no recuerdo mal.

Me río.

—Me temo que la promesa se ha materializado tarde. Ahora vive en París con su marido francés, que es arquitecto. Tienen dos hijas. Trabaja en el sector de los perfumes.

La maharaní Latika se muestra gratamente sorprendida.

—¡Pero eso es maravilloso! Tal vez me acerque a verla la próxima vez que vaya a París. Tendrás que decirme dónde puedo encontrarla.

—En Chanel. Empezó en otra casa de perfumes y allí descubrió no solo que le gustaba mezclar elementos, sino que tiene olfato para los aromas.

—Vaya, vaya. Dale recuerdos de mi parte, ¿lo harás?

Me despido con un namasté y me voy.

Malik y yo tenemos solo tres días para salvar a Manu Agarwal. Tres días para encontrar la forma de que esta calamidad no termine destruyendo la vida de Niki y la de su padre.

De vuelta en casa de los Agarwal, llamo a Jay. Es más de media mañana. Estará en el hospital. Contesta al primer tono de llamada.

—¿Ya me echas de menos?

Jay se ríe por lo bajo.

—«Aunque encierres al gallo, el sol se levantará igualmente.» No estás en Shimla, pero eso no significa que no te imagine haciendo el crucigrama en la sala de dibujo o saliendo del baño con aroma a lavanda o regañando a las enfermeras de la clínica.

Yo también me río.

—¡Yo no hago eso! —Le cuento lo ocurrido, lo que me ha dicho la maharaní, que nunca había visto a Manu tan deprimido y lo mucho que está afectando a su familia—. Malik ha estado siguiendo algunas pistas. —Hago una pausa—. ¿Qué tal están Nimmi y los niños?

—Lakshmi, tienes que creer que no te dijo todas esas cosas en serio. Está muy asustada. No sabe en qué lío nos ha metido su hermano.

Me cuesta ser comprensiva cuando la rabia de Nimmi era tan palpable. En unos minutos tiró a la basura toda la cordialidad que se había creado entre las dos. Se lo comento vagamente entre dientes.

Jay nota mi reticencia y suspira.

—¿Y qué pasa con las ovejas?

—Nimmi ha pagado al pastor para que siga sacando el rebaño a pastar unos días. A él no le importa porque tiene que sacar al suyo también, y así los pastorea a los dos juntos.

—¿Y la lana que esquilamos?

—Sigue en la alacena. Está tan llena que no puedo ni alcanzar la comida de Madho Singh.

—Por eso he contratado a una mujer para que cocine para ti.

—*Hahn*. ¡Y ahora resulta que al pájaro le gustan los *chapattis*! No te extrañe que no quiera volver a comer semillas. —Se ríe por lo bajo—. ¿Cuánto tiempo estarás en Jaipur?

—La maharaní Latika nos ha dado tres días a partir de hoy para encontrar pruebas que demuestren que Manu no es culpable de falta de ética profesional. Si no encontramos nada, lo despedirán para salvaguardar la imagen pública del palacio.

Los dos guardamos silencio un momento.

—«El que la hace, la paga.» Encontrarás las pruebas, Lakshmi. Asegúrate de que mi viejo amigo Samir la paga de una vez.

—Voy a intentarlo.

22

Malik

Jaipur

POR LA VOZ que tiene el oficinista que responde al teléfono en Forjados Chandigarh diría que tiene mi edad. Cuando digo que soy el ayudante del director de contabilidad del palacio de Jaipur, casi puedo oír que se endereza en la silla.

—*Bhai* —digo—, no sé si podrás ayudarme.

Carraspeo como si no supiera por dónde empezar.

—Es el primer trabajo importante que tengo y me da vergüenza admitir que se me han traspapelado unos documentos —digo por fin y termino con una risa nerviosa.

El tipo parece agradable y se ríe.

—A mí también me ha pasado.

Me lo imagino como un hombre aplicado, comprensivo, popular entre sus amigos.

Le muestro lo agradecido que estoy suspirando de forma exagerada.

—Esto me pasa porque llevamos muchos proyectos a la vez en el palacio y seguro que he guardado los dichosos papeles en el cajón equivocado —digo como si fuéramos amigos de toda la vida, otro truco que aprendí en Bishop Cotton—. Sin tu ayuda podría tardar horas en encontrar esos documentos. Pero, *bhai*, que esto quede entre los dos, ¿te parece?

—No te preocupes. —Y bajando la voz añade—: ¿Qué es lo que buscas exactamente? Te mandaré una copia por correo.

El correo desde Chandigarh podría tardar una semana. La maharaní nos ha dado tres días.

—Eres muy amable, pero mi jefe está... Los necesita ya o le servirá mi cabeza en una bandeja a la maharaní si no los entrego en una hora.

—Pero me llamas desde Jaipur. ¿Cómo voy a hacértelos llegar en una hora?

—Solo necesito los números. A lo mejor podrías enviármelos en un telegrama.

Lo oigo vacilar.

—Tendría que justificar el gasto, *bhai*. Los telegramas son caros.

—Mándalo a cobro revertido —digo riéndome—. ¡Lo pagará el palacio! Siempre puedo encontrar un hueco para disimular el gasto. En contabilidad siempre hay una forma de resolver estas cosas, *hahn-nah*?

El hombre se ríe de buena gana.

Le digo que envíe el telegrama a la oficina de correos de Jaipur y le doy todos los datos que necesita. Luego me levanto y cojo unas facturas que tengo esparcidas por la mesa para que al pasar por el despacho de Hakeem parezca que estoy trabajando en algo oficial.

—¿Abbas?

No había contado con que me requiriese para algo. Vuelvo la cabeza, pero no el cuerpo, como si tuviera prisa.

—¿Sí, *sahib*?

—Aún no he visto el presupuesto del suelo para la reconstrucción del cine.

Levanto los papeles que llevo en la mano.

—Tengo que verificar una última cosa. No me han mandado el coste de los asientos. Creo que en Singh-Sharma no han calculado aún lo hay que sustituir y lo que hay que reparar.

Se me queda mirando con fijeza, tratando de mostrarse severo mientras se atusa el bigote.

—Tiene que estar antes de que termine el día.

Asiento con la cabeza. Me dirijo entonces a la puerta de entrada y salgo hacia la oficina de correos. Ahora que sé que le ha ido a Samir con el cuento de lo que he estado haciendo, evito encontrarme con él. Al parecer, no es tan anodino como pensaba, pero tampoco es el contable diligente que suponía que era. ¿Por qué obedecía a pies juntillas a los Singh? ¿Le pagaría Samir para tener un espía dentro de la organización del palacio?

Voy a la oficina de correos pensando en los ladrillos que la jefa me contó que había visto en Shimla, que se parecían a los que yo había visto tras el derrumbe del palco. Tengo que averiguar si hay alguna relación entre ellos.

También voy pensando en la discusión que presencié ayer en casa de los Agarwal entre la jefa y Manu.

Kanta y Niki habían ido a la tienda de dulces a comprar algo para el postre. Manu, Lakshmi y yo nos quedamos en la sala de dibujo. Cuando Lakshmi le habló a Manu de mis descubrimientos y le contó que había ido a hablar con la maharaní Latika en su nombre, Manu explotó.

—¿Que has ido a hablar con ella a mis espaldas? Su alteza pensará que no tengo carácter y envío a una... Una...

—¿Una mujer? —dijo la jefa con voz calmada, la que siempre adopta para aplacar a las clientas más difíciles cuando hacía la henna.

—¿No te das cuenta de lo que parece? Te has puesto en medio. ¡Ahora todo Jaipur sabrá que Manu Agarwal es un cobarde, además de un malversador de los peores!

Se giró para mirarme.

—¡Y tú, Malik! ¡Yo te acogí de corazón y vas tú y te pones a sacar a la luz trapos sucios! ¿Vas por ahí hablándole de este proyecto a todo el que te encuentras sin decírmelo?

Nunca lo había visto tan enfadado. No pensaba que fuera capaz de ponerse así. Lo vi caminar de un lado a otro de la habitación alzando los brazos al cielo con el pelo revuelto, como si también este estuviera gesticulando. Si no lo conociera desde pequeño, habría creído que iba a darle un ataque de nervios, como le pasó a aquel profesor en el colegio cuando se enteró de que su mujer lo engañaba con el profesor de matemáticas.

La jefa no dejó de hablar en todo momento con tono tranquilizador.

—Yo no querría que Niki supiera que tratan así a su padre. Por eso he ido a ver a la maharaní.

Al oír el nombre de su hijo, Manu se paró en seco. Y cuando la miró, tenía el rostro crispado en una mueca de angustia.

La jefa dio unos golpecitos en el sofá a su lado.

—Ven a sentarte, Manu-*ji*. Por favor. Me estoy mareando de verte.

Él se subió las gafas e hizo lo que le pedía, de repente con gesto apesadumbrado.

—Lo que Malik ha descubierto tú no habrías podido hacerlo. Eres el supervisor. Tu trabajo no consiste en revisar al milímetro detalles como facturas y recibos. Tus empleados son los que te informan. Te entregan informes resumidos de lo que hacen. Tú escuchas, preguntas y discutes, y después das tu aprobación a lo que te recomiendan.

—¿Me estás diciendo que mi gente, mi personal cuidadosamente seleccionado, podría estar mintiendo?

Ella le puso la mano en el hombro, como si hablara con su hermano pequeño.

—Tus empleados llevan mucho tiempo contigo. Como es natural, confías en que hacen lo correcto. ¿Puede que sus recomendaciones en este caso estuvieran basadas en una información incorrecta? Después de tanto tiempo trabajando con Singh-Sharma, es normal que también confíes en ellos y que no fueras consciente de que estuvieran haciendo algo... inapropiado.

Manu se quedó mirando fijamente la alfombra persa. Infló las mejillas y expulsó el aire, como si estuviera dejando salir su enojo, y se volvió hacia Lakshmi.

—Esta supuesta conspiración... Dime que no es tu manera de vengarte de Samir Singh por lo que ocurrió entre Radha y Ravi. Una forma de desquitarte por la forma en que te dejó tirada.

Me di cuenta de que la jefa no había visto venir la acusación, pero no vaciló en contestar.

—Nada de eso, *bhai*. Todo eso pertenece ya al pasado. No le dedico ni un minuto de mi tiempo. Pero el pasado sí que afecta a la opinión que tengo de esa familia y a las cosas que son capaces de hacer. Si te fijas en lo que ha descubierto Malik, tal vez creas que ellos sí tienen algo de responsabilidad en lo ocurrido.

Manu parecía debatirse. Me miró con el ceño fruncido.

—Samir pagó tu educación en Bishop Cotton. ¿No crees que le debes lealtad? ¿Cómo has podido acusar a su empresa de fraude y de actuar con imprudencia cuando Samir te ha abierto tantas puertas?

Manu parecía tan desconcertado que deseé poder decirle algo que lo ayudara. Había perdido el control de lo que estaba sucediendo a su alrededor. Lo habían educado para no cuestionar jamás a sus superiores. Como siempre ha sido un gestor honrado, no se le pasaría por la cabeza que otros no hagan lo mismo. Ha trabajado durante quince años para la familia real. Se cortaría un brazo antes de cuestionar sus decisiones o culparlos de una conducta impropia.

—Yo nunca haría una acusación como esa a la ligera —le digo con tacto—, pero sé lo que vi y no está bien que el palacio te cese por algo que tú no hiciste. Los Singh pueden comprar muchos favores, pero yo no me encuentro entre los comprados. Samir Singh pagó mi educación para enmendar el daño que su familia causó a la jefa. Lo que ocurrió hace doce años la obligó a abandonar Jaipur y su exitoso negocio de henna. Yo no pedí a Samir que me pagara los estudios y no voy a sentirme en deuda con él porque él decidiera hacerlo. Solo le debo lealtad a la jefa, a Nikhil y a ti.

Manu parecía arrepentido. Me di cuenta de que empezaba a comprender lo que le estábamos diciendo. Se levantó y se puso a caminar de un lado para otro de nuevo, pero más despacio. Se pellizcaba el labio inferior, sumido en sus pensamientos.

La jefa me miró. «Espera.»

Por fin, Manu dijo:

—No puedo aprobar lo que estáis haciendo. Sigo rigiéndome por un código ético. Pero mientras yo no me entere de lo que hacéis, prometo no entrometerme. *Theek hai?*

Voy a casa de los Agarwal directamente desde la oficina de correos para enseñar a la jefa el telegrama. Lakshmi lo lee antes de hablar.

—De manera que Forjados Chandigarh suministró ladrillos Clase 4 cuando se suponía que tenían que ser Clase 1. ¿Qué diferencia de calidad hay entre ellos?

—Los de Clase 4 se usan para decoración, no para soportar carga. Jamás deberían haberse empleado en la construcción del cine.

Relee el telegrama.

—Y estas cantidades de ladrillos y cemento que pone aquí, ¿estaban anotadas al revés en el libro de cuentas?

—Y en las facturas falsificadas.

Deja el telegrama en la mesa de centro.

—Cuanto más pienso en ello, Malik, menos creo que fuera Samir quien ideó el fraude. Está implicado, pero creo que lo inició otra persona. A ti no te ha costado nada ver la discrepancia.

Samir lleva mucho tiempo en este negocio y tiene mucho que perder. No es ningún aficionado. El palacio no es su único cliente. Su empresa ha firmado varios contratos fuera de Rajastán. ¿Por qué se arriesgaría a arruinar su reputación?

Estoy de acuerdo con ella. Vuelvo a pensar en Ravi cuando me dijo que su padre era de la vieja escuela. Ravi tiene grandes planes para su futuro y no quiere seguir haciendo las cosas como las ha hecho siempre su padre. ¿Qué será lo que él considera una forma innovadora de hacer las cosas? ¿Emplear materiales de calidad inferior y cobrarlos como si fueran de primera y quedarse con la diferencia? ¿El palacio paga bien, pero Ravi no está satisfecho? Ya vive en una mansión. Tiene una mujer hermosa e inteligente que lo adora. ¿Qué más podría querer?

Lakshmi suspira.

—Deja que yo me ocupe —dice, y percibo el tono de resignación en su voz cuando añade—: ¿Puedes decirle a Samir que tengo que verlo? Cuanto antes.

23

Lakshmi

Jaipur

ESTOY DELANTE DE mi antigua casa, la que construí con el dinero que gané gracias a la decoración con henna, mis lociones de hierbas y mis aceites medicinales. Parvati Singh me la compró cuando me fui de Jaipur; fue su manera de disculparse por haberme arruinado el negocio con el que me ganaba la vida.

Los hibiscos que rodean la propiedad están cuidadosamente podados, el césped del diminuto jardín recién cortado y húmedo. Las ventanas brillan a la luz vespertina como si acabaran de limpiar los cristales. Parvati podría haberla alquilado, pero por alguna razón creo que no lo ha hecho. Está cuidada, como una pieza de museo, lista para mostrar a los visitantes.

Hace unas horas, un mensajero enviado por Samir fue a casa de Manu y Kanta para decirme que me reuniría con él aquí. En ese rato, Samir no habría podido dejar la casa presentable o adecentarla, lo que me lleva a preguntarme quién estará cuidándola. La pequeña construcción de una sola planta no es nada del otro mundo por fuera. Lo que importa es lo que hay dentro, la razón por la que Parvati me la compró.

—Me alegra que hayas venido.

Me vuelvo al oír una voz de mujer.

—Sé que tu intención era reunirte con Samir, pero en realidad es conmigo con quien quieres hablar —dice Parvati rozándome al pasar por el sendero lateral que conduce a la puerta de entrada.

Me he quedado tan atónita que no puedo moverme siquiera.

Parvati abre la puerta y se vuelve hacia mí.

—Adelante.

La sigo sin decir nada. Se pasea por la casa y enciende las luces del techo y las lámparas auxiliares. Yo no tenía dinero para pagar la electricidad cuando me entregaron la casa. A la izquierda de la puerta de la calle veo un aseo, el cuarto de baño occidental que yo quería, pero que no podía permitirme.

A la luz de las lámparas, el mayor atractivo de la casa resplandece: un mandala que yo misma había diseñado en el suelo de terrazo, fusión de diseños de henna indios, marroquíes, persas, afganos y egipcios que aún hoy significan para mí tanto como entonces. El león de Ashoka, símbolo de mi ambición, la que me llevó de mi aldea natal hasta lo más alto de la sociedad jaipurí, a la que pertenecían las ricas clientas a las que pintaba con henna para ayudarlas a hacer realidad sus deseos. Y allí estaban las cestas de flores de azafrán, una planta estéril que simboliza mi decisión de no tener hijos. Jay y yo hablamos de ello antes de casarnos. A los dos nos encanta lo que hacemos y con las horas que dedicamos al hospital, la clínica y el jardín medicinal nos queda poco tiempo para tener hijos propios. Lo hemos suplido ocupándonos de los hijos de los demás: curándoles las heridas, calmándolos cuando les duele algo, trayéndolos al mundo y devolviéndoles la salud cuando se encuentran mal.

Escondido entre las espirales, los círculos y los bucles está mi nombre. Me fijo en él. ¿Lo sabrá Parvati?

—He cuidado bien de tu obra de arte —dice señalando el suelo—. Espero que te agrade.

Mantengo el rostro inexpresivo y me preparo para lo que viene. Con Parvati nunca se sabe.

Desde la última vez que la vi, hace doce años, ha ganado peso; la blusa coral le tira de los hombros y los brazos, y hace que le salga un rollo de carne, como cuando aprietas el tubo de pasta de dientes. Va a tener que pedir que le saquen un poco las costuras. Otra vez.

Pero el elaborado *pallu* dorado de su sari le cae con elegancia por el hombro y la espalda. Sigue siendo una mujer guapa con unos rasgos muy definidos, como los labios carnosos, que lleva pintados en un tono rosa fuerte que hace resaltar el azul real de su sari. El kohl alrededor de los ojos negros hace que parezcan más grandes, más atractivos y vigilantes. Tiene la cara más llena y se adivina ya una ligera papada, todas esos detalles que lleva aparejados a su estatus, símbolo de la mujer india que vive bien cuando alcanza cierta edad.

—He oído que te has casado con Jay Kumar. Un buen partido —dice sonriendo, pero parece molesta—. Y aun así parece que no puedes mantenerte apartada de Samir, ¿eh?

Lo dice en alusión a la única noche de pasión que compartimos Samir y yo hace años. Breve, aunque llevaba tiempo fraguándose. Los dos habíamos estado tonteando durante diez años. Yo sabía que destrozaría mi reputación si daba el paso, pero Samir tenía paciencia. Al final, todo empezó a derrumbarse sobre mí y yo necesitaba que me consolaran, que me desearan, que me amaran.

Parvati no tardó en descubrirlo y la vida que me había construido, la independencia económica que había conseguido, se vino abajo.

Lo extraño es que recupero la voz al recordarlo.

—No te va a gustar lo que voy a decirte, Parvati.

No pasa por alto que no la llamo *ji* en señal de respeto.

—Prueba —dice ella pestañeando.

—Tiene que ver con el cine Royal Jewel.

Agita la mano en el aire con desdén.

—Un accidente. Desafortunado pero imprevisible.

Exactamente lo que dicen los periódicos y la radio. No es cierto y estoy harta.

—Sí que podría haberse evitado.

Me mira poniendo los ojos en blanco.

—Todos los accidentes pueden evitarse, Lakshmi, todos. Por eso los llamamos accidentes. Si todo hubiera ido según lo previsto, no habría ocurrido ningún percance.

—Solo que este «percance» es consecuencia de algo que la empresa de Samir ha puesto en marcha, según parece.

Aprieta los labios, que forman una delgada línea.

—¿Y qué tiene eso que ver contigo? Según tengo entendido, ahora eres jardinera en un lugar perdido de los Himalayas. Lo único que se me ocurre es que quieres destruir a nuestra familia. Exactamente igual que tu hermana.

Me pongo rígida al oírla mencionar a mi hermana, pero me controlo.

—No es nada personal, Parvati. Se está acusando injustamente a un hombre honrado por algo que Singh-Sharma debería haber sabido que pasaría y podría haber evitado. No pienso dejar que ocurra. Manu Agarwal no debería perder su trabajo y su reputación por algo que no ha hecho.

En el centro del suelo de terrazo hay cuatro cómodas sillas tapizadas en seda cruda de color crema. Y en el medio, una mesita para jugar al *bridge* y un mazo de cartas.

Parvati saca una silla y se sienta.

—Mi grupo de *bridge* se reúne aquí. Samir no viene nunca —dice dirigiendo su penetrante mirada hacia mí, como si tuviera la culpa.

Señala otra silla a modo de invitación, o de orden más bien. Me siento preguntándome con qué propósito ha venido Parvati en lugar de Samir.

La mujer se inclina hacia delante y coge las cartas.

—Has mencionado a Manu Agarwal. Él es el director de todos los proyectos de construcción del palacio y, como tal, es el máximo responsable de lo que ocurra en las propiedades de la familia real. —Me mira a los ojos—. Y eso es lo que le he dicho a Latika. Si no hace responsable a Manu, no la dejarán en paz. La prensa, los magistrados, los abogados..., todos necesitan un culpable. Tiene que despedir a alguien o la emprenderán con ella.

¡Debería haber imaginado que Parvati iría a ver a la reina antes que yo! Es pariente lejana de la reina viuda, lo cual le da acceso al palacio y le permite hablar con su alteza como amiga y consejera. ¡Si hasta la llama por su nombre de pila!

—Parvati, tengo pruebas. Singh-Sharma compró y aceptó materiales para el proyecto del cine que no cumplían con las especificaciones señaladas por los ingenieros. ¿Cómo va a ser responsable el señor Agarwal de eso? Él no ganaría nada saboteando el proyecto.

—¿Cómo lo sabes?

—Contratos y facturas manipuladas.

—Y supongo que sabes quién lo ha hecho. ¿Tienes pruebas?

—Lo bastante convincentes como para presentárselas a la maharaní.

Parte el mazo en dos y baraja, algo que debe de haber hecho mil veces.

—Pero no tienes pruebas de que lo autorizara Samir, ¿verdad?

Vacilo antes de contestar.

—Las facturas falsas las presentó Singh-Sharma. Samir es el responsable final de las acciones que lleva a cabo su empresa.

Parte el mazo en dos de nuevo y pone los dos tacos en la mesa.

—Por una parte —dice golpeando uno de los dos con una uña de manicura—, el director del Departamento de Operaciones es el responsable de los proyectos que lleva a cabo el palacio. Y por otra —dice golpeando el otro taco—, el director de la empresa de construcción asume toda la responsabilidad.

Me mira fijamente antes de continuar.

—¿Quién te dice que Samir no puede demostrar que el señor Agarwal tomó malas decisiones? Decisiones que dieron lugar a los daños que han sufrido todas esas personas. ¿Qué te hace pensar que eres tú la que puede resolver este asunto?

—¿Por qué no dejamos que lo resuelva un tribunal? Habría que pedir a la maharaní que deje el asunto en manos del sistema legal.

Me mira con un gesto apenado, como si pretendiera decirme que soy idiota; demasiado ingenua para entender su lógica.

—Así no es como se hacen las cosas aquí. Ya se ha llegado a un acuerdo. La empresa de Samir pagará la reconstrucción y los materiales. El palacio se ha comprometido a asumir el coste de los cuidados médicos para los heridos. —Une los dos mazos y vuelve a barajar—. Si Manu necesita una carta de recomendación, hablaré con Latika. Seguro que no pone ninguna pega. Tú no tienes nada que hacer aquí —dice mirándome con sus ojos oscuros—. Nadie quiere ni necesita que te metas.

Decido intentarlo desde otro ángulo.

—¿Ravi está contento trabajando con su padre?

El cambio de tema la incomoda hasta el punto de que deja de mover las manos.

—¿A ti qué te importa? —Y deja las cartas sobre la mesa con suavidad.

—Es lo que le habría preguntado a Samir si hubiera venido.

Y de repente se me ocurre si habrá enviado a su mujer a propósito. ¿Tan cobarde es?

—Ravi tiene una buena vida y un gran futuro por delante. Cuando Samir se jubile, él se hará cargo de la empresa.

—Samir tiene buena salud. ¿Y si no quiere jubilarse? O no tan pronto. ¿Le gustaría a Ravi seguir trabajando a las órdenes de su padre unos años, o unas décadas, más?

Parvati se cruza de brazos.

—Ravi ha vivido fuera —continúo—. Sabe lo que es la libertad. Y ahora vive otra vez aquí, con sus padres, literalmente, ocupándose de los proyectos que le encarga su padre. ¿Le has preguntado alguna vez si es esa la vida que quiere?

Me mira con una mueca de desagrado.

—No somos nómadas. Nosotros no vamos por ahí dando tumbos buscando una forma de ganarnos la vida, suplicando a los demás que nos ayuden. Nosotros no estamos a merced de ningún *ara-garra-nathu-kara*. No como vosotros —dice esto último con verdadero asco; solo le ha faltado decir que no valemos para nada.

La última vez que la vi, vino a esta casa, mi casa, para sobornarme. Me daría una cantidad de dinero si le juraba que no volvería a acostarme con Samir. Yo no tenía intención de repetir el error y rechacé el dinero, aunque lo necesitaba y podría haberlo utilizado para reflotar mi negocio. «¿Quién suplicaba entonces, Parvati?»

Pero no digo nada. Conozco bien a esta mujer. Parvati se permite actuar como una déspota mientras pueda protegerse tras su riqueza y sus privilegios. Yo la he visto en una situación que pocos han presenciado: impotente, teniendo que hacer frente a la triste realidad de haberse casado con un mujeriego y haber tenido un hijo imprudente y temerario. Entonces no se atrevía a criticarme.

Pero no he venido a abrir viejas heridas. Lo único que quiero es que Manu y Kanta salgan ilesos de este escándalo.

Parvati se inclina sobre la mesa y se me acerca tanto que puedo oler la nuez de betel que tanto le gusta masticar. Le centellean los ojos.

—Nosotros tenemos un destino importante. Nosotros somos determinantes para el futuro de este país. Mi familia es la responsable de que gente como tú tengáis comida y un techo sobre vuestra cabeza. Así que deja en paz a mi familia o tendrás un problema más grave, mucho más que preocuparte por si Manu Agarwal pierde su trabajo. Y no vayas diciendo mentiras sobre mi hijo.

Echa la silla hacia atrás y se levanta.

—Cierra con llave cuando salgas.

Me mira una última vez con cara de pocos amigos y se va. Por la ventana veo que su chófer le abre la puerta del Bentley, a continuación se sienta tras el volante y se alejan.

EN EL *TONGA* de camino a casa de mis amigos pienso en la certeza de Parvati; se comporta de manera despótica porque puede, una actitud a la que creía que me había acostumbrado hace años.

Nada más entrar, Kanta me da una taza de té y un sobre con aroma a lavanda.

—El palacio la ha entregado en mano.

Reconozco la esmerada caligrafía y levanto la solapa del sobre.

Querida señora Shastri (¿o debería decir Kumar?):

Me alegré mucho al enterarme de que se había casado con un eminente médico de Shimla, el doctor Jay Kumar. Tiene que ser maravilloso respirar aire fresco, mientras que aquí nos achicharramos.

Latika me ha dicho que ha venido a verla. ¿No soy merecedora también de una visita, querida? Soy anciana y ya no estoy tan ágil como antes. En honor a la verdad, los médicos parisinos me han dicho que tengo cáncer de útero (irónico, ¿no?, si tenemos en cuenta que mi marido no me permitió hacer uso de él ni una sola vez).

Así que he decidido pasar los años que me queden en mi país natal en vez de vivir en uno en el que hacen un café divino, pero sus quesos huelen muy mal y yo tengo una nariz muy sensible.

Dígame cuándo podría sacar un hueco para visitar a esta anciana y mantener una amigable charla sobre cómo están Malik y ese sinvergüenza de Madho Singh.

Afectuosamente,

Su Alteza Maharaní Indira de Jaipur.

24

Malik

Jaipur

Aprovecho la hora de la comida para ir a ver a los Agarwal. Quiero saber qué le ha dicho Samir a la jefa. Pero cuando llega, Lakshmi nos cuenta que quien se ha presentado ha sido Parvati.

Baju sirve el té en la sala de dibujo. Kanta le dice que le lleve una taza a Manu, que se ha encerrado en su despacho; ha dejado claro que no quiere oír lo que hablamos. Niki está en su habitación haciendo los deberes. Kanta sigue sin dejar que vaya a clase. *Saasuji* está durmiendo la siesta.

—Parvati está segura de que Samir no ha tenido nada que ver —dice Lakshmi.

—Cómo no —dice Kanta poniéndose azúcar en el *chai* y removiéndolo—. Tiene que proteger a varias generaciones de la familia. Creo que piensa que los Singh son indispensables para Jaipur. Que solo su familia es la que mantiene a flote la economía. Pero ¿cómo podría construirse nada si no fuera por los hombres y las mujeres que trabajan en las obras? —Niega con la cabeza—. Esto no es cosa de dos, sino de cientos.

—¿Sabes que en este caso creo que tiene razón sobre Samir? —insiste la jefa—. En lo que a su trabajo se refiere, es honrado. Samir no arriesgaría su reputación ni su integridad. —Nos miramos al decir esto—. Lo que haga en el terreno personal es otro cantar.

No quiero pensar en las numerosas amantes que ha tenido a lo largo de los años. Cuando yo era un niño, recorría toda la ciudad para entregar los saquitos de infusión anticonceptiva que la jefa les vendía a él y a sus amigos para sus amantes.

—Ravi, sin embargo, es diferente —continúa—. Tendríais que haber visto la cara de Parvati cuando lo he nombrado. *Bilkul* descompuesta. ¿Y si es Ravi quien está detrás de este desastre? ¿Y si ha sido él quien ha estado recortando en la calidad de los materiales, en su propio beneficio? Malik ha encontrado discrepancias interesantes.

—Pero sigo sin entender por qué se arriesgaría a hacer algo así —digo negando con la cabeza—. Lo tiene todo, un presente cómodo y un futuro aún más brillante.

No puedo evitar pensar en Sheela. Lo he intentado, pero no consigo quitarme las imágenes de la cabeza: el vestido verde ceñido, el pelo oscuro mojado al salir de la bañera, su seductora sonrisa, los polvos dorados en el escote.

Y, de repente, una idea me golpea el cerebro como una pelota de críquet a ciento cincuenta kilómetros por hora.

Pongo los trozos de ladrillo delante de Moti-Lal, en el sanctasanctórum de la joyería. Está sentado con las piernas cruzadas sobre un cojín mientras fuma su pipa. La jefa está a mi lado.

Lal-*ji* se ha alegrado tanto de verla cuando hemos entrado que casi se tropieza de lo rápido que ha salido de detrás de su escritorio para saludarla. Le ha traído un regalo, el aceite capilar que le compraba su mujer. (Lakshmi siempre lleva unas botellitas encima, por si acaso.)

El joyero coge un fragmento y lo examina antes de dejarlo de nuevo y estudia también los demás. Cuando termina con el último, tamborilea con los dedos en el muslo. Hoy va vestido con un caro *pyjama* de lino. Las luces del techo se reflejan en la enorme esmeralda que lleva en el meñique. Se detiene y me mira fijamente un buen rato. Al final, coge el teléfono que tiene a un lado y masculla algo —habla bajo y las únicas palabras que cazo son *sona* y *dibba*— y cuelga. La jefa y yo nos miramos.

Su yerno, Mohan, entra con dos cajas brillantes de madera de palo de rosa. Asiente con la cabeza y me sonríe, y seguidamente se sienta junto a Moti-Lal, que saca la larga cadena de oro que lleva al cuello. Un montón de llavecitas cuelgan de ella y coge una para abrir la primera caja. Dentro hay varios lingotes de oro macizo perfectos. Habrá diez. Todos idénticos: mismo tamaño, misma forma, misma inscripción: peso (una onza), el logo del fabricante y, en el centro, los números 999.9.

Ordena a Mohan que abra la segunda caja. Los lingotes que hay en su interior son irregulares, no llevan ningún sello y varían ligeramente de peso entre sí.

En esa sala bien iluminada en la que Lal-*ji* examina joyas y piedras, el brillo del oro resulta cegador.

—Legal —dice Motil-Lal señalando la primera caja—. Ilegal —dice señalando la segunda.

Saca un lingote de la primera y lo coloca sobre el surco del ladrillo roto. Es demasiado grande. Hace lo mismo con uno del oro ilegal y encaja, no a la perfección, pero cabe. Después, coloca otro trozo de ladrillo encima y lo deja así. El oro queda oculto. Nos mira y sonríe.

—Y así es como transportan algunos tipos de oro, joven Malik.

Y suelta una risotada que hace que sube y baje la enorme barriga.

—Pero ¿por qué esconderlo? —le pregunto—. ¿Por qué no lo traen por los canales apropiados?

El joyero y su yerno se miran.

—Cualquier joyero te dirá que compra poco oro de origen legítimo. ¿Por qué? Por la Ley del Oro del año pasado. Limita la cantidad de oro que un joyero puede guardar en su poder. Pero la señora Patel y la señora Chandralal y también la señora Zameer quieren mucho más para el ajuar de sus hijas de lo que yo puedo traer a la tienda. —Mira a la jefa y arquea las cejas—. ¿Tengo razón, señora Kumar?

Lakshmi cierra los ojos medio segundo. Sí.

—Por otro lado, la guerra sino-india esquilmó las reservas de oro del país. La señora Patel, la señora Chandralal y la señora Zameer contribuyeron donando su oro para la causa. Bueno, la guerra ha terminado y las damas quieren que les devuelvan su oro. Pero... no hay. Se utilizó para comprar armas a otros países. ¿Y dónde pueden reponer los proveedores el oro que quieren los clientes? África. Brasil. Cualquier otro lugar donde puedan pasarlo de contrabando, eso es lo que hacen.

Moti-Lal se frota el cuello con la palma carnosa.

—Yo hago lo mismo que otros muchos. Si puedo comprar oro que llega a la India de contrabando, que no declaro ante las autoridades, ¿por qué no voy a hacerlo? ¡Si no lo hiciera, tendría las estanterías vacías! *Samaj-jao?*

Asiento comprensivamente, pero me ha dejado pasmado. Vivimos en un país en el que hay una demanda asombrosa de oro, aunque es muy poco el que se produce aquí. No es de extrañar que el negocio de la importación ilegal esté floreciendo.

—Pero el gobierno seguro que imaginó lo que ocurriría cuando aprobaron la ley.

El joyero se ríe y se frota las manos.

—Seguro que sí. Comprenden la naturaleza humana. Si aprietas el mango por abajo, la fruta sale por el agujero que le haces arriba. Da igual los obstáculos que le pongas delante a un indio, encontrará la manera de superarlo. La gente tiene que comer. El mundo no deja de girar. Pero el gobierno tiene que establecer límites, o cualquiera sabe hasta dónde podría llegar el tráfico de oro.

Moti-Lal está fumando otra vez. Nos observa a través del humo. El delicioso olor a cereza y clavo llena el espacio. Me sorprende mirando y me pasa la otra pipa, pero antes pregunta a Lakshmi si le molesta. Ella niega con la cabeza. Doy una calada y noto el mareo. Empiezo a preguntarme si debería reconsiderar la oferta de mi amigo de trabajar en su tienda y aprender el oficio. ¿Cómo sería sentarse aquí a valorar lingotes de oro como estos, collares *kundan*, rubíes y esmeraldas en bruto y las pulseras con perlas incrustadas de la sala de fuera mientras fumas este tabaco exquisito? Charlar con hermosas novias sobre su ajuar. Un negocio seductor, tentador..., ¡peligroso!

El hombre señala los ladrillos y pregunta:

—¿Vas a decirme dónde los has encontrado?

Pestañeo sin saber bien hasta dónde puedo contar. Miro a la jefa, que ladea la cabeza de forma casi imperceptible.

—En una obra —respondo por fin.

Lal-*ji* se pasa la lengua por los dientes sorprendentemente pequeños y mira a su yerno. El joven entiende la señal de inmediato. Coge el lingote que el joyero ha metido dentro del ladrillo, lo guarda en su caja y cierra las dos con su propio juego de llaves. Me doy cuenta de que cuando el hombre me sugirió que estaría dispuesto a contratarme y que Mohan se fuera, no lo decía en serio. Los dos forman un equipo. Trabajan bien juntos, hablan un lenguaje secreto propio sin necesidad de palabras.

Mohan recoge las cajas y se levanta, pero antes de que salga de la habitación, su suegro lo llama.

—Consigue que la señora Gupta compre el conjunto *kundan* de rubíes y diamantes, no el otro más barato que quiere su marido.

Su yerno agita la cabeza en señal de asentimiento y se despide de nosotros con una leve inclinación.

—Me dijiste que estabas trabajando en el Departamento de Operaciones del palacio —dice el hombre cuando nos quedamos a solas—. Eso significa que lo más probable es que Singh-Sharma fuera la constructora de la obra.

Lo miro a los ojos, pero no digo nada.

—El proyecto que no deja de salir en las noticias es el del cine Royal Jewel. —Hace una pausa e inspecciona el ladrillo de nuevo—. De modo que... encontraste los ladrillos después de que... —Frunce el ceño—. ¿Sabías que mi mujer y mi hija estuvieron allí la noche de la inauguración? Podrían haber muerto. —Le está subiendo la presión, se le han puesto las mejillas rojas—. ¡*Hai* Bhagaván! Si los Singh han hecho algo que provocara el derrumbe del palco, no dejaré que Parvati Singh vuelva a pisar mi casa. ¡No comprará más en la joyería Moti-Lal!

Hace calor y no porque el aire acondicionado esté apagado; lo genera Lal-*ji* con su rabia. Se seca la cara con la palma.

—He oído rumores. Hace un año más o menos me llegó uno sobre la creación de una ruta nueva. Un proveedor nuevo. De contrabando, claro. Estaba bien financiado. Podía conseguir mucho oro garantizado. Pero no me lo tragué. Yo ya tengo proveedor y estoy contento con él, pero sentí curiosidad e investigué un poco.

Suelta varias nubes de humo perfumado.

—No podéis decir a nadie que os lo he contado yo. Podría ser falso —añade estudiando a la jefa de nuevo, como valorando si continuar o no.

Ella comprende su vacilación, porque, cuando se dirige a él, lo hace con su tono más persuasivo.

—Lal-*ji*, yo nunca lo habría metido en esto, pero un buen amigo podría ser acusado injustamente por algo que no hizo si no averiguamos algo más. Y es muy posible que la relación entre el oro y esos ladrillos sea el motivo de que lo estén incriminando.

El hombre parece angustiado.

—Ya conoce a los jugadores. La gente que trabaja con el palacio.

¿Se refiere a Manu? ¿Será culpable, después de todo, de robar para poder traficar con oro por toda la India? Preferiría no saber más. Me siento mareado y tengo la boca seca. ¿Será por el tabaco o de pensar que he juzgado mal a alguien en quien confío?

—Dínoslo, por favor —digo mientras dejo la pipa a un lado.

—Dicen que es Ravi Singh. Que ha montado su propia distribuidora y ha abierto su propia ruta. Pero tiene que ser *bukwas*. ¿Por qué querría meterse en un negocio tan peligroso alguien que pertenece a una de las familias más ricas de todo Jaipur? Yo no trato con los contrabandistas, por lo que mi implicación es mucho más segura. No voy por ahí cruzando las montañas y los desiertos, contratando *goondas* para que se hagan las cosas. Si me pillan con más oro del que debería tener, un poco de *baksheesh* y unos cuantos impuestos más para las arcas de la ciudad lo arreglan. Pero un proveedor tiene que correr todos esos riesgos —dice negando con la cabeza.

Cojo la pipa y medito mientras doy una calada. ¿Es posible que los Singh no sean tan ricos como cree todo el mundo? Me he fijado en que en la oficina nadie quiere hablar mal de la constructora favorita de la maharaní, Singh-Sharma. Y solo llevo ahí unos meses, no lo bastante como para conocer el verdadero alcance y la trayectoria de un proyecto que ha durado tres años. Manu es demasiado profesional como para ir por ahí cotilleando sobre cualquier cosa que no se hubiera hecho conforme a las normas, si es que había algo.

—¿Qué más has oído? —pregunta la jefa si alzar la voz.

El hombre frunce el ceño concentrado.

—Recuerdo que alguien me dijo que el proyecto ha superado bastante el presupuesto. Se estaban gastando mucho más de lo que había previsto la maharaní. La misma persona me dijo que el motivo era que estaban calcando el diseño de un cine muy moderno de *Amreeka*. La construcción les estaba llevando más tiempo del que esperaban. —Niega con la cabeza—. Pero ya os digo que son solo rumores. No sé nada más. —Da unas caladas más a su pipa antes de volver a hablar—. ¿Qué pasará con el cine?

—Planean reabrir las puertas en cuanto se reparen los daños. La maharaní pierde dinero cada día que está cerrado y quiere que Singh-Sharma redoble los esfuerzos para la reconstrucción.

El hombretón asiente, comprende cómo funcionan los negocios y a las personas que deben tomar las decisiones difíciles.

LA JEFA SUBE a un *rickshaw* motorizado para ir a ver a la maharaní Indira mientras yo vuelvo a la oficina. Cuando Hakeem se va a casa, lo sigo. Estoy convencido de que sabe más de lo que parece.

Esperaba que un hombre con cuatro hijas viviera de alquiler en una casa, pero según parece, Hakeem vive en un apartamento en una zona ruinosa de Jaipur, cerca de Gulab Nagar, el distrito del sexo. Me sorprende. ¿Tan poco ha ahorrado después de tantos años trabajando? Lo veo subir las escaleras hasta la terraza de la primera planta de un bloque de pisos y me fijo en la puerta.

Le doy tiempo suficiente para cambiarse de ropa. Quiero que esté relajado cuando me presente en la puerta de su casa.

Llamo un cuarto de hora más tarde. Abren una rendija. Hakeem se asoma y protege la entrada vestido con camiseta interior de manga corta y *dhoti* blanco. Pero su expresión de relajación se convierte en asombro al verme. Se frota el bigote por debajo.

—Pero... ¿qué haces tú aquí, Abbas? ¿Ha ocurrido algo?

Sonrío y lo saludo con un *salaam*.

—No, no es nada de eso. Quería hablar con usted lejos de la oficina. ¿Puedo pasar? —Sin esperar respuesta, empujo la puerta y entro en la estrecha habitación.

Hay un camastro en un lado y un lavabo pequeño en la esquina. Alguien ha dejado el periódico doblado por el crucigrama encima del camastro. En el otro lado de la habitación hay una mesa con dos sillas y una librería alta. Al lado, en un mueble pequeño, hay un hornillo con dos quemadores, dos platos de metal, dos vasos y dos cuencos. Sobre los quemadores hay una sartén y un cazo de acero inoxidable. La parte inferior del mueble está tapada con una cortina de rayas de tela basta tras la que, sin duda, guarda el arroz, las lentejas, el té y otros productos.

Todo está ordenado, aunque la habitación tiene un aspecto bastante desvencijado. Las dos almohadas hundidas del camastro dan mucha pena, igual que la colcha de algodón que empieza a deshilacharse. No hay fotos, ni tampoco ropa de mujer, joyas o productos para el pelo a la vista.

Me llega olor a cardamomo, pimienta y jengibre del cazo. Supongo que está haciendo té. Hay una coliflor, dos patatas, un tomate y un cuchillo junto a una tabla de cortar encima de la mesa. En ese momento oigo que tiran de la cisterna. Una puerta en el extremo más alejado se abre y un hombre delgado con camiseta sin mangas y *dhoti* sale del cuarto de baño.

No sé quién de los dos se sorprende más, el gerente del cine, que no ha apartado la mano del pomo, o yo. Se ha quedado de piedra. Mira a Hakeem, que tiene los ojos como platos tras las gruesas gafas negras. Se miran con una mezcla de miedo y de algo que podría ser culpa o vergüenza.

Yo me recupero antes.

—Señor Reddy, ¿no es así? Creo que no nos conocemos. Soy Abbas Malik. Trabajo con Hakeem *sahib*.

Hakeem carraspea.

—El señor Reddy vive conmigo, ¿sí? Hasta... hasta que encuentre casa. Acaba de llegar a Jaipur.

—Pero, *sahib*, y su mujer y sus hijas, ¿dónde están? —pregunto con sincera perplejidad.

El contable mira a derecha e izquierda y después a Reddy, que sigue aferrándose al pomo de la puerta del baño.

—Mi familia está en Bombay. Mi trabajo está aquí, ¿sí? Les envío dinero todos los meses.

—Me pareció oírle decir que habían ido con usted a la inauguración del cine. Me contó que habían tenido que ir de la mano para volver a casa.

—Estuvieron aquí para la inauguración y luego se fueron.

Miro a mi alrededor. Es plausible, aunque da la impresión de que este sitio no ha visto nunca el contenido de la maleta de una mujer.

El señor Reddy observa la conversación como si estuviera viendo un partido de críquet. Parece cansado y triste.

Saco una silla de debajo de la mesa y me siento.

—¿Bombay? ¿No es usted de allí también, señor Reddy?

—Sí —responde él y se le quiebra la voz, así que lo intenta de nuevo—. Sí.

—¿Es una coincidencia o...?

—No es coincidencia, no —dice el gerente soltando el pomo. Permanece en el sitio con las manos entrelazadas por delante, como un niño que se ha portado mal.

—Conocí al señor Reddy en el cine, en Bombay —dice Hakeem—. Y me pareció que podría interesarle trabajar aquí, cuando abriera el cine nuevo. Lo hablé con Ravi *sahib*. Y él se lo dejó caer al señor Agarwal...

El agua para el té ha roto a hervir y Hakeem corre a retirar el cazo, pero el asa de metal quema demasiado y suelta un grito. Lo deja caer encima de la sartén. El otro sale corriendo a examinar la herida. Le rodea los hombros y lo acompaña con cuidado hasta el lavabo del rincón. Abre el grifo y le mete la mano debajo del agua, que mueve en círculos para que le calme la mano enrojecida. Descuelga la toalla gastada del toallero y le envuelve la mano con ella. Después, abre el armarito que hay encima del lavabo y saca un bote de ungüento y un rollo de venda. Le aplica la pomada con ternura sobre la herida y se la venda a continuación.

—Te lo he dicho un montón de veces, Hakeem —dice el hombro poniéndole la mano en la parte baja de la espalda—, déjame la cocina a mí, tú eres demasiado distraído.

No es un reproche, suena más a regañina de enamorados. Me da vergüenza presenciar esa intimidad entre los dos.

Al darse cuenta de mi incomodidad, Hakeem empuja de malos modos al otro hombre y se vuelve hacia mí.

—¿Por qué has tenido que invadir la intimidad de mi casa? ¿Por qué no puedes dejar las cosas como están? ¿A ti qué te importa? ¿Qué le importa a nadie? Me ocupo de mi familia. ¿No hago bastante ya?

Parece más deshecho que enfadado, más derrotado que exasperado. De un solo paso llega a la cama y se deja caer con pesadez. Agacha la cabeza y juguetea con el vendaje. No se ha dado cuenta de que ha posado su amplio trasero sobre el crucigrama del *Times of India*.

El señor Reddy, que sigue al lado del lavabo, lo mira y suspira. Un segundo después, se dirige a la mesa y empieza a cortar las verduras con un movimiento lento y rítmico del cuchillo.

—Nos conocimos en Bombay, un año que Hakeem fue a visitar a su familia y fueron todos juntos al cine. Lo supimos nada más vernos. Y encontramos la manera de estar juntos en Jaipur cuando surgió el puesto de gerente del cine. —Se miran cuando levanta la vista de la tabla—. Era la mejor forma de ahorrar el bochorno a su familia y seguir manteniéndola. Hakeem tiene un buen trabajo aquí; jamás encontraría uno así en Bombay. Y estamos solos. No molestamos a nadie. —Se detiene un momento para sacarse un pañuelo del *dhoti* y se suena la nariz.

Ya entiendo lo que pasa.

—¿Cuándo empezó a trabajar en el cine? —pregunto señalándolo.

—Hace tres meses. Tenían que decidir el precio de las entradas, encargar los folletos publicitarios, coordinar las películas que iban a proyectarse. Ah, y los actores.

—¿Los Singh averiguaron lo suyo? —pregunto señalando ahora a Hakeem.

—Fue el señor Ravi —dice Reddy—. Nos vio juntos un día en un parque, comiendo. Aquel día estabas resfriado, Hakeem. ¿Te acuerdas? Te traje dos guindillas de más para tu *dal*.

Se miran y Hakeem es el primero en apartar la mirada.

Me acuerdo de algo de repente. Omi suplicando a su marido, que estaba pasando una temporada en casa. Era el representante de los *mahoots*, los domadores de elefantes en el circo ambulante. Estaba de rodillas delante de él, rogándole que le concediera el divorcio.

—¡Deja que me case con otro! Deja que duerma con un hombre como hacen otras mujeres.

Aquel día no entendí lo que había oído, no era más que un niño. Ahora llevo muchos años en este mundo y he aprendido muchas cosas. Había pasiones que no se podían controlar, que iban más allá de lo que nos habían enseñado que era lo normal.

Me froto los ojos con la palma de las manos.

—A ver, no me interesa lo que hagan en su vida privada. Lo único que quiero es limpiar el nombre de Manu Agarwal. Sé que falsificaron las facturas de material, Hakeem *sahib*. Y solo pudo hacerlo una persona.

Hakeem se tira de la venda y asiente con la cabeza.

—Me deshice de las facturas originales. Si te fijas, verás que las nuevas son de un papel diferente. No tenía opción.

Mira a su amante, que se sienta a su lado en la cama.

—Pero no fue suficiente —dice Reddy mirándome implorante—. Me ordenaron que dijera que había vendido entradas de más para el palco. Van a despedirme. —Pone la mano sobre la de Hakeem—. Encontraremos otra manera de estar juntos.

—Pero ¿su trabajo está garantizado, señor? —le pregunto.

—Ese era el trato —dice el contable y asiente.

—¿Está dispuesto a contárselo a la maharaní?

El hombre niega con la cabeza.

—No, joven Abbas, no lo haré. No puedo. Tengo que proteger a mi familia. No puedo permitir que mis errores arruinen la vida de mis hijas. Si se supiera lo que soy, jamás podrían casarse. Nadie querría estar con ellas. No se lo contaré a la maharaní ni tampoco a Manu *sahib* o perderé mi trabajo. Caeré en desgracia. No puedo permitírmelo. —Me mira a los ojos antes de añadir—: Tendrías que matarme antes.

Su compañero ahoga un gemido y se vuelve bruscamente hacia él. Hakeem lo mira con los ojos llorosos.

—Ni siquiera por ti podría hacerlo, siento decirlo. Mis hijas son pequeñas. Tienen toda la vida por delante y no sobrevivirían al escándalo de nuestra relación —dice apretándole la mano.

—¿Y si yo pudiera garantizarles que se tratará con discreción? —digo. No tengo ni idea de si podré hacerlo, pero tengo que intentarlo.

Hakeem resopla.

—No puedes. Nadie puede —dice negando con la cabeza—. No, Abbas Malik. Esto no tiene solución. Lo siento por las familias de los heridos, pero yo no puedo cambiar las cosas.

Me mira con dureza. Soy consciente de que ha tomado una decisión. El señor Reddy me mira esperanzado, como si yo tuviera una solución en la manga, pero no es así.

YA HEMOS EMPLEADO dos de los tres días que nos ha concedido la maharaní Latika para encontrar pruebas que demuestren la mala praxis. Nos queda solo un día más para salvar a Manu. Miro la hora. Las nueve de la noche. La familia Singh ya habrá terminado de cenar. El *chowkidar* ya me conoce (suelo fumarme un cigarro con él cuando vengo de visita) y me deja entrar sin avisar a la familia.

La criada me saluda al llegar a la puerta. Le digo que he venido a ver a Samir. Me lleva hasta la biblioteca y llama a la puerta.

—Adelante —lo oigo decir. La mujer me abre la puerta y se marcha.

Samir está sentado a su mesa. Está ante unos planos. Cuando levanta la vista y me ve, no puede ocultar su sorpresa—. ¿Otra vez con el asunto del cine?

Asiento con la cabeza.

—No hay manera de deshacerse de ti. Creía que el tema ya había quedado zanjado. —Señala los planos con la mano—. Ya tenemos otro proyecto en el horizonte. Todo el mundo sigue adelante.

—Manu Agarwal no. No puede.

Samir lanza el portaminas sobre la mesa, que rebota en los planos y me cae a los pies. Lo recojo y lo pongo encima de los planos con cuidado. Está enfadado y veo por qué, pero no pienso dejar que eso me detenga.

—Cuando los empleados cometen errores graves, pierden su trabajo. Ocurre todos los días, Malik.

—Tú has trabajado con él. Te ha contratado para llevar a cabo algunos de los proyectos más importantes del palacio. Sabes que es una persona irreprochable. ¿Cómo puedes dejar que cargue él con esto?

—Esto no tiene nada que ver contigo. Malik, si sigues acosándome, voy a tener que prohibirte la entrada a esta casa —dice mirándome con una sonrisa encantadora, aunque su tono de voz es de enfado.

Saco un trozo de ladrillo y otro de cemento de los bolsillos de la chaqueta y los pongo encima de los planos. Añado también el telegrama de Chandigarh.

Samir se queda mirándolo y, sin levantar la cabeza, me mira.

—¿Qué se supone que es esto?

Me meto las manos en los bolsillos.

—Son las piezas de un puzle que intento recomponer, pero me falta una pieza —digo y empiezo a caminar por la habitación de un lado para otro.

—En el proyecto del cine se utilizaron ladrillos decorativos como este en vez de los que especificaba el contrato original. Las facturas muestran que el palacio pagó por ladrillos Clase 1, no por estos, mucho más baratos. Si se ha cobrado al palacio el precio de los ladrillos de primera calidad, ¿significa eso que Singh-Sharma se ha embolsado la diferencia?

»En cuanto al cemento, es demasiado poroso para usarlo en la construcción del palco. La proporción de agua es incorrecta. Eso puede suceder cuando se usa mano de obra sin experiencia. Pero creía que la empresa Singh-Sharma tenía reputación de emplear solo mano de obra cualificada. El palacio desde luego paga las tarifas más altas por la mano de obra. Entonces, de nuevo, si se ha cobrado al palacio por utilizar mano de obra cualificada, ¿significa eso que Singh-Sharma se ha embolsado la diferencia?

—Siéntate, Malik. Me estoy mareando.

—¿Otra vez tú?

Me doy la vuelta. Es Ravi. Entra en la biblioteca y la mirada que le dirige a su padre parece decir: «Abbas está *pagal*».

—¿Es esta otra excusa barata para ver a Sheela, Abbas? —me pregunta negando con la cabeza.

¿Cómo? La confusión que se refleja en mi rostro es patente.

—He visto cómo la miras —dice y, señalando a su padre con la barbilla, añade—: Igual que *papaji.*

Me vuelvo hacia Samir, que se tapa la boca para intentar disimular una sonrisa.

—Mi mujer es guapísima, *hanh-nah?* —Ravi sonríe—. Me ha contado que intentaste quitarle la ropa la noche que se derrumbó el cine.

Se me viene a la mente la imagen de Sheela recién salida del baño. Noto que me sonrojo. ¿Qué le ha contado Sheela? ¿Por qué le diría eso?

—Tienes cara de culpable, ¿sabes? —dice Samir riéndose por lo bajo.

—¡No fue eso lo que pasó!

—¿Por qué no se lo preguntamos a ella?

Se acerca a la puerta y la llama. Sheela aparece con la bebé al hombro y un pañal en la mano.

—¿Dónde está Asha cuando la necesito? —dice irritada. Se para en seco al verme. Ravi le pone las manos en los hombros y la acompaña al interior. La coloca delante de mí.

—Dime, *priya*, ¿no es verdad que este hombre se quedó mirando tu cuerpo desnudo la noche del derrumbe?

Hace un mohín con la boca formando una O y abre mucho los ojos, sorprendida.

—No como tú piensas. Me ayudó a bañarme. Pero... no de esa forma. Yo... estaba borracha y cansada. —Se vuelve hacia Ravi y añade—: Yo no he dicho que intentara nada, ¿o sí? —Y ahora se gira hacia su suegro, que sigue sentado detrás de su mesa—. *Papaji*, yo no haría eso. ¡Quiero a Ravi! Yo nunca...

Samir levanta la mano y asiente con la cabeza.

—Ya vale, *bheti*. *Theek hai*. Vete. Vete a ocuparte de la pequeña.

Sheela parece destrozada y me mira desconcertada. «¡Tienes que creerme, Abbas!, ¡yo no he dicho nada de eso!», parece decirme. Ravi la acompaña y vuelve con una sonrisa. Conozco esa mirada. Es la que pones cuando crees que has ganado el partido.

Pero este partido aún no ha terminado.

Sin decir una sola palabra más, saco un último objeto. Es uno de los lingotes sin marcar que me ha dejado Moti-Lal. Lo pongo encima de la mesa con todo lo demás.

Samir se inclina hacia delante y se queda mirando el lingote. El oro reluce al reflejarse en su superficie la luz de la lámpara de mesa. Lo cojo y lo meto en el surco del ladrillo. Encaja.

Por un momento, nadie dice nada.

Ravi da un paso al frente.

—¿Juegos de salón, Abbas? *Papaji*, estaría dispuesto a decir lo que fuera...

Samir lo hace callar con una mirada de advertencia.

—¿Adónde quieres llegar? —me pregunta.

—Creo que estos ladrillos se usan para traer oro de contrabando hasta Jaipur. Después sacan los lingotes y mezclan los ladrillos con los otros de Clase 1 que Singh-Sharma utiliza —explico señalando el ladrillo que hay sobre la mesa—. No hay forma de relacionar estos ladrillos con Forjados Chandigarh, vuestro proveedor, porque no llevan sello del fabricante. Pero sí tienen un surco central en el que cabe un lingote de oro.

Me giro hacia Ravi, que me mira con perplejidad, pero me fijo en que le brilla la frente por el sudor.

—¿Y qué mejor forma de deshacerse de los ladrillos con facilidad que mezclarlos con los otros en una obra y cubriéndolos de mortero, cemento o yeso? Creo que, con el dinero que se ahorra la empresa al utilizar material más barato y de peor calidad, se financia la compra de oro de contrabando, que se vende en el mercado negro, pues hay una gran demanda.

Samir sonríe con cautela y se reclina en el asiento.

—Podrías haber cogido estos trozos de ladrillo y cemento de cualquier otra obra. ¿Cómo sé que proceden del cine Royal Jewel?

Ahí tiene razón. Me encojo de hombros.

—Sé que tú también te quedaste mirándolos la noche del derrumbe. Y no tengo ninguna razón para mentirte.

—Sí que la tienes. Si Agarwal pierde su trabajo, tú también —comenta Ravi con una mueca.

—No necesito este trabajo, Ravi, nunca lo he necesitado. Solo he venido porque...

Me paro y miro a Samir. Estaba a punto de decir que solo he venido por Lakshmi, y así se lo he hecho saber a Samir porque se lo debo. Al fin y al cabo, me ha pagado los estudios. Hay muchos secretos en este mundo nuestro. Unos los guardamos, otros los revelamos, pero solo en el momento oportuno. Sé que no debería haber accedido a venir, no debería haber accedido a lo que me pedía la jefa. He sido feliz en Shimla. El aire es más fresco y puro. En las montañas puedo pensar. Y Nimmi está allí. ¿Cómo pude dejarla cuando me suplicó que no lo hiciera? ¿Cuando ya empezaba a conocer a Chullu y a Rekha?

—¿Porque qué? —insta Ravi desafiante.

No digo nada.

Ravi se vuelve hacia su padre.

—¿Quién es este chico para ti, *papaji*?

Se hace un silencio tan profundo en la biblioteca que oigo el segundero del reloj inglés que hay en la repisa de la chimenea. Tictac, tictac.

Ravi mira a su padre, pero este lo ignora por completo. Coge el portaminas y empieza a enroscar y desenroscar el mecanismo que sujeta la mina.

—Has dicho que te faltaba una pieza del puzle, Abbas. ¿Qué pieza es?

Los miro, primero al padre y luego al hijo.

—Lo que no sé es si tú sabías algo, Samir *sahib,* o el plan lo ha elaborado una sola persona. «Blanco y en botella, leche.»

Me he acordado de que este era uno de los dichos favoritos de Samir.

Es obvio quién mueve los hilos, ¿no? Miro abiertamente a Ravi, que se encuentra a pocos centímetros de la mesa de su padre, alto, erguido, con sus hombros anchos. Abre y cierra sus manos poderosas.

Samir también lo mira. Habla con voz tranquila; me cuesta trabajo adivinar lo que estará pensando.

—¿Tienes algo que decir, Ravi?

—Que es una buena historia, lo admito. Me recuerda a Scheherazade este Abbas. Devanando historias sin parar para que el rey no se duerma. Mira, me resulta embarazoso admitir que, sin querer, acepté un cargamento de ladrillos malos, eso es todo. Y yo, bueno, nosotros, la compañía Singh-Sharma está pagando la reconstrucción. Nos está costando un buen pellizco, te lo aseguro.

Entonces se me acerca.

—Pero ¿por qué tengo que justificar ante ti lo que hago o dejo de hacer? ¿Quién eres, Abbas? ¿Quién te crees que eres para presentarte aquí cuando te viene en gana y hacer acusaciones? —Y volviéndose hacia su padre de nuevo añade—: Ya hemos hablado de la obsesión que tiene con Sheela. ¡Es insultante! Deberíamos prohibirle la entrada a esta casa.

—Creía que íbamos a jugar al parchís después de cenar.

Es Parvati. ¿Cuánto tiempo lleva escuchando en la puerta? Contempla la escena. Yo con los puños apretados delante de la mesa de Samir; el lingote brillante metido en la cavidad secreta que forma el ladrillo; su hijo apretando la mandíbula y con cara de querer degollarme, y Samir con los labios fruncidos, subiendo y bajando la mina del portaminas.

Nunca es buena idea subestimar a Parvati. Tiene una inteligencia afilada como el *patal* que usa Nimmi para cortar las flores. Entra en la biblioteca.

Se para al lado de Samir y observa la mesa, el oro, lee por encima el telegrama. Samir la mira y los dos se entienden sin hablar. El reloj de la repisa da la media. Por último, se dirige hacia mí con una sonrisa que es más una mueca.

—Por fin me he dado cuenta de por qué me resultabas tan familiar, Abbas Malik. Eres el crío que iba siempre con Lakshmi llevándole el material, como el sirviente que eres.

Observa mi ropa, mis zapatos, mi reloj.

—Y mírate ahora, un *pukkah sahib*. ¿Te ha comprado Lakshmi todo eso? ¿Sigue ocupándose de ti? ¿Sigue ocupándose de sus lacayos? —Mira de soslayo a su marido—. Está claro que esa mujer sabe crear problemas.

Me sonríe con dulzura esta vez y casi me creo que es una sonrisa genuina.

—Dile a Lakshmi que los celos no son una cualidad admirable. No debería enviar a su recadero para conseguir lo que quiere. Coge tus juguetes y vete. Ya no eres bienvenido en esta casa. No vuelvas nunca más.

¿Debería explicarle mi teoría del puzle y la pieza faltante? Miro a Samir con disimulo, pero parece ensimismado en su lápiz. Tiene cara de sentirse ¿humillado?, ¿abochornado? Me cuesta decirlo, se niega a mirarme.

Recojo mis hallazgos, me los guardo y salgo por la puerta. Cuando me alejo, oigo a Ravi:

—¡Mamá, es todo pura especulación! Solo quiere...

Oigo la bofetada y siento la potencia en mi propia mejilla.

25

Nimmi

Shimla

AYER Y HOY, el doctor Kumar ha insistido en ir y volver de la clínica en coche. Yo estoy acostumbrada a ir andando con Chullu en la espalda y Rekha caminando a mi lado, pero el doctor dice que le asusta que los traficantes se hayan enterado de que una mujer de alguna tribu llegó a la ciudad con un rebaño de cuarenta ovejas hace unos días. No es algo común. Normalmente, son los hombres los que sacan las ovejas, y seguro que ha dado que hablar a los chismosos, por mucho cuidado que tuviéramos Lakshmi y yo en tomar el camino que lleva a los terrenos del hospital. Las ovejas están al cuidado de un pastor al que pagué para que se llevara el rebaño a pastar al oeste de la ciudad. Y la lana se encuentra a buen recaudo en la alacena de los Kumar.

Una vez en la clínica, rodeados del personal, el doctor respira más tranquilo. Da instrucciones precisas a las monjas y las enfermeras de no dejar pasar a nadie que no sea paciente de la clínica. Después va al hospital a hacer su ronda mientras Rekha, Chullu y yo vamos al jardín por la puerta de atrás.

Fue un alivio que Lakshmi se hubiera ido ya cuando los niños y yo nos despertamos ayer por la mañana. Su marido había ido a llevarla a la estación. Yo no habría sabido qué decirle después de mi arrebato de la noche anterior. Sé que no debería culparla por la tragedia que ha ocurrido en Jaipur; ella no podía saber que ocurriría algo así. Pero es que me da mucho miedo perder a Malik igual que perdí a Dev. Seguro que lo entiende.

Cuando bajé a desayunar con los niños, vi que Lakshmi me había dejado varios saris y blusas para que me los pusiera, con la idea de no llamar tanto la atención cuando fuera al hospital y a la ciudad. Ese simple gesto de amabilidad, de preocupación por mi seguridad, me desconcertó. ¿Era vergüenza lo que sentía por no haber reconocido todas las cosas que ha hecho por nosotros desde que se fue Malik? ¿Por haberme mostrado irrespetuosa con ella, que es mayor que yo, algo que no habría hecho con una mujer de mi tribu, cuando además nos estaba protegiendo del peligro al que nos había expuesto Vinay? ¿Cómo puede ser que me sienta furiosa con ella y agradecida al mismo tiempo?

Me cubro la cabeza con el sari de Lakshmi, que me oculta la cara y el tatuaje. Pido a los niños que se queden cerca, porque Rekha suele irse por ahí y Chullu la sigue. Ha empezado a andar este mes, pero una vez que le coge el truco, es capaz de alejarse bastante antes de que me dé cuenta.

Echo una mirada apreciativa al jardín. Malik estaría impresionado. En las partes en las que antes no había nada, he plantado hierbas y flores que hemos decidido entre Lakshmi y yo. El jardín está más completo ahora, brotes nuevos están saliendo en varios sitios. Tengo que regar, echar abono y retirar las hojas muertas y los insectos que se comen las hojas. La colección de hierbas de Lakshmi es impresionante. Conozco algunas, pero la mayoría me resultan totalmente nuevas. Está intentando cultivar distintas variedades de la zona de Rajastán, pero no agarran a esta altitud. Si me preguntara, le diría que no perdiera el tiempo.

Cuando el doctor Kumar termina la jornada, volvemos todos a su casa y cenamos lo que nos prepara su asistenta. (Parece que Lakshmi lo ha previsto todo.) Anoche, después de cenar, nos ayudó a Rekha y a mí con nuestra clase de lectura y escritura.

Lakshmi nos ha dejado un montón de libros y su marido sigue sus instrucciones con diligencia.

A veces, cuando me pasa un libro, nos rozamos y los dos damos un respingo, como si nos hubiéramos quemado. No se me ha ido de la cabeza el sabor de sus labios en los míos aquella noche en el campo. A veces me los toco y recuerdo el lugar exacto en el que puso los suyos. Me recuerda a Malik y lo mucho que echo de menos sus caricias.

También echo de menos sus cartas, pero con todo lo que ha ocurrido, no espero que escriba.

Lakshmi lleva fuera dos días y sé que el doctor la echa de menos. Me ha dicho esta mañana que la llamará cuando vuelva de trabajar esta noche.

Madho Singh también la echa de menos. Se queja cuando está en la jaula, que es gran parte del día. Cuando dejo abierta la puerta, suele quedarse dentro en vez de salir y posarse en el respaldo del sofá, como hace cuando ella está en casa. A veces, suelta algún refrán de los que le enseñaba la maharaní, como «agarrarse a un clavo ardiendo» o «no cantan dos gallos en un gallinero». A Lakshmi y al doctor les gusta citarlo a menudo.

Sale de la jaula para saludar al doctor cuando viene a casa o cuando ve a Rekha. Ella habla con él como si fuera un niño de su edad. Y él siempre responde. A veces no tiene sentido lo que dice, pero Rekha se inventa conversaciones interesantes que tampoco tienen sentido para mí. Hace como que le lee libros infantiles (a estas alturas se sabe de memoria las historias y le gusta enseñarle las ilustraciones al pájaro). Eso siempre lo tranquiliza y suele quedarse dormido antes de que termine de contarle la historia.

Esta noche, el doctor trabaja hasta tarde. Nos ha traído a casa y ha vuelto al hospital. Estoy en la cama con los niños en la planta de arriba, en la habitación de Malik. No hay muchas cosas suyas, de todos modos. Es una habitación cómoda con una confortable manta de lana encima de la cama, una ventana desde la que veo los pastos y un póster de cuatro *gore* llamados los Beatles. Malik me ha dicho que son músicos, y muy buenos, y que hace un año vinieron a la India a ver a su gurú, que es algo extraño. Los ancianos de nuestra tribu se muestran escépticos ante los gurús porque los consideran falsos profetas.

Rekha y yo estamos mirando un libro ilustrado de las flores de los Himalayas. Chullu duerme boca abajo junto a mí.

—Namasté, *bonjour, welcome!*

Oigo cómo Madho Singh revolotea por la casa, se posa en algún sitio, chilla y levanta otra vez el vuelo. No es así como saluda el periquito cuando hay visita, así que tiene que pasar algo. Pero ¿qué? ¿Un animal? ¿Una comadreja o un mono?

Intento recordar si he cerrado con cerrojo las puertas y las ventanas, como me dice siempre el doctor Kumar. (En la habitación de los Arora no tenía cerrojo.) Aquí, en la planta de arriba, podemos dejar las ventanas abiertas para que entre el fresco, pero abajo debemos cerrar bien todas las puertas y las ventanas. Hay pocos vecinos por la zona y viven a cierta distancia unos de otros, cobijados entre los pinos, lo que significa que si hay bandidos, pueden estar ocultos. Pedir ayuda no serviría de nada.

El doctor Kumar me ha enseñado a usar el teléfono si tengo que llamar a la policía o al hospital. Me daba vergüenza decirle que no lo había usado nunca. Y desde luego no le he dicho que no se me ocurriría llamar a la policía. Los ancianos de nuestra tribu no confían en las autoridades, los primeros en echarnos de los pastos en cuanto alguien se queja. Y ahora que creen que el doctor y yo tenemos una relación íntima, seguro que piensan que soy una mujer fácil, alguien a quien pueden llevarse a la cama sin esfuerzo.

Estoy dándole vueltas a por qué chilla el periquito cuando Rekha se baja de la cama y sale corriendo llamándolo.

—¡Rekha! —grito. Pongo unas almohadas alrededor de Chullu, que se ha dormido, para que no se caiga de la cama, y bajo a por mi hija.

Cuando llego al pie de las escaleras, Rekha corre por la sala detrás de Madho Singh, que vuela del sillón a la lámpara y de ahí a la repisa de la chimenea. La única luz que se ve es la de la luna. Descorro la cortina para ver si hay alguien fuera.

En efecto. Una figura de pie en el porche está oculta por las sombras.

Me empieza a latir con fuerza el corazón y trato de distinguirla en la oscuridad. ¡Es el pastor que está cuidando del rebaño!

Inspiro y suelto el aire aliviada. Lo llamo desde la ventana.

—¿Qué pasa, *bhai*?

El hombre se gira. No le veo bien la cara y él tampoco me ve a mí.

—¿Qué hago con el rebaño? Se han comido toda la hierba de la zona de pasto. ¡Tenían mucha hambre! —dice con una risa ruidosa y temblorosa.

—Te pagaré para que te las quedes unos días más. ¿Hay algún otro sitio al que puedas llevarlas?

—*Theek hai* —dice—. Me las llevaré más al norte.

Al darse la vuelta para marcharse, me acuerdo de que aún tengo las tijeras de esquilar que me prestó.

—¡Espera! —le grito.

Subo corriendo a por ellas y cojo unas monedas más de lo que me han pagado esta semana. Cuando bajo de nuevo, está todo tranquilo. Madho Singh está otra vez en su jaula mascullando. Pero ¿dónde está Rekha?

Entonces veo la puerta abierta y salgo al porche. Ahí está, hablando con el pastor.

—¿Por qué tienen cola las ovejas? —le pregunta.

—¡Será boba! —exclamo, agarrándola y poniéndola detrás de mí. Después, le devuelvo al hombre las tijeras y le pongo las monedas en la mano.

El hombre parece confuso al notar el pánico que trasluce mi voz y mi expresión. Se echa el dinero en el bolsillo del chaleco y se da media vuelta, pero de repente se para y se gira otra vez.

—*Behenji,* hoy, cuando estaba con las ovejas, un hombre se me ha acercado y me ha preguntado si eran mías.

Se me acelera el pulso otra vez. Rekha empieza a retorcerse y me doy cuenta de que le estoy clavando los dedos en los hombros. Intento relajarlos.

—¿Y qué le has dicho?

El viejo levanta la barbilla y se endereza con orgullo.

—Que qué le importaba a él, ¡eso le he dicho!

Sonríe y la luz de la luna se refleja en los pocos dientes que le quedan.

Asiento con la cabeza.

—¿Cómo sabías dónde encontrarme?

Él se rasca la nuca.

—Los rumores corren deprisa.

Tras lo cual baja los escalones y desaparece en la oscuridad.

Cierro la puerta con llave. Cojo a Rekha y la abrazo con todas mis fuerzas.

—¿Qué te tengo dicho? No le abras la puerta a nadie. Ni siquiera a un anciano.

—Ya lo sé, *maa,* pero a Madho Singh le cae bien.

—¡Madho Singh ni siquiera lo conoce!

Noto el latido regular de Rekha y estoy segura de que ella nota el mío. Cuando estaba con mi tribu, nunca me sentí insegura como me pasa ahora. Si un pastor me ha encontrado sin problema, ¿cuánto tardarán los contrabandistas en dar conmigo?

Una hora después, estoy acurrucada con los niños en el sofá de la sala. Los dos duermen cuando oigo el coche del doctor en la entrada. Abro la puerta y salgo al porche. Él sale corriendo al verme.

—*Kya ho gya?* —me pregunta mientras me insta a entrar en la casa y cierra con llave.

—Es que... no sé si aquí estamos seguros. —Le cuento lo que me ha dicho el pastor y cómo me ha localizado—. Si él me ha encontrado, otros también podrán hacerlo.

—¿Te ha amenazado?

—No, nada de eso. Quiero llevarme a los niños a otra parte, pero, a menos que estemos con nuestra tribu, no estaremos seguros. Ni siquiera en las montañas. Ahora que la gente sabe que vivo aquí con usted... —Me doy cuenta de que me estoy restregando las palmas sudorosas contra la falda otra vez y trato de tranquilizarme.

El doctor se sienta en su sillón, abre el maletín y saca un cuaderno. Pasa varias páginas y después coge el teléfono y marca. Son las diez de la noche. ¿A quién llamará tan tarde?

Un minuto después, cuelga.

—Recoge tus cosas —dice—. Mañana por la mañana os llevaré a un sitio en el que será difícil que os encuentren. Fuera de la ciudad.

—¿Y qué pasa con el jardín? ¿Quién se ocupará de él? Tengo que regar las plantas que están brotando...

Él niega con la cabeza.

—Por ahora, vuestra seguridad es prioritaria. La señora Kumar se ocupará de todo cuando vuelva. *Chinta mat karo.*

¿Que no me preocupe? No he dejado de preocuparme desde que se fue Malik.

26

Lakshmi

Jaipur

Esta mañana se cumplen tres días desde dejé a Jay en Shimla. Malik viene temprano a contarme lo de su visita a los Singh. Kanta y Niki han salido a pasear con *saasuji*, y Manu se ha encerrado en su despacho al final del pasillo.

Malik dice que Samir parecía realmente sorprendido cuando le mostró que los lingotes encajan en el ladrillo. Coincidimos en que es poco probable que Samir pusiera en peligro el nombre de su empresa por la promesa de ganar más dinero. Decidimos que quiere creer que su hijo cometió un error sin darse cuenta y que aceptó material de peor calidad, pero ni Malik ni yo creemos que el error fuera inocente. Basándonos en la facilidad que tuvo para seducir a mi hermana hace doce años y lavarse las manos ante las consecuencias, sabemos lo falso que puede ser Ravi.

Malik me resume también la visita que le hizo a Hakeem, el contable de la oficina. Me deja perpleja.

—¿Y Hakeem no quiere confesar que cambió las facturas? ¿Por qué? ¿A quién protege?

Malik vacila un momento. Nunca me miente, pero sé que no dirá nada que pueda hacerme daño a mí o a otras personas. Aguardo.

—Hakeem... vive con el señor Reddy.

—¿El gerente del cine?

Asiente con la cabeza.

—Comparten casa aquí, en Jaipur. Y Hakeem tiene mujer y cuatro hijas en Bombay. No quiere que se enteren de su relación con el señor Reddy. Dice que eso les destrozaría la vida.

Estoy tratando de juntar las piezas cuando, de repente, lo entiendo.

—*Accha*. —¿Quién soy yo para juzgar al contable? Una mujer que abandonó a su marido y se acostó con el marido de otra. La gente encuentra el amor en el momento menos pensado—. ¿Y los Singh están al tanto... de su relación?

—Ravi lo ha descubierto. El señor Reddy perderá su trabajo, pero Hakeem conservará el suyo. Tiene una familia grande a la que mantener.

—¿Y Reddy accedió a decir que dejó entrar a más gente de lo permitido aunque fuera mentira?

—Eso es.

Está claro que Samir no entregará a su propio hijo por fraude y robo. Parvati seguirá presionando a la maharaní Latika para que despida a Manu. Y, por horrible que me parezca, la maharaní no quiere que se investigue. Quiere que el asunto se resuelva y que el cine vuelva a abrir sus puertas lo antes posible. Lo entiendo. La mancha en la reputación de la familia real crece a medida que pasan los días.

Le aseguré a Kanta que las maharaníes son justas, pero estoy empezando a entender que he sido una tonta. Nos queda solo un día para convencer a su alteza de que no despida a Manu.

La presión de que lo tachen de ladrón afecta a nuestro amigo. En vez de volver al trabajo, se queda encerrado en su despacho escuchando la radio o leyendo poesía. A la hora de comer, Kanta le lleva la comida en una bandeja en vez de que lo haga Baju para poder sentarse un rato con su marido mientras Niki, *saasuji* y yo comemos en el comedor. Kanta dice que apenas toca la comida, dice que está lleno y le pide que lo deje solo. Lleva días sin afeitarse, por lo que resulta extraño verlo en las raras ocasiones que sale para ir al baño; cada vez se parece más a los hombres santos del Ganges. El pelo, que tampoco se lava, le cae sobre la frente. Lleva durmiendo con la misma camisa y los mismos pantalones tres días.

A Niki también le está afectando el cambio que se ha producido en su padre. Aunque Kanta lo dejara volver a clase, él no iría. Las malas noticias vuelan aún más deprisa que las buenas, según parece. Sus amigos lo han llamado para decirle que algunos compañeros dicen que su padre es un ladrón y un malversador. Niki sabe que su padre es incapaz de engañar de esa forma, pero él tampoco es capaz de proteger a un padre que ni siquiera intenta defenderse.

Kanta se dedica a repasar con Niki las lecciones que su profesor le envía. Leen novelas, que les encantan a los dos, y eso los mantiene entretenidos. Me detengo de vez en cuando en la puerta de la habitación del niño y los oigo debatir sobre *Matadero Cinco* y *Viajes con mi tía*. Me recuerda a cuando Radha se perdía en las páginas de *Jane Eyre* y *Cumbres borrascosas*.

La depresión de Manu está afectando también a *saasuji* y a Baju. La madre de Manu encuentra peros a todo lo que hace el anciano sirviente —no ha puesto sal en el *dal* o se le ha quemado el *parantha* o no ha tostado bastante el comino— y Baju se pone de mal humor y golpea los cacharros y las sartenes en la cocina mientras gruñe entre dientes. Casi me hace desear que Madho Singh estuviera aquí.

Qué alivio es salir de la casa para ir a mi siguiente cita.

Esta vez, cuando llego al palacio de la maharaní, el guarda me sonríe con amabilidad.

—¿A la maharaní joven o a la mayor?

—A la mayor —respondo yo.

Ladea la cabeza de forma casi imperceptible en señal de sorpresa. Pero asiente con la cabeza y llama a un sirviente. El hombre vestido con un uniforme inmaculado me acompaña hacia las escaleras de mármol. De tanto subir y bajar por ellas durante más de dos siglos, se ha ido formando un surco en el centro de los escalones. Llegamos a una terraza que da a un exuberante jardín en el centro del palacio. Nunca había estado en la terraza superior. Me detengo a contemplar la escena que se desarrolla en la planta inferior, es como el cuento de *Los tres príncipes* que le estaba leyendo a Rekha el otro día. Los arbustos podados con forma de jirafas, hipopótamos y elefantes (¡a Rekha le encantarían!); cascadas y fuentes; monos de cara rosada, de los que suelen verse por la ciudad y los edificios reales, saltando entre los guayabos, los granados y los plataneros, comiendo lo que pillan; pavos reales glugluteando y extendiendo la cola en todo su esplendor; suimangas revoloteando entre las flores mientras se atiborran de néctar.

Por fin llegamos a una habitación grande después de atravesar la terraza. Las cortinas blancas de gasa que cubren las ventanas de celosía dejan la habitación en penumbra. Dos sirvientes esperan a la entrada, y al fondo se ve una cama con dosel. Supongo que dejan las puertas abiertas para que la maharaní se entretenga viendo desde la cama los macacos que corretean por los altos muros del palacio.

Varias damas de compañía pasan el tiempo sentadas en los sofás y los sillones de la habitación. Una está bordando, otra abanica a la maharaní con un abanico grande de sándalo y la tercera lee.

Encuentro muy cambiada a la maharaní Indira. Ha perdido mucho pelo ahora que no utiliza mi aceite de *babchi* especial y tiene más canas. Antes me recibía en la sala de dibujo, la misma en la que lo hizo la maharaní Latika hace tan solo dos días. La maharaní viuda está tendida en la cama de caoba rodeada de mullidas almohadas rellenas de plumas de ganso y recubiertas de su correspondiente funda de raso. La mesa que hay junto a la cama está llena de tarros de distintos ungüentos y botes de pastillas. Los jarrones con hibiscos de color rosa magenta y magnolias champaca de tono anaranjado no consiguen disimular el olor a medicamento.

La antigua reina parece más menuda y encogida, y tiene las mejillas hundidas. Antes, su presencia llenaba la habitación con chistes subidos de tono y carcajadas envueltas en ginebra. Ahora, reposa en silencio con los ojos cerrados.

—Espere un poco y se despertará —me dice la dama de compañía que tengo más cerca. Yo contemplo el rostro de la maharaní. Se le han formado arrugas y pliegues en la piel de alrededor de la boca y las mejillas, que solían tensarse cada vez que sonreía o reía, lo que hace que aparente más de setenta años.

Algo que se mantiene fiel a su esencia es el amor por las joyas. La luz que entra por la puerta abierta de la habitación se refleja en su gargantilla *kundan* con diamantes en forma de lágrima y rubíes de talla cabujón. Los pendientes a juego también muestran diamantes de lágrima alrededor del rubí central. Las pulseras de perlas y rubíes le quedan demasiado grandes ahora que tiene los brazos tan delgados y parece que esté a punto de perderlas.

Otra de las mujeres del séquito indica un sillón junto a la cama de la reina, así que me siento y dejo mi bolsa en el suelo, junto a mí. Recuerdo la primera vez que su alteza me recibió y me cambió la vida para siempre.

Hace doce años, después de que me contratara para que curase a la maharaní Latika de su depresión, corrió el rumor —tan rápido como los macacos saltan de un árbol a otro— de que yo poseía unos poderes asombrosos para curar a la realeza. Todo el mundo quería que lo tratara. Mi negocio creció tanto que Malik y yo trabajábamos desde el alba hasta la puesta de sol para que nos diera tiempo a realizar las aplicaciones de henna y a preparar y repartir los aceites y las lociones curativas. De no haber sido por la generosidad de esta mujer, nada de aquello habría sucedido.

La maharaní abre los ojos, tan astutos y pícaros como siempre.

—Lakshmi, piensas tan alto que me has despertado, querida.

Está demacrada, pero tiene una sonrisa radiante.

Me ofrece las manos y se las tomo. Los numerosos anillos de rubíes, esmeraldas y perlas se le pierden entre los dedos.

—Alteza, me sorprendió mucho saber de su regreso. ¿París no le ofrece encantos suficientes? —bromeo.

—Hombres, desde luego —dice con una de sus escandalosas carcajadas—. Y la comida es una maravilla, pero después de un tiempo echaba de menos la cúrcuma, el cilantro y el comino. Añoraba el aroma de los mangos maduros y de la blanca *rath ki rani.*

Frota el diseño de henna que llevo en las palmas con los pulgares.

—Y esto —dice llevándose las palmas a la nariz para captar lo que aún queda del olor de la planta, unido al aceite de geranio que uso para hidratarme la piel.

—Los aromas de mi India —dice cerrando los ojos.

¿Se ha quedado dormida? Empiezo a retirar las manos y, de pronto, abre los ojos.

—Dime, querida, ¿qué has estado haciendo desde la última vez que nos vimos? Y cuéntame también qué tal le va a nuestro amigo Malik.

Estoy a punto de hablar, cuando me interrumpe con un gesto de la mano y gira el huesudo dedo índice.

—Déjame verlo.

Sus excentricidades me hacen sonreír. Me levanto el *pallu* con el que me he cubierto el pelo como señal de respeto y dejo que me caiga sobre el hombro. A continuación giro la cabeza a un lado y a otro.

—Excelente, querida. Sigues teniendo una cabeza muy bien formada. Una señal que indica una buena llegada al mundo. Excelente.

Sé por las veces que he tratado con ella anteriormente que la maharaní es capaz de percibir si el nacimiento de una persona ha sido fácil, si ha atravesado el canal del parto sin sufrir daño, si el karma que la ha rodeado es bueno y si seguirá siéndolo en el presente. Que sea verdad no importa. No hay quien la apee de sus creencias y es inútil llevarle la contraria.

—Gracias, alteza. Me he traído mis utensilios para hacer la henna. Si me lo permite, me gustaría pintarle las manos mientras hablamos.

Ella enarca las espléndidas cejas con sorpresa.

—Bueno, creo que se puede arreglar —dice mirando a la dama de compañía que tiene más cerca. Esta hace un gesto a uno de los sirvientes, que me trae una mesita donde colocar los utensilios.

Le quito los anillos y se los entrego a una de las damas. Después, abro una botella de aceite de clavo para calentarle las manos y se las masajeo. Mis dedos están desnudos. Ando todo el tiempo con aceites o aplicando emplastos sobre heridas, así que no llevo adornos.

Tiene una piel como la del esqueleto de una hoja de higuera sagrada: seca pero flexible. Observa cómo le tiro de los dedos, uno a uno, y aliso las hendiduras que se forman entre ellos. Le froto con el pulgar la parte más carnosa de la palma. Me pregunto cuándo habrá sido la última vez que alguien la ha tocado así. Como miembro de la realeza, puede permitir ciertas intimidades, pero nadie puede tomarse la libertad sin pedirle permiso.

—¿Alguna petición especial?

—Confío en que harás lo que consideres mejor, querida.

Cierra los ojos cuando empiezo a aplicar la henna que he traído conmigo desde Shimla. Le hablo de mi jardín medicinal, de mi matrimonio con Jay...

—Ah, eso explica el encantador *bindi* rojo de tu frente. Conque te has casado con ese médico, el que intervino desde Shimla en representación del palacio para la adopción que nunca llegó a materializarse. ¡Me asombras, querida!

El corazón empieza a latirme con fuerza. La maharaní viuda es una mujer inteligente. ¿Se le habrá ocurrido pensar alguna vez que saboteamos la adopción de Niki deliberadamente? Todos estos años le hemos dejado creer que nació con un defecto de salud, motivo por el que no era apto para convertirse en el príncipe heredero adoptado por la casa real. Ojalá pudiera ver el niño robusto y loco por el críquet en que se ha convertido.

Algunas mentiras es mejor guardarlas en secreto.

Le cuento que Jay me ofreció la oportunidad de trabajar en la clínica comunitaria que él fundó y lo mucho que se ha esforzado para tratar a los pacientes desde un punto holístico, con el que se sientan más cómodos.

—Parece un hombre honrado —dice con un tono más débil. Se ha adormilado.

Termino la palma de una mano y le hago una señal a la dama de compañía para que la mantenga abierta y así no se emborrone la pasta antes de secarse.

Sigo hablando. Creo que es la cadencia de mi voz junto con el contacto constante y regular sobre su palma lo que la relaja. Le hablo de Malik y de sus estudios. No sirve de nada engañarla para que crea que le fue bien, cuando no es verdad. Pero sí consiguió graduarse gracias a su inteligencia natural. La reina tiene debilidad por Malik, que le pareció siempre un niño encantador. Me parece ver un atisbo de sonrisa en sus labios, aunque lo mismo son imaginaciones mías.

—¿Cuántos años tiene ahora, veinte?

Vuelve a sorprenderme la memoria que tiene.

—*Hahn-ji.*

—¿Y qué me dices de su vida amorosa? Porque seguro que la tiene.

Abre los ojos y me mira con astucia por el rabillo del ojo.

Estoy en pleno diseño cuando lo pregunta y la mano se me queda inmóvil.

Mueve la cabeza un poco para poder mirarme a los ojos.

—¿No lo apruebas?

Pese a estar enferma, su intuición está tan despierta como siempre. Nimmi también me ha acusado de no aprobar su relación.

Retomo la tarea.

—No es eso. Quiero que Malik conozca más mundo antes de sentar la cabeza. La joven que ha conocido tiene dos hijos pequeños de su anterior matrimonio. Es viuda. Supone mucha responsabilidad para un joven de veinte años que ni siquiera tiene una profesión como es debido con la que ganarse la vida.

La mujer se queda pensativa.

—Me lo imagino. Aunque es un joven con muchos recursos. —Sonríe—. Me da la impresión de que podría haberse hecho cargo de todo el ejército indio cuando tenía ocho años —dice riéndose suavemente.

Levanta las palmas para inspeccionarlas. Le cuelga la piel de los antebrazos.

—¿Flores de azafrán? ¿Leones? ¿Qué me has pintado, Lakshmi?

—Le pido perdón si he sido demasiado atrevida. Sin embargo, sé que es usted una mujer que ambiciona mucho más de lo que se consideraría apropiado mostrar. El león simboliza esa ambición. Hace mucho tiempo, me dijo que su difunto marido le impidió experimentar la maternidad. He dibujado una flor de azafrán porque no puede reproducirse sin ayuda del ser humano.

Lo que le he pintado en las palmas es una copia del mandala que diseñé para el suelo de mi casa. No me había dado cuenta de lo mucho que tenemos en común las dos hasta que no empecé a pintar.

—Y aquí, alteza —señalo con el cono de la henna la parte superior de la palma—, está su nombre oculto en el diseño.

—Qué lista —dice la reina deslumbrada—. Gracias, Lakshmi. Tienen que pincharme algo y darme vete tú a saber cuántos medicamentos más para que no tenga dolor. ¿Te importaría reunirte conmigo en el invernadero dentro de media hora?

Doy una vuelta por el invernadero en el que su alteza cultiva sus orquídeas. Está al lado de la terraza, a poca distancia de su dormitorio. Por fortuna, el sirviente que me ha conducido hasta este vivero con el tejado y las paredes acristalados me ha dejado también un vaso alto de *aam panna* para soportar el calor. Aun así, tengo la frente y las axilas húmedas de sudor.

El invernadero es un lugar alegre lleno de luz y de plantas bien cuidadas. No me acuerdo de los nombres de algunas, puesto que no soy ninguna experta en orquídeas, pero reconozco varias de sus favoritas, como la sandalia de Venus, con su inusual flor amarilla que parece una mariposa, y varios ejemplares de vanda, que me llaman la atención porque me parecen más moradas que azules. Recuerdo que la maharaní Indira solía refugiarse aquí, un lugar que ama y cuida con todo su amor. Huele a vida y a sustrato rico en nutrientes, a humedad y a calor.

Casi me he terminado mi refresco de mango cuando uno de los asistentes aparece empujando la silla de ruedas de la maharaní y se detiene en el centro, junto a un banco de hierro. Su alteza lleva las manos en alto, pendiente de que no se le estropee la henna. Me acomodo en el banco y compruebo la pintura: está casi seca. Me caliento las manos con un poco de aceite de geranio

329

que llevo en la bolsa antes de frotarle las suyas, hasta que la pasta seca se descascarilla por completo sobre la toalla que me he puesto en el regazo.

La maharaní elogia el resultado y admira la renovada suavidad de su piel.

Con un leve giro de la muñeca, ordena al sirviente que nos deje a solas. El hombre sale y se queda junto a la puerta a la espera de instrucciones.

La reina arquea el dedo índice, brillante de henna roja, y lo dirige hacia la espalda. Entiendo que es su manera de indicarme que coja la silla de ruedas. Me coloco detrás y comenzamos a movernos. Inspecciona unas pocas plantas y exclama con satisfacción o desaprobación a medida que comprueba su estado.

—¿Qué es lo que está ocurriendo con el cine Royal Jewel?

Llevaba un rato preguntándome cómo sacar a relucir el tema, por lo que me sorprende esta pregunta tan directa.

—No sé qué de una conducta imprudente relacionada con los materiales empleados —continúa como si no estuviera al tanto de los detalles que rodean el fiasco del cine, pero tengo la impresión de que se ha informado muy bien.

—Alteza, estoy segura de que se acuerda del señor Agarwal, el director del Departamento de Operaciones del palacio. Lo acusan de haber autorizado la compra del material de construcción de mala calidad que podría haber causado el accidente del cine.

—Pero tú no opinas igual, ¿no es así?

—¿Ha hablado con usted la maharaní Latika?

—Compartimos consejeros.

Llegamos al final de una hilera de plantas y veo un armario bajo delante de nosotras.

—Abre ese armario, por favor.

Lo hago. Es una nevera. Dentro hay una jarra de cristal con un líquido transparente y dos vasos.

—Sirve un vaso para cada una, querida.

Ahora me acuerdo. El *gin-tonic* que tanto le gusta a la maharaní, y que está convencida de que es el secreto de la buena salud de las orquídeas. Le doy el vaso y lo hace entrechocar con el mío.

—Por la salud eterna —brinda y se ríe de su propia broma antes de beber un trago—. Aaah, qué fresco y estimulante. Sigamos paseando, ¿te parece?

Empujo la silla hacia otra hilera de plantas.

—Creo que la razón de la compra de esos materiales baratos no tiene nada que ver con el señor Agarwal —digo.

—Tengo entendido que Manu Agarwal vive por encima de sus posibilidades —dice ella—. Con lo que le paga el palacio no puede permitirse ese caro sedán y las sedas que lleva su mujer.

Intento que no vea lo mucho que me sorprende lo bien informada que está.

—Su mujer viene de una familia adinerada, alteza. Kanta Agarwal está emparentada con el poeta Rabindranath Tagore. Procede de Calcuta.

—Ah, bueno, eso cambia las cosas —contesta echando unas gotitas de su bebida en la base de una orquídea lánguida. Mira mi vaso, que apenas he tocado, y añade—: Bebe, querida.

Doy un sorbo. Es refrescante, más ligero y dulce que el Laphroaig que bebemos Jay y yo por las noches.

—Nunca te gustó la bebida —comenta con una sonrisa irónica.

—Los tiempos cambian, alteza. A mi marido le gusta el whisky escocés y me he dado cuenta de que me agrada su sabor ahumado.

—La próxima vez nos aseguraremos de complacer tus gustos.

Habla como si fuera a vivir eternamente, y ¿para qué decirle lo contrario? Le devuelvo la sonrisa.

—Alteza, la integridad del señor Agarwal no se ha cuestionado nunca.

—Oigamos tu teoría.

Vacilo y miro el vaso.

—No le va a gustar.

La he enfadado.

—No des por sentado que sabes lo que pienso.

—Esconden oro entre el material de construcción y lo envían a diferentes obras que se están realizando en la ciudad. Llega oculto dentro de unos ladrillos diseñados especialmente a tal efecto. Después, lo venden a los joyeros y los ladrillos se aprovechan para la construcción. El único problema es que esos ladrillos no son lo bastante fuertes como para soportar cargas de impacto, perdone los tecnicismos. Malik me ha estado enseñando algunos términos de ingeniería en estos días.

Al mencionarlo, la maharaní sonríe.

—¿Malik se ha convertido en ingeniero?

—Se ha graduado hace poco en un colegio privado de Shimla y ha venido a Jaipur a hacer prácticas en el Departamento de Operaciones con los ingenieros del señor Agarwal. A petición mía.

—Ya, cuesta decirte que no, Lakshmi. Ya me he fijado. —Me mira arqueando una ceja—. Continúa.

—Esos ladrillos son de una calidad inferior. No cumplen los requisitos para utilizarse en construcción. Eso, unido a la falta de experiencia de los albañiles que han preparado el mortero de cemento que cubre los ladrillos, y ya tenemos servido el desastre.

Levanta una mano para indicarme que me detenga. Entonces arquea el índice para señalarme que me acerque a ella por delante, y así pueda mirarme. Busco a mi alrededor una silla que me permita estar más cómoda y recta, y veo una de bambú al fondo de la hilera. La cojo y me siento ante la silla de ruedas.

—Según tu historia, ¿quién hace qué? —pregunta moviendo el huesudo dedo a un lado y a otro como un limpiaparabrisas.

Trago saliva. Es una situación delicada porque siente debilidad por Samir Singh. Lo adora.

—Creo que el hijo de Samir Singh, Ravi, está involucrado en el envío de oro desde los Himalayas.

Como esperaba, mis palabras impactan y afligen a la maharaní.

—¿Qué demonios saca el hijo de Samir de transportar oro? La suya es una de las familias más ricas de Jaipur, de todo el Rajastán, probablemente.

—Yo no dejo de preguntarme lo mismo, alteza, pero las pruebas apuntan claramente a Singh-Sharma. Creo que Samir no arriesgaría su reputación y la de su empresa por dinero. Lo único que he sacado en claro es que Ravi quiere medrar. Como bien dice, su familia es rica, pero esa riqueza no le pertenece por méritos propios. Tal vez desee conseguir más por sí mismo. Dinero extra tal vez, algo sobre lo que tenga todo el control.

La miro para ver si al menos parte de lo que he dicho le está haciendo mella o solo he conseguido ofenderla. Si yo fuera ella, podría pensar que he perdido el juicio al acusar a unos miembros de la sociedad tan destacados. Hace mucho calor en el invernadero; noto que me resbala el sudor por las sienes.

La maharaní está pensando. Bebe otro sorbo.

—¿Qué pruebas tienes de lo que dices?

—Hemos recabado una muestra de material de la obra del cine. Y tenemos pruebas de facturas falsificadas.

—¿Por qué hablas en plural, querida?

—Malik y yo.

—Ah, otra vez Malik. Ese diablillo.

—El señor Agarwal también quería que probara en el departamento de Contabilidad. Fue el primero en fijarse en las discrepancias.

—No me extraña nada. ¡Ese chico tiene los ojos de una cabra! —exclama con una carcajada—. ¿Hay alguien dispuesto a dar testimonio de su implicación en esta... trama?

—No, alteza —digo yo exhalando—. Les dan demasiado miedo las repercusiones.

Por fin, la maharaní mueve el imperioso dedo. Retiro la silla y continuamos nuestro paseo parando de vez en cuando para que salpique sus flores con *gin-tonic*.

—Dime, Lakshmi, ¿qué te hace estar tan segura de que el señor Agarwal no tiene ninguna responsabilidad en esto? ¿No podría ser él el que está desviando dinero?

—No lo creo. Lo conozco bien. No hay duda de que está destrozado. Él procede de una familia humilde y ha dedicado su vida a su mujer y su hijo. Se toma muy en serio su puesto en el Departamento de Operaciones y está muy orgulloso de ello. Él nunca haría nada que pusiera en peligro lo que ha conseguido. Sería como cortarse un brazo.

Puede que esta sea la última vez que su alteza me dé audiencia. Rodeo la silla y me arrodillo frente a ella.

—Tiene un hijo, Nikhil, que acaba de cumplir doce años. Un chico encantador. Esta desgracia le arruinaría la vida, usted lo sabe igual que yo. Mientras que si se descubriera que Ravi Singh es culpable de la trama, y estoy segura de que lo es, este podría salir ileso. Su vida continuaría como si nada en Inglaterra, Australia o Estados Unidos. Samir y Parvati pueden hacer que así sea para él y su familia, y se asegurarían de ello.

La miro un poco más a los ojos, que se muestran alarmados y desconcertados. ¿He destruido por completo la credibilidad que pudiera haberme labrado con los años? Al final, me levanto y sigo empujando la silla.

—¿Qué solución propones, Lakshmi? ¿Cómo demostramos la culpabilidad o la inocencia de las partes involucradas?

Malik y yo hemos hablado del que debería ser nuestro siguiente paso.

—Ir al lugar del accidente, el cine Royal Jewel, y examinar los materiales que se utilizaron. La mayor parte de los escombros

334

ya se han retirado, pero aún podemos probar con otras zonas que no se vinieron abajo y preguntar a todos los presentes.

Suspira. Parece agotada. Siento un pinchazo por ser la culpable.

—Déjame, Lakshmi. Pensaré en ello —dice bebiendo un último sorbo—. Pienso mejor a solas y con calor.

Levanta el vaso hacia mí a modo de despedida.

Llevo el mío a la nevera y recupero mi bolsa.

¡Qué alivio salir del invernadero! Tengo la blusa totalmente empapada. Me cae un reguero de sudor entre las piernas por debajo del sari. Aspiro grandes bocanadas de aire. Me aguanto las ganas de salir corriendo. Siento como si hubiera escapado por los pelos de que me enterraran viva.

DE NUEVO EN casa de los Agarwal, estoy tomando el té con Kanta cuando llama Jay.

—No quiero preocuparos a Malik ni a ti, pero me he llevado a Nimmi y a los niños a otro sitio.

Percibo el esfuerzo de mi marido por hablar con calma. Inspiro profundamente.

—¿Qué ha ocurrido?

Kanta me mira con preocupación desde el otro extremo de la sala.

—Es fácil encontrar nuestra casa, Lakshmi, y ahora que tú no estás, Nimmi y los niños son más vulnerables cuando yo estoy fuera. Anoche tuve que salir a atender una urgencia al hospital...

Está distraído. Parece que lo estoy viendo mirar la habitación y fijarse con cautela en las ventanas, la puerta, de nuevo en las ventanas, atento a cualquier ruido, preguntándose si habrá cerrado con llave.

—¿Estás bien, Jay?

—Estoy bien. Sigo oyendo ruidos. El pastor, el que Nimmi contrató para que le cuidara las ovejas, vino a casa. Ella no le había dicho dónde vivíamos. Si él ha podido encontrarla tan fácilmente...

—Claro, entiendo. ¿Adónde los has llevado?

—Mi tía, la que me crio, solía pasar un mes al año en un convento cercano. No era religiosa, pero le gustaba el silencio que se respiraba allí. Ayudaba a las monjas a cuidar del jardín, a cocinar y a remendar. Volvía como nueva. Hablé con la madre superiora y accedió a que Nimmi y los niños se quedaran con ellas una semana, hasta que pase un poco el revuelo.

Hace una pausa.

—¿Y qué pasa con la policía?

—Por el momento, nada, pero imagino que Canara cerrará la fábrica durante un tiempo.

Pienso en la mujer que hacía los ladrillos a mano, echando el barro en los moldes de madera. ¿Cómo se ganará la vida ahora?

—¿Le puedes dar a Malik el número del convento, Lakshmi? Creo que a Nimmi le gustará hablar con él.

27

Malik

Jaipur

TENÍA LA IMPRESIÓN de que si alguien podía convencer al palacio de la necesidad de revisar lo sucedido en el derrumbe del cine, era la jefa. Hay algo en su forma de hablar que incita a las personas a escuchar.

Lo que no sabía era que después de su visita, la maharaní viuda acudiría en nuestra ayuda.

Ahora mismo estamos de pie delante de la obra: Samir, Ravi, el señor Reddy, dos jefes de obra de Singh-Sharma, varios ingenieros del palacio, la jefa y yo.

Para mi sorpresa, Sheela está también presente, a poca distancia de Ravi. En esta ocasión, viste un sari de seda de un color rojo violáceo en vez de un vestido, tal vez como muestra de respeto. Las gafas de sol oscuras le dan ese aspecto moderno y altivo tan familiar. Tiene la barbilla elevada en señal desafiante. No dice nada ni habla con nadie.

No tengo ni idea de qué le habrá dicho a Ravi sobre nosotros o si este se inventaría las insinuaciones que me hizo. Me gustaría creer que los pocos momentos que hemos compartido Sheela y yo, que yo sentí como reales e íntimos, fueron solo eso, pero ya no sé qué pensar. ¿Estaba jugando conmigo para proporcionarle artillería pesada a su marido?

Para cuando llegue la reina Latika, han extendido una alfombra roja estrecha que va desde el patio hasta el vestíbulo, y de ahí hasta la sala de proyecciones. La reconstrucción parece haber quedado en suspenso. No se ve por ninguna parte a nadie extrayendo escombros o mezclando cemento. La zona está limpia. Los restos del accidente (ladrillos, tierra, trozos de cemento, polvo) han desaparecido. Cuesta imaginar que hace solo cuatro días este era el escenario del peor desastre ocurrido en Jaipur en los últimos años.

¿Habrán limpiado también el interior? Si no queda nada del material original para examinarlo, ¿cómo vamos a convencer al palacio de que se ha producido un fraude?

Samir parece tranquilo; Ravi, perplejo. Hablan entre sí en voz baja. Mientras escucha a su padre, Ravi no deja de retorcer el pie sobre el azulejo de mosaico del patio. Manu permanece más cerca del señor Reddy, de Lakshmi y de mí. Es como si todos hubiésemos elegido un bando.

Veo que Samir mira a la jefa de vez en cuando, pero ella está decidida a no establecer contacto visual con él.

Kanta debe de haber obligado a Manu a afeitarse, bañarse y cortarse el pelo para la ocasión. Se lo ve más delgado, pero mucho más presentable de lo que ha estado desde el accidente. Parece esperanzado también, como un niño expectante por ver qué le regalan en el Diwali.

La maharaní llega conduciendo su Bentley. Para mi sorpresa, la maharaní viuda la acompaña en el asiento del copiloto. Una dama de compañía ocupa el asiento trasero. Tras el Bentley llega otro sedán, del que salen dos sirvientes para asistir a la reina anciana. Uno despliega la silla de ruedas, mientras que el otro la ayuda a bajar del coche y la acomoda con cuidado en la silla. La reina más joven camina despacio junto a la silla de ruedas, que empuja uno de los sirvientes.

A la maharaní mayor se le ilumina el rostro cuando me ve.

—¡Malik! Aquí está mi chico. Ven aquí, muchacho.

Ella es la única que no ha recibido instrucciones de llamarme Abbas.

Miro a Sheela de forma automática. Se quita las gafas y se me queda mirando como si estuviera oyendo a la jefa llamarme por mi nombre hace años. ¿Se habrá dado cuenta ya de que soy el niño al que echó de su casa porque no podía soportar estar en su presencia? Me doy media vuelta.

Vislumbro el ceño fruncido de Ravi, que mira a su padre preguntándose cómo es posible que conozca tan bien a las reinas de Jaipur. Es una pequeña satisfacción y siento un gran placer mientras me dirijo a su alteza.

La jefa me ha preparado para que no me pille por sorpresa la debilidad de la reina viuda a causa del cáncer, pero sigue asombrándome oír su robusta voz en un cuerpo tan mermado. Me inclino para tocarle los pies. Al enderezarme, la reina me toma la cara con ambas manos y me mira a los ojos. Tiene una sonrisa amplia y jubilosa. Mira a la jefa y dice: «*Shabash!*». Se nota que la valoración de la reina complace a la jefa, aunque se sienta también un pelín avergonzada. Por mi parte, me conmueve, y también me impresiona, que me reconozca de un tiempo en el que yo prestaba más atención a su periquito parlanchín que a ella. Cuando tenía ocho años, Madho Singh me fascinaba más que la realeza. Con veinte, me honra estar en presencia de la reina viuda.

Llega el turno de que cada uno de los presentes se agache a tocar los pies de ambas reinas. La más joven saluda calurosamente a Sheela, que fue una de las mejores estudiantes que ha tenido en su escuela para chicas. La otra reina adula a Samir y a Ravi; le dice al padre lo mucho que se le parece su guapo hijo y, sin dejar de sonreír gentilmente en todo momento, los riñe a ambos por no haber ido a visitarla.

Después de los saludos, la reina más joven observa con ojo crítico a los presentes.

—Vamos a dejar claro el motivo por el que hemos venido hoy aquí. Hemos oído rumores de que se han empleado materiales de mala calidad en la construcción de las columnas del palco que se derrumbó hace unos días. Tenemos que verificar si, en efecto, ha sido así. Si podemos lograrlo, determinaremos cómo y por qué se compraron y utilizaron. Lo que más le importa al palacio es la confianza del público. Hemos construido este cine para que lo disfrute la gente. Es importante que confíen en nosotros y que podamos garantizar su seguridad. Entiendo que todas las partes están dispuestas a cooperar.

Los presentes asienten con la cabeza. Ravi tiene la vista fija en la alfombra.

—Malik —dice la reina viuda señalando con el dedo hacia atrás. Es evidente que quiere que empuje la silla.

Una vez que me coloco detrás, levanta la mano y da unos golpecitos en la mía con sus dedos huesudos. En ese momento me fijo en que la jefa le ha hecho un precioso dibujo con henna.

—¡Qué divertido! —la oigo decir, como si nos hubiéramos reunido para ir de excursión dominical. Es muy probable que no haya disfrutado de muchas últimamente.

Las maharaníes y yo abrimos la procesión por la alfombra roja. Los demás nos siguen al vestíbulo y al patio de butacas. Oigo la exclamación de asombro de la jefa al contemplar la grandiosidad del vestíbulo, que ha quedado intacto. La destrucción se produjo en el interior de la sala.

Me dan ganas de volverme y decirle: «¿A que es tal y como os lo describía en mis cartas?».

Y como en otras ocasiones, me imagino a Nimmi observando la elegante decoración con los ojos muy abiertos. Pero por primera vez me pregunto si se sentiría cómoda ante tanto glamur.

Los ingenieros y los jefes de obra forman un túnel por el que avanzan las maharaníes. A través de las puertas de entrada a la sala, situada al fondo, nos dirigen a la parte que no muestra señales de destrucción. Todos se inclinan a su paso.

—¡Madre mía! —exclama la reina viuda a medida que nos acercamos al escenario al ver el tamaño de la pantalla, la elegante caída del telón y la colocación de los asientos de platea, dispuestos en abanico para que todo el mundo pueda ver bien la pantalla. Debido a su enfermedad, dudo mucho que haya tenido la oportunidad de ver el Royal Jewel antes de hoy.

—Tiene influencias del teatro Pantages, ¿no? —dice mirando a Ravi.

Este se sonroja complacido al ver que ha reconocido la referencia arquitectónica.

Empujo la silla por el pasillo que lleva al escenario y la giro para que pueda examinar el palco que se derrumbó. Nos siguen todos menos Samir, Ravi y Sheela, que se quedan a la entrada de la sala.

Algo no va bien. Lo han cambiado todo. El palco parece intacto, como antes del accidente. Las columnas están enyesadas. Los asientos de *mohair* del palco y los del patio de butacas justo debajo están en perfecto estado, igual que la alfombra. Como si el accidente nunca hubiera tenido lugar.

Samir se pasa el pulgar por los labios y mira el suelo en señal de disculpa.

—No sabíamos que quería ver la columna en su estado original. Hemos seguido un exigente calendario para la reconstrucción. Ayer dieron la última capa de yeso. —Mira a la maharaní antes de añadir—: Su alteza nos había ordenado que quería que el cine estuviera de nuevo en funcionamiento lo antes posible.

Y extendiendo los brazos, añade:

—Lamento que no haya nada que ver.

Dejo la silla de la maharaní y me dirijo hacia la columna que se vino abajo. Toco el yeso fresco con el pulgar. Me giro hacia el grupo y miro a la jefa, que parece tan sorprendida como yo. Manu y el señor Reddy tienen la misma expresión estupefacta. Mientras nosotros elaborábamos los presupuestos en el Departamento de Operaciones, los de Singh-Sharma han debido de trabajar a todas horas para reparar los daños. ¿O acaso lo habrán terminado de la noche a la mañana, cuando se enteraron de que las maharaníes querían inspeccionar los trabajos?

Es la maharaní viuda la que habla como si no hubiera pasado nada.

—Qué fantástico trabajo habéis hecho, Samir. Todos los detalles. Qué elegante, qué apropiado. ¿No te parece, Latika? —Su voz resuena en la sala vacía.

La aludida asiente con la cabeza. Abre la boca para decir algo, pero la anciana la interrumpe y se dirige a Samir.

—¿Crees que podríais tirar abajo una de las otras columnas, querido?

La jefa y yo nos miramos. ¿Qué se traerá la reina viuda entre manos?

—¿Las otras columnas? —Samir frunce el ceño.

—Mmm, sí, para que podamos ver cómo están construidas. Supongo que todas se construyeron del mismo modo en un principio.

Jamás he oído que la maharaní mayor se muestre conforme; de hecho, se enorgullecía de llevar siempre la contraria, pero se lo dice con un tono suave y dulce.

La reina más joven la mira como si hubiera perdido la cabeza.

Samir no sabe si sonreír o fruncir el ceño mientras las observa a ambas alternativamente.

—¿Quiere que tiremos abajo una de las otras columnas? ¿Una de las que están bien?

—Sé que es una molestia, pero solo así podríamos olvidarnos del alboroto que se ha creado.

—No quiero que crea que soy un tacaño, alteza, pero ¿quién correrá con los gastos del derribo y la reconstrucción de la columna que está en perfecto estado?

Su voz demuestra incredulidad. Mira a la reina más joven en busca de apoyo, pero esta le muestra una expresión inescrutable. En privado, puede que las dos reinas no piensen siempre igual, pero en público siempre se muestran unidas.

—Nosotras, ¿no es así, Latika? —dice la anciana sonriendo gentilmente—. Es la única forma de resolver la situación. Y no me gustan las discusiones, ¿y a ti?

Ravi da un paso al frente y se aclara la garganta antes de hablar.

—Pero, alteza, ¡eso significa que la apertura del cine se retrasará una o dos semanas! Son muchas pérdidas en concepto de entradas para el palacio. Y la película se ha alquilado para su exhibición durante solo un mes. El precio del alquiler también habrá sido en vano.

—Una pena —dice la anciana.

Las dos reinas se comunican con la mirada. Mientras la viuda viva en el palacio, es quien controla las arcas. La maharaní Latika confirma que está de acuerdo con un gesto de asentimiento dirigido a Samir. Ravi y él se miran; no están contentos.

—Esperemos que esté todo bien —comenta la viuda—. De lo contrario, quizá tengamos que derruir todo el edificio. Y no es eso lo que queremos, ¿verdad?

Como si el asunto hubiera quedado zanjado, la maharaní Indira me ordena con un dedo que mueva la silla. Y sin más la guío fuera de la sala. Casi hemos llegado al vestíbulo cuando me dice con una voz mucho más débil:

—Dile a mi sirviente que venga, ¿te importa, querido muchacho?

Me inclino a un lado para mirarla. Está hundida en la silla y le cuesta mantener los ojos abiertos. No está tan vigorosa como le gustaría que creyéramos; solo se hace la valiente.

Me fijo en que la jefa nos ha alcanzado. Le toma una mano y le masajea los puntos de presión, como los llama ella.

Llamo con un silbido a los sirvientes, que aguardan junto al coche. Llegan corriendo. El primero la levanta de la silla sin esfuerzo, como si fuera un pajarito, mientras que el otro pliega la silla y ambos desaparecen. La sientan en el asiento trasero del sedán que escoltaba al Bentley. La dama de compañía sale del Bentley y toma asiento detrás junto a la reina. La veo sacar una jeringuilla de un maletín de médico y pincharla en el brazo. Cubre a la anciana con varias mantas y se alejan.

La rapidez con que todo se ha llevado a cabo me llena de tristeza. Miro hacia atrás, al interior del vestíbulo oscuro. La maharaní Latika, Samir, Manu y Ravi hablan en un corrillo, probablemente sobre el calendario de trabajo para echar abajo una de las columnas que no muestran ningún daño. Habrá que apuntalar el palco mientras retiran y reconstruyen la columna. El señor Reddy y Sheela se han quedado aparte, junto con los ingenieros y los jefes de obra.

Podría decirse que hoy hemos ganado una batalla. Si las otras columnas se han construido con materiales de mala calidad, tendremos lo que necesitamos. Aún podemos salvar el trabajo de Manu.

Pero la reina viuda, la que me regaló a su precioso Madho Singh y siempre parecía encantada de verme cuando era pequeño, no vivirá hasta final de año. Hacía mucho tiempo que algo no me provocaba tanta tristeza. Me hace añorar a Nimmi y su forma de mirarme cuando sabe que necesito el consuelo de sus brazos.

Anoche, cuando fui a casa de los Agarwal, la jefa me dio el número del convento. Cuando dije que quería hablar con ella, la novicia me explicó que tendría que preguntárselo a la madre superiora. Esperé durante lo que me pareció una eternidad hasta que alguien respondió.

—Identifíquese, por favor —me ordenó una voz sonora. Le dije quién era a la madre superiora, que era el pupilo del doctor Kumar y de su esposa, Lakshmi. Le confirmé nuestra dirección.

—¿Cómo se llaman los niños? —me preguntó.

—Chullu y Rekha.

Me pidió que esperase un momento. Oí ruido de fondo, murmullo de voces y a alguien que inspiró profundamente.

—¿Nimmi? —Nada. Lo intenté de nuevo—. ¿Hola?

—*Hanh?*

¡Era ella! Se me aceleró el pulso.

—*Theek hai?*

—*Hahn.*

Silencio.

—¿Ocurre algo?

—Es que nunca he hablado por teléfono —dijo en un susurro—. ¿Lo estoy haciendo bien?

Sonreí, encandilado.

—*Zaroor!* Lakshmi me ha dicho que habéis vivido una gran aventura.

—El doctor ha sido muy bueno con nosotros, Malik. Estamos con las monjas. Es un lugar agradable, muy tranquilo. Trabajo en su jardín. A Rekha y a Chullu les gusta también. —Al oír su nombre, oí que la niña murmuraba algo—. Quiere hablar contigo. Ve a las hermanas hablar por teléfono y se muere de ganas de probar —dijo Nimmi.

Nada más ponerse al aparato, Rekha me preguntó:

—¿Me vas a traer un arcoíris? ¿Cuándo? ¿Pronto? Lakshmi me ha dicho que si vivimos dentro de un arcoíris, no podremos ver lo bonito que es. ¿Es verdad?

No me dio tiempo a decidir qué pregunta responder antes, porque Nimmi le quitó el teléfono.

—¿Vas a volver pronto?

—Tengo que hablar del tema con la jefa.

—Claro —dijo ella con resignación. Ya lo hemos hablado antes. Nimmi siente que Lakshmi recibe demasiado de mí y que a ella no le queda casi nada. He intentado que no se sienta celosa, pero lo único que consigo es que se enfade—. Malik, he estado pensando en que me sentía mucho más segura con mi tribu. Puede que me equivocara al abandonarlos, al confiar en que la vida en la ciudad sería mejor. Pero ha empeorado mucho para nosotros.

La Nimmi con la que hablé estaba muy cambiada, no se parecía a la que me ha descrito Lakshmi, la que fue a las montañas a buscar a las ovejas de su hermano, la que regresó con el cadáver de este y esquiló el rebaño; la Nimmi que se había labrado una vida en Shimla gracias a su conocimiento de las plantas de los Himalayas, su inteligencia y su fuerza de voluntad. Había dejado atrás todo lo que conocía: su forma de vida tribal, su lengua nativa, las personas a las que amaba, y había sido capaz de proteger y alimentar a sus hijos. Y, sin embargo, qué sola estaba, *akelee*.

—Te quiero —dije por fin. No me había dado cuenta hasta entonces de lo intensos que eran mis sentimientos hacia ella, pero nada más pronunciar las palabras, supe que tenía que decírselo, que ella tenía que oírlo.

Ninguno de los dos dijo nada por un momento.

—Vamos a estar juntos, Nimmi. Tienes que confiar en mí.

28

Lakshmi

Jaipur

VEO A NIKI jugando al críquet desde el asiento delantero del coche de sus padres. Malik está animando en la banda al lado de Kanta. Veo a mi sobrino defender con gran inteligencia la segunda bola que le han lanzado. Se le da bien. Jay es el aficionado a este deporte en nuestra casa, pero creo que yo también podría aprender a amarlo.

Tras la visita de ayer al cine por parte de las maharaníes, Manu nos ha dicho que la reina Latika le ha dado a Singh-Sharma tres días para apuntalar el palco y abrir todas columnas para inspeccionarlas, incluidas las que acaban de reconstruir y enyesar. Y así, sin más, Manu ya no es ese hombre derrotado de estos días, tiene fe en que va a hacerse justicia. Ha vuelto al trabajo. La tensión en el hogar familiar se ha disipado. Niki regresará al colegio mañana.

Son las últimas horas de la tarde, el sol ya no calienta tanto y corre una brisa suave. Una vez más, Malik me ha dejado en el coche con un termo de cremoso *chai*.

Hoy he llamado a Jay para ponerlo al corriente de la situación. Él también tenía noticias para mí. Ayer llamó a su antiguo colegio, Bishop Cotton, para averiguar si hay algún alto cargo de la policía entre sus antiguos alumnos. Resulta que hay uno en Chandigarh, y lo llamó para contarle lo que hemos averiguado sobre el contrabando de oro en las ovejas. El jefe de policía le dijo que era la información que estaban esperando, pues llevaban tiempo vigilando Forjados Chandigarh y buscando algo que los vinculara con el contrabando. En un día, el jefe de policía había organizado una redada en las oficinas de Canara y se habían incautado de un cargamento de oro. Aunque no habían podido conseguir los nombres de los traficantes.

—¿Eso incluye a Ravi Singh? —pregunté.

—Sí, pero las pruebas documentales no están claras. No va a ser tan fácil imputarlo.

—Por lo menos Nimmi está segura, *hahn-nah?*

Me dijo que sí. Nimmi había retomado su trabajo en el jardín medicinal, pero los niños seguían pasando el día en el convento y su madre se reunía con ellos para dormir. Lo harían así hasta que yo volviera a casa.

Qué alivio. Cuando se lo conté a Malik, se inclinó a tocarme los pies. Me hizo reír. Jay es el verdadero héroe en esta historia. Me acuerdo de ese rizo rebelde que no es capaz de domar y que a mí me encanta retirarle de la cara.

Estoy tan absorta en mis pensamientos que no oigo que alguien abre y cierra la puerta de atrás.

—De tal palo, tal astilla.

Casi me tiro el té encima al oír la voz de Samir en el oído. El corazón me late muy deprisa y me tiemblan los dedos. Giro la cabeza y lo veo en el asiento trasero con los codos apoyados en la parte superior del asiento de delante. Su rostro está a unos centímetros del mío.

Me sonríe con esos ojos castaños como canicas, divertido al ver mi confusión. El olor de sus cigarrillos, las semillas de cardamomo que mastica y el aroma dulce de su loción para el afeitado inundan el coche. No he vuelto a encontrarme tan cerca de él desde hace doce años. Ayer en el cine noté que me miraba, pero yo no quise mirarlo. Su familia ha vuelto a intentar hacer daño a las personas que quiero.

Pero Samir posee una energía palpable que cuesta pasar por alto cuando está tan cerca. ¿Es miedo o excitación lo que me ha acelerado el pulso? Antes me preguntaba qué se sentiría al besar esos labios oscuros, la media luna rosa que se le formaba en el labio inferior, hasta que un día lo descubrí.

—¿Qué haces aquí? —le pregunto cuando consigo hablar.

—Lo mismo que tú —dice señalando el campo de críquet—. ¿Sabías que no me perdía ni un partido de Ravi cuando estudiaba en Mayo? Yo enseñé a jugar a mis dos hijos en el jardín trasero de casa. Ravi tenía la misma confianza innata que Niki. Le bastaba un segundo para saber si debía golpear o dejar pasar la pelota. Pero, a veces, aun sabiendo que debía dejarla pasar, golpeaba. Y lo creas o no, Lakshmi, le daba de lleno. Conseguía uno o dos puntos.

Nos llegan los gritos del público. Me giro y miro el campo; Niki ha marcado. Veo a Malik llevarse los dedos a los labios para silbar. Kanta levanta los brazos por encima de la cabeza y aplaude.

—«La manzana no cae lejos del árbol» —dice Samir—. Lo dijo Ralph Waldo Emerson en 1839. Pero yo creo que es así desde tiempos inmemoriales, ¿no te parece? Niki Agarwal tiene la constitución física de Ravi. La misma altura que él a su edad. ¡Y corren igual! Es casi como ver a Ravi atravesar el campo.

Así que no habían sido imaginaciones de Kanta. Samir iba a ver jugar a Niki. Lo ha adivinado. Sabe que es hijo de Ravi; hijo de Radha.

Si no hubiéramos mentido al palacio y a Samir sobre el corazón del bebé, Niki ahora sería el príncipe heredero y el próximo maharajá de Jaipur, pero le dijimos que sufría una malformación cardíaca porque era la única forma de anular la adopción y de que Radha pudiera quedarse con su hijo. ¿Cómo lo ha descubierto?

—¿Desde cuándo lo sabes? —pregunto despacio para que no note mi nerviosismo.

Sigo mirando el partido, pero por el rabillo del ojo lo veo apoyar la barbilla en el puño cerrado. Lo noto tan relajado que cualquiera diría que está hablando del tiempo.

—Andaba por aquí cerca un día el verano pasado y lo vi jugar. Sentía nostalgia de mi antigua vida, antes de que mis hijos se hicieran mayores, cuando Ravi venía aquí también. La época en que yo no era más que un arquitecto que diseñaba los edificios que quería construir, antes de meterme en el gran negocio de la construcción, antes de que sugirieras el enlace entre los Singh y los Sharma. —Gira levemente la cabeza, de manera que noto su aliento en la mejilla.

Cambio de postura en el asiento y me apoyo contra la puerta para poder verlo mejor. O puede que lo haga para no estar tan cerca de él.

—No vi que te disgustara la idea de que se unieran las familias y vuestros respectivos negocios, si no recuerdo mal —digo aliviada al ver que el tema se aleja de Niki.

—Me gustó, aunque por entonces no sabía lo que acarrearía.

—¿Qué quieres decir?

—Me pareció una gran oportunidad de expansión —dice—. Mis hijos podrían trabajar en mi negocio como arquitectos, constructores, ingenieros, lo que quisieran. Tenía la idea de que Govind viniera a trabajar cuando terminara sus estudios en Estados Unidos. Los dos podrían heredar mi negocio —dice con tono melancólico.

—¿Y no es eso lo que ha pasado? Ravi trabaja contigo. Y Govind..., ¿cuándo vuelve?

Ya no oigo el partido. Todas las células de mi ser están concentradas en la voz de Samir.

En vez de responder, se mete la mano en el bolsillo del pantalón. Pienso que va a enseñarme fotos de su hijo pequeño, pero lo que me muestra es una estampita gastada de Ganesh, el dios elefante. Es de cartulina y tiene el tamaño de un naipe. El desgaste es patente.

—La última vez que me leyeron el horóscopo tenía doce años. No quería creer en la carta astral que hicieron mis padres cuando nací, así que fui a ver a un *pandit* brahmán aquí, en Jaipur.

Le da la vuelta a la estampa. Hay un círculo en el centro con una especie de cuadrícula y triángulos en todas las esquinas y un número en cada espacio.

—Como es natural, solo el *pandit* sabe lo que significan todos esos números, pero aún recuerdo lo que me dijo.

Hace una pausa.

—¿Qué?

—Me dijo que viajaría al extranjero, que conseguiría grandes cosas, que ganaría mucho dinero. Pero que no sería capaz de hacer que durase. —Me mira a los ojos—. Lo mismo que decía el horóscopo cuando nací.

—¿Te decepcionó?

—Bueno, es verdad que he viajado al extranjero, a Oxford. Creé mi propia empresa y luego se fusionó con Sharma. Cierto también. También es verdad que he amasado una fortuna. Y estoy a punto de perderlo todo.

Se guarda la estampa en el bolsillo.

—Anoche le pregunté a Ravi qué vamos a encontrar cuando abramos las columnas que sustentan el palco. Me dijo que ladrillos baratos y mortero de cemento mal mezclado. Lo acusé de haberme mentido y él me respondió que yo no me había alistado en el ejército indio como mi padre, así que por qué tenía que seguir él con mi negocio. Dijo que quería demostrar que podía triunfar con algo que fuera solo suyo.

Suspira.

—Creo que ya conoces el resto, ¿no es así? —Apoya la mejilla en la palma y vuelve la cara hacia mí.

Debería sentirme exultante, pero lo que siento es tristeza.

—Compró materiales más baratos para el cine y cambió las cantidades que aparecían en las facturas por otras de mayor importe, ¿verdad? Con la diferencia que se embolsó, financió una operación para traer oro a Jaipur. El oro venía dentro de esos ladrillos baratos.

Samir agita la cabeza.

—Pero ¿cómo consiguió engañar a los inspectores?

Se frota el pulgar con dos dedos de la otra mano. *Baksheesh.*

Una abeja entra en el coche por la ventanilla abierta y se le posa en la manga de la camisa. Me fijo entonces en ella: aunque blanca, está arrugada, algo inusual en él. La corbata, una prenda que nunca se quita, se la ha guardado de cualquier manera en el bolsillo frontal. Huelo otra cosa: whisky. Recuerdo lo mucho que le gustaba jugar a las cartas y beber una o dos copas cuando iba a los burdeles. ¿Viene de ahí?

Samir se queda mirando la abeja que camina en círculos por encima de su brazo y la empuja con cuidado hacia la ventana. Se va volando.

—¿Son solo las columnas del palco las partes comprometidas del cine?

Niega con la cabeza y se deja caer en el asiento trasero con los ojos fijos en el techo.

—Vamos a tener que derribarlo entero y rescatar lo que se pueda, pero habrá que reconstruirlo prácticamente de nuevo. —Me mira otra vez—. Será la ruina para el negocio, pero quiero irme con la reputación intacta. Ravi no va a destruir eso. De hecho, lo que haya ganado vendiendo ese oro va a invertirlo en la reconstrucción.

—¿Vas a cerrar Singh-Sharma?

—No me queda otra opción. *Memsahib* ha hablado. Parvati, que, por supuesto, estaba presente cuando Ravi confesó, dice que cerremos cuando terminemos la reconstrucción y nos vayamos a Estados Unidos. Unos amigos le han dicho que hay una comunidad residencial para jubilados estupenda en Los Ángeles.

—¿Jubilarte? Pero si solo tienes...

—Cincuenta y dos. No me lo recuerdes. Lo tiene todo planeado.

—¿Por qué no me sorprende?

—Vamos a dedicarnos al negocio inmobiliario —dice rascándose la barba incipiente del mentón—. Para trabajar como arquitecto en Estados Unidos tendría que homologar mi título y soy demasiado viejo para volver a estudiar. Así que me dedicaré al sector inmobiliario.

—¿Y qué pasará con Ravi y con Govind?

Se inclina otra vez hacia delante y posa los brazos en el reposacabezas del asiento delantero.

—Govind ya nos ha dicho que va a dedicarse a las finanzas en Nueva York, no a la ingeniería. Se ha echado una novia estadounidense. No quiere volver y casarse por obligación. Y Ravi... bueno, lo más probable es que se meta conmigo en el negocio inmobiliario en Los Ángeles. Parece que Sheela va a seguir viviendo con sus suegros, quiera o no —dice con una media sonrisa.

Inspiro profundamente y giro todo el cuerpo para mirar hacia delante de nuevo. Parece que el partido está terminando. Lo miramos un rato.

—Le debes una disculpa a Manu Agarwal —digo.

Silencio.

—Le he dicho a la maharaní Latika lo que me ha contado Ravi. Está decepcionada, por supuesto, y le disgusta que, hagamos lo que hagamos ahora, la gente seguirá pensando que el palacio fue responsable de lo ocurrido. Pero Manu conservará su trabajo.

Samir no va a disculparse personalmente. ¿De verdad esperaba que lo hiciera? ¿Alguna vez ha pedido disculpas un Singh? Al menos las maharaníes saben que Manu no tuvo la culpa.

Noto que Samir me acaricia la mejilla con un dedo. Aparto la cabeza.

—Tu matrimonio con Jay te sienta bien. Echo de menos su amistad, pero no podemos ser amigos cuando amamos a la misma mujer.

Me quedo boquiabierta, el pulso me late con fuerza en los oídos, pero no me atrevo a darme la vuelta.

Hace doce años me habría gustado oírlo, saber que yo le importaba. Ahora no.

No puedo mantener esta conversación. Amo a mi marido. Podría haber amado a Samir, pero Parvati lo reclamó para ella hace mucho tiempo. Es ella quien toma las decisiones importantes en su vida. Y él se lo permite. ¿Es un hombre débil por eso? ¿Ha sido siempre el menos poderoso de los Singh y nunca me había dado cuenta? ¿O es más perspicaz de lo que yo creía? ¿Acaso no es Parvati la que siempre se ocupa de solucionar los desastres de la familia?

Me aclaro la garganta antes de hablar.

—No intentes ponerte en contacto con Nikhil. Nunca.

Oigo un frufrú en el asiento de atrás. Está abriendo un paquete de cigarrillos.

—Será más fácil cuando nos mudemos a Estados Unidos.

Oigo el chasquido del mechero. El humo invade el interior del vehículo.

El partido ya ha terminado. Los jugadores se estrechan la mano, como prescribe la etiqueta del colegio privado. Desde lejos veo que Malik y Kanta sonríen mientras esperan a Niki.

Oigo que Samir abre la puerta de atrás. Por el retrovisor lo veo salir y acercarse a mi ventanilla.

—¿Samir?

—¿Mmm?

—Si viendo a Manu podemos hacernos una idea de cómo será Niki de mayor, Ralph Waldo Emerson tenía razón. La manzana no cae lejos del árbol.

Lo miro. Me sonríe. Se despide de mí con un gesto marcial y se aleja sin prisa.

29

Malik

Jaipur

CUANDO NOS ENTERAMOS de que Singh-Sharma va a derribar y a levantar de nuevo el cine Royal Jewel y de que Manu vuelve a ser el director de Operaciones del palacio, decidimos celebrarlo con un gran banquete. *Saasuji* ha preparado su *chole subji* especial y la tarta favorita de Niki. Baju hace *dal*, arroz y *subji* de okra y *pakoras* de patata. Manu va a la pastelería a por *besan laddus*, *burfi* con anacardos y *kheer* con pistachos. Ni la jefa ni yo hemos tenido oportunidad de escribir a casa en todo este tiempo, así que llamamos a Jay.

Oigo que le dice a Lakshmi que Nimmi y los niños han vuelto a casa ahora que se ha calmado la situación. Su amigo policía ha eliminado la amenaza.

Le pido que me pase con ella.

—Hoy es el cumpleaños de Rekha —dice con alegría. Oigo a la niña al fondo cantándose cumpleaños feliz—. El doctor y yo hemos hecho una tarta. ¿Y sabes otra cosa?

Me doy cuenta de que me gustaría mucho estar en Shimla y me duele estar lejos.

—¿Qué?

—He escrito su nombre en la tarta. ¡En hindi! —Suelta una de esas carcajadas profundas suyas.

—¡Tienes que verla! ¡Es preciosa! —dice Rekha que le quitado el teléfono a su madre. Me río y le digo que le he comprado

356

un regalo de cumpleaños—. ¿Un regalo? —repite antes de que su madre recupere el auricular.

—Por favor, Malik, más grillos no. ¡No encontramos el que se le escapó a Rekha de la jaula!

Percibo la sonrisa en su voz y sonrío yo también imaginándome su cara cuando le ponga la cadena de oro alrededor del cuello. Oigo al fondo el «¡Namasté! *Bonjour! Welcome!*» de Madho Singh. Debe de comprender que están hablando de mí.

Devuelvo el teléfono a la jefa para que pueda despedirse de su marido.

—Volvemos a casa mañana —le dice.

—Has dicho «volvemos», en plural —le digo.

—Efectivamente.

—Creía que querías que me quedase y aprendiera con Manu.

Ella se ríe, me toma del brazo y me lleva hacia el porche de la casa.

—¿Por qué quería que vinieras a Jaipur, Malik?

—Para que aprendiera sobre construcción.

Se sienta en el columpio y da unos toquecitos en el asiento a su lado. Me siento.

—¿Y lo has hecho?

—Sí.

Asiente.

—En el tiempo que has estado aquí has aprendido lo suficiente sobre el negocio como para reconocer que algo no se ha hecho bien. ¿Por qué otro motivo quería que vinieras?

—Para que no me involucrara con... cierto tipo de personas.

—¿Y lo has hecho?

Entorno los ojos sin saber bien qué quiere que le diga.

—Bueno, sé que no quiero tener nada que ver con personas como Ravi Singh. Pero ya lo sabía desde lo que pasó entre Radha y él.

Me sonríe con delicadeza.

—Entonces no hay necesidad de que te quedes más tiempo; no creo que nunca la hubiera. Nimmi me ha pedido que te libere, me ha dicho que solo haces las cosas que te pido porque te sientes obligado.

Estoy a punto de decirle que no es así, pero me detiene apoyando la mano en mi brazo.

—Lo he pensado mucho y tiene razón, Malik. Ya eres un hombre. Lo eres desde hace mucho tiempo. Creo que me he sobrepasado. *Maaf kar dijiye?*

—No hay nada que perdonar, jefa. Imagina lo que podría haberles pasado a Manu y a Niki si no hubiéramos estado aquí. Me alegro de haber venido.

Me mira con escepticismo, como si no me creyera, aunque lo intenta.

—Pero es hora de volver a casa. Estoy de acuerdo.

Ahora sonríe de oreja a oreja.

—Además —digo—, he ayudado a Niki a convertirse en una estrella del críquet. Cuento con que nos haga ganar millones.

Los dos nos reímos.

Los pájaros cantan en el jardín de los Agarwal. Al atardecer, la luz de los faros de las *scooters* y de los coches se cuela entre los barrotes de la verja. Escuchamos el claxon de los *tongas*, el tintineo de los timbres de las bicicletas y los gritos de los conductores de los *rickshaws* en busca de pasajeros.

—¿Qué vas a hacer cuando llegues a Shimla, Malik?

He estado dándole vueltas.

—Algo que podamos hacer juntos Nimmi y yo. —Me inclino hacia delante, apoyo los codos en las rodillas y entrelazo las manos—. Jefa, me gustaría casarme con ella. Es la persona que dice ser. Sin pretensiones.

Obviamente, estoy pensando en Sheela al decirlo. Por tentadora que pueda haber sido la atracción, siempre he sabido que no era bueno para mí. Habría sido un miserable. Giro la cabeza para mirar a mi mentora.

—Soy musulmán no practicante y no sé a qué casta pertenezco. No tengo ni idea de adónde fue mi madre cuando me dejó con Omi. Y nunca conocí a mi padre. Omi y sus hijos fueron lo más cercano a una familia que tuve, pero su marido no me permite verla desde hace años. —Me miro las manos—. Nimmi y yo somos iguales. Ella es hindú, pero tampoco pertenece a ninguna casta. Ya no vive con su pueblo, su tribu. Los dos entendemos lo que significa no tener vínculos con nada.

—¿No tener vínculos? Pero, Malik, tú formas parte de nuestra familia. Jay, Radha y yo. Y ahora el marido de Radha, Pierre y sus hijas...

Le cubro la mano con la mía para tranquilizarla.

—En realidad, Nimmi y yo no pertenecemos a ninguna parte. No tenemos unas creencias, unas tradiciones que nos aten, pero podemos crear las nuestras. Cumplir las que nos gusten y abandonar las que no.

Veo su angustia en la tensión que se le forma alrededor de los ojos. Sigue siendo la mujer guapa a la que empecé a seguir por todo Jaipur cuando ella tenía la edad de Nimmi. Pero le han salido canas en las sienes y unas arruguitas finas en torno a los ojos y la boca.

—No quiero decir que quiera separarme de ti o de Jay o de Radha, ¡en absoluto! No sé qué haría sin vosotros. Pero estoy preparado para formar mi propia familia, jefa. Estoy preparado.

Pestañea y deja que su mirada se pierda en la noche.

—Sé que tú preferirías que me casara con una mujer educada, fina y distinguida. Pero yo no soy así. Nimmi y yo estamos bien juntos. Nos entendemos. Adoro a sus niños. Y ahora que la has enseñado a leer y a escribir, quién sabe lo que podría conseguir.

Permanecemos sentados en silencio pensando en lo que no nos decimos.

—Me gustaría hablarte de otra cosa.

Tarda un momento, pero al final me mira. Me giro para mirarla.

—¿Y si convertimos tu jardín medicinal en un centro en el que puedan formarse otras personas con conocimientos de plantas medicinales? ¿Y si creásemos un invernadero en el que cultivar las plantas que ya empleas y las vendiésemos a otras personas que utilicen hierbas medicinales por toda la India? Sé algo sobre negocios, y lo que no, puedo aprenderlo sobre la marcha. Y —me levanto y comienzo a caminar de un lado a otro del porche—, he aprendido lo suficiente sobre construcción para saber cómo erigir un invernadero. El marido de Radha podría ayudarnos a diseñarlo. El hospital tiene terreno de sobra para ello. Nimmi puede seguir ayudándote en el jardín y en el invernadero.

Cada vez camino más deprisa tratando de acompasar el movimiento con el ritmo de mis pensamientos.

—Tú ya eres muy conocida en los círculos de medicina a base de hierbas medicinales. Cuando empecemos a formar a otros y a vender nuestros propios productos, podremos emplear el dinero para ampliar la clínica.

Lakshmi me mira con los ojos muy abiertos.

—A lo mejor estás siendo muy ambicioso, Malik. ¿De dónde vamos a sacar el dinero para construir el invernadero?

—Esa parte es la más fácil.

Pienso en Moti-Lal y en las maharaníes Indira y Latika. Pienso en Kanta. ¿Cuánto nos costaría reunir la inversión inicial? El hospital debe de contar con algún tipo de fondo que pueda costear el resto. Tendré que hablar con Jay. Sé dónde conseguir los mejores materiales, dónde encontrar a los ingenieros. Y Pierre es un arquitecto con mucha experiencia. Puede hacerse.

Dejo de moverme de un lado para otro delante de ella. Me doblo por la cintura para mirarla a los ojos.

—¿Te acuerdas de las ganas que tenías de montar un negocio propio que te permitiera vender tus cremas de lavanda, el aceite capilar de babchi y el agua refrescante de vetiver cuando aún vivíamos aquí? Pues ahora podemos hacerlo realidad. Quiero hacerlo realidad por ti. Por mí. Por Nimmi. Y Jay podrá ampliar su clínica.

El rostro que conozco tan bien se ilumina al considerar todas esas posibilidades. Esos ojos suyos tan brillantes saltan arriba y abajo, a derecha e izquierda, tratando de concentrarse en un pensamiento antes de que se le ocurra otro. Tarda un poco, pero al final me dirige esa sonrisa que dice que la he hecho feliz.

—Hablaremos con Jay en cuanto lleguemos a Shimla —dice.

TOMAMOS UN *TONGA* para ir al palacio de las maharaníes, tal como hacíamos para que los guardias no nos confundieran con *ara-garra-nathu-karas* que no podían permitirse un carruaje tirado por un caballo. Nos detendremos en palacio de camino a la estación de tren antes de volver a casa. Los Agarwal querían llevarnos en su coche, pero la jefa y yo decidimos que queremos hacerlo solos. Tenemos clara una cosa: no queremos esperar otros doce años para volver a ver a Manu, Kanta y Niki.

Cuando el carruaje llega a la entrada del palacio, pedimos al conductor que nos espere con el equipaje. Ayudo a Lakshmi a bajar y vamos con nuestro paquete a la garita. El guardia saluda a la jefa calurosamente, puesto que ha ido varias veces en los últimos días, pero, igual que hace años, a mí me mira con mala cara, más por la fuerza de la costumbre que porque no vaya presentable, porque sí voy presentable. Saludo con un gesto de la cabeza.

—Querida, qué placer verte tres días seguidos. ¡Tiene que ser importante! —dice la maharaní viuda cuando llegamos a sus habitaciones. Aunque está tendida en la cama, se la ve alerta y lista para recibir visitas con su sari de seda de color rojo y numerosos collares de perlas.

—Hemos venido a despedirnos, alteza —dice la jefa agachándose para tocarle los pies, y se levanta con el mismo impulso. Yo hago lo mismo.

—¿Jaipur no posee los encantos suficientes para reteneros uno o dos días más? ¿Y quién va a hacerme la henna ahora? —dice tendiéndonos las manos para que las admiremos.

—Shimla nos espera. Debemos volver al trabajo.

La vieja reina nos observa con su aguda mirada.

—Veamos, Lakshmi tiene que atender a los enfermos y ocuparse de sus plantas. Y tú, Malik, quieres volver con tu amada. Debe de estar esperándote.

Me pregunto cómo lo habrá sabido. Miro a la jefa, pero pone cara de que no tiene ni idea. Puede que su enfermedad limite sus movimientos, pero la maharaní está al tanto de todo.

—Le hemos traído algo para que se acuerde de nosotros.

Entrego el paquete envuelto con elegancia a una de sus damas de compañía, que se lo tiende.

Un sirviente se acerca para comprobar el contenido, pero la reina lo aparta con un leve gesto. Lo abre de buena gana y le da la gardenia perfumada que hay encima de todo a una de sus damas.

Grita de alegría al ver la elegante caja de madera. Le cuesta levantar la tapa con sus dedos artríticos, de modo que su dama de compañía la ayuda.

—¡Ginebra Beefeater! ¡Qué maravilla, queridos míos! Aunque mis médicos no estarán de acuerdo. —Ordena al sirviente que le lleven tres vasos, tónica y hielo.

Mientras su dama de compañía prepara los cócteles, la reina dice:

—¿Sabíais que tiraban a los pacientes de cabeza a los arbustos de enebro porque creían que la malaria desaparecía por arte de magia en cuanto sus cuerpos tocaban las ramas? ¡Qué excéntricos son esos ingleses! ¡Es mucho mejor bebérselo!

La jefa y yo intercambiamos una sonrisa cómplice mientras entrechocamos los vasos en un brindis.

La reina cierra los ojos en señal de apreciación al beber el primer sorbo.

—Aaah. Samir Singh, ¡hay que ver lo que adoro yo a ese hombre! Ha venido a vernos a Latika y a mí. Siento que las cosas no hayan salido bien para él. —Bebe otro sorbo—. ¿Y tú, querida, has conseguido que el asunto se resuelva como esperabas?

La jefa mira a un lado como si ordenara los pensamientos. Y después dice:

—El resultado ideal siempre pasa por proteger la integridad. Es doloroso que las consecuencias de lo ocurrido requieran unas medidas tan serias. Tengo entendido que hay que reconstruir el cine Royal Jewel desde cero. Pero servirá para que los miles de espectadores que crucen el umbral recuerden siempre que hay que hacer las cosas bien.

La anciana reina sonríe. Se le forman arrugas alrededor de las comisuras de los labios pintados y se le levantan las mejillas hundidas, lo que le otorga un aspecto casi hermoso.

—Una política nata, eso es lo que eres, señora Kumar. ¡Si hubieras nacido en el seno de nuestra familia, ahora mismo estarías en el parlamento, querida!

Hoy, la risa de la reina viuda es profunda y vigorosa. Llena la habitación y sale flotando por la puerta hacia la terraza y el jardín que se extiende en la planta inferior, obliga a los monitos a desviar la atención de sus guayabas a medio comer y a los suimangas a alzar el vuelo hacia el cielo despejado.

Epílogo

Lakshmi

Shimla

Julio, 1969

Estoy delante de la ventana de la cocina admirando la preciosa escena que se despliega en el césped del jardín trasero. Está anocheciendo. Hace unas horas, Radha nos ha ayudado a Jay y a mí a iluminar el jardín con cientos de *diyas* para la ceremonia de la boda. Las pequeñas llamas parpadean con la brisa y arrancan reflejos a las lentejuelas y a los hilos dorados de los elegantes vestidos de los invitados.

No es habitual que se celebre un matrimonio entre una hindú y un musulmán. Malik y Nimmi han decidido unirse en una ceremonia civil, como hicimos Jay y yo hace seis años. El magistrado que la ha oficiado se ha marchado ya y la familia y los invitados se disponen a celebrar la boda con un banquete.

Nimmi ha decidido ponerse sus mejores galas y adornos en honor a su tribu. Lleva alrededor del cuello la cadena de oro que Malik le compró en la joyería de Moti-Lal. Ayer, mientras me preparaba para aplicarle la henna, Nimmi me enseñó que había colgado el amuleto de Shiva en el collar.

—Era de Dev —me dijo sonriendo, como si el recuerdo le produjera ahora alegría en vez de tristeza. En ese momento supe lo que iba a dibujarle: la imagen del dios azul, creador y destructor a un tiempo, en la palma izquierda, y en la otra la palabra *Om*, como la que lleva el propio Shiva en la palma derecha.

Nada más ver lo que había dibujado, Nimmi dijo:

—Cuidaré bien de Malik.

Me enderecé y la miré a los ojos. Puede que hubiera tenido dudas sobre su unión en otro tiempo, pero ya no. Le enmarqué la mejilla con la mano libre y Nimmi se reclinó sobre ella.

Dos novicias del convento han venido a la celebración. Nimmi les está mostrando el joven ejemplar de sándalo que intento sacar adelante en el clima de los Himalayas. Sin duda les está explicando que lo he traído desde el jardín medicinal de la clínica para plantarlo en esta zona más soleada del jardín de mi casa. El arbolito está mucho mejor aquí. Parece que ese aumento de la temperatura, aunque solo sea ligero, le ha insuflado nueva vida. Cuando crezca y produzca las semillas rojas, Nimmi y yo las moleremos, las mezclaremos con aceite de clavo y utilizaremos el ungüento para aliviar forúnculos y otras inflamaciones.

Las dos hermanas se llevan bien con Nimmi y vienen a la clínica una vez a la semana para aprender a cultivar las mismas plantas en el convento. ¡Son las primeras personas a las que estamos formando en el cuidado de las plantas en nuestro nuevo negocio!

Nimmi mira hacia la ventana como si hubiera adivinado que la estoy observando. Me dirige una sonrisa luminosa. Yo también le sonrío.

Malik, muy guapo con un traje gris marengo que le han confeccionado para la ocasión, tiene a Chullu en brazos y se ríe de algo que mi cuñado Pierre le está contando. Radha está con ellos debajo de un peral; forman un trío muy bonito. Mi hermana, a quien siguen encantándole los bebés, tiende los brazos y Malik le entrega al pequeño, que echa los bracitos para agarrar el ramillete de prímulas rojas que Radha lleva en el tocado, pero ella le intercepta el puñito y hace como que quiere morderlo. Chullu se ríe encantado.

Esta mañana, cuando Radha y yo paseábamos con sus hijas, Asha y Shanti, saqué del bolsillo la última carta que me había enviado Kanta y se la enseñé. Enarqué las cejas para formar la pregunta silenciosa que le hago cada vez que veo a mi hermana. La arruga que se le forma entre las cejas me confirma que no está preparada.

Le doy unas palmaditas en el brazo y me vuelvo a guardar el sobre. Cuando llegue el momento, me dirá que quiere ver las fotos de Nikhil, las que Kanta ha estado enviándome con regularidad y yo he guardado. Radha tomó hace tiempo una decisión que era la adecuada para ella y para Niki, la única que podía tomar en aquel momento. Pero para poder hacer frente a la inmensa pérdida que fue para ella renunciar a su hijo tenía que cortar todos los lazos. No ha vuelto a ver a Nikhil desde que tenía cuatro meses y acudió a mí con el corazón roto. Había comprendido que por mucho que lo quisiera, no podía cuidar de él, y había decidido que Kanta y Manu, que seguían deseando ser padres, lo adoptaran.

Mi suegra solía decir: «Si el árbol joven no es flexible, ¿crees que lo será el árbol adulto?». Pero yo albergo la esperanza de que sí. Sé que, un día, Radha se dará cuenta de que su corazón puede superar el dolor. Solo tiene veinticinco años; aún hay tiempo.

Cojo una bandeja de vasos con *aam panna* y la llevo a la mesa del jardín junto con los otros platos que hemos preparado. Pollo *tikka masala, lauki ki subji, palak paneer, baingan bharta, aloo gobi subji*. Hay también arroz pilaf con anacardos, *puri* y *aloo parantha*. De postre tenemos *semai ki kheer* y *gulab jamun*. Rekha y Shanti vienen corriendo. La niña lleva los pendientitos de oro que le ha regalado Malik. Las dos tienen cuatro años y se han vuelto inseparables desde que se conocieron ayer, cuando llegó Radha con su familia desde Francia para la boda. Las niñas me dicen que han estado intentando convencer a Madho Singh, que no deja de mascullar en su jaula, para que nos acompañe en la celebración.

—¿Nos ayudas, *tante, s'il te plait*? —pregunta Shanti. Las hijas de Radha pasan con facilidad del inglés al francés y al hindi. Mi hermana les habla en hindi desde antes de que nacieran.

Shanti tiene los ojos castaños con vetas doradas, como Pierre, pero ha heredado la tenacidad de Radha. Cada pocos meses, mi hermana me llama para contarme las peleas que tiene con Shanti. Yo sonrío al recordar los problemas que tuve con mi hermana cuando tenía trece años. Shanti solo tiene cuatro, lo que significa que le esperan muchas peleas con ella.

Va siendo hora de pedir a los invitados que tomen asiento, pero decido complacer a las niñas.

—¿Por qué no le pides a tu padre que os haga el helicóptero? —le digo a mi sobrina.

Las niñas se miran con el rostro iluminado y se ponen a gritar y a saltar como conejos mientras buscan a su objetivo, que está al fondo del jardín. Shanti se abalanza sobre su padre por detrás y casi lo hace caer. Las veo exponer su petición mientras Pierre escucha. Y después es él quien les pide algo. Shanti señala a Rekha de mala gana. Pierre la levanta en brazos y va con ella al centro del césped. Le agarra fuerte las manos y se pone a girar más y más rápido. El pelo de la niña ondea arriba y abajo. El aire se llena de risas.

—¡Me toca! —grita Shanti levantando los brazos. Pierre deja a Rekha en el suelo, toma a su hija por las manos y la levanta.

Veo a Malik mirar a Nimmi con amor. Como si le hubiera enviado alguna señal silenciosa, la chica se vuelve y le sonríe con complicidad.

Me acerco a Jay, que tiene en brazos a la hija pequeña de Radha, Asha, de dos años. La niña lo adora y él a ella. Siempre que la ve caminando hacia él con sus pasitos de bebé y sus piernas regordetas, sonríe y se le forman arruguitas de felicidad alrededor de los ojos.

Mi marido me da un beso en la frente y yo los rodeo a Asha y a él con los brazos. La pequeña intenta zafarse de mi abrazo, quiere a Jay para ella sola. Le hago cosquillas en la barriguita y se ríe, como siempre.

Contemplo el jardín, exuberante y mágico, y veo a las dos personas que he criado, Malik y Radha, a los que quiero más que a mi vida, a sus parejas y a sus hijos. Dos generaciones de posibilidades, de esperanza, rodeados por la luz azul del atardecer, rodeados por todos nosotros.

Agradecimientos

SIN LECTORES, NO habría escritores. Tras la publicación de *La artista de henna*, me conmovió inmensamente la pasión de tantos lectores de todo el mundo, que me escribían para decirme lo identificados que se habían sentido con el libro o que les había inspirado para hacer cambios en su vida. Se enamoraron de Lakshmi, cuyo personaje está inspirado en mi madre, Sudha Latika Joshi, una mujer asombrosa, y de Malik, de quien querían saber más cosas. Esta historia es para ellos.

Quiero dar las gracias a mi agente, Margaret Sutherland Brown, de Folio Literary Management, que siempre me ha apoyado. Incluso en mitad de la pandemia encontró la forma mantener el optimismo y de imbuir en nuestras conversaciones de luz y esperanza. A Kathy Sagan, mi editora en la editorial MIRA, porque es una delicia trabajar con ella y es capaz de transformar un buen manuscrito en un libro aún mejor. ¡Sus sugerencias son siempre acertadas! Y qué haría yo sin el apoyo del resto del equipo de HarperCollins, que están ahí para asegurarse de que todo el mundo adore mis historias: Loriana Sacilotto, Margaret Marbury, Nicole Brebner, Heather Foy, Leo MacDonald, Amy Jones, Randy Chan, Ashley MacDonald, Linette Kim, Erin Craig, Karen Ma, Kaitlyn Vincent y Lindsey Reeder.

Quiero hacer llegar también mi gratitud a Reese Witherspoon y a su club de lectura Hello Sunshine por impulsar a mujeres escritoras para que desarrollen historias que muestren personajes femeninos fuertes. Gracias a Heather Connor, Laura Gianino, Roxanne Jones y Cindy Ma, del departamento de publicidad de HarperCollins, por haber contribuido a crear una relación tan asombrosa.

A mi padre, el doctor Ramesh Chandra Joshi, cuyo conocimiento enciclopédico sobre la India (¡y sobre casi todo!) me viene de maravilla a la hora de escribir sobre la India y su gente, y que ha sido de gran ayuda para desarrollar los detalles de ingeniería sobre el cine Royal Jewel. Yo soy la única responsable en caso de cualquier error a ese respecto.

A mis hermanos Madhup y Piyush Joshi, que siempre me apoyan y me dan ánimos, por haber leído varios borradores de la historia y por sus útiles comentarios, igual que mis amigos Gratia Plante Trout, Lanny Udell, Christopher Ridenour, Ritika Kumar y David Armagnac.

Para este libro he tenido que indagar acerca de la industria del oro en la India y las numerosas formas existentes de introducirlo de contrabando en el país. Para el personaje de Nimmi leí sobre distintas tribus nómadas que habitan en los Himalayas; algunas pastorean búfalos, otras cabras y ovejas, pero todas ellas llevan una vida muy dura. Su conocimiento sobre remedios y curas a base de hierbas es esencial para su supervivencia en las montañas. La vida nómada dificulta la posibilidad de que sus hijos tengan una educación formal, a menos que se trasladen a una ciudad, lo que muchos se han visto obligados a hacer porque las leyes municipales o regionales complican la posibilidad de obtener permisos para apacentar el ganado.

Siempre dejo lo mejor para el final. Hace años, mi marido, Bradley Jay Owens, vio algo en mí que le hizo creer que tenía madera de escritora. Y aquí estoy. Con una profesión y el hombre de mi vida. ¿Cómo he podido tener tanta suerte?

Glosario

Aam panna: Bebida refrescante de mango
Accha: Sí, está bien
Ake, dho, theen: Uno, dos, tres
Akelee: Solo
Aloo gobi subji: Guiso vegetariano especiado de patata y coliflor
Aloo parantha: Pan plano relleno de patata
Aloo tikki: Pastel de patata picante
Amreeka: América como lo pronunciaría un indio
Angrezi: Inglés
Ara-garra-nathu-kara: Don nadie
Arré: ¡Por el amor de Dios! (expresión de sorpresa)
Ayah: Niñera

Baat suno: Escucha (a veces se escribe solo *suno*)
Bahut accha: ¡Muy bien!
Baingan bharta: Plato a base de berenjena y cebolla
Baksheesh: Soborno
Besan laddus: Postre hecho con harina de garbanzo
Beedi: Cigarrillo indio, oscuro y con forma de cono, mucho más
barato que los ingleses
Behenji: Hermana, tratamiento de respeto a una mujer mayor
que uno

Bevakoopf: Idiota

Bhagaván: Dios

Bhai: Hermano, término amistoso hacia un amigo de sexo masculino

Bheta: Hija

Bheti: Hijo

Bibi: Esposa

Bilkul: Extremadamente, absolutamente

Brahmi: Hierba utilizada en la medicina ayurvédica

Bukwas: Tonterías

Burfi: Dulce que se hace con leche condensada cocida con azúcar hasta que se solidifica, a veces se le añaden frutos secos

Bundar: Mono

Chaat: Masa de pan frita con otros ingredientes que se vende en puestos callejeros

Chai: Té indio

Chai-walla: Vendedor de té

Chapatti: Pan plano de trigo integral

Chappals: Sandalias

Chameli: Jazmín indio

Chandra: Luna

Chillum: Pipa para fumar tabaco

Chinta mat karo: No te preocupes

Chole subji: Guiso de garbanzos muy especiado

Chowkidar: Guardia, vigilante

Chunni: Pañuelo largo que se usa para cubrirse la cabeza

Dal: Crema especiada de lentejas

Dhobi: Hombre que se dedica a lavar, lavandero

Dhoti: Pieza rectangular de tela sin costuras, de entre cuatro y medio y seis metros, que se enrolla en torno a las caderas, se pasa entre las piernas y se remete por la cintura.

Dibba: Caja
Diya: Lámpara de aceite hecha de arcilla
Doctrini: Doctora

Ghee: Mantequilla clarificada o mantequilla con agua
Goonda: Delincuente, matón
Gore: Personas de raza blanca
Gupshup: Cotilleo
Gulab jamun: Postre de masa con queso frita y empapada en almíbar

Hahn-nah?: ¿Verdad?, ¿no? (Apéndice interrogativo)
Hai Ram: ¡Dios mío!
Hijra: En la cultura india, este término define a los miembros de un tercer género. La mayoría son hombres o intersexuales, pero algunos son mujeres. Suelen referirse a sí mismas en femenino y visten con prendas tradicionales femeninas.

Jharu: Escoba
Jhumka: Pendientes con forma de campana
Ji: Tratamiento de respeto con hombres y mujeres. Se añade al nombre de una persona (Manu-*ji*, Nimmi-*ji*)

Kachori: Bolas de masa frita que se rellenan de verduras
Kajal: Es como el khol, para delinear los ojos
Kheer: Postre similar al arroz con leche
Khus-khus: Abanico de cañas de vetiver
Koi baat nahee: No hay problema, no me importa hacerlo
Kundan: Técnica de engaste de diamantes y otras piedras sin tallar sobre una montura con finas láminas de oro de gran pureza que después se funden
Kurta: Túnica de manga larga que se lleva encima de unos pantalones llamados *pyjama*. El conjunto se llama *kurta pyjama*

Lakin: Pero
Lassi: Bebida muy popular elaborada con yogur. A veces se añaden frutas, como el mango
Lauki: Tipo de calabaza

Maa: Madre
Maaf kar dijiye: Perdóname, por favor
Magaramaccha: Cocodrilo
Mahoot: Domador de elefantes
Mandala: Dibujo circular para uso ceremonial
Masala: Mezcla de especias muy utilizada en la comida india para condimentar y preparar guisos
Masala lauki: Guiso de calabacín con curry picante
Meena: Tipo de joyería con esmalte
Meenakaris: Artesano especializado en joyería esmaltada
Memsahib: Señora (tratamiento de respeto)
Moong dal: Tipo de lenteja

Nagkesar: Árbol que crece en los Himalayas
Nahee-nahee: No
Namasté: Saludo indio que se hace juntando las palmas delante del pecho para decir hola o adiós
Nazar: Mal de ojo
Nimbu pani: Limonada dulce

Om: La vibración universal, símbolo de paz y armonía

Paan: Mezcla de tabaco y pasta de nuez de betel con especias sobre una hoja de betel enrollada. Se vende por todas partes
Paisa: Moneda equivalente a 1/100 de rupia
Pagal: Loco

Palak paneer: Plato hecho con espinacas y queso

Pallu: Borde decorativo del sari que envuelve el cuerpo y se deja caer sobre el hombro

Pandit: Sacerdote

Padha-likha: Alfabetizado

Pakora: Verdura rebozada con harina de garbanzo y frita

Panipuri: Pan hueco frito relleno de una mezcla especiada

Parantha: Pan plano elaborado con harina de trigo integral

Patal: Cuchillo afilado que utilizan los pastores

Priya: Amada (la forma masculina sería *pritam*)

Pukkah sahib: Un caballero como es debido

Puri: Pan plano frito elaborado con harina de trigo integral

Pyjama: Pantalones del conjunto de *kurta pyjama* para hombre

Rajai: Colcha, cobertor

Rasmalai: Postre hecho con leche y nata azucaradas

Rath ki rani: Dama de noche, planta de intenso perfume cuyas flores solo se abren por la noche

Rickshaw: Vehículo ligero de dos ruedas que se desplaza por tracción humana, bien a pie a pedales o a motor

Rickshaw-walla: Conductor de *rickshaw*

Rogan josh: Curry de cordero

Roti: Pan plano de harina de trigo integral

Saas: Suegra. Cuando una mujer se dirige a su suegra directamente, usa el tratamiento respetuoso de *saasuji*

Sahib: Señor (tratamiento de respeto)

Salwar kameez: Conjunto de túnica y pantalones sueltos

Samosa: Empanadillas fritas con relleno salado, normalmente patata y guisantes especiados

Samaj-jao?: ¿Entiendes?

Sangeet: Velada musical

Sari: Pieza de tela sin costuras de diferentes dimensiones que se envuelve alrededor del cuerpo para crear una prenda. El largo varía entre cuatro y ocho metros.

Semai ki kheer: Postre hecho con leche endulzada y fideos *vermicelli*

Sev puri: Aperitivo a base de tortitas de masa de harina frita con verduras especiadas por encima

Shabash: ¡Bravo! ¡Bien hecho!

Sik: Alimento que dan a las mujeres embarazadas en algunas tribus

Sona: Oro

Thee khai: Está bien, no te preocupes

Tikka: Joya que cae desde arriba de la cabeza hasta el centro de la frente

Tonga: Carro ligero de dos ruedas tirado por un caballo

Tumara naam batao: ¿Cómo te llamas?

Waa waa!: ¡Genial!

Yar: Sí

Zaroor: Absolutamente, totalmente

El oro en la India:
la pensión de jubilación para una mujer

LA GENTE SE pregunta por qué es tan importante el oro para los indios. Se trata de un país en el que se extrae menos de un diez por ciento del oro que se vende. La escasez lo convierte en un bien aún más valioso. Puede que también sea porque es un metal indestructible. Puede fundirse, claro, pero ¿destruirse? Nunca. Lo que significa que posee el prestigio de lo que es para siempre. Es fácil para los artesanos trabajar un metal tan maleable. Y, cómo no, el oro puro de 22 o 24 quilates resalta de maravilla con las pieles aceitunadas.

En un determinado momento, es costumbre en la cultura india que la familia del novio regale a la novia joyas de oro; la familia de esta es la que regala una dote en forma de dinero o tierras a la familia del novio como pago por mantener a su hija durante el matrimonio. Una mujer solo vende su oro en caso de extrema necesidad. Por ejemplo, si se queda viuda o si la familia tiene problemas económicos. Los estilos de joyas que existen en la India son tan variados como las piedras preciosas que adornan las piezas. La influencia de seis siglos de dominio mongol en el refinamiento del arte de la joyería y el perfeccionamiento de diseños cada vez más intrincados no es exagerada. El estilo más popular para las bodas y las ocasiones especiales es el *kundan*. Las joyas de diario suelen ser una cadena y unos aros o unos pendientes más pequeños, todo de oro.

El estilo *kundan*

EL *KUNDAN* ES el estilo de joyería más antiguo de la India. A diferencia del engaste en «garra» de las piedras que se utiliza en la joyería occidental, la joyería india inserta las piedras sin tallar, como diamantes, zafiros y otras piedras preciosas, directamente en la montura que el joyero crea sobre una base de oro puro.

El estilo *meenakari*

MEENA SIGNIFICA ESMALTE en hindi. A diferencia del esmaltado que se realiza en Francia, Inglaterra o Turquía, los artesanos indios, por influencia mongola, decoraban sus joyas de oro con minuciosos diseños en esmalte en los huecos creados sobre el metal. Mi madre recibió por parte de la familia de mi padre un conjunto completo de estilo *meenakari* para su boda, que también incluía brazaletes. Todas las piezas llevan su nombre esmaltado.

Aljófares

ESTE DELICADO TIPO de joyas era el favorito de mi madre. Las estrellas de cine de finales de los años cincuenta y sesenta del siglo XX empezaron a ponerse perlas en vez de joyas de oro, pues les parecía que estas estaban pasadas de moda. Y a mi madre le gustaban las piezas con muchas perlitas de pequeño tamaño, llamadas aljófares, engarzadas en forma de delicados pendientes, collares y pulseras. ¡A mí también me encantan!

Joyería de Calcuta

LOS ARTESANOS CONSIGUEN una placa fina de oro dorado a golpe de martillo para crear delicadas piezas de diseño intrincado, pero muy ligeras, sin piedras preciosas, ni perlas ni esmaltes.

Plata

COMO OCURRÍA CON muchas otras mujeres de su generación, a mi madre no le gustaba especialmente la plata. La plata es el metal de las campesinas rajastaníes, que suelen ponerse múltiples pulseras, cinturones y gruesas tobilleras. La cantidad de plata que lleva una mujer encima representa el estatus que su familia tiene en el pueblo. Mi madre recibió una gran cantidad de joyas de plata por parte de su familia política, que procedía de un pueblo del Rajastán.

Inspiración en la comida india

ALOO GOBI, PARANTHA, *dal chawal, gulab jamun, palak paneer, lassi* son los platos de mi infancia en Rajastán. Mucho después de que nos marcháramos de la India para establecernos en Estados Unidos, mis hermanos y yo seguíamos pidiéndole a nuestra madre, una y otra vez, que nos los preparase. Incluso ahora, cuando nos reunimos todos, comemos *chapatti, subji* y *raita*. Cuando empecé a escribir *La artista de henna* sabía que la íntima relación que existe entre los indios y su comida típica tendría un papel importante en la historia.

Siglos antes de que Marco Polo llegara a la India en busca de especias, los indios ya recolectaban pimienta negra y verde, obtenían aceite de clavo y molían las semillas de la mostaza para condimentar los alimentos, estimular los sentidos y sanar el cuerpo. El sabor del cilantro, la cúrcuma, el comino o la mezcla de especias que recibe el nombre de *garam masala* forman parte de mí, de mi identidad, tanto como los ojos azul verdoso que he heredado de mi madre, Sudha.

En este mismo momento, tengo a mi lado un té *chai* con semillas de cardamomo, una rama de canela y granos enteros de pimienta. La superposición de sabores me trae a la imaginación la India de mi niñez en todo su fabuloso y caótico esplendor.

Preparar comida india requiere tiempo: múltiples ingredientes que cortar, pelar o trocear; preparación por etapas en muchos casos; sabores que se acentúan solo cuando se añaden especias (hasta ocho) en el momento justo. La comida india es atrevida, colorida y está repleta de aromas y sabores. ¿Qué mejor forma de enriquecer el argumento y el desarrollo de los personajes que condimentar una historia con una de las cocinas más audaces y queridas del mundo?

ALKA JOSHI

La ARTISTA de HENNA

ALKA JOSHI

La ARTISTA
de HENNA

Una mujer encuentra su destino en la ciudad de Jaipur

MAEVA

**Ella conoce los secretos de las mujeres de Jaipur,
pero nunca podrá desvelar los suyos**

**Ella practica el arte de la henna,
un ritual sanador milenario**

La primera novela de Alka Joshi, un debut sorprendente y un best seller internacional

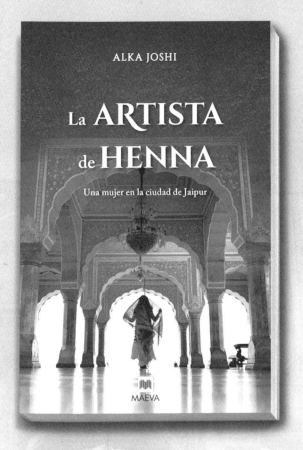

ALKA JOSHI

La ARTISTA de HENNA

Una mujer en la ciudad de Jaipur

MAEVA

La autora abre las puertas a los aromas, las texturas y los ecos de un mundo sensual y fascinante en una novela que es también un homenaje a su madre y a las mujeres de la India.

Jaipur, India, 1955. Tras años de duro trabajo, Lakshmi ha logrado convertirse en la artista de henna más solicitada y en la confidente de las mujeres de las castas superiores. Conocida también por sus remedios naturales y sus sabios consejos, deberá de andar con cuidado para evitar las habladurías que podrían arruinar su reputación.